LA

NAPOLÉONIDE

POËME ÉPIQUE & HISTORIQUE

PAR PAUL BARBARIN-DURIVAUD

DOCTEUR EN MÉDECINE, BACHELIER ÈS-LETTRES ET ÈS-SCIENCES DES FACULTÉS
DE PARIS.

Dessous l'écorce d'un grand nom,
Une volonté ferme, en un puissant génie,
Sembla tomber du ciel pour sauver sa patrie :
Ce fut Louis Napoléon.

Cognac (Haute-Vienne), 1860.

LIMOGES

TYPOGRAPHIE J.-B. CHATRAS, RUE TURGOT, 6.

1861.

A NOTRE VAILLANTE ARMÉE,

LE FONDEMENT IMMUABLE DE L'ORDRE SOCIAL ET LA SOURCE IMMORTELLE
DE GLOIRE DE NOTRE BELLE PATRIE,

AMOUR ET RECONNAISSANCE DE L'AUTEUR.

Puisse cette dédicace ainsi que mon travail lui être agréable.

P. BARBARIN-DURIVAUD.

A Pierre & Marie BARBARIN-DURIVAUD.

Mes Enfants, je vous dédie cet ouvrage; puisse-t-il vous
inspirer cet orgueil national qui fait l'amour de la patrie :
alors vous saurez aimer notre Prince illustre. La reconnaissance est la première des vertus.

P. BARBARIN-DURIVAUD.

LA

NAPOLÉONIDE

POÈME ÉPIQUE & HISTORIQUE

Par Paul BARBARIN-DURIVAUD

DOCTEUR EN MÉDECINE, BACHELIER ÈS-LETTRES ET ÈS-SCIENCES DES FACULTÉS
DE PARIS.

Dessous l'écorce d'un grand nom,
Une volonté ferme, en un puissant génie,
Sembla tomber du ciel pour sauver sa patrie :
Ce fut Louis Napoléon.

Cognac (Haute-Vienne), 1860.

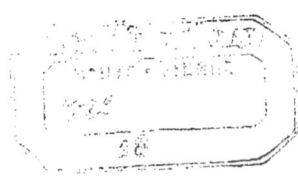

LIMOGES

TYPOGRAPHIE J.-B. CHATRAS, RUE TURGOT, 6.

—

1861.

PRÉFACE.

S'il y a des événements qui doivent frapper, certes c'est celui qui plaça Napoléon III au sommet du pouvoir; si un fait mérite d'être chanté par les poètes, celui-ci doit être en tête : il a ses péripéties affreuses et son dénouement de la plus grande fortune; jamais mission ne fut plus heureuse, jamais mission ne fut plus sainte; le devoir de toute justice et de toute honnêteté humaine est d'en bénir le héros, comme celui de tout poète est de le chanter.

La poésie, cette langue des grandes choses, cette langue des dieux, dès sa naissance a aimé la vertu, le courage, la gloire et leurs héros; Homère, Virgile, Le Tasse chantèrent les guerriers et la patrie. La patrie, cette source de la sûreté et du bonheur, est la mère tendre des peuples; le souverain en est le père sacré; l'un et l'autre doivent avoir à leur service, au but de l'unité qui fait la force, toutes les facultés de chaque être de la grande famille. Est-il un être, quelque faible qu'il soit, qui ne puisse avoir son utilité ? Le plus faible soldat, au milieu des plus grands génies, a sa part des combats et sa part dans la victoire.

Bien faible soldat des muses, mon cœur a été heureux, bien heureux de le penser ; en écrivant mon poème, j'ai cru, dans ma naïveté grande, avoir mon utilité. Chanter la vie d'un héros, c'est le grandir de sa gloire ; le suivre dans tous ses actes, c'est faire connaître le monarque et l'homme tout entier ; c'est épandre son prestige ; c'est, par ses actes, perpétuer sa mémoire ; en un mot, c'est le faire aimer. Louis-Napoléon, il est vrai, a eu le meilleur des juges : le suffrage universel ; mais le temps qui fuit a ses faiblesses ; l'humanité sait oublier ; elle a besoin que les faits soient toujours en relief et la tiennent en éveil au sentier du devoir et de la reconnaissance.

De là m'est venue l'idée de mettre en tableau, sous forme d'épopée, la route triomphale vers le trône, les vertus et les belles victoires au profit de l'humanité, du plus généreux, du plus ferme et du plus illustre des monarques. Né à l'apogée de la grandeur humaine, l'inspiration divine sembla prédire au monde ce

qu'il serait un jour; plus de cent millions
d'hommes célébrèrent, en vingt idiomes différents, sa naissance illustre. Le cœur était
digne du grand nom : philosophe instruit par
la disgrâce, l'exil et la science, la conscience
de lui sut faire son désir, sa consolation et son
espérance. Son feu sous la cendre était le génie; il ne manquait que l'occasion : la révolution, avec ses barbaries, vint la lui offrir.
La pyramide sociale était renversée, le sang
coulait à flots; les malheurs de la France ont
trouvé le grand homme et surexcité sa sensi-
bilité; le cœur du penseur, du philosophe, du
régénérateur a parlé; ses réflexions de tant
d'années ne sont plus des chimères souffran-
tes : ce sont des éclairs de vérité. Il s'élance
donc au secours de son bien-aimé pays; le
grand philosophe se trouve le bon penseur, le
grand penseur devient le grand politique, et
le grand politique devient le grand héros. Sa
fermeté raisonnée sait prendre la place de
l'homme immortel qui naguère sauva sa patrie et la religion : c'était même chemin, ce
fut même dignité et même triomphe; mais,
plus prudent et plus sage, il ne voulut de la
valeur de ses sujets que le nécessaire à leur
bonheur, au bonheur des peuples, à leur indépendance, et non pour conquérir. Le héros
sauva son peuple, le prince sauva sa patrie;

victorieux, ses sublimes armes furent d'un
poids immense et décisif pour relever la grande
pyramide sociale qui penchait sur l'abîme
béant de l'océan humain débordé. Son génie
à tout épreuve fit le grand conquérant, le conquérant honnête, le conquérant désintéressé ;
prévenant des catastrophes horribles et sanglantes, il mérita le respect et l'amour de
l'Europe entière ; sa colonne, toute de dévoû-
ment et de gloire, perpétuera à jamais le vrai
souverain et le vrai héros.

Disciple d'Hippocrate, hélas ! par la nécessité ; toujours aux prises avec l'humanité
souffrante, et déserteur d'Apollon, comment
pourrai-je retracer de si grands faits, comment peindre cette route si brillante de triomphes au milieu de tant de périls terribles ? Je
sens toute mon impuissance ; il me faudrait
être un grand poète ; malgré tout le cœur du
bien, mille fois ma muse a pâli dans ses efforts
inouïs soulevant tant de lauriers ! Mais, entre
l'idée du bien et l'amour-propre, mon cœur
n'a pu hésiter : l'idée du bien l'a emporté ; j'ai
osé faire entendre cette lyre, hélas ! trop délais-
sée : elle espère tout de l'indulgence du public.

A SA MAJESTÉ

L'EMPEREUR DES FRANÇAIS.

———————

SIRE, j'ose entreprendre, en comptant sur mes ailes.
De tracer tes exploits, tes palmes immortelles;
Grand Empereur, pardonne à mes faibles accents!
Mon âme les forma, ce sont ses sentiments.
Si le cœur faisait tout, tu chérirais ma muse;
La grandeur du sujet sera donc mon excuse.
Pardonne mes efforts, tu sais tout pardonner;
Le cœur de tes sujets put toujours te parler.
Ta bonté m'a compris, et mon âme ravie
Compte sur ce bonheur le plus beau de ma vie.
Ma muse se rassure aux pieds de ta grandeur :
Le présent, le passé sont garants de ton cœur.
Elle contera donc, en essayant ses ailes,
Tes malheurs, ton exil, tes gloires immortelles.
Œuvre du philosophe et l'œuvre du guerrier,
Dont le but ferme et grand fixa le monde entier.
Le monde te comprit, il connut ton génie,
Il bénit tes exploits, salut de ta patrie;
Il comprit ton amour, tu sus le faire aimer;
Il sentit que ton cœur méritait gouverner.

Ton prestige toujours, drapeau de la victoire,
A semé le bonheur tout en semant la gloire.
Jamais, dessus la France, on ne cultive en vain;
Des héros surgiront sous ta puissante main.
Oui, la France toujours sera la pépinière
Où ton cœur puisera pour étonner la terre;
Des jours électrisants, dignes fruits de ton cœur,
Sortiront sous ses pas tous prêts aux champs d'honneur.
Cette force toujours sera la douce chaîne
Qui te liera, grand Prince, à ton peuple qui t'aime;
Ces doux attraits d'amour seront toujours nouveaux
Dans le cœur de la France et le cœur du héros.
Prince, tout le dira, c'est le cri de l'histoire;
Elle a tracé ta place au temple de mémoire;
Elle a partout redit à la postérité
Que ton chemin est fait à l'immortalité.
Pauvre simple soldat, dans le talent d'écrire,
J'aurai donc un bonheur : c'est celui de le dire.
Pardonne-moi, grand Prince, hélas! j'ai peu compté
Entre le savoir dire et un si grand sujet;
Pardonne mes efforts, ils serviront d'exemple
A de plus grands auteurs pour te dresser un temple
Dont tu seras l'idole en ce lieu vénéré,
Sorti de ton amour et de ton peuple aimé;
Alors je bénirai mon tout faible génie :
J'aurai servi mon prince et servi ma patrie.

CHANT PREMIER.

Je chante ce héros dont le puissant génie
Rétablit l'ordre en France et sauva la Turquie;
Dont le bras vigoureux, puissant comme son nom,
Vainquit Rome outragée en sa religion;
Lui rendit son pontife ainsi que sa puissance;
Qui, par les grands efforts de sa sage vaillance,
Arrachant l'Italie à son joug oppresseur,
Equilibra l'Europe et en fit le bonheur.

O Muse! esprit divin, grand âme du sublime,
Prête-moi les accents de ta voix magnanime;
Fournis à mes écrits ta grâce, ta candeur,
Donne-leur cet accent qui sait plaire à ton cœur!
Ce chemin est glissant pour mon faible génie;
Muse soutiens mes pas du feu de ma patrie.
Avec lui, tu le sais, les dangers ne sont rien,
La France voit l'honneur et se met en chemin.
Tel est du cœur français la trempe et le courage.
Qu'il ne voit que le but et méprise l'orage.

Ah! donne quelque part aux sentiers où je suis,
Des fleurs que tu promets à ceux que tu chéris;
Peints l'abnégation, la vertu, le courage,
Qui sont de tout Français le guide et l'apanage.
Ressens-toi de leur sang, il coula pour l'honneur;
Qu'il revive en mes vers, comme il vit en mon cœur,
Je vaincrai mon sujet, en peignant le génie,
Qui sut sauver l'Europe en sauvant sa patrie.

Muse, dépeins-le bien, actif et résolu,
Ne voyant que le bien et la seule vertu,
Dont le regard profond, scrutateur, grand, sévère,
Poursuit partout le bien que son cœur délibère;
Qui, ferme dans le vrai, sans jamais balancer,
Brave tous les périls que l'homme peut braver;
Qui, toujours de sang-froid, penseur à tout régler,
Sait montrer au malheur à toujours espérer,
Et qui, sortant toujours de la route commune,
Dans la France fixa la gloire et la fortune.

France, je vais dépeindre, à l'amour de ton cœur,
Les chemins qu'il suivit aux sentiers de l'honneur.
Tu connais sa grande âme, et la tienne attendrie
Jouira du récit d'une si belle vie.

L'Angleterre, ce sol de l'homme infortuné,
Ce sol pour le malheur qui semble être formé,
Reçut Napoléon; là, se forma cet âme
Qui des maux de la France a terminé le drame.
Sur ce sol étranger, il pleurait, exilé,
Les lieux si doux, si chers où son cœur était né.
Ils avaient son penser, son bonheur et ses larmes,
Ses chagrins du présent, son avenir de charmes;
Qu'ils étaient loin ces lieux pour le cœur du héros!
Que de fois de la mer il parcourut les flots!
Angleterre, ton sol avait sa rêverie,
La France, son sourire et sa mélancolie.
O famille de l'âme! ô divin sentiment!

Patrie, ô charme heureux! ô bonheur bienfaisant!
Tu consolais son cœur penché vers l'espérance:
Espoir, tu le berçais, tu lui montrais la France.
Seul au milieu des bois, sur les bords des coteaux,
Il cherchait l'onde claire et ses humbles ruisseaux;
Leur murmure touchant, ces routes isolées,
Ces bocages tout seuls, ces timides vallées,
Où l'on est à soi-même, où l'on est à son cœur,
Où se berce l'espoir doux appas du bonheur.
C'est là qu'assis tout seul, pour témoin la verdure,
Il étudiait l'homme et sondait sa nature;
Malgré son abandon, compagnon du malheur,
Il se sentait renaître en songeant au Seigneur.
Le doux Christ lui disait: Travaille, ô grand génie!
Dans ton cœur est placé le sort de ta patrie.
Par cet éclair du ciel il était consolé,
A l'étude de l'homme il était inspiré.
Scrutateur, grand, actif, et scrutateur sévère,
Il sondait ses instincts, pesait son caractère;
Il comparait les rois, il comparait les temps;
Il notait leurs bienfaits et leurs égarements.
Un jour que, fatigué, mélancolique et sombre,
Il cherchait le repos, tendre et doux fruit de l'ombre
Une grotte se montre, il y porte ses pas:
Pour les revers du cœur elle avait des appas.
Ici, seul avec Dieu, proscrit et sans murmure,
Il entre sous sa voûte, œuvre de la nature;
Des rochers entassés se perdant dans les cieux,
Dont les torrents de l'âge avaient doté ces lieux,
Entrelaçant leurs fronts avec ordre et mesure,
En forment les grands murs ainsi que la toiture.
Leur grandiose aplomb, par le temps cimenté,
En a cintré le dôme à l'œil épouvanté.
Tout menace, tout tient, et sa modeste entrée
Sous trois rochers pesants est pesamment cintrée.
Les siècles sur ces toits a peine sont marqués;
Ils sont restés rochers; les hommes sont passés,

Et des pas si bruyants de leur troupe sans nombre,
Le souvenir n'est plus, il a fui comme une ombre.
Penser triste d'orgueil sur la pierre gravé,
Et d'impuissance humaine et de fragilité !
Ici, sous cette grotte, une eau limpide et pure
Nourrit de doux tapis de fleurs et de verdure.
Une vigne parcourt son dôme menaçant,
Le tapisse de pampre et de son fruit pendant.
Un vieux chêne est auprès, dont le feuillage sombre
Y tempère le jour des douceurs de son ombre.
Ici, Napoléon, triste, chagrin, rêveur,
Cherchait dans le sommeil un repos pour son cœur;
Le soleil fuyait, et les ombres légères
Se doraient en fuyant de couleurs passagères,
Achevant le combat de la nuit et du jour;
La nuit avait gagné les plaines d'alentour.
Le silence du soir, ces forêts, leurs ombrages,
Cette grotte attrayante, au milieu des feuillages;
Ce calme d'un beau soir à son soleil couchant,
Ce silence du tout, la fraîcheur du moment,
Ont dompté le héros et vaincu la nature;
Il s'endort au doux bruit du ruisseau qui murmure;
Mille songes légers, de leurs dons ravissants,
Viennent délier son cœur et ses membres pesants.
Tout à coup un bruit sourd qui ressemble au tonnerre
Fait trémousser le sol et osciller la terre;
Une lueur paraît, tout scintille d'éclairs,
Sa lumière parcourt et la terre et les airs.
Partout ses longs flots d'or, à la vue éblouie,
Forment aux alentours un immense incendie;
Partout tout est silence et attente et stupeur;
La nature est au guet, le héros et son cœur.
O surprise! ô merveille! un ciel bon, tutélaire
Se confond et se mêle un instant à la terre.
Sur deux nuages d'or balancés par le vent,
Qu'Iris couronnait de son teint ravissant,
Hortence était assise; elle avait la figure,

Et les traits séduisants et l'aimable nature,
Qui parent la douceur et la simplicité :
Cette grâce attrayante et cette majesté,
Qui font chérir la reine et adorer la femme,
Et, ses yeux animés d'une divine flamme,
Elle adresse à son fils ces mots pleins de bonheur :
O mon fils, lui dit-elle, écoute bien mon cœur !
O ce cœur, tu le sais, est le cœur d'un mère !
Ecoute ce qu'il dit, son amitié t'est chère !
Dieu connaît ton amour comme il connaît le mien ;
Notre amour m'a valu ce bien doux entretien.
Profites-en, mon fils, je parle par Dieu même ;
Ecoute ton destin de la bouche qui t'aime.
Chéris bien ta patrie, accours à ses besoins,
Pour trouver son bonheur cherche tous les chemins.
Le doux sol d'Albion est un sol propice ;
Ici la liberté se mêle à la justice ;
Chacune prend ses droits usant de son pouvoir :
Elles marchent ainsi sous le poids du devoir.
De leur devoir toujours surgit leur existence,
Le droit de leur pouvoir établit la balance.
Note tous les abus de ce sol indompté,
Pouvant nuire au bonheur et à la liberté.
Dans cet effort qu'il faut à ton puissant génie,
Des sentiers s'ouvriront au bien de ta patrie.
Tu le peux, ô mon fils ! écoute bien ton cœur ;
Tu connais les besoins, tu connus le malheur ;
Il faut les alléger : la nature mumure
Quand à ce doux devoir on se montre parjure.
Cherche à guérir les maux en dépit du danger ;
Ce devoir par ses droits saura te faire aimer.
Le cœur est un ruisseau dont l'eau limpide et pure,
En épanchant le bien, corrige la nature.
Pense bien à cela, mon fils, penses-y bien ;
Du vrai bonheur, alors, tu sauras le chemin.
Pense, pense toujours qu'il n'est rien dans la vie
Qu'on puisse comparer au bien de la patrie.

La France, hélas! gémit, son sang coule à gros flots;
Elle attend un grand nom et un puissant héros!
Dieu t'a marqué du doigt en regardant la France;
En tes puissantes mains il met sa confiance.
Oui, Dieu te conduira sur ce terrain fougueux;
Sa main t'y soutiendra l'espoir des malheureux.
A devancer les temps ne cherche point toi-même:
Pour saisir le moment, la prudence est extrême:
Dieu te le montrera, mon fils, reste prudent.
De ses puissants décrets tu n'es que l'instrument;
Laisse agir les Destins, ton Dieu te le demande;
Attends bien le moment que le besoin commande.
Mais au signal donné, cours avec tout ton cœur;
Ton sang est à la France, il est pour son bonheur.
Sache-le bien, mon fils, dans ta main est placée
La gloire de la France avec sa destinée;
Prudence pour ton sceptre, et, vainqueur respecté.
Ton sceptre sera grand et tu seras aimé.

Je te quitte, ô mon fils! souviens-toi de ta mère!
Elle dit; aussitôt une vapeur légère
Enveloppe son corps: elle a gagné le ciel!
Napoléon, ému, n'en croit pas son réveil;
Il est tout à son cœur dans un torrent de larmes;
Il ne voit plus ses traits, mais il vit de leurs charmes.
D'une mère, non, non, l'image ne meurt pas!
Oui, son beau souvenir a de trop doux appas!
O cri du cœur, doux cri, qu'il est beau ton empire!
Sa mère est dans le ciel, il vit de son sourire;
Il la presse toujours, ne peut s'en détacher;
Son corps manque à ses yeux, son cœur sait le rêver;
Tout entier à l'amour, il n'est plus à lui-même:
Il reste anéanti de ses doux traits qu'il aime.

O ma mère! dit-il, je suis à tes genoux;
Encor un doux regard, ah! donne, il est si doux!
Oui, ton tendre désir fera toute ma vie!
Oui, mon cœur le suivra pour ma douce patrie!

Il suivra tes conseils, il suivra ton amour :
De ton amour pour lui c'est un faible retour.
Ce devoir est sacré, je le dois à toi-même ;
Ce que ton cœur désire, oui, je sens que je l'aime !
Ah ! oui, tu peux porter au séjour immortel
Ces serments que je fais en ce lieu solennel !
Ce devoir de mon cœur me subjugue et m'entraîne ;
Il vivra de ma vie, et il sera sa chaîne ;
Cette chaîne, tu sais, est trop douce pour moi,
Trop douce à l'avenir et trop douce pour toi ;
Oh ! oui, tu le sais, cette dette est si chère !
Elle est pour la patrie et le cœur d'une mère.
Absorbé par l'amour, il s'oublie en ces lieux ;
Il prie, il prie encor, et la suit jusqu'aux cieux.
La nuit fuit à grands pas ; Phœbé, silencieuse,
Eclaire l'univers de sa clarté douteuse ;
A travers le feuillage, à travers les rameaux,
Elle lance ses traits et ses jours inégaux ;
De ses rayons tremblants la couleur affaiblie
Invite la pensée à l'âme recueillie ;
Ce calme d'une nuit, cette voûte des cieux,
Ces sphères roulant leurs fronts majestueux,
Sont peu pour le héros ; un autre amour l'entraîne :
Sur la France en danger la douleur le promène.
Triste, pensif, rêveur, il quitte ce séjour ;
Il regagne Albion avant l'aube du jour.
Cette ville superbe était toute au silence ;
Son cœur à lui battait, il battait pour la France !
Il entre en sa demeure, il cherche le repos ;
Mais son cœur s'y refuse : il n'est plus de pavots !
La nuit court et s'enfuit, et le jour recommence,
Toujours même pensée, et toujours pour la France !
Ce bonheur le poursuit, le prive de sommeil,
Lui dit que sur la terre il est un autre ciel.
Son cœur marche toujours de pensée en pensée ;
Il regarde la France : elle est ensanglantée !
Philippe est déjà loin, son trône renversé ;

Le pouvoir est vaincu, le pouvoir divisé.
Partout la France tremble, et la traîtresse envie
Agite son poignard au sein de la patrie.
Le crime est un devoir, un devoir despotique
Qui s'affuble d'un nom, du nom de république ;
Où la liberté fuit cherchant la liberté,
Dont le triste pouvoir n'est que la cruauté.
Partout l'ambition cherche son héritage ;
Dessous son ciel toujours se fomente l'orage ;
Le sot, le plus pur sot, se veut au premier rang ;
Il est le plus capable, il est le plus savant.
Ce concours malheureux excite tous les crimes,
Forge l'assassinat et marque les victimes.
Malgré tout, cependant, il se forme un pouvoir
Né d'abnégation et sorti du devoir ;
Des hommes dévoués ont regardé la France,
Ont compté ses malheurs, aidé son espérance ;
Mais il manquait un nom capable de rallier
Un symbole de gloire et qui sût l'éveiller ;
Qui, cher à ses sujets détestant l'incendie,
Sût relever l'Etat et sauver la patrie.
Il fallait un héros, il fallait un grand cœur,
D'une trempe d'acier retrempé de valeur.
Louis-Napoléon sent bondir son courage,
Il a de ces vertus le solide apanage ;
Il le sent, il le juge et le juge en héros ;
L'exil forma son cœur pour aplanir les maux !
France, tu lui parlais de ta voix magnanime ;
Son cœur fut toujours prêt à ton cri si sublime.
Il ne voit que le bien, ses plans son arrêtés,
Il est à ses désirs, ses amis sont mandés :
« Mes amis, leur dit-il, pour soulager ma peine,
Toujours auprès de vous quelque chose m'entraîne,
Et avec bonheur, là, j'aime à montrer mon cœur.
La France, hélas ! gémit, gémit dans la terreur,
Gémit dedans le sang et dans l'ignominie ;
Son pouvoir est perdu, sa force est avilie ;

L'anarchie est au comble, elle va déborder
Tous les fantômes vains qui veulent commander,
Le feu dessous la cendre est heureux de la vie,
Quand le souffle des maux gronde pour la patrie;
Alors mon cœur me bat du grand poids de mon nom;
Je me sens un besoin : je suis Napoléon.
Oui, je me sens puissant, j'appartiens à la France;
Je me dois à ses maux et à sa délivrance.
Je vole à son secours, j'y vole avec fierté;
Mon sang sera pour elle et pour sa liberté. »
Ses amis, près de lui, l'écoutent en silence;
Ils pensent comme lui, leur cœur bat pour la France,
Par leurs soins assidus tout est prêt au départ;
La patrie en danger s'oppose à tout retard.
Un vaisseau les reçoit; déjà sur la nature
L'aurore avait lancé sa rose chevelure;
Au bord de l'horizon son manteau déployé
Lance ses gerbes d'or dans le ciel azuré.
De l'astre des saisons la figure argentée
Plane bientôt partout de ses feux couronnée.
La nature est au guet; les joyeux matelots
Annoncent le départ désiré du héros.
On lève l'ancre, on fuit; des torrents de fumée
S'échappent du vaisseau; leur bien longue traînée
Sur les flots écumants retrace son chemin.
L'Angleterre déjà n'est plus dans le lointain;
Une terre plus douce et un plus beau rivage
Apparaissent bientôt au vœu de l'équipage.
Les bords de la patrie aux cœurs des exilés
Epanchent des attraits qu'ils n'ont pas oubliés,
Ils abordent, enfin, cette terre de charmes;
Napoléon, ému, lui donne quelques larmes;
Il embrasse ce sol, et, les yeux vers le ciel,
Il adresse ces mots aux pieds de l'Eternel :

O Dieu, souverain maître! ô Dieu des nations!
Toi par qui tout est né, toi par qui nous vivons;

Grand Dieu de l'univers, moteur de chaque chose ;
Toi, de l'immensité le principe et la cause,
Abaisse tes regards, tu connais tout mon cœur ;
Tu connais ses projets, tu connais son malheur ;
Protége ses efforts, protége son envie ;
N'épargne pas mon bras au bien de la patrie.
Soutiens, soutiens, mon Dieu, cette débile main ;
Couronne ses efforts, couronne son dessein ;
Rends mon cœur au bonheur : mourir pour la patrie,
C'est revivre deux fois des douceurs de la vie.
Soutiens-moi sur ce sol où tu soutins l'honneur,
Où la gloire grandit, où vécut le bonheur.
Ferme cet horizon de sang, cruelle pluie ;
Mon Dieu, si tu le veux, donne-m'en le génie !
J'aurai pour me guider mon amour et tes lois,
L'exemple d'un grand homme et la leçon des rois.
O mon Dieu ! prends pitié de cette pauvre France !
Combats l'ambition et sa grande licence !
Ah ! redonne au pouvoir, par lui-même agité,
Un peu plus de droiture et moins de liberté.

Il dit, et aussitôt une force l'entraîne ;
Il entre dans Paris, la douleur l'y promène.
Son cœur bat à ses maux ; ici tout est changé :
Le crime y vit du crime avec l'impunité,
Qui, malgré le pouvoir, lève toujours la tête,
Cherchant dans le malheur sa plus sublime fête.
Napoléon le sent, hélas ! à chaque pas ;
Il s'en plaint au pouvoir qui ne l'écoute pas.
On voit de tous côtés la louche et maigre envie
Contre Napoléon aiguiser son génie,
Agiter ses serpents et étourdir les cieux
De ses cris mensongers, de ses cris odieux :
« Napoléon n'est rien qu'un traître à la patrie ;
» Il n'a que de l'audace et de l'étourderie.
» Méprisez ses conseils, c'est un desposte outré ;
» C'est un ramas d'orgueil, de sotte vanité ;

» Sans savoir, sans honneur, sans cœur et sans justice,
» Prêt à sacrifier la France à son caprice. »
La discorde répand cette affreuse rumeur;
Elle part affamée, elle corrompt le cœur.
Napoléon a vu des yeux de son génie
Qu'il ne pourrait aider au bien de sa patrie.
Il connaît tous les maux qu'il lui faut respecter;
Il prévoit les malheurs que pourrait susciter
Son nom mis au concours pour une république;
Il le sent apporter une terreur panique;
Il voit que persister ce serait diviser,
Et concourir aux maux qu'il voudrait éviter :
« Je laisse au temps, dit-il, sa juste expérience;
» Je préfère l'exil aux malheurs de la France. »

Il dit à ses amis : Restez, pour rapprocher
Cet intérêt commun qui me fait éloigner;
Soyez républicains, rappelez l'harmonie,
Et faites de la France une famille unie.
Non, non, je ne veux pas reprocher à mon cœur
D'avoir porté le trouble où je veux le bonheur!
Oui, tu diras un jour, ô ma douce patrie!
J'ai perdu bien du temps aux douceurs de la vie!
O France! je te quitte, écoute mes regrets :
Que d'avenir perdu, que de tendres projets!
O France! écoute encor : oh! pèse mon envie!
On ne revient jamais sur le cours de la vie.
Oh! songe, songe bien que mon cœur est à toi!
Si le souffle des maux te fait tourner vers moi,
Oh! songe à cette épée, à la France asservie :
C'est la dette d'un cœur ami de la patrie.

Il dit, et aussitôt, le cœur triste et chagrin,
D'Albion, son exil, il reprend le chemin;
Il reprend sa demeure et sa philosophie,
Plaignant la multitude et plaignant sa patrie.

FIN DU CHANT PREMIER.

CHANT DEUXIÈME.

La gloire aura son jour, rassure-toi, lecteur!
De ce Prince aimant tu connaîtras le cœur.
Sa trop touchante vie, en orages féconde,
Montre trop de vertus bien rares dans le monde;
Suis-les dans leurs périls, tu verras ce héros
Surnager malgré tout à de terribles flots.
Tu frémis, je le vois; oui, tu plains la victime :
J'aime ce sentiment et le cœur qui l'anime.
Patiente un instant pour la fragilité,
Tu suivras ses jalons à l'immortalité.
Si ces jalons sont durs, c'est le sort de la gloire,
C'est le sort des lauriers cueillis par la victoire.
Ce sort était pour lui le chemin de l'honneur;
Ce sort sera pour nous la source du bonheur.
L'homme vraiment génie a toujours l'espérance;
Il a toujours un coin que vaincra sa science.
Aussi, Napoléon en était pénétré;
Ses maux ne sont plus rien, son but est arrêté.

Son but est dans ces mots : Mourir pour la patrie...
C'est le feu qui dévore et nourrit son génie;
C'est le feu de son nom qui, dominant son cœur,
Le dirige au chemin, gloire de la valeur.
Aussi, dans Albion, à l'amitié fidèle,
Il jouit du plaisir de travailler pour elle;
Il écrit pour la France un ouvrage savant,
Une œuvre de génie où brille le talent;
La France l'apprécie ainsi que son courage,
Elle a jugé son cœur et juge son ouvrage;
Elle y revoit son nom, et, se tournant vers lui,
Elle aime son épée et brigue son appui.
On reforme la chambre, et malgré l'infamie
De quelques plats meneurs sans cœur et sans patrie,
A l'urne du scrutin son grand nom est jeté :
Représentant du peuple, il est trois fois nommé !
Le pouvoir s'en effraie, il y voit un naufrage
Frappant la république à la fleur de son âge.
Les partis sont luttant; et Louis-Napoléon,
Mesurant les dangers que peut causer son nom,
Renonce au doux emploi, sujet de tant d'envie;
Il le fait de bon cœur, c'était pour sa patrie :
« Merci, dit-il, ô France! oui, ton vote m'est cher!
Merci de ton suffrage; oui, crois-le, j'en suis fier!
Hélas! puis-je accepter? je suis cause d'orages,
Et pour la république et pour les hommes sages;
Oh! oui, c'est un devoir d'en éloigner mon cœur,
Quand on croit que l'intrigue en a brigué l'honneur!
Ah! pardonne au scrupule agitant ma pensée!
Oh! pardonne-le-moi, ma patrie est aimée!
Je suis à ses désirs; sa générosité
Mérite que son droit triomphe respecté.
France, je suis de l'ordre et toujours et quand même;
Si je n'accepte pas, c'est parce que je t'aime. »
Le pouvoir en sourit; déjà de tous côtés
Le droit avec l'envie avancent opposés;
Mais l'envie a beau faire, elle marche au supplice;

De sa main trop cruelle on connaît l'artifice.
Le droit a surnagé sur ces terribles flots;
On aime le mérite et le cœur du héros.
Le malheur a parlé, malgré la jalousie
Des incapacités et de leur perfidie.
Le droit enfin renaît pour confondre l'erreur;
Trente ans d'un dur exil ont payé ce bonheur.
La France ouvre les yeux, et ramène à la vie
Un ciel de grandeur, une âme à la patrie.
Il est encor nommé, son triomphe est certain;
Il s'avance à grands pas à ce bien doux chemin.
Il va revoir bientôt ses amis d'infortune;
Ils ont suivi son cœur, ils suivront sa fortune;
Marchant pour détourner les maux de la patrie,
Ils oublieront les leurs en cette route amie.
Tel était le penser qui berçait son grand cœur;
Il va bientôt jouir de ce tendre bonheur.

On lève l'ancre, on part, il quitte l'Angleterre;
Son vaisseau, balancé par la brise légère,
S'avance lentement sur l'écume des flots.
Un signe avant-coureur frappe les matelots :
Un nuage paraît entre d'autres nuées,
Se noircissant au loin, attristant les pensées;
Le ciel semble frémir; un bruit sourd et lointain,
Et s'entend et se perd, et renaît de sa fin.
Dans l'instant la mer gonfle, en son lit se tourmente;
Elle agite ses flots et devient haletante.
Le bruit devient moins sourd, le ciel devient moins clair,
Sous un brouillard épais tout le soleil se perd;
Tout pâlit, l'éclair brille, et la foudre qui gronde
Tombe, retombe, roule, épouvante le monde.
L'ancre est bientôt jetée au secours du vaisseau,
Qui paraît, disparaît et reparaît sur l'eau;
Tantôt joignant le ciel, sur la vague élevé,
De montagne en montagne il circule ébranlé;
Tantôt leur échappant, perché dessus leur cime,

Tombe, retombe, court entraîné dans l'abîme.
Le mât crie et se rompt sur le côté penché;
Le vaisseau va sombrer sur des rochers brisé.
Hortence était au ciel, elle y veillait en mère;
Son fils avait ses vœux, et son Dieu sa prière.
Ce mobile si doux dominait tout son cœur;
Cette amitié si tendre a touché le Seigneur,
Et ce Dieu si puissant, d'où jaillit la sagesse,
Ecoute ses accents et bénit sa tendresse.
Son regard a plané sur la mer qui mugit;
Les vents sont apaisés, la tempête finit.
Son cœur, touché, permet qu'une mère chérie
Rende encor une fois son fils à la patrie.
Une invisible main dirige vers le port
Les débris du navire échappé à la mort.
L'espoir enfin renaît à leur force épuisée,
Les rameurs sont à l'œuvre et la terre est gagnée.
Sitôt Boulogne accourt bien fier de secourir
Le héros bienfaisant qui porte un avenir.
Napoléon bénit chaque cœur qui le presse;
Il renaît pour la France, il en ressent l'ivresse;
Et, s'adressant au ciel : « O suprême bonté !
Dit-il, merci, merci; ce cœur infortuné,
Au milieu de l'abîme a senti ta puissance;
Merci de tes bontés, oh! protége la France!
Oh! protége le fil qui mène à mes souhaits!
Ce qui tient à ta main ne se brise jamais.
N'épargne pas mon cœur, c'est rien que la souffrance,
Pourvu que mon désir soit connu de la France. »
Il dit, et aussitôt il marche vers Paris,
Certain d'y retrouver tous ses braves amis.
Il les retouve tous suivant son infortune,
Tous prêts à partager le jeu de sa fortune.
Vieillard, son précepteur, homme sage et ami,
Lui prête ses conseils et reste son appui;
Il le mène à la chambre, où ce puissant génie
Trouve fort peu d'accueil et peu de sympathie.

La chambre reste morne, un sourd frémissement
Saisit les députés, trahit leur sentiment ;
Le prestige du nom, le héros et sa vie
Leur dessinent à tous l'instinct de son génie.
Mille camps sont formés d'où la haine jaillit ;
De mille cœurs heurtés la passion frémit.
L'horizon devient noir, et la cruelle envie,
En caressant le cœur, sait miner la patrie.
Le parti Cavaignac marche à la décadence ;
De tristes souvenirs l'éloignent de la France.
Ledru, plus patelin, s'intéresse à l'erreur,
Se fait des partisans en fascinant le cœur ;
Son éloquente langue et excite et divise,
Et en tout excitant elle arme la sottise.
La nullité partout, pour viser au pouvoir,
Mine la nation et s'en fait un devoir.
Alors Napoléon, craignant pour sa patrie,
Oppose tout son nom à la démagogie ;
Il le croit le salut, il le croit l'avenir,
De cette république exposée à périr.
Fort de ce sentiment, il arme son courage
Et brave des méchants l'impitoyable rage.
Un homme dont l'esprit et le puissant regard
Sut sonder la pensée et se servir de l'art ;
Un homme en qui l'audace au grand cœur fut unie,
Qui sut aimer son Prince et servir sa patrie,
Le beau de Persigny travaille à son parti ;
Il s'unit de Falloux pour marcher avec lui.
Tous les amis de l'ordre et les légitimistes,
Et les républicains et les bonapartistes
Ne forment qu'un faisceau ; bien fort de ce pouvoir,
Napoléon se lance au chemin du devoir.
Il fait ombre à la chambre, il suscite l'envie ;
On l'accuse de trouble au sein de la patrie.
Napoléon répond avec la liberté
Que dicte l'innocence avec la vérité :
« On m'outrage, dit-il, on outrage la France !

» Serais-je digne d'elle et de sa confiance !
» Loin, loin, bien loin de moi ces faits déshonorants ;
» Ils menacent l'honneur, je les sens menaçants !
» Si je porte un grand nom, je dois en être digne ;
» Je suis tout à la France, et son vœu me résigne.
» On m'accuse d'envie, on en blâme mon cœur ;
» Je suis soldat de l'ordre, et je m'en fais honneur.
» On craint, de mon mandat, la mission chérie ;
» Ne le dois-je pas tout au bien de la patrie ?
» Protection pour tous, paix féconde et bonheur
» Représentent mon nom et dirigent mon cœur.
» Oui, ce cœur est au peuple, il suivra son envie ;
» En dehors de tout peuple, il n'est pas de patrie ;
» Et pour le ménager il faut savoir l'aimer ;
» Son pouvoir peut tout faire, il faut le diriger ;
» Voici mes sentiments, acceptez-les sans crainte ;
» Ils n'ont rien de suspect, croyez-les bien sans feinte.
» Longtemps, longtemps, Messieurs, un honnête exilé
» Rêva pour son pays et pour la liberté.
» Acceptez son concours avec sa sympathie ;
» Nous marcherons ensemble au bien de la patrie.
» A tous je prouverai que nul autant que moi
» Ne sait défendre l'ordre et respecter la loi. »

La chambre se partage, elle marche animée
Des mille sentiments dont elle est ballotée ;
L'admettre est un mal, l'admettre est un droit ;
Chacun berce son cœur de tout ce qu'il y voit.
La maigre jalousie aiguise son envie,
Contre Napoléon marchant pour la patrie.
On l'accuse sans frein d'infâme trahison ;
On l'accuse d'envie et de prétention.
On allait l'expulser de cette pauvre chambre,
Sans égard pour son cœur qu'on ne veut pas comprendre.
Mais Hortence veillait là-haut au haut des cieux,
Sur cette terre aimée elle fixe les yeux ;
Cette ange tutélaire a gémi sur la France ;

Son cœur vole au Seigneur implorant sa clémence ;
Elle accourt vers le trône où règne la grandeur,
Où règne la justice, arbitre du bonheur.
Vers le Dieu tout-puissant qui voit tout de sa place,
D'où rayonne le droit qui jaillit dans l'espace,
Dont l'essence est partout la source des vertus,
D'où la bonté découle et ne se tarit plus ;
Vers le Dieu tout de bien, dont la gloire est extrême,
Qui n'est semblable à rien que semblable à lui-même,
Qui de lui dérivant, lui seul illimité,
Mesure sa grandeur par son éternité,
C'est aux pieds de ce Dieu que l'immortelle Hortence
Invoquait sa bonté pour notre pauvre France ;
C'est aux pieds de ce Dieu qu'elle ouvrait tout son cœur,
Priant, priant toujours, invoquant le Seigneur.
Le Dieu de tous pouvoirs l'a regardée en père ;
Il a daigné sourire à sa douce prière.
Il a béni ce cœur de qui le doux penser
A buriné cet mots qu'amour a su dicter :
« Quand je ne serai plus, garde dans ta mémoire
» Ce tendre et doux penser qu'un tendre amour fait croire.
» Pense, pense toujours qu'un œil bon, clairvoyant
» Peut descendre du ciel sur ce qu'il a d'aimant.
» O mon fils, crois-le bien, comme le dit ta mère !
» Ceci doit être sûr, oui, c'est trop nécessaire. »

Le Dieu qui connaît tout se souvient de ces mots :
Il a bénit la mère, il bénit le héros.
Sur la France asservie il descend l'espérance ;
Il inspire son cœur, y met la confiance.
Louis-Napoléon triomphe de l'erreur ;
La France tout entière a reconnu son cœur.
Le nom de l'homme grand aux sept travaux d'Hercule,
Le vainqueur de l'Europe a, par son feu qui brûle,
De l'immortalité conservé l'élément ;
Cette source de lui jaillit sur son enfant.
Son scintillant soleil enveloppe la France ;

Ce foyer de lauriers, grandissant l'espérance,
A fait pâlir l'envie; en vain dessus ses pas
Elle donne en secret ce qu'elle ne croit pas.
En vain d'un voile épais elle couvre l'honneur,
Tout s'éclipse au soleil, pôle de la grandeur;
Napoléon ressent le doux vœu de la France;
Il méprise l'intrigue avec la patience
Qu'inspire le génie; et Cavaignac en vain
Agitte son parti pour barrer son chemin.
Le grand prestige est là surmonté du génie,
Digne héritier d'un nom qu'adora la patrie.
La chambre reconnaît qu'il est de son devoir
De modifier un peu son malheureux vouloir.
Napoléon est là, rien ne peut s'en défendre;
Dans son sein, malgré tout, il lui faut le comprendre;
Et tout ce mal donné contre Napoléon
N'a fait qu'électriser et propager son nom.
Son nom de toutes parts enveloppe la France,
Rappelle de beaux jours et guide l'espérance.
En vain la dure envie, à la voix sans pudeur,
Propage le mensonge au secours de l'erreur.
Le temps marche toujours, et ce juge inflexible
Prononce cet arrêt sur son trône invisible :
« Napoléon est bon, instruit, sage et prudent;
» Il est né pour la France, il est né son enfant;
» Il a le cœur qu'il faut; son étoile de gloire
» L'a marqué pour régner : il est une victoire. »
Pâlissez, sourds mineurs des bases de l'Etat !
Une volonté marche et s'apprête au combat.
Pâlissez à ce cœur, ami de la patrie,
Dieu sera ce qu'il est, et non pas duperie !
Philosophes, tremblez, abdiquez ces erreurs
Qui dégradent l'esprit et corrompent les cœurs;
Cessez de cultiver ces viles théories,
Tous ces appas trompeurs, ces sottes utopies;
Ces grands volcans du crime, où l'homme plus cruel
Laisse tout à la terre et s'éloigne du ciel;

Où la force fait droit au gré de son envie,
Et tue toute justice en butte à sa folie.
« Bons, soyez rassurés, a dit Napoléon;
Proudhon et Louis Blanc jamais n'auront raison. »
Dans la force du droit tout son nom se résume,
Au bien de son pays tout son cœur se consume.
Le moment approchant pour l'exécution
Du choix du président, sitôt Napoléon
Use de tout son droit et de son énergie,
Et, songeant moins à lui qu'au bien de la patrie,
Il s'adresse à la France et s'exprime en ces mots :
« O France! ô ma patrie! ô source de héros!
Ton vœu m'a ramené dans ton doux sein que j'aime;
Ce désiré bonheur a son amour extrême :
Je le dois à mon nom, je le dois à l'honneur;
Je sens tout le devoir que je dois à ton cœur.
Je me dois tout entier au bien de la patrie;
Cette ombre du grand nom qui me donne la vie,
Plus elle me protége et m'approche de toi,
Plus je sens les devoirs dont mon cœur a la foi.
Oui, France, à tes désirs je sens toute mon âme!
Je veux ton avenir, oui, j'y suis tout de flamme!
Si j'avais le bonheur d'être ton président....
Si ton cœur le désire, accepte mon serment;
Compte sur cette foi, par le malheur mûrie,
Qui sentit le besoin du bien de la patrie.
Oui, je vais te parler du plus profond du cœur;
Permets-m'en le plaisir, laisse-m'en le bonheur.
Oh! jamais d'équivoque entre notre pensée!
Elle coule du cœur tout comme elle est formée.
Si je suis président, oui, jamais le danger
De la route du droit ne me fera dévier.
Jamais je n'agirai par haine et par caprice;
Sous un jour plus heureux je comprends la justice;
Je comprends ton désir, je comprends ton besoin;
Quand on a même cœur, on a même chemin.
Ce chemin, c'est l'honneur, et cette grande idée

Qui plane sur la France en mon cœur est innée ;
Je la suivrai toujours, donne-m'en le pouvoir ;
Daigne le formuler au coin de ton vouloir.
Quel que soit ton désir, je l'accepte d'avance ;
Dans ton choix éclairé je mets ma confiance ;
Je donne mon concours à tout gouvernement
Dont l'ordre fait le but, la loi le fondement,
Dont la religion est le cœur et la base,
Sans quoi tout se confond et se heurte et s'écrase.
Je donne mon concours à cette fermeté
Qui maintient la famille et la propriété ;
Qui, calmant les partis et apaisant la haine,
Sait grandir ses sujets grandissant elle-même ;
Dont les solides lois préparent le chemin
Et du bonheur du jour et de son lendemain.
Je donne mon concours sans arrière-pensée
A cette volonté qui, par le cœur poussée,
Marche, marche toujours où l'honneur la conduit ;
Dont le bras est de fer pour le bien qu'il poursuit,
Pour le bien qui soutient d'un amour aussi tendre
Tout les droits de chacun, ayant droit d'y prétendre.
Mon cœur voudrait à tous de beaucoup alléger
Le fardeau des impôts si pénible à payer ;
Que, pour y parvenir, la stricte économie
Présidât aux emplois régissant la patrie.
Je voudrais que le pauvre, en cultivant son champ,
Trouvât dans sa sueur un sort encourageant ;
Que l'Etat provoquât d'utiles entreprises
Pour occuper les bras et prévenir les crises ;
Qu'il s'occupât du vieux et pauvre travailleur,
Pour que dans sa vieillesse il eût un sort meilleur ;
Pour que la pauvreté trouvât dans la richesse
Un secours assuré que l'amour intéresse,
Et qu'elle fût pour elle un bienveillant appui,
Ami par intérêt, et par le cœur ami.
Je voudrais des emplois le juste nécessaire ;
Qu'ils fussent au mérite, et non à l'arbitraire ;

Que la presse marchât sous l'empire d'un frein
Qui laissât tous les droits d'un honnête chemin;
Qui, conjurant le vice et parlant sans licence,
Soutînt les intérêts en ralliant l'espérance.
Je voudrais de la paix qui marche avec l'honneur,
Qui ressort du désir s'appuyant sur le cœur;
La paix fait le commerce, anime l'industrie,
Agglomère la force, excite le génie.
Oui, je l'aime à ce point, elle est digne de vœux,
Elle est digne de tous, elle peut des heureux.
Sous le poids du besoin la France fut guerrière,
Aux sentiers de la gloire elle fut la première;
Elle était provoquée, elle usa de l'honneur,
Qui fait son existence et dirige son cœur.
Aujourd'hui sans besoin la guerre est inutile;
Sa provocation serait nuisible et vile;
Un grand peuple jamais ne doit trop s'avancer;
Quand il a fait un pas, il ne peut reculer.
On doit surtout songer à la vaillante armée
Qui toujours au devoir sut combattre clouée.
Elle a des droits sacrés, sortis de sa valeur;
Ils sont trop généreux, ils vivront dans mon cœur.
Oui, son sang si vaillant, versé pour la patrie
Est digne de la France et de son grand génie.
Sa générosité sait grandir le pouvoir,
Sa valeur seconda l'honneur de son devoir.
Proscrit et exilé, je suis pour la clémence;
Elle suivra mes vœux dans cette bonne France.
J'attends de tout mon cœur le jour tant désiré
Où l'on pourra sans crainte, usant de la bonté,
Rappelant le proscrit et effaçant la haine,
Avoir pour ralliement le doux pardon que j'aime.
O France! ô mon pays! si je suis président,
Ce sera mon chemin, oui, j'en fais le serment.
La tâche, je sais, est grande et difficile,
En écueils grands, cruels, elle est aussi fertile.
Mais il faut en finir; la ferme volonté

Peut toujours quelque bien chez un peuple éclairé.
Elle peut tout en France; elle a l'intelligence :
Cet attrait fait mon cœur avec ma confiance.
Si j'étais au pouvoir, oui, je croirais rallier
Tous ces partis divers tout prêts à se heurter.
J'emploierais pour cela, sans nulle préférence,
Le fruit de leur concours et leur intelligence.
Quand un homme a l'honneur d'être assis au pouvoir,
S'il veut faire le bien, il n'a qu'à le vouloir.
C'est ma conviction, j'en aurai la puissance;
C'est le cri de mon cœur qui promet à la France. »

Ce cri fut écouté, ce manifeste plut;
La France ouvrit les yeux et y vit son salut.
Elle crut aux instincts, amis de la patrie;
Elle crut au savoir, elle crut au génie
Du Prince illustre et grand dont le nom vénéré
Surveille sur la France à son sort attaché.
Ce grand nom immortel, symbole de vaillance,
Est plus que du bonheur : il est une puissance.
La calomnie en vain de son souffle menteur
Éveille ses serpents au secours de l'erreur.
Ce nom, comme un rocher, sait mépriser l'orage;
Comme un brillant soleil il brille sans nuage.
A sa douce clarté, le Prince sait grandir;
Son cœur dans le présent parle pour l'avenir.
Il est une puissance aimant la liberté,
Et le pont de salut de la légalité.
La France avec bonheur fait éclater son choix,
Le nomme président par sept millions de voix.
Ainsi, nos souvenirs, grands souvenirs de gloire,
Ont, au gré de leurs vœux, un belle victoire.

FIN DU CHANT SECOND.

CHANT TROISIÈME.

O France! cette fois un immense avenir,
En consolant le cœur, couronne le désir!
Les souvenirs sanglants ont fui de la pensée,
Ce ne sont plus des maux qui font la destinée.
Le cœur peut dire au cœur : Il est un lendemain,
Au dédale d'horreur succède un doux chemin;
Napoléon est là, la France est à sa gloire;
Loin de nous les malheurs de cruelle mémoire!
Le pauvre laboureur, par son cœur inspiré,
A béni son doux vote avec sa liberté.
Son cœur bondit de joie, et son âme ravie
Rappelle à ses enfants ce que fut la patrie.
Oh! oui, tout peut le dire à l'honneur de son cœur,
Un Président pour lui, c'était un Empereur!
Des souvenirs de l'oncle il avait le sourire;
Il aimait à voter croyant voter l'Empire;
Si ce fut une erreur, ce fut bien un désir :
Le cœur se devança dans ce doux avenir.

Qu'on aimait à le voir! L'âme grande, attendrie,
Admirait ce doux vote, ami de la patrie;
La France était heureuse, et son généreux cœur
Lisait dedans ce vote, y voyait le bonheur.
Un peu de temps encore, et ce grand chef qu'on aime
Saura bientôt surgir tel qu'il est lui-même.
O France! je le sens, oui, ton cœur attendri
Soupire sur les pas de ton Prince chéri :
Que de terribles maux essaieront son âme!
Que de chagrins, hélas! à travers ce grand drame!
Un bien plus doux chemin était fait pour son cœur;
Si l'amour a ses vœux, le sort a sa rigueur.
L'homme bon a beau faire : au mépris de sa vie,
Il trouve des jaloux si son sort fait envie.
Napoléon le sent, il le compte pour rien;
Il sait marcher quand même à son glissant chemin;
En vain l'orage gronde et tonne sur sa tête,
Il est comme un rocher au fort de la tempête;
Son cœur à son penchant s'empresse d'obéir :
Il est tout à la France et ose la servir.
En vain les députés, à son pouvoir hostiles,
Opposent-ils le leur en guerres inutiles;
Napoléon se rit de leur méchant vouloir;
Le bien de la patrie est son ferme devoir.
Il s'efface toujours en dépit de l'envie;
Il sait tout s'oublier en servant sa patrie.
Son cœur est dans ce mot : conciliation.
Il méprise la chambre et sa prétention;
Il veut tout souffrir d'elle, et son âme tranquille
Cherche tous les côtés qui mènent à l'utile.
La chambre s'en émeut, redoute son vouloir,
Travaille les moyens de briser son pouvoir.
Napoléon le sait, et son esprit candide
Aurait pu secouer ce garrot parricide;
Il aurait pu se dire avec juste raison :
Est-ce là mon pouvoir, vœu de la nation?
Si ce cri fût parti, la France impatiente

Eût répondu sans peur au Prince, confiante :
« Prince, on connaît ton cœur, on a compté sur lui ;
» Compte sur notre amour et reste son appui. »
Quoique Napoléon en eût la conscience,
Il semble n'y pas croire, use de patience ;
Plus la chambre l'outrage, et plus il semble grand :
Il grandit de l'outrage et devient plus puissant.
La ruse est sans effet aux yeux de la sagesse ;
Ses efforts sont vaincus et toujours sans faiblesse ;
Mais c'est toujours grand mal que la rivalité,
Elle marche toujours à la calamité.
Dans ce combat fatal de force et de puissance,
Napoléon gémit sur le sort de la France.
Deux suprêmes pouvoirs dans un gouvernement
Ne peuvent subsister que toujours se heurtant ;
C'est un char attelé par devant, par derrière,
Dont l'effort opposé le fixe dans l'ornière ;
Tous ces tiraillements, au lieu de l'en sortir,
Dans la fange toujours ne font que l'engloutir ;
Et ce noir horizon de lèse-liberté
Trouve des partisans et de l'impunité !
C'est un combat cruel qu'un combat d'impuissance,
Quand la force elle-même étouffe sa puissance.
La France le savait, et ce triste tableau
Venait, se noircissant, l'affliger de nouveau.
Napoléon, prudent, use de sa prudence ;
Il veut tout ménager selon la circonstance.
Que faire à tant d'audace ? Il lui faudrait trahir.....
Ou courir au désordre en voulant obéir.
La France ouvre les yeux et voit le précipice ;
Elle a jugé le mal, elle a rendu justice ;
Elle a su tout peser, elle veut tout guérir.
Mille pétitions témoignent son désir,
Et cette grande voix, le cœur de la patrie,
Exprime par ces mots sa palpitante envie :

« Représentants, dit-elle, ah ! daignez écouter

La France qui vous aime et qui doit vous aimer.
Vos services sont grands : la France était mourante,
Son cœur se ranima par votre main puissante;
Vous fûtes sans relâche au niveau du devoir;
Par votre fermeté l'ordre a pu prévaloir
Et se donner un chef qu'on estime et qu'on aime,
Dont la sagesse est grande et la prudence extrême.
Cet honneur est à vous, c'est pour nous un bonheur;
La France l'apprécie, ainsi que votre cœur.
Mais, chers représentants, cette même patrie
Qui brilla par vos soins d'une nouvelle vie,
Vous demande aujourd'hui, pour prix de vos travaux,
Un autre dévouement pour parer à ses maux.
Ah! donnez, donnez donc à sa voix souveraine
Ce gage convaincant du lien qui vous enchaîne!
Abandonnez un droit né des temps malheureux,
Aujourd'hui discordant, aujourd'hui dangereux.
Dans des temps loin de nous, ce droit avait sa place;
Mais ces temps n'étant plus, il est une menace;
Il fait un désaccord qui change le devoir,
Qui, brisant tout ressort, empêche de mouvoir.
Arrêtez ce conflit sur sa pente fatale;
Prévenez les malheurs d'une force rivale;
Regagnez vos foyers avec le cœur content.
La France vous bénit et votre dévouement;
Elle se souviendra de tous vos sacrifices :
Par l'abnégation couronnez vos services.
La France attend de vous ce surcroît du devoir;
Quand on aime la France, on aime son vouloir.
Couronnez ses instincts et l'amour qui vous lie;
Quand on aime, Messieurs, toujours on sacrifie.
Vous saurez obéir, on connaît votre cœur :
Vous fûtes généreux, aimez-en le bonheur. »

La chambre reste sourde au cri de la nature;
Elle étourdit son cœur sans crainte ni murmure.
L'ambition cruelle est son ferme soutien;

Tous ses desseins sont prêts pour lui faire un chemin.
Barrot était ministre; il était un ombrage :
La chambre redoutait, détestait son langage;
Les rangs de Cavaignac surveillaient cet ami,
Ils soupçonnaient son zèle et craignaient son appui.
Son cœur plein de bonté, malgré son éloquence,
Se perdait en efforts à la juste balance;
Son tact si pénétrant ne pouvait convertir
Cette chambre fatale au bien de l'avenir.
Tout était inutile : il usait son génie,
Il usait son pouvoir, ami de la patrie.
L'illustre Changarnier, aussi de son côté,
Et commandait Paris et était respecté.
Cet homme, ami de l'ordre et fier de renommée,
Mettait tout au devoir par sa vaillante épée.
Son œil toujours au guet et son cœur valeureux
Écrasaient le pouvoir des cœurs séditieux.
Vigilant et actif, il terrassait l'envie
Et les fauteurs du mal, moteurs de l'anarchie.
Louis-Napoléon comptait sur l'avenir;
Le peuple l'avait fait, il voulait le servir.
La chambre était battue, elle devait se rendre;
Mais elle reste sourde et ne veut rien entendre.
Cavaignac confondu devait se retirer;
La chambre, son soutien, n'avait plus à lutter.
Son prestige passait, il cessait d'être sage,
Et lutter plus longtemps n'était plus du courage.
Elle marche quand même, et son fatal orgueil
Lui creuse les horreurs d'un lugubre cercueil;
Elle gaspille tout pour de l'économie
Qui fait partout crier, sans fruit pour la patrie.
Elle marche toujours à ce bien doux devoir,
Rogne chaque salaire et sait bien percevoir
Le sien au grand complet, et garder sa puissance
Pour son large bonheur, pour songer à la France.
La chambre est souveraine, elle a son bon vouloir,
Sa bonne volonté, son empressé devoir.

Elle veut d'autres lois à sa prépondérance,
C'est d'elles que dépend le bonheur de la France ;
Elle veut tout changer, et, pour y parvenir,
Elle fait des périls et cherche à les guérir.
Chaque ministre fuit comme une ombre légère ;
Le vent des passions les poussent par derrière.
La chambre marche ainsi ; son cœur toujours luttant
Se meurt d'un embarras, revit d'un incident.
Elle aime l'existence, et son pécule utile
A su trop l'allécher : il n'est pas inutile.
Elle y tenait beaucoup, et cet ami du cœur,
Quoique dur au pays, n'était pas sans bonheur.
Le député Rateau, penseur de conscience,
Ne pouvant résister au désir de la France,
Ose engager la chambre à clore son mandat ;
Il le borne à la loi sur le conseil d'Etat.
La proposition, quoique mal approuvée,
Par le corps frémissant se trouve enfin votée.
Il s'étonne du vote, il en est stupéfait ;
Il y voit un grand mal, mais enfin il est fait.
Un bruit des plus affreux épouvante la nue ;
C'en est fait de sa cause, elle est ainsi perdue.
Le fier Ledru-Rollin, du vote courroucé,
Use de son esprit et de sa vanité.
Son éloquente bouche, éloquente de rage,
Domine tous les bruits de cet affreux tapage :
« Représentants, dit-il, vous pouvez revenir
Sur ce vote outrageant si triste à l'avenir.
Ah ! croyez-le, après nous, la France est exposée
A passer par les maux qui l'ont ensanglantée.
Restons à notre poste, il est tout du devoir ;
Par ce qui s'est passé, vous devez tout prévoir :
Après nous l'arbitraire, après nous la licence,
Après nous le désordre, après nous l'impuissance.
Voyez, représentants, écoutez votre cœur ;
Vous l'avez écouté, poursuivez ce bonheur ;
N'allez pas exposer au souffle de l'envie

La liberté marchant au bien de la patrie.
Vous ne pouvez faiblir, après avoir gagné
L'amitié de la France et l'immortalité.
Rentrez dans le devoir, le bon droit le commande,
Le bonheur en dépend et l'honneur le demande. »
Et, tournant vers Barrot un regard de fureur,
Il exhale en ces mots le venin de son cœur :
« O ministre, dit-il, qui vivez d'agonie !
Vous voulez avec vous entraîner la patrie !
La chambre fait ombrage à votre ambition,
Vous voulez la tuer par votre trahison.
Vous espérez d'un autre, ayant un autre cœur,
Bien moins pour le pays que pour votre bonheur,
Et pour y parvenir, en dépit de la France,
Vous frappez de mutisme et usez de licence.
Vous bannissez les clubs, ces forums vénérés
Où l'esprit se dessine où les vœux sont formés.
Est-ce là le vouloir d'une bonne justice ?
Je le dis de bon cœur, je le dis sans malice :
C'est bien la loi du vôtre, elle est un peu pour lui,
Passant légèrement sur le bien pour autrui.
Parlez, parlez, ministre; oserez-vous répondre ?
La Constitution est là pour vous confondre.
De tout bien qui dirige, elle est le fondement ;
Y laisser attenter, c'est trahir son serment.
Tremblez, tremblez, ministre, ayez bien moins d'audace ;
Quand on agit dans l'ombre, on n'est plus à sa place. »
Ainsi parlait Ledru; la montagne en fureur
Approuvait par des cris le doux cri de son cœur.
Déjà de toutes parts, glanant dans la patrie,
Le mensonge cruel et la démagogie
Avaient mis tout en œuvre, et clubs et comités ;
C'était partout tumulte et partout sociétés
Qui, s'étendant toujours et se ralliant en France,
Y faisaient la terreur, y portaient la licence.
La France frémissait à l'aspect du danger
Que ces hommes cruels se plaisent à créer.

Partout sur leur chemin, soulevant la tempête,
Ils suscitaient le mal, vivant de sa conquête.
Le Prince est accusé d'infâme trahison ;
On demande à grands cris sa destitution.
Ce but fait tout leur cœur, et partout le tumulte
Excite l'épouvante et provoque l'insulte.
A l'outrage sans frein, à la méchanceté,
S'affublent la bassesse et l'inhumanité,
Et cet essaim partout, de cruelle mémoire,
Retrame ses horreurs, recommence sa gloire.
Il oppose le mal à l'esprit irrité,
Et le mal le rassure et fait sa sûreté ;
Il se repaît du gain d'événements contraires,
Et jouit du chaos où marchent les affaires.
La discorde y bondit, divise pour régner,
Oppose tous les cœurs qu'elle peut opposer.
Elle a couru Paris, elle court en province,
Soumine tous les cœurs pour écraser son Prince ;
Tout est prêt à sa rage, elle peut en user.
Sur le terrain du mal elle court pour glaner.
Elle nomme ses chefs et prépare ses armes,
Et, riant en son cœur en sonnant les alarmes,
Elle étale partout son drapeau teint de sang ;
Elle excite la foule, autour vociférant :

« Mes chers amis, dit-elle, armez-vous de courage ;
Le succès est certain, mettons-nous à l'ouvrage.
Il faut que la misère ait son tour au bonheur ;
Usez de mes conseils, et usez de mon cœur.
Il faut que la richesse, ainsi que sa puissance,
Passent à notre place et fassent pénitence.
C'est le droit qui le veut : faisons notre destin ;
Quand on a même droit, on a même chemin.
Regardez vos haillons, sentez votre misère !
Osez vous comparer aux puissants de la terre !
Oh ! Dieu serait-il Dieu s'il laissait subsister
Ces abus outrageants qu'on ose tolérer ?

O sincères amis! vous que le besoin presse,
Gagnez la liberté, tournez vers la richesse!
Voyez ces pavillons, regardez ces palais;
Le bonheur y réside et n'y finit jamais.
Ces biens, vous les pouvez, vous pouvez la justice:
Marchez, marchez sans peur, tout vous sera propice.
Dans la France partout vous serez secondés;
Tout est prêt pour agir, les ordres sont donnés.
Marchons vers le palais où siége l'assemblée;
De ce lieu de malheur qu'elle soit expulsée.
Plus le joug est puissant, plus il est oppresseur,
Et l'ardeur se mesure au dur besoin du cœur.
Prenons Napoléon, ainsi que sa famille,
Menons-les de ce pas fermer à la Bastille;
Cherchons tous les suspects, qu'ils aient le même sort!
Leur mort est notre vie, et leur vie notre mort.
Marchez, suivez mes pas, la bataille est gagnée! »
Elle dit; aussitôt cette foule affamée
Grossit, grossit toujours en proférant des cris,
Et ce chaos affreux d'assemblages pourris
Allait jouir du mal de sa sauvagerie
Et assouvir son cœur du sang de la patrie.
Le mot était donné dans les départements;
Tous comptaient sur Paris et pressaient les instants;
Tout leur·semblait sourire, et leur triste courage
Déjà se disposait à se mettre à l'ouvrage.
Devant la fermeté tout audace s'enfuit,
Le nuage se meurt quand le vent le poursuit;
De même la police efface leur envie,
Efface leurs projets avec leur stratégie.
On confisque leurs chefs, ils sont en sûreté;
Ils ne peuvent plus rien, le mal est conjuré.
La foule, cependant, à tout désordre lutte,
Vocifère, va, vient, se pousse, se culbute;
De faubourg en faubourg, le tumulte marchant
Appelle la terreur sur Paris tout tremblant.
Des nuages épais, tourbillons de poussière,

Du soleil pâlissant dérobent la lumière.
Du tocsin et des cris, le son rempli d'horreur,
Sur tous ses habitants apporte la terreur.
La discorde mugit, on sent trembler la terre;
La pâle cruauté sourit de son tonnerre.
Le gouffre allait s'ouvrir, la nature gémir,
L'avenir se fermer et la gloire périr;
Mais Dieu veillait au ciel : il regarde la France,
Il rassure les cœurs du doigt de l'espérance.
Napoléon est là, son prestige pieux
Se propage partout, rassure tous les lieux.
Le peuple se maîtrise en voyant leur furie;
Il reste à son devoir et juge leur envie.
Le brave Changarnier, à qui tous ces échos
Étaient plus familiers que l'amour du repos,
Était prêt; dans les flots de ce torrent rapide,
A sa digue de fer, à sa main intrépide,
Tout se disperse et fuit, et son bienfaisant bras
A calmé la discorde et vaincu sans trépas,
Et cet affreux complot cimenté par la rage,
Par la ruse étendu, si lugubre en présage,
Comme un fantôme est mort sous cette fermeté,
Fille de la valeur et de l'humanité.
La montagne vaincue a changé sa harangue;
La langue des conflits ne fut jamais sa langue;
Elle se donne l'air qui convient au vainqueur,
Et renie à jamais les travaux de son cœur.
L'ordre reste le maître, et partout dans la France
On compte sur un nom, salut de l'espérance.

Le soleil avait fui, l'horizon embrasé
Dorait encor Paris. Un nuage opposé
Se décorait encor d'un reste de lumière;
Il pâlit à son tour. Une vapeur légère
Dessinait d'un fond noir chaque être, chaque objet,
Et cela lentement. Déjà d'un doux reflet
L'astre argenté des nuits éclairait la nature;

Les étoiles brillaient, leur lueur était pure,
Et faisaient oublier le départ du soleil.
Partout plus de grandeur à l'esprit du mortel
Entourait les objets, leur forme était grossie,
Et portait à penser; l'air avait plus de vie :
Napoléon goûtait le bonheur du vainqueur.
Le silence régnait, le seul bruit de son cœur
Le troublait seulement; plein de mélancolie,
Il arrive à pas lents vers la Seine chérie;
Il écoute, il s'arrête en cotoyant ses bords;
Le moindre bruit, un rien agitait tous son corps.
La paix régnait partout, et il craignait sans cesse,
Invoquant du Très-Haut la divine sagesse,
Étonné du succès et fier d'être Français.
Patrie, ô charme heureux! tu comblais ses souhaits!
Son cœur t'appartenait; hors de toi nulle idée;
Par des jours plus heureux son âme était bercée!
Ainsi fuyait la nuit heureuse de désir,
Heureuse du présent, heureuse d'avenir.
Un sentiment bien grand, soutien d'une grande âme,
Faisait battre son cœur du doux feu de sa flamme.
Un devoir lui restait, son amour le dictait,
Et le poussait toujours vers le lieu qu'il aimait.
Il arrive bientôt à l'endroit où la gloire
A déposé le prix du sang de la victoire;
Vers ces lieux que Henri créa pour le soldat,
Qui donna sa fortune et son sang pour l'Etat.
Son cœur bondit de joie, il voit les Invalides,
Ce tombeau mérité des héros intrépides.
La nuit était sereine et pleine de grandeur,
Pleine d'émotion et pleine de bonheur.
La paix l'embellissait; Phœbé, majestueuse,
Scintillait ses rayons sur la Seine joyeuse.
« O Seine! doux penser, dernier mot d'un grand cœur !
Que tu montres d'amour, souvenir du malheur!
Tu fus le dernier vœu d'une gloire mourante;
La France t'a gardé dans son âme aimante! »

Ainsi parlait son cœur; il arrive attendri
Sous un portique immense à la gloire bâti.
On y lisait ces mots, cette phrase touchante :
Du sang qu'on a versé la France est souvenante!
Son dôme étincelant s'élevait jusqu'aux cieux,
Éparpillant l'éclat de son front lumineux.
Plus ses pas s'avançaient, plus son âme attendrie
Se sentait s'enivrer d'amour de la patrie.
Il voit ces vétérans, par la mort épargnés,
Aimant à vivre encor à demi moissonnés.
La mutilation les courbait vers la terre,
Leurs yeux disaient encor : J'ai l'âme tout entière!
Il parcourt lentement les cours de ce palais;
Son cœur toujours le mène en ces lieux de regrets.
Saisi d'un saint respect, triste, mélancolique,
Il franchit palpitant la vieille basilique,
Dont la flèche dorée élance dans les airs
Mille jets de lumière imitant les éclairs.
Il aborde bientôt ce triste sanctuaire
Où pose une grandeur qui plana sur la terre;
Au milieu des drapeaux que la France a conquis,
Des oriflammes d'or et des pompeux tapis;
Où les larmes du cœur se trouvent retracées,
Où les larmes du deuil se mêlent aux trophées.
Là s'élève un tombeau, là gît l'homme étonnant
Qui mit le monde entier sous son sceptre puissant.
Il n'est plus au rocher appelé Sainte-Hélène;
La France, son orgueil, est encor son domaine.
Là, la douce amitié, saisissant son flambeau,
A fait parler le cœur et creusé son tombeau.
Sur un socle d'airain de masse formidable
S'élève ce tombeau de forme colossale;
Le silence et le deuil, sculptés sur le fer,
Montrent dans l'avenir l'homme qui fut si cher.
Un aigle aux quatre coins semble agiter ses ailes
Pour élever au ciel ces dépouilles mortelles;
Son regard semble fier, mais dans son triste cœur

Se trahit l'amertume ainsi que la douleur.
Sur le haut du sépulcre est placé le Génie,
Recouvrant de lauriers cette tombe chérie ;
La Renommée aux pieds, en prenant son essor,
Soulève le linceuil qu'avait jeté la mort.
Et l'on voit sur l'airain ces lettres immuables,
Ces mots chers aux Français, ces mots ineffaçables :
« Là gît Napoléon , ce héros vénéré,
Le moteur de la France à l'immortalité.
Bellone l'acclama père de la patrie;
Il fut l'ami du peuple, il en fut le génie.
Comme un beau météore, il suivit son chemin;
Sa trace restera l'orgueil du genre humain. »
Ces mots, leur souvenir, et la pâle lumière,
Reflet de tant de deuil en ce beau sanctuaire;
Ce chapeau, cette épée, effroi des ennemis;
Ces cordons, cette croix, de la gloire chéris;
Tous ces objets touchants, suspendus à la tombe,
Appellent la douleur sur le destin du monde.
Console-toi, guerrier, le temps ne te peut rien;
La gloire a dit partout ton illustre chemin.
Ces lieux que nous aimons et ta cendre si chère
Seraient-ils engloutis jusqu'au fond de la terre,
Que l'étoile qui brille en haut, au firmament,
Éclairerait ces lieux de ton nom éclatant.

Louis-Napoléon pleure dessus la gloire,
Son si beau souvenir attriste sa mémoire;
Son amour y gît tout, c'est la perte du cœur :
Cette perte cruelle a sa grande douleur;
Et, mêlant aux regrets de cette sépulture
Les larmes du héros aux pleurs de la nature :
« O mon père! dit-il, je viens sur ton tombeau
Avec l'amour d'un fils m'inspirer du héros.
Daigne jeter sur moi ce prestige de gloire
Qu'il faut sur mon chemin, il tient à ta mémoire.
Soutiens mes faibles pas sur ce vaste horizon;

Oh! rayonne sur eux, je marche avec ton nom !
Que faire après ta gloire? Écarte l'impuissance !
Ah! daigne aider mon cœur au bonheur de la France!
Elle fut ton idole, elle devient le mien ;
Daigne me soutenir dans ce bien doux chemin. »

La plus grande douleur se mêle à sa prière ;
Elle était d'un bon fils, elle fut au bon père.
Tout à coup apparaît comme un brillant soleil,
Au milieu des drapeaux qui décorent l'autel,
Napoléon-le-Grand. Ses traits pleins de génie
Daignaient sourire encor aux vœux de la patrie.
Il avait ce maintien et cet air de grandeur
Qui distingue la gloire et mène à la valeur.
Une couronne d'or ombrageait son front calme,
Et, plein du doux regard de la bonté qui charme :
« O mon fils! lui dit-il, mon cœur est exaucé !
J'ai gémis sur un fils, un fils est retrouvé.
Ton triomphe est certain, sois plein de confiance;
Compte sur ton étoile au bonheur de la France.
Sois ferme pour le bien, quel que soit le danger;
La justice fait tout et doit seule régner.
Conserve son flambeau, c'est un dieu sur la terre;
Qu'il te serve de guide, il fera ta carrière.
Marche, marche toujours, Dieu connaît ton bon cœur;
Tu sauveras la France et feras son bonheur. »
Il dit, et aussitôt cette image si belle
A gagné pour jamais sa demeure immortelle.
Louis-Napoléon aurait voulu parler,
Sa voix tremble et expire, il ne peut s'énoncer;
Il reste anéanti sous ce faisceau de gloire
Qui mena si souvent la France à la victoire.
Tout plein de cet image, et les membres tremblants,
Il quitte plein d'amour ces lieux si palpitants;
Il gagne son palais; son âme épanouie
Compte sur le bonheur de sa douce patrie.

FIN DU CHANT TROISIÈME.

CHANT QUATRIÈME.

Phébus enfin paraît, et son front souriant
A peine a-t-il doré les bords de l'Orient,
Qu'un frémissement doux, le cri de l'espérance,
Plane de toutes parts et rassure la France.
Le tumulte, l'envie et leurs jours inhumains
Ne glacent plus d'effroi les malheureux humains;
L'ordre marche domptant la barbare folie;
Napoléon est là rassurant la patrie;
Son nom de tous côtés retentit dans les airs;
Il console les bons, il glace les pervers.
L'anarchie aux abois reste pâle et chagrine,
Et semble renoncer au but qui la domine.
La France enfin renaît, et un doux avenir
Recommence à sourire à son tendre désir.
Notre ange tutélaire est posé sur la France;
C'est son port de salut et sa seule espérance.
Ce qui fait les vertus ce sont les grands malheurs;
C'est à leurs coups cruels qu'on connaît les grands cœurs.

4

Dieu mit Napoléon sur cette mer profonde
Pour convaincre la France et étonner le monde.
Il voulait qu'il fût grand à la postérité
Et par son infortune et sa prospérité;
Il voulait que les maux que son grand cœur expie
Fussent si grands que ceux de sa douce patrie ;
Il voulait le héros au niveau de son cœur,
Pour le bonheur de tous et son propre bonheur.
Il faut pour le grand bien l'essai d'un grand courage;
Il fallait qu'il en fît le dur apprentissage.
Napoléon ainsi, par le sort éprouvé,
Faisait aimer son cœur par les dangers trempé.
Ceux-ci ne faisaient rien à sa forte énergie
Quand il voyait des maux menacer sa patrie.
Ces élans du grand nom, du nom qui ne meurt pas,
Et rassuraient la France et conduisaient ses pas.
Cette foi d'avenir, son culte, son langage
Mettaient Napoléon sans peur à son ouvrage.
D'un cœur comme le sien on se sentait touché;
Il savait trop aimer pour ne pas être aimé.
Aussi, dans l'avenir, sa marche était immense;
La gloire était son culte, et son culte la France.
Ce culte agrandissait son brillant horizon,
Jetant dans l'avenir une heureuse moisson.
Il marchait à grands pas en s'oubliant lui-même,
Ce grand oubli de lui forgeait son diadème.
Changarnier le voyait en dépit de son cœur;
Tous ses désirs perçaient au but de la grandeur,
Et laissaient entrevoir sous sa forte nature
Qu'il voulait du pouvoir par de la dictature;
Il voulait une faute, et pouvoir la dompter
Pour se donner un droit qu'il voulait se garder.

« Mon Prince, lui dit-il, la France vous honore,
Votre nom a dompté les hommes qu'elle abhorre.
Pourquoi tant retarder quand on peut le pouvoir?
La raison est pour vous, vous n'avez qu'à vouloir.

Saisissez le moment, le sort vous est propice;
On connaît votre cœur, on voit le précipice.
Peut-être que, plus tard, le peuple rassuré
Éloignerait le jour qui vous est réservé.
Marchez, marchez sans peur; comptez sur cette épée,
Elle est fière de vous, et vous est consacrée. »

« Général, dit le Prince, il n'est pas dans mes vœux
D'usurper un pouvoir, qu'il soit sûr ou chanceux.
Laissez le peuple libre au choix de sa pensée;
J'attends tout de son cœur, jusqu'à ma destinée.
Quand on aime un grand peuple on veut sa liberté;
C'est un droit de nature, il sera respecté.
Si je suis méconnu, j'en fais le sacrifice;
Ce n'est pas à moi-même à me faire justice.
Un jour peut-être, un jour cette sincérité,
Aplanissant la route à toute vérité,
Jettera quelques fleurs au soutien d'une vie
Que je veux toute mettre au bien de la patrie. »
Après ces mots il rompt ce pénible entretien;
Il quitte Changarnier et poursuit son chemin.
Partout sur son passage une foule joyeuse
S'arrête pour bénir cette âme généreuse;
Il fuit l'ovation; mais son timide cœur
Ne peut rien échapper du bruit de cet honneur.
Il sait que le public marche comme on le mène,
Qu'une ombre le retient, qu'un souffle le déchaîne.
Il pèse le terrain où le sort l'a placé,
Il pèse son épée et tout zèle affecté;
Ferme comme un rocher, méprisant la tempête
Qui menace son front et qui pend sur sa tête,
Il écoute la foule et mesure son cœur
Sur le devoir de l'homme et dessus sa valeur.
Il sait que la pensée aux vents est exposée,
Qu'elle est dessus le sable et souvent emportée.
Il écoute en héros, et, par un seul regard,
De tout zèle perfide il déconcerte l'art.

Le bien fait son désir, et il marche sans peine
Où l'honneur le conduit, le subjugue et le mène.
Toujours vers le guerrier il se sent entraîné,
Il le sait le salut de notre liberté.
Le grand cœur du héros se plaît avec la gloire;
Le superbe Forey lui vient à la mémoire.
Il recherche son cœur au gré de son amour,
Il vole avec plaisir à son heureux séjour.
Tout auprès de Montmartre, au bord d'une vallée,
S'élève une demeure et vaste et vénérée;
Le goût y mit partout sa grâce et sa beauté :
Son luxe dominant est la simplicité.
Sans tours, sans pavillons, sa modeste toiture
S'élève sans orgueil imitant la nature.
De vieux chênes touffus, se perdant dans les cieux,
Y sèment les douceurs d'un frais délicieux.
Les vents des passions ignorent cet asile;
Ils savent que leur rage y serait inutile.
Le tendre et doux accord, par la gloire enchaîné,
Semble le Dieu puissant de ce lieu vénéré.
Là, loin du dur fracas d'une foule importune,
Vit le bon vieux Forey dans une humble fortune.
A la gloire toujours, autrefois, le premier,
Son bras y fut de fer, son cœur de chevalier.
Dans les champs de l'honneur, depuis sa tendre enfance,
Il prodigua son sang au salut de la France.
Partout, de l'Empereur, il suivit les combats;
Il partagea son sort, son cœur ne changea pas.
C'est là qu'il sait nourrir à notre brave armée
Ce feu sacré du cœur qui fait la destinée.
Nos braves vétérans connaissent ce séjour;
Ils s'y croient tous des droits, ils ont le même amour.
A tous ces vieux guerriers cette demeure est chère;
Elle est comme un soleil conservé sur la terre.
De ce foyer de gloire, à la France gardé,
Le feu s'étend partout par leur souffle animé.
Dessous ce vaste toit, temple de la patrie,

Brillent mille tableaux de gloire et d'énergie.
Tout le tour de ses murs, par le pinceau tracés,
Se voient nos ennemis vaincus et terrassés.
Là se peint à grands traits cet âme enchanteresse,
Ce si sublime honneur qui toujours nous caresse.
Napoléon premier, en tête des tableaux,
S'y distingue attisant ses superbes flambleaux.
Là, son illustre épée, au gré de sa vaillance,
Met l'Europe à ses pieds, courbant sous sa puissance;
Et la France, partout, y planant à plaisir,
Semble par le présent maîtriser l'avenir.
Ces portraits du passé grandissent l'espérance,
Et conduisent les cœurs au culte de la France.
Là, nos braves enfants, les enfants des combats,
Volent tous à la gloire en dépit du trépas.
Leur vie est pour l'honneur, et l'aigle de ses ailes
Protége de son cœur leurs palmes immortelles.
On les voit, du Midi jusqu'au froid Kremlin,
Terrasser la fierté sur leur brillant chemin.
La mort ne peut changer les fiers bonds de leur âme;
Elle excite au contraire une invincible flamme.
De vous, Lanne et Desaix, ô qu'on aime le cœur!
On pleure en vous voyant mourir au champ d'honneur.
On aime votre gloire, on y trouve des charmes;
On meurt pour vous venger en vous donnant des larmes.
Notre patrie aimante a buriné ces traits
Aux pieds de ses autels, ils n'y mourront jamais.
Plus loin Waterloo, dans des tableaux plus sombres,
Montre de nos malheurs les terribles décombres.
Le monde, les éléments partout coalisés,
Semblent nous illustrer sous leur poids écrasés.
La France, succombant sous leur énorme masse,
Y brille malgré tout dans ce tableau qui glace;
La mort et les frimas n'y peuvent tout ravir :
Mille faits éclatants sont là pour l'avenir.
Un peu plus loin l'on voit nos aigles mutilées
Sourire en d'autres jours pour d'autres destinées.

Leur regard est brillant au penser de l'honneur,
Leur courage renaît et ranime leur cœur.
Elles voient leur soleil, elles secouent leurs ailes;
Leurs yeux étincelants et leurs serres cruelles
Frémissent de plaisir; leur horizon grandit,
Elles cherchent la gloire, et elle leur sourit.
Prêtes pour les combats, sortant de l'avalanche,
Elles secouent la neige et demandent revanche.
Au bas de ce tableau se lisent ces deux mots :
« Aigles, consolez-vous, naissent d'autres héros.
» Aigles, consolez-vous, Dieu protége la France;
» Vos beaux jours reviendront, riez à l'espérance! »
Napoléon frémit, il sent bondir son cœur;
Il sent l'âme française, il en veut le bonheur ;
Sa nature gémit, et de bien douces larmes
Coulent pleines de joie au souvenir des armes.
O bien douce patrie! ô sacré sentiment!
Oui, ta foi d'avenir était d'un poids puissant!
Tous les cœurs se parlaient et sentaient leur doux dire;
L'empire de la foi reprenait son empire.
Louis-Napoléon, de son peuple entouré,
Semblait un dieu puissant sur la terre arrivé.
A tous il semblait voir revivre sur la France
Cette âme d'autrefois faite pour la puissance.
Tous nos braves, alors, se sentaient à vingt ans;
Ils oubliaient leurs maux, ils oubliaient le temps.
Le temps n'avait rien pu sur l'âme belliqueuse;
Elle restait la même, et, fière et généreuse,
Sur les ailes du Temps elle apprit l'avenir;
Elle a pu deviner, elle a pu réfléchir.
Prince, dit le vieillard, pardonnez, je vous prie,
Un sentiment bien doux, le plus doux de ma vie;
Mes yeux peuvent revoir ce que voulait mon cœur;
J'en rends grâce à mon Dieu, auteur de ce bonheur.
Je vois enfin venir, aux confins de ma vie,
L'aurore du bonheur de ma douce patrie.
L'héritier du grand homme est enfin à mes vœux;

France, je puis mourir satisfait et heureux !
Prince, j'ai conservé, pour ce grand cœur que j'aime,
Ici, des souvenirs où l'âme se promène.
Vous voyez ces tableaux avec ordre assemblés,
Soldat, j'y vis l'honneur : je les ai conservés.
Prince, quand je les suis, je sens bondir mon âme ;
Cette âme d'autrefois a toujours même flamme.
A nous autres soldats, allaités par le cœur,
La souffrance n'est rien quand il s'agit d'honneur ;
Jugez par ces tableaux de notre apprentissage,
Leurs faits, vous le voyez, en sont le plus pur gage ;
Ici ce feu divin, avec soin retracé,
N'attend que le moment que le cœur a rêvé.
Hélas ! c'est un espoir, c'est une tendre envie
Qui sourit à nos cœurs, ainsi qu'à la patrie.
Ce si doux rendez-vous des pauvres vétérans
Ranime nos pensers et nos plus doux moments ;
Et là, tournant nos cœurs aux vœux de la nature,
La foi s'éveille grande et plaît par son murmure.
Oui, Prince, c'est pour vous qu'on aime l'avenir !
L'âme ne vieillit pas quand le cœur veut servir.
Nous avons nos enfants, ils marcheront de même ;
Votre nom les grandit, votre cœur les enchaîne ;
Dans l'amour de la France ils furent élevés ;
Nos serments sont les leurs, ils resteront sacrés.
L'aigle que vous voyez, sortant de l'avalanche,
S'anime à votre vue et demande revanche.
C'est le temps qui vainquit, et non pas l'ennemi,
Vous le savez, bon Prince, et tout Français aussi.
Notre foi nous l'a dit et j'ose vous le dire :
Oui, la France vaincue a gardé son empire !
Prince, la France est grande, et révère ce nom
Qui la plaça naguère au plus haut échelon.
Vous pouvez regravir cette route chérie,
Vous en avez le cœur, et nous la douce envie.
La France vous attend, elle y voit le bonheur,
Elle espère d'un nom si retrempé de cœur.

Prince, Prince, marchez, votre route est facile;
On aime votre amour, soyez donc invincible!
Vous aimez le soldat, croyez à ses serments,
Soyez sûr sur l'honneur des pauvres vétérans.
Tous nos cœurs sont pour vous de fait et de langage;
Notre Empereur y crut, il en reçut le gage.
Marchez comme il marcha, nous voulons vous servir,
Et nous, en vous servant, pouvons-nous mieux finir!
Elle est des vieux soldats cette foi qui nous mène;
Ne craignez pas d'aller où l'amour vous entraîne.
Nous vous suivrons toujours, chassez les envieux
Qui se jettent partout faisant des malheureux.
Prince, changez ces temps, vous en êtes le maître;
Comptez sur le soldat, vous devez le connaître.
Les temps qui sont passés ont jugé de son cœur,
Tous suivront vos désirs, donnez-en le bonheur!
Tendre et douce amitié, qu'on aime à te connaître!
Oui, tu tombas du ciel, ici tu devais être!
Ton temple le plus beau fut le cœur du guerrier;
Napoléon le sait, le dit au monde entier.
Des larmes de plaisir arrosent sa figure;
Il ne peut résister au cri de la nature :

« O vétérans! dit-il, je crois à votre foi;
Je crois à votre amour, il est digne de moi.
Oui, mes amis, je sais ce que fut votre gloire;
Elle est dedans mon âme et vit dans ma mémoire.
L'Empereur, votre ami, si bien fait pour aimer,
M'a laissé, comme à vous, plus d'un droit à rêver.
Son symbole de gloire attaché sur la France,
Comme il est à vous tous, a fait mon espérance;
Il sera mon soutien; appuyez cet amour,
Appuyez ses efforts, payez-les de retour.
Nos devoirs sont communs, notre route est commune;
Nous avons mêmes droits, ayons même fortune!
La France attend de vous l'appui de votre cœur;
Elle compte sur vous, vous pouvez son bonheur.

Pour elle, vieux soldats, vous avez des entrailles;
Votre sang l'a prouvé sur le champ des batailles.
Je me sens même sang, je suçai même sein;
Faisons qu'un but commun couronne son destin.
Le monde nous contemple au bord du précipice;
Marchons avec l'honneur, nous avons la justice.
Le temps fut notre école, ainsi que le malheur;
Amis, frayons nos pas par la bonté du cœur.
Vieux soldats, je le sens, vous aimez la patrie;
Oui, moi, je l'aime aussi : léguons-lui notre vie!
La mort au champ d'honneur est la mort du Français;
Soldats, si nous mourons, l'honneur ne meurt jamais.
Le grand jour se fera, pour nous et pour la France;
Soldats, mes bons amis, soyez son espérance;
Gardez-moi votre amour pour un commun destin!
La ferme volonté fera notre chemin.
Oui, la foi du devoir peut tout pour la patrie!
Elle fait son destin et lui donne la vie:
Marchons avec ses pas; là-haut, au haut des cieux,
Napoléon nous voit : montrons-nous valeureux!
Soldats, son cœur lui bat, il regarde la France!
Vous fûtes ses héros, sa grandeur, sa puissance;
Le temps qui suit son cours déjà marche pour vous;
La France suit vos pas, elle sera pour nous. »

Il dit, et se dirige au palais l'Élysée,
Sa demeure habituelle, autrefois tant aimée.
Là ses nombreux amis, attachés au devoir,
Consultaient ses désirs, attendaient son vouloir.
Et toi, Jérôme, aussi, grand roi de Westphalie,
Tu t'y trouvais plaidant le sort de la patrie;
Tes deux enfants aimés, comme toi bienfaisants,
Écoutaient tes conseils d'avenir palpitants.
O Jérôme! j'entends cette phrase chérie
Exprimant tout ton cœur si cher à la patrie:

« Mon neveu, je te suis, je m'attache à tes pas;
Je mourrai te suivant, sans crainte du trépas.

Le sort de mon pays a forgé notre chaîne :
Mourir est un devoir au sort de ce qu'on aime. »

Il dit ; de douces pleurs ont noyé de beaux traits ;
Mathilde, je les vois, ils ne mourront jamais !
Oui, ton doux sentiment se sent de l'origine :
C'est le sang d'un grand roi qui bat dans ta poitrine.
Ton frère aussi ressent ce tendre et doux amour
Qui n'a d'équivalent que son bien doux retour.
Grands cœurs, consolez-vous, notre belle patrie
Accepte les efforts de votre grand génie !
La France tient bien haut et ne peut oublier
L'homme qui sut combattre et vaincre et gouverner ;
Elle a présents les temps de notre grande gloire :
Il en sortit son nom, ce nom fait notre histoire.
Ainsi parlait la France ; elle allait droit au cœur
Et donnait à rêver de beaux jours de bonheur.
Aussi Napoléon sent enfin qu'il respire ;
Des doux parents qu'il aime il jouit du sourire.

« O Jérôme ! dit-il, que ton cœur soit béni !
Oui, j'aime à l'accepter, oui, j'aime son appui !
Il me faut le pouvoir d'une âme courageuse ;
Les flots sont débordés, la mer est orageuse.
Le peuple, tu le sais, est un terrain glissant
Où tous les pas du cœur ne marchent qu'en tremblant.
Il me faut cette foi qu'un grand amour enchaîne
Pour ne pas m'éloigner des maux où l'on me traîne ;
Mais Dieu connaît mon cœur, et les Français, un jour,
Connaissant ce qu'il est, béniront son amour.
Jérôme, prête-moi cette douce prudence
Qu'on te connut toujours depuis ta tendre enfance ;
J'accepte son concours, il faut l'user au bien
Que la vertu commande, ou périr en chemin.
Je sais que c'est ton cœur, ma foi t'en remercie ;
Nos cœurs se comprendront au bien de la patrie. »
Le Prince et la Princesse écoutent ce discours ;
Leurs yeux étaient inquiets et se fixaient toujours

Autour de ce palais que la foule en furie
Avait tout saccagé dans sa sauvagerie.
Là, tant était détruit par la main des bourreaux :
Arbres, marbres, palais, et vous, tendres ruisseaux,
Vos circuits incertains ne portent plus la vie
Aux gazons du parterre, aux fleurs de la prairie;
Vos bosquets ne sont plus, et leurs brûlants regards,
La nature brutale a fondu sur les arts;
Sa foudre a desséché leur brillante parure,
Son cœur est resté sourd au plus tendre murmure.
Les plaisirs innocents n'y sont plus aux désirs;
A peine si ces lieux ont leurs doux souvenirs.
La fraîcheur ne vit plus sous la tendre feuillée
Où le bonheur courait à la douce pensée;
La feuille est desséchée aux voûtes d'arbrisseaux :
Elle tombe et surnage au doux cristal des eaux.
Plus de berceaux aux fleurs, et leurs tiges flétries
Reflètent sur les cœurs de tristes rêveries.
O Mathilde ! je sens, je comprends ta douleur;
La bonté, je le sais, compatit au malheur.
Oui, je sens qu'elle dit : Qu'avaient fait ces feuillages,
Qu'avait fait ce palais, qu'avaient fait ces bocages,
Ces prés, ces bois, ces eaux, et leurs ombrages frais
Où le timide Amour rêvait ses doux bienfaits?
Bien plus sombres encor, hélas! d'autres pensées
Se jetaient sur les morts, plaignant leurs destinées.
« Pour vous, héros, dit-elle, il n'est plus de printemps;
Vergers, vous reviendrez, et vous, beaux monuments!
Mais vous, braves héros qu'adora la patrie,
Vous ne reviendrez plus aux douceurs de la vie;
Mais votre dévouement, qui marcha vers l'honneur,
A jamais restera jusqu'au fond de mon cœur.
Hélas ! si tout se perd dans la nature humaine,
Oui, l'amour doit rester quand le devoir l'enchaîne.
La colonne d'airain l'a montré jusqu'aux cieux;
Elle vivra toujours malgré les envieux. »
Ainsi parlait Mathilde aux yeux d'un tendre père,

Aux yeux de son cousin, aux yeux d'un tendre frère ;
Son visage vermeil et son air de candeur
Laissaient apercevoir tout ce qu'était son cœur.
La Bonté souriante à figure ingénue,
Telle que Dieu la mit ici-bas toute nue,
Avec ses tendres yeux, secours des malheureux,
Était moins belle qu'elle en descendant des cieux.
Louis-Napoléon, regardant son visage,
Sentait battre son cœur, songeant à leur jeune âge.
« O Mathilde ! dit-il, descends aux souvenirs !
Oui, le sort a brisé des projets, des désirs ;
La tourmente des temps a fait de durs mensonges !
Les nœuds les plus sacrés ont fui comme des songes.
Mais ces songes toujours font le charme du cœur ;
Oui, ces nœuds du passé font encor le bonheur !
Telle est la destinée ; elle marche incertaine,
Et son but inflexible a forgé notre chaîne.
Vous voyez ce palais, ô mes tendres amis !
Aussi, comme nous tous, il eut ses ennemis ;
La passion de l'homme, avec sa main impure,
A brisé ses salons et détruit leur parure.
Si ma chambre est modeste avec son mobilier,
Elle revit des traits que je savais aimer.
C'est ici qu'habitait une tête bien chère ;
Pardonnez-moi mes pleurs, amis : c'était ma mère !
C'est là que je vivais pressé contre son sein,
Pressé par le bonheur de sa bien douce main ;
C'est là que son amour, heureux de son délire,
Par des gestes amis excitait mon sourire.
Il me semble l'entendre et la voir tour à tour
Soupirer à ma voix et tressaillir d'amour.
Son cœur s'épanchait tout quand ma frêle nature,
Ressentant son baiser, riait à sa figure.
C'est là que le grand homme, ennuyé du fracas
De la foule des grands, acharnés à ses pas,
Venait se délasser dans cette vie intime
Qu'Hortense sut créer en son cœur magnanime,

Où, là, tout s'oubliait jusqu'aux emportements
Que suscitaient toujours les esprits turbulents.
Hortence avait parlé ; son séduisant sourire
Avait sur l'Empereur un tout-puissant empire.
— Je vous crois, disait-il, vous avez bien jugé ;
Votre cœur le désire, il le veut, accordé.
— Son front se déridait, il reprenait son calme
Sous l'empire d'Hortence et de son tendre charme ;
Et, se tournant vers moi : Viens, dit-il, mon enfant ;
Je sens mon cœur qui rit te voyant souriant.
Approche donc, mon fils, cette main si mignonne ;
Accepte ce baiser, l'Empereur te le donne.
Un jour peut-être, un jour, ce tendre et doux baiser
Sera-t-il pour la France un sujet de rêver.
Oh ! mon petit enfant, soupèse cette épée ;
Peut-être, hélas ! qu'un jour elle t'est destinée.
Travaille et grandis donc pour en porter le poids ;
Elle aime le génie et vit de ses exploits.
Si le sort te la donne, exauce ma prière ;
Elle est dedans ces mots : suis le cœur de ta mère ! »
Voici les souvenirs qui vivent en ces lieux ;
Louis-Napoléon se complaît avec eux.
Ses hôtes attendris laissent couler des larmes ;
Ces pensers du grand homme avaient pour eux des charmes.
Ils allaient parcourir les tendres liens du cœur,
Qui forment la famille et qui font le bonheur ;
Mais la nuit avait fui ; Phœbé, silencieuse,
Ne brillait plus au ciel, la nuit est ténébreuse.
On se quitte à regret, inquiets sur l'avenir,
Mais tout pleins du désir d'aimer et de servir.

FIN DU CHANT QUATRIÈME.

CHANT CINQUIÈME.

La paix enfin régnait, tout marchait à merveille,
Comme après un orage où le calme sommeille;
La France jouissait de la tranquillité;
Elle avait le repos avec la liberté.
Mais cette liberté, fille de l'anarchie,
Ne vit pas de la paix : elle est son ennemie.
Ce lion rugissant marche démuselé,
Le cœur toujours avide et le goût affamé;
Son œil embrasse tout, la France est son arène;
Au gré de ses désirs son dur cœur se promène.
Il est sourd à tous cris, rien ne peut l'arrêter;
Sa volonté de fer veut toujours dominer.
L'avidité sans frein aiguillonne son âme
Du besoin qui la mord et du but qui l'enflamme;
Elle guette sans cesse avec son œil perçant;
Elle est tout à son but et attend le moment.
Le pouvoir se débat aux griffes de l'envie;
La lutte recommence au sein de la patrie.

Contre le Président tout conspire à la fois ;
La nature est sans cœur, et le cœur est sans voix.
La chambre est oublieuse et redoute son zèle ;
Elle craint son prestige et devient infidèle.
Contre tout ce qu'il fait elle ose se montrer :
C'est de l'acharnement, et ne sait que blâmer.
Elle y met son plaisir, et sa reconnaissance
N'a jamais enchaîné toute sa médisance.
Napoléon grandit de son jeu menaçant ;
Il y semble insensible et marche grandissant.
La noblesse du cœur sait se faire un passage ;
Plus elle a d'embarras, plus elle a de courage.
Louis-Napoléon ne recula jamais ;
Il avait méprisé l'envie et ses méfaits.
L'occasion marchait, et l'homme de génie
A trouvé son soleil pour sauver sa patrie.
Le grand jour s'était fait, il n'avait qu'à marcher :
C'est du terrain de plus qu'on lui donne à glaner.
Il avait assez fait, on devait le connaître ;
Il devait être grand, il était né pour l'être.
La France a reconnu les élans de son cœur ;
Elle espère de lui le chemin du bonheur.
La bonté du héros a fait la confiance ;
Elle est son avenir, elle est son espérance.
Il peut marcher sans crainte, il marche généreux ;
Il a l'âme d'agir et de voler aux vœux.
L'effort de son génie a prédit sa puissance ;
La richesse le dit si bien que l'indigence.
Pauvre, il aime le pauvre, et il en est aimé ;
Son cœur avec bonheur tourne de son côté !
Et, toujours aux aguets d'un bien, d'une ressource,
Il sait agir toujours, l'amour en est la source.
Il vole à tous périls, il ne redoute rien ;
Il ose les franchir pour en tirer le bien.
Sa fermeté le veut et presse son envie ;
Cette source, toujours, coule pour la patrie.
Il aime le soldat, comme font les héros ;

Il cherche son bien-être, il adoucit ses maux.
Il sait trouver toujours, sans haine ni caprice,
Le tendre et doux bonheur de lui rendre justice.
Affable et complaisant, et toujours son appui,
Son sou d'économie est réservé pour lui. .
Aux champs de la manœuvre il aime son génie;
Là, tout son cœur jouit d'une nouvelle vie;
Là, son penser grandit des grandeurs de son nom;
Il s'aime aux doux plaisirs du grand Napoléon.
C'est là qu'il est à lui, qu'il respire la gloire;
Là, lui rit le présent des temps de la victoire.
Dans les champs d'avenir il prévoit le bonheur;
Il lui semble déjà voler aux champs d'honneur.
Alors, n'écoutant plus que la divine flamme
Qui fait le grand désir, qui transporte son âme :

« O mes amis! dit-il, j'aime votre savoir;
Avec de tels soldats, le cœur n'a qu'à vouloir.
Vous pouvez vos destins, oui, j'en ai l'espérance!
Je vous lègue mon sort, usez-en pour la France.
L'intrigue aura beau faire, et malgré son venin,
Le droit dominera sur votre beau chemin.
Comme moi, je le sais, vous aimez la patrie;
Avec moi, comme moi, léguez-lui votre vie.
Vous le ferez, soldats, sur vous j'ose compter;
On gagne à vous connaître, on aime à vous aimer.
Oui, vous serez toujours bien chers à ma pensée!
Elle saura marcher pour votre destinée.
Oui, j'aimerai toujours mes braves vétérans;
En tous temps et partout ils seront mes enfants! »

Il dit; et son bon cœur, si grand pour sa patrie,
Porte encore son penser vers une terre amie.
On sait qu'il avait dit : Pour arriver au bien,
Je frapperai partout pour lui faire un chemin.
Rome, la ville sainte, avait senti sur elle
Pleuvoir le contre-coup d'une guerre cruelle.
Tout ce qui fut de vil sous la voûte des cieux,

Y vole pour piller et ravager ces lieux.
Par la force l'on voit cette ville asservie
Accepter le drapeau de la démagogie.
Ville du Christ, ô Rome! que je plains ton destin!
Que ton cœur doit gémir! ton cœur est trop humain!
Mais il fallait courber, recevoir l'incendie,
Avec tous ses malheurs et leur ignominie.
Là, le meurtre partout, avec art apprêté,
Faisait la république avec la liberté.
Le peuple trop crédule en ignore l'abîme;
Il en est le prétexte, il en est la victime.
Son sang coule à gros flots, et la terrible peur
Forge la république en effrayant le cœur.
Là, Mazzini triomphe, il impose son règne;
C'est le mal qui le fait, c'est dans lui qu'il se traîne.
Là, la peur, à genoux devant la cruauté,
Obéit à sa voix : son règne est respecté.
Le pape est malheureux; malgré tout son génie
Il se voit dominé par la démagogie.
Mille projets divers viennent l'assiéger;
Ils sont mis en avant sans rien exécuter.
Il abhorre le sang, et son esprit candide
Méprise, selon Dieu, le couteau parricide.
Représentant du Christ, il écoute son cœur;
Il doit suivre ses pas, accepter le malheur.
Cette abnégation, cette grande sagesse
Auraient bien dû pailler le grand mal qui tout presse.
Mais, hélas! tout est vain, le sort en est jeté;
Rome courbe son front, son grand règne est passé!
La mort court sur son sol, et son affreux génie
Se plaît dans les sanglots et dans la barbarie.
Le doux oint du Seigneur est sans germe et sans fruit;
Le mal fait l'avenir, il se dresse et surgit.
Sur un chef de l'Église, une main ennemie
Abaisse son poignard poussé par la folie.
Le sang ruisselle et court : un ministre est frappé ;
Aux pieds du grand pontife il roule ensanglanté.

La mort couvre ses yeux, et sa mâle énergie
Pousse ces derniers mots : Je meurs pour ma patrie !
Le pontife à ces maux est obligé de fuir ;
Ainsi son Dieu le veut, son cœur doit obéir.
Sur un terrain voisin il marche, il se retire ;
Il est fêté partout comme son nom l'inspire :
Bonté, respect, honneur et vénération
Entourent le grand chef de la religion.
Oh ! qu'il est grand, alors, dans sa douleur profonde !
A l'image du Christ il veut s'offrir au monde.
Il ne veut pas le sang, il l'a senti crier ;
Pardonner est son cœur, se venger c'est aimer.
Son âme se recueille, et la douce espérance
Court aux pieds de son Dieu supplier la clémence.
Elle y court heureuse, et sa grande bonté
Par les devoirs du cœur trouve son cœur vengé.
Ses regards sont au Christ, le Christ lui dit : Espère ;
Le jour est fait en haut, il descend vers la terre.
L'Église marchera plus belle vers les cieux ;
Son front, loin de baisser, s'élèvera radieux.
Son socle est immuable, et la coupable envie
Sous sa base sera foulée, anéantie !
Mais ce n'est pas fini pour ces lieux malheureux,
Leurs crimes vont toujours de plus en plus affreux.
On voit de tous côtés circuler dans les rues
Des spectres furieux aux figures perdues,
Et mille fainéants, de pillage affamés,
Que la vue incrimine avant d'être jugés.
Élevés dans le mal, ils aiment son empire ;
Leur but est tout pour lui, leur but est de détruire.
Le pillage leur plaît, c'est un tendre plaisir ;
Ils y voient le présent sans retour d'avenir.
Que de grandes vertus, de bonté, de courage
Sont tombés à leurs pieds succombant à leur rage !
Semblables aux vautours dont la férocité
Envie au dur pavé le sang qu'il a sucé,
Leurs yeux étincelants d'une sauvage joie

Fondent de tous côtés pour dévorer leur proie;
L'humanité n'est plus, et leur atrocité
Dessus l'homme de bien s'acharne en cruauté.
De ces tristes horreurs l'Église est assombrie;
Ce doux lieu de prière se transforme en voirie;
Ce n'est plus qu'un enfer où des bandits hideux
S'abreuvent sans gémir du sang des malheureux.
La France s'en indigne en son mal elle-même;
Elle a les yeux sur Rome, où la douleur se traîne,
Où le doux pain du Christ, l'élément du bonheur,
Se donnait chaque jour pour convertir le cœur;
Où le Christ disait : Pécheur, aie confiance;
Écoute mes conseils, je suis ton espérance.
La France compatit à l'aspect de ces maux;
Elle a les yeux sur Rome et compte ses bourreaux;
Avec horreur, hélas! sur cette terre amie,
Elle voit triompher l'affreuse barbarie.
Elle voit qu'un pouvoir bien autre que le sien
Pourrait marcher quand même et nuire à son chemin;
Qu'il fallait, pour garder toute notre influence,
Le secours généreux des armes de la France;
Car l'Autriche était là toute prête à marcher
Et à ravir un droit que nous voulons garder.
Le pouvoir l'apprécie, en entretient la chambre;
Le ministre Barrot, enfin, le fait comprendre.
Elle a vu le danger, ses yeux sont dessillés;
Elle vote aussitôt tous les fonds demandés.
La France est généreuse, elle est compatissante;
Au secours du bon droit elle est toujours présente :
En tous temps, en tous lieux, elle y mit son bonheur,
Et ne saurait faillir au devoir de son cœur.
Cette guerre est trop sainte, elle est pour la justice;
Elle est un grand devoir, et non un sacrifice.
Tous nos soldats sont prêts; à leur commandement
On désigne Oudinot, et il vole en avant.

Toulon, ce fort immense où la mer est paisible,

Où se calment les vents, et l'abord est facile ;
Dont le bassin profond, dans ses immenses bras,
Reçoit mille vaisseaux, protége mille mâts ;
Où tant de nations, sur son onde fidèle,
Voient couler leurs produits qui reposent sur elle ;
Où l'échange toujours, toujours renouvelé,
En rapporte son fruit toujours en sûreté ;
Où l'œuvre du génie, éclairant le génie,
Apporte l'abondance et grandit la patrie :
C'est là, c'est dans ces lieux que l'on va s'embarquer.
Là sont nos régiments, ils sont prêts à voguer ;
Nos soldats sont heureux : le feu de la patrie
A fait tourner leurs cœurs vers la pauvre Italie.
Ils sont à leur bonheur : on entend dans les airs
Les cris les plus joyeux mêlés à leurs concerts ;
Ils chantent les exploits qui brillent sur la France,
Son cœur, son avenir et sa grande vaillance.
Nos braves matelots apprêtent leurs vaisseaux
Et mêlent leurs doux chants à ceux de nos héros.
Tout est prêt au départ, tous comptent sur la gloire ;
Déjà le droit du bien leur prédit la victoire.
Le tambour bat aux champs, et son doux roulement
Électrise les cœurs d'un pieux sentiment ;
Bientôt la cloche sonne, et l'on voit l'équipage
A genoux sur le pont, les yeux sur le rivage.
Un silence profond règne de toutes parts ;
Il attendrit le cœur, appelle les regards.
Un prêtre aux cheveux blancs, à genoux, l'âme fière,
Apparaît sur le pont à la troupe guerrière ;
Sa figure était calme, et sa grande ferveur
Appelait le respect sur les devoirs du cœur.
O spectacle touchant, qu'on aimait ton empire !
Qu'on aimait à te voir ! qu'on aimait ton sourire !
Le vent se tait sur l'onde et attend les accents
Qui vont voler vers Dieu de tant de cœurs aimants.
Ce prêtre vénérable, au milieu du silence,
Au bruit du cœur qui bat à la toute-puissance,

La main sur la poitrine et les yeux vers le ciel,
Il adresse ces mots aux pieds de l'Éternel :

« Mon Dieu, mon Dieu, dit-il, écoute ma prière!
Elle est du fond de l'âme, elle est juste et sincère.
Regarde sur le pont, regarde tes enfants;
Tu les vois à genoux, reçois leurs doux accents.
O Dieu! maître de tout, toi dont les mains fécondes
Mirent dans l'infini le tourbillon des mondes;
Dieu des vents et des mers, protége ces vaisseaux!
Daigne les soutenir sur la fureur des flots;
Suis-les sur les écueils d'un regard magnanime!
Prends pitié de nos cœurs flottant sur cet abîme!
Que peuvent nos travaux? Ils marchent incertains
S'ils ne sont soutenus de tes puissantes mains.
O Dieu! moteur de tout, nos alarmes t'implorent;
Abaisse ta pitié sur des fils qui t'adorent;
Affermis bien leurs cœurs dans ton culte et ta loi :
La force, tu le sais, nous la tenons de toi.
Dirige nos vaisseaux à travers les tempêtes;
Décourage le mal qui menace nos têtes.
Épargne-nous, mon Dieu, protége notre ardeur,
Protége nos desseins, protége notre cœur.
Le pape a fui de Rome, elle est abandonnée;
Du sang des malheureux elle est ensanglantée;
Permets donc, ô mon Dieu! que nos bras courageux
De la main des méchants débarrassent ces lieux.
Ah! fais donc, ah! fais donc que leur mauvais génie
Se retourne contre eux et contre leur furie!
Fais que ces pavillons qui te sont consacrés
Portent haut leurs drapeaux par tes mains illustrés!
Qu'ils rabaissent l'orgueil par leurs propres exemples,
Et ramènent la vie et la foi dans tes temples. »

Il dit; la flotte est prête, et partout dans les airs
On entend retentir le bruit de ses concerts;
Des regards échangés on voit couler des larmes :

Cette mer frémissante emporte bien des charmes.
Déjà la flotte part, elle s'enfuit des yeux;
On se fait des baisers, on se fait des adieux,
Et cet échange doux, de la mer au rivage,
Laisse de l'amitié la plus touchante image.
Les vœux les plus ardents se détachent du cœur;
Ils suivent nos soldats, les lient aux champs d'honneur.
Le jour est calme et doux, le ciel est sans nuage;
Un soleil bienfaisant éclaire l'équipage;
La mer est souriante, elle n'a pas de flots;
A peine si la brise en peut rider les eaux.
La vapeur siffle et part, les vaisseaux battent l'onde;
Ils ne sont plus qu'un point sur cette mer profonde,
Qu'un doux regard d'amour et recherche et poursuit.
Ce tendre point fuyant, enfin, s'évanouit;
Il n'est plus rien aux yeux, il vogue dans l'espace;
De ces sentiers mouvants il n'est plus nulle trace,
Et la flotte déjà n'a plus devant les yeux
Que le cristal de l'onde et la voûte des cieux.
Alors, alors, le cœur, plein de mélancolie,
Jette un doux souvenir sur sa tendre patrie :
Un doux baiser donné sur un cœur palpitant
Sera-t-il le dernier à l'amour frémissant?
Il n'est plus de verdure, il n'est plus de bocage,
Il n'est plus de soupirs sous les voûtes d'ombrage;
Ce n'est plus que hasard sous la voûte des cieux,
Et silence de mort sur des gouffres affreux.
La flotte est déjà loin, sa course fugitive
Cherche dans le lointain l'éclat d'une autre rive.
Un point bientôt paraît sur les mobiles eaux;
Il est masqué souvent par les rides des flots.
Ce point grandit enfin pour ne plus disparaître,
La terre se dessine et commence à paraître;
Dessous un beau ciel bleu, le doux sol des César
Brille dans le lointain et frappe le regard.
La flotte reste émue en approchant la rive
Où toute vertu meurt ou reste fugitive,

Où tout est méconnu, si ce n'est les horreurs
Qui dégradent l'esprit et corrompent les cœurs.
C'étaient les mêmes temps qui revenaient au monde
D'où surgit un grand nom et sa gloire féconde;
Ce souvenir marchait, le cœur le résumait,
Et de lauriers pareils la flotte se berçait.
Civita-Vecchia se dessine et s'avance;
On distingue ses murs qu'un fort puissant devance,
Dont les vastes contours, en tous points crénelés,
Offrent des trous béants de canons hérissés.
Derrière la tour se dessine la ville,
Qui domine la mer sur un terrain fertile,
Dont le port grandiose, en ses profondes eaux,
Peut fournir un asile aux plus vastes vaisseaux.
Oudinot donne ordre à la flotte campée
De se tenir en ligne et d'y rester ancrée;
Il fait dire aussitôt au gouverneur du port
De venir lui parler, qu'il l'attend à son bord.
Le gouverneur s'y rend; le général s'avance,
Lui fait part du mandat dont l'a chargé la France :

« Gouverneur, lui dit-il, le bruit des grands malheurs
Qui minent l'Italie amène ici nos cœurs;
Nous vous portons secours; que Rome soit sans crainte :
Mon but est un devoir et non pas une feinte.
La France est généreuse, elle court au malheur;
Partout où sont ses pas, là se jette son cœur.
Vous voyez notre envie, elle est toute pour l'ordre;
Son but n'est pas de vaincre en dehors du désordre.
Je viens pour protéger et non pour asservir;
Le but de ma patrie est de vous secourir
Contre la cruauté, le fruit de l'anarchie,
Qui de Rome puissante a fait Rome asservie.
Pensez, réfléchissez, vous en avez le temps;
Notre but et nos bras ne sont que des présents.
Je ne fais qu'obéir au vœu de ma patrie :
Elle pleure vos maux, vous tend sa main amie. »

Le gouverneur écoute, il paraît consterné
Et de l'offre qui presse et du zèle empressé :

« O général! dit-il, Rome vous remercie ;
Rome peut se suffire, elle vit de sa vie.
La France ignore donc que Rome a son pouvoir,
Qu'elle a l'ordre et les lois selon son bon vouloir ;
Et j'ose protester, au nom de ma patrie,
Contre votre désir et le mot d'anarchie.
Notre pouvoir est né de notre volonté ;
A l'exemple du vôtre il se trouve formé :
Le droit qui fut pour vous n'est-il pas pour nous-mêmes ?
L'Europe vous contemple, éloignez donc vos chaînes
Qui feraient l'injustice et tueraient le bonheur.
Non, non, notre pouvoir n'est pas digne d'horreur !
Illustre général, si votre âme inflexible
Considère ma voix comme chose inutile,
Accordez un moment au but de mon devoir ;
Du pouvoir consulté vous saurez le vouloir. »

Oudinot y consent, et Rome est consultée ;
Sa réponse était claire ; elle est bientôt donnée.
Trois hommes pleins d'audace, et grands chefs de parti,
Les héros Mazzini, Caffi, Garibaldi,
Appuyés sur la crainte et la démagogie,
A Rome épouvantée imposaient leur folie.
Ils ne pouvaient douter que leur gouvernement
Ne fût bien pour la France un sujet de tourment ;
Ils savaient que sa main était leur ennemie,
Qu'elle serait contre eux et contre leur génie.
Leur réponse fut prompte, et leurs cœurs exaltés
Articulent ces mots par la rage poussés :

« Allez dire à la flotte et à son chef impie
Qu'ils retournent le dos et gagnent leur patrie ;
Car Rome est décidée, elle en fait le serment,
A s'opposer de force à leur débarquement. »

Oudinot, à ces mots, courroucé, plein de rage,
Ressent son cœur bondir et doubler son courage :

« Soldats, dit-il aux siens, nous venons en amis;
Nous ne trouvons ici que des cœurs ennemis.
Faisons notre devoir, la France nous l'ordonne,
Puisqu'ils ne veulent pas des bienfaits qu'on leur donne.
Le monde nous contemple apportant des bienfaits;
Montrons à ces ingrats que nous sommes Français. »

Il dit; et aussitôt le clairon de la gloire
Électrise la flotte au feu de la victoire.
Tous les vaisseaux sont prêts, la mer tremble et frémit
Sous les terribles coups du canon qui mugit;
Son front uni se ride et voit voler la mort
Qui part de nos vaisseaux et tombent sur le fort.
Tout s'ébranle de peur, la ville est consternée;
D'un torrent de boulets elle semble inondée.
Les bombes cheminant en son brillant ciel bleu,
Tracent mille dessins en des courbes de feu,
Qui, tombant sur la ville en dévorante pluie,
Portent la mort partout ainsi que l'incendie.
Le désespoir bientôt vient saisir chaque cœur;
Il grossit les tableaux, il grossit le malheur;
La place voit bientôt toute son impuissance,
Elle livre ses clefs au pouvoir de la France.
Le canon fait silence, et nos soldats joyeux
Font retentir les airs de leurs chants belliqueux.
On s'avance, on débarque, et le ciel d'Italie
Accepte sur ses bords notre flotte chérie.
La ville se rassure, et nos vaillants soldats
Retournent en bienfaits le fruit de leurs combats.
Ici pas de vaincus à la morgue guerrière,
Point d'humiliation au tribut de la guerre :
Ce sont des défenseurs, amis de l'opprimé,
Qui sont là pour le bien et pour la liberté.

FIN DU CHANT CINQUIÈME.

CHANT SIXIÈME.

La ville est rassurée, et chacun à l'envie
Use de tout son calme et revit de sa vie;
Le peuple enfin respire, il n'a plus de terreur :
Nos égards tout français ont convaincu le cœur.
On aime nos guerriers et cette gaîté pure
Qui suit partout leurs pas et qui fait leur nature;
On leur offre partout des branches d'oliviers,
Des couronnes de fleurs ainsi que des lauriers.
Là, de jeunes beautés ont leur tendre sourire;
Ils en aiment le prix, ils en aiment l'empire,
Et le myrte amoureux, ombrage des plaisirs,
A ses tendres moments, comme ses doux soupirs.
Leur gloire ainsi se paie, en ces voûtes fleuries,
Des larcins de l'amour et de ses rêveries;
Ainsi s'enfuit le temps, et ces superbes lieux
Leur font tout oublier de leurs jours malheureux.
Mais cette douce paix, digne fruit de la gloire,
Devait bientôt s'enfuir du gain de la victoire;

Mazzini plein d'horreur, Mazzini frémissant,
Espère se venger · il en fait le serment.
On s'assemble dans Rome, où le peuple en furie
Agite dans le sang le sort de la patrie;
Là sont ses nombreux chefs d'écarlate habillés,
Coiffés du bonnet rouge et leurs sabres tirés;
Ils parcourent tout Rome en haraguant la foule :

« O Romains! disent-ils, d'où vous vient tant de trouble?
César ne trembla pas devant le monde entier,
Il le mit à genoux devant son front altier.
Soyons toujours Romains, quand la reine du monde
Nous demande sa gloire et sa valeur féconde;
Regagnons son pouvoir, l'effroi des nations.
Marchons pour imiter ces fières légions
Dont le choc tout de feu frappait comme la foudre,
Pour terrasser l'orgueil et le réduire en poudre.
Nous avons même sang, nous avons même cœur;
Marchons dessus leurs pas aux sentiers de l'honneur.
Écrasons ce vil froc, cette source d'envie,
La mort de tout cœur libre et la mort du génie,
Dont le voile lugubre et le culte menteur
Se ménagent l'orgueil au gré de son bonheur.
Fuyons son esprit vain et sa langue reptile;
Étouffons son venin en poison si fertile;
Écrasons à jamais le doux jeu de sa voix,
Qui, pour lui faire un ciel, nous attache à la croix.
Le pape a fui tremblant, et Rome est délivrée;
Soyez contents, Romains, de votre destinée.
Notre dieu le plus vrai, non, non, n'est pas le sien!
Le nôtre opprime-t-il? Non, non, il est humain!
Il ne fait pas courber le genou vers la terre;
A son cœur de bonté sa créature est chère;
Il lui dit d'élever ses regards vers le ciel,
Et non pas de lécher des pieds couverts de fiel.
Soyez libres, Romains, ah! respirez la vie!
Ah! marchez, marchez tous pour l'illustre Italie!

Un peuple oppresseur, un peuple opprimé
En veut à votre honneur, à votre liberté,
Et, méprisant nos droits, les droits de la justice,
Il vient pour nous doter du jeu de son caprice.
Pensez, pensez, Romains ! est-ce là du devoir ?
N'est-ce pas imposer un mal qu'il faut prévoir ?
Je frémis à cela, vous frémissez de même ;
La France est ennemie, et son joug est extrême :
Il faut tout repousser, Romains, il faut marcher.
Fondons sur ses soldats, il faut les expulser ;
Ils sont sur notre sol épris de leur victoire :
Romains, à leur triomphe oseriez-vous croire ?
Non, non, le droit nous dit : Soldats, il faut marcher !
Marchons donc, du courage, il faut nous en venger.
Formons nos bataillons ; que cette troupe impie
Succombe sous les coups des fils de la patrie ! »

A ce tendre discours le peuple est exalté ;
Il use de sa force et de sa liberté.
Les cris les plus affreux dans les airs retentissent ;
Le sol au loin gémit sous ces voix qui mugissent.
Aux armes ! dit le peuple ; aux armes ! dit le cœur ;
Tous les traîtres à mort ! volons aux champs d'honneur !
Ces spectres menaçants, de boissons enivrés,
Forment leurs bataillons de carnage affamés.
Du sang le plus humain ils se font de doux charmes ;
La rage, le dépit leur font forger des armes :
Le fusil, la massue et l'effroyable faux
Se montrent à leurs mains ou pendent à leurs dos.
Leur regard devient fixe, et leur bouche entr'ouverte
Criaille, vocifère et jure notre perte.
Une femme s'avance : elle a le port altier,
Le maintien rassuré, le regard du guerrier :
C'est de Garibaldi l'épouse bien-aimée,
Qui voudrait commander cette troupe effrénée.
Un casque magnifique, avec art ajusté,
Recouvre son front pâle et de gloire altéré ;

Son armure éblouit; une implacable rage
Donne à son maintien l'ardeur et le courage.
Un manteau couleur rouge, en replis ondoyants,
Recouvre son beau sein et flotte au gré des vents;
Ses yeux ont le brillant du feu de la colère;
Ils semblent respirer le bonheur de la guerre.
Son cœur bat pour la gloire, et ce terrible cœur
Soupire au doux plaisir de voler à l'honneur :
Elle attend le moment d'assouvir sa vengeance,
Tout son être brûlant dépeint l'impatience.
Elle monte un coursier et jeune et vigoureux ;
Il dresse son front fier, superbe et orgueilleux ;
Il s'agite, il bondit, il s'arrête, il s'avance ;
Du pied frappe la terre, il se dresse, il s'élance ;
Enfin, le retenant de sa puissante main,
Elle tient au sénat ce brûlant entretien :

« O Romains! valeureux pères de la patrie,
Dit-elle, le temps fuit, le sang de Rome crie,
Et vous délibérez; l'ennemi, souriant,
Méprise vos discours et marche triomphant.
Avec vos grands mots, vous êtes sans défense ;
Faut-il délibérer quand l'ennemi s'avance?
Est-ce ainsi que faisaient nos pères les Romains?
Non, non, ils agissaient; tous vos discours sont vains.
Permettez qu'une femme, à son pays vouée,
Vous montre le devoir d'une âme bien trempée :
Ce devoir est le droit que vous devez aimer;
Combattre est le devoir; le droit, c'est de venger.
Vous le savez, Romains, une sauvage armée
Terrasse l'avenir de notre destinée;
La liberté s'écroule, ô Romains, au combat!
Écoutez donc ce cœur, il vous parle en soldat.
Qu'on me laisse marcher; je ne suis qu'une femme,
J'ai l'amour du guerrier et son feu qui m'enflamme.
Daignez suivre ce bras, imitez sa valeur;
La femme doit se battre, oui, son cœur est véngeur.

Ah! volons au combat : avant tout la patrie ;
Léguons-lui nos efforts, notre sang, notre vie.
Permettez donc, Romains, à mon timide cœur,
De précéder vos pas partout aux champs d'honneur ;
Il faut un châtiment à la cruelle envie :
On meurt avec plaisir quand c'est pour la patrie. »

Garibaldi frémit, il était convaincu ;
Il sentait là son cœur dans toute sa vertu :

« Tendre épouse, dit-il, j'aime votre pensée ;
Elle est grande, elle est vraie, elle est juste et fondée.
Nous aimons vos désirs, vous pouvez commander ;
Cette troupe est à vous, vous n'avez qu'à marcher.
Mon cœur se trouve heureux de votre noble envie ;
J'ose m'en honorer, marchez pour la patrie.
Soyez grande toujours, selon votre désir ;
Marchez pour le présent, marchez pour l'avenir.
Rome vous le permet, courez à la victoire ;
Donnez-vous en exemple et volez à la gloire.
Marchez donc sans égards, marchez d'un bras vengeur ;
A ce troupeau cruel apportez la terreur ;
Qu'ils payent de leur sang et leur barbare envie
Et les maux douloureux qu'ils font à la patrie. »

Il dit ; et la guerrière en écoutant sourit ;
Il lui semble marcher à l'ennemi qui fuit.
Son cœur bondit joyeux, sa figure s'anime ;
Elle aspire le sang, le sang n'est plus un crime.
Semblable à un lion épuisé par la faim,
Ses yeux étincelants démontrent son besoin.
Elle presse les flancs de son coursier agile ;
Il bondit, il écume, il obéit docile ;
Il comprend la guerrière et son cri menaçant ;
Il hennit les yeux fiers, et se lance en avant.
Elle aborde le front de sa vaillante armée
Et lui parle en ces mots d'une voix rassurée :

« Vaillants soldats, dit-elle, un cœur bien décidé,
Ami de vos besoins et de la liberté,
Vient pour vous commander; fier de son énergie,
Il veut donner son sang pour sauver la patrie.
Daignez suivre ce bras, imitez sa valeur ;
Il sera tout entier au chemin de l'honneur;
Il sera tout entier à combattre l'envie,
Dont l'haleine infectée en veut à notre vie.
L'esclavage est là-bas contre la liberté ;
Volons la secourir, ou son règne est passé.
Démontrons à la France, à cette vile esclave,
Que c'est son propre sort avec nous qu'elle brave.
O Romains! suivez moi, combattons pour l'honneur;
La liberté dépend de notre propre cœur. »

Elle dit; le cor sonne et la troupe s'ébranle;
Sous les pieds des soldats le sol gémit et tremble.
Ils ont franchi les murs de Rome qui frémit;
De leurs cris menaçants l'air au loin retentit.
Les cieux deviennent noirs; un torrent de poussière
S'élève sous leurs pieds et obscurcit la terre.
On n'entend que tumulte avec des hurlements;
Dans les brouillards du vin ils marchent chancelants.
Cette troupe grossière obéit à sa rage;
Elle est tout à son dieu, c'est le dieu du pillage.
Elle marche au hasard, n'ayant d'autre dessein
Que du mal à tramer, qu'un désordre sans frein.
Elle atteignait déjà cette belle contrée
Où campait depuis peu notre brillante armée.
On prévient Oudinot; il s'apprête au combat;
Le clairon retentit, partout le tambour bat.
Nos bataillons sont prêts, mille voitures roulent,
Mille instruments de mort aux regards se déroulent.
Ils marchent au-devant de ces vaillants héros,
Incapables de bien et fauteurs de tous maux.
Des cris se font entendre, ils expriment la rage;
Ils glacent de terreur, animent le courage.

Là, de Garibaldi la compagne sans peur
Presse ses fiers soldats et du geste et du cœur.
Leurs faux, leurs coutelas, de tous côtés brandissent;
Ils volent en avant, et ces cris retentissent :

« Esclaves de Français, bourreaux éhontés,
A mort! De votre sang naîtront nos libertés. »

A ces cris, Oudinot a saisi son épée;
Il harangue en ces mots sa formidable armée :

« Soldats, vous répondrez à ces cris pleins d'horreur,
Justice sera faite, elle est en votre cœur.
C'est la cause du droit; marchez! de l'énergie!
Le devoir d'un grand peuple est contre l'anarchie!
Frappez comme toujours, faites votre devoir;
La victoire est à nous, vous n'avez qu'à vouloir.
Songez à votre nom, exterminez l'envie;
Vaincre la cruauté, c'est aimer l'Italie.
La France pour le bien ne recula jamais;
Songez, songez toujours que vous êtes Français. »

A ces mots, nos soldats s'empressent d'obéir;
La justice est leur âme, oui, c'est rien que mourir.
A travers la mitraille ils marchent bondissants;
A travers mille corps leurs fers passent sanglants.
Dans ce carnage affreux, de rage et de courage,
Le sang coule à gros flots, anime le carnage;
L'ennemi terrassé se déconcerte et fuit.
L'héroïne en fureur comme un tigre rugit;
Son œil étincelant respire la colère;
La pâleur du dépit saisit sa tête fière.
Le désespoir s'y peint; ses regards abattus
Appellent, dévorant tous ses soldats vaincus :

« O Romains! leur dit-elle agitant son épée,
Est-ce là votre gloire et votre renommée!
Revolez au combat, revolez à l'honneur;
L'audace fait le cœur, le cœur fait le bonheur.

Suivez, suivez ce bras, il vous montre la gloire ;
Romains, Romains, marchez! la mort ou la victoire! »

Elle dit, elle part ; son beau coursier fend l'air,
Aussi prompt que le vent, aussi prompt que l'éclair.
De sa troupe qui fuit elle arme le courage ;
Elle arrête sa fuite à sa brûlante rage.
Pâle, défigurée et toujours gourmandant,
Elle la force encor à voler en avant.
Elle y vole elle-même, et sa cruelle épée
Épouvante les yeux, fumante, ensanglantée.
Rage vaine, inutile! Oudinot furieux
La repousse toujours, la chasse de ces lieux.
La mort vole, la suit, et notre brave armée,
Fidèle à sa bravoure et à sa renommée,
Écrase ses soldats. Ils fuient de tous côtés,
Laissant le sol couvert de morts et de blessés ;
L'héroïne elle-même, à bout de son courage,
Pleure, fuit, se lamente et va cacher sa rage.
Elle rentre dans Rome y poussant ses héros ;
Honteuse du combat et pleurant ses drapeaux.
Oudinot satisfait de sa troupe chérie,
La remercie ainsi pour lui, pour la patrie :

« Je suis content de vous, ô mes braves soldats!
La gloire vous connaît, elle a suivi vos pas.
C'est à Rome à présent où gît notre couronne ;
Dieu l'a promise ici, c'est là-bas qu'il la donne. »

Il dit ; et nos soldats s'avancent pleins d'ardeur
Vers Rome contristée et de deuil et de peur ;
Ils franchissent ces monts dont la mer est bordée,
Dont le front menaçant a la tête hérissée
De sapins toujours verts, aussi vieux que le temps,
Ombrageant des rochers décharnés, blanchissants.
Le Tibre coule au bas, au sein de la verdure,
Serpentant au lointain son onde toujours pure ;
Il baigne dans son cours fier et majestueux

Mille petits villas, séjours délicieux,
Où l'amour, à son gré, laisse couler les heures
Et donne aux doux plaisirs le soin de ces demeures.
A lentour et partout le chantre du printemps,
Sous le myrte amoureux fait entendre ses chants.
Plus loin, dans des bosquets, la timide bergère,
Innocente du mal si bien que de la guerre,
Couronnant le sommet d'un énorme rocher,
Échange ses doux chants avec ceux du berger.
Une source à leurs pieds, limpide, fraîche pure,
Reverdit le gazon et serpente et murmure.
Là, partout l'oranger, sur son front arrondi,
Étale son fruit d'or de verdure embelli;
Plus loin sont des vallons composés de prairies,
Où s'émaille un gazon de fleurs toujours fleuries,
Où de petits ruisseaux serpentant lentement,
Se marient plusieurs fois et fuient en murmurant.
Sur de petits cailloux, dont le dos ride l'onde
Et la fait rejaillir sur l'herbe qu'il féconde.
De loin en loin l'on voit, sur leurs eaux étalés,
Le pastèque orgueilleux de ses beaux fruits sucrés.
C'est là que nos soldats, fatigués du voyage,
Se reposant joyeux à l'ombre du feuillage,
Par le beau d'ici-bas avaient un autre éveil :
Celui de la pensée et du rêve du ciel.
Le jour allait mourir, sa brillante lumière
Reflétait ses flots d'or sur la nature entière;
Le besoin de manger se faisait ressentir,
Ils se livrent sitôt à ce bien doux plaisir.
S'ils n'avaient pas les mets qu'un vain luxe environne,
Ils possédaient tous ceux que la nature donne :
C'est là qu'avec plaisir, pour château l'horizon,
La terre pour parquet, pour table le gazon,
Ils savouraient, contents, sur la nappe de Flore,
Les fruits les plus exquis dont Pomone décore
Ces lieux si fortunés; leur goût délicieux
Rappelle le nectar qu'on ne verse qu'aux dieux.

Ils mangent le pastèque, et l'orange sucrée
Sait étancher la soif de la troupe altérée.
La nuit bientôt arrive, et ses tendres pavots
Leur versent le sommeil avec le doux repos.
Ce repos n'est pas long, la trompette guerrière
Donne partout l'éveil de sa voix forte et fière ;
Tous nos soldats sont prêts : leur courage épuisé,
Par les sons de Bellone est bientôt recouvré.
Ils s'avancent contents, le ciel leur est propice ;
Le devoir les commande, ils vont pour la justice.
Rien n'interrompt leur marche ; ils arrivent enfin
Au doux regard de Rome aux portes du matin.
L'aurore se levait, et sa tête dorée
Avait gagné la terre et l'avait inondée
De pourpre, de rubis ; son manteau s'étalant
Reflétait cent couleurs d'un aspect variant.
Rome paraît en feu, et ce feu qui scintille
Se change en des flots d'or dont pétille la ville.
Les étoiles sont loin, et l'astre des saisons
Sort des bras de l'aurore, étale ses rayons ;
Sa lumière grandit, et sa flamme éclatante
Lance partout le jour que son doux œil enfante.
Rome, que de beautés tu montrais à leurs yeux !
Dieu semblait te parer de la beauté des cieux,
Pour dire à nos soldats : C'est le temple du monde,
C'est de lui que jaillit ma sagesse profonde,
Qui dispense partout la lumière du jour ;
Sur la terre de nuit qui vit de mon amour.
Un doux frémissement s'empare de l'armée
Aux regards enchanteurs de la ville sacrée.
Que de grandeurs partout ! que de riches trésors !
O Rome ! qui pourrait s'approcher de tes bords
Sans respect, sans amour ? Le Christ, en sa puissance,
Y fixa son séjour pour lancer l'espérance
Qu'il obtint par sa mort au prix de la douleur.
Nos soldats sont émus jusqu'au fond de leur cœur ;
Ces lieux ont leur sourire, ils rappellent la gloire

Par nos aïeux gagnée et que redit l'histoire.
Ils voient encor briller ces restes des beaux-arts
Du temps des Médicis et du temps des Césars :
Ils voient dans le lointain l'immense Colysée,
Le portique d'Auguste et celui de Pompée,
Le Panthéon superbe et l'arc de Constantin,
Le temple du Soleil et celui d'Antonin ;
De Saint-Pierre et Saint-Jean les belles obélisques
Élevant jusqu'au ciel leurs têtes magnifiques.
A ce mélange ancien s'en mêle un plus nouveau,
Qui sait peindre à l'esprit un plus touchant tableau :
Ce sont tous ces clochers s'élevant dans la nue,
Étalant leurs grands fronts incertains à la vue,
Dont l'immense forêt, dans les cieux s'élevant,
Se perd dans le lointain, partout s'éparpillant ;
Ce sont tous ces lieux saints, ces lieux de la prière,
Où court le repentir et où le cœur espère,
Où le Dieu de toujours, le Dieu de nos aïeux,
Par les maux d'ici-bas nous fait penser aux cieux.
C'est ce tout grandiose insulté par l'envie,
Saccagé par l'audace et par la barbarie ;
C'est ce tout du Très-Haut consolant notre cœur
Et dispensant partout la source du bonheur.
Mais nos soldats ont dit, en leur douce prière :
Qu'ont fait ces ennemis ? une vile poussière ;
Elle est pour leur sépulcre et pour notre soleil.
La France, fille aînée, a sonné le rappel,
Et la ville éternelle, acceptant notre cœur,
Recouvrera sa gloire et sa vieille splendeur.
Tous nos soldats sont prêts à payer de leur vie
Le triomphe du Christ voulu de la patrie ;
Mais comment triompher sans nuire aux monuments
Que l'amour respecta, que respecta le Temps ?
C'est là le grand chagrin qui désole l'armée,
A qui tous ces lieux saints rendent Rome sacrée.
Oudinot cherche encor, près du pouvoir romain,
A parer à ce mal ; son espoir reste vain.

Alors, n'écoutant plus que sa juste colère,
Il a recours encor aux malheurs de la guerre.
Le clairon retentit, et tous nos combattants
Se rangent en bataille et resserrent leurs rangs;
Déjà le canon gronde, et Rome épouvantée,
Redoutant un assaut de notre brave armée,
Mande de tous côtés ses farouches soldats.
Mazzini les commande et précède leurs pas;
Il veut, par un effort plein d'ardeur et de rage,
Surprendre nos soldats et montrer son courage.
Il fait une sortie, et ses bandits fougueux
Se jettent sur nos rangs d'un bond impétueux;
Nos guerriers de sang-froid en carré se rassemblent;
Ils reçoivent leur choc, à peine s'ils s'ébranlent,
Et refondent sur eux. Comme à des ouragans
Tout cède aux bonds cruels de nos beaux combattants;
C'est un rocher lancé volant de place en place,
Brisant tout dans son cours par son poids et sa masse.
La mêlée est affreuse, un silence d'horreur
Laisse entendre le fer heurté par la fureur;
Les blessés, les mourants, foulés dans la poussière,
Écrasés sous les pieds, jonchent partout la terre.
Le cœur partout frémit, on voit partout le cœur
Semer la mort, l'audace, ainsi que la terreur.
Oudinot furieux, Oudinot plein de rage,
Par un sublime effort sait se faire un passage;
L'ennemi se débande, et, partout terrassé,
Il déloge le sol que son sang a trempé.
Notre cavalerie accourt à sa poursuite,
Le pousse avec vigueur, le sabre dans sa fuite.
Il court, il court vers Rome à pas précipités,
Et s'y blottit tremblant pour d'autres cruautés.
Autour des boulevards tout le peuple s'avance,
Son attirail de guerre est prêt à la défense.
L'airain de toutes parts sur nos braves soldats
Tonne, tonne sans cesse et porte le trépas;
Tout le tour des remparts des bombes formidables

Éclatent en sifflant leurs morceaux innombrables,
Et ce torrent de mort, volant de tous côtés,
Ensanglante le sol de cadavres jonchés.
Nos soldats sans abri ripostent pleins de rage;
Le sang, le désespoir leur donne du courage.
Ils se font des fossés et des remparts de morts;
Dessous ces murs de chair ils redoublent d'efforts.
Ils dressent leurs canons, et là, comme un cratère,
L'airain vomit sans cesse une lave meurtrière.
Des bombes par milliers élèvent dans les airs
Leurs sillons s'enflammant en des chemins divers,
Qui, se croisant sans cesse en dévorante pluie,
Sèment la mort sur Rome ainsi que l'incendie.
Les Romains furieux, aussi de leur côté,
Avec plus d'avantage et plus de cruauté,
S'abritant d'un clocher, d'un bois, d'une muraille,
Lancent sur nos soldats l'eau chaude, la mitraille;
Le plomb fondu, la fonte et des rochers pesants,
Et des poutres, du fer et des charbons ardents;
Enfin ce que l'enfer, dans sa cruelle rage,
Peut opposer de mort au plus brillant courage.
Mais nos braves soldats, ennemis de la peur,
Sentant le sang français faisant battre leur cœur,
Combattent sous les murs, dédaignant les tempêtes
Qui partent des remparts et tombent sur leurs têtes.
L'ennemi s'épouvante à leur tenacité;
Il craint pour son pouvoir, et le voit renversé.
Il parlemente enfin, et notre brave armée,
Par le parlementaire est vue, appréciée.
Le nombre le rassure, il l'annonce au pouvoir
Qui demande une paix qu'il simule vouloir.
Oudinot laisse entrer dans la ville éternelle,
Un de nos régiments. Là, la foule cruelle
Le retient en otage, et les hostilités
Recommencent sur nous avec leurs cruautés.
Nos soldats sont émus à cette barbarie;
Oudinot, frémissant, écume de furie;

Il regagne son camp suivi de ses soldats;
Le canon aussitôt revomit le trépas.
La Renommée a dit à la France immortelle :
C'est agir sans pareil; son infamie cruelle.
La montagne sourit du plus profond du cœur;
Mais la France indignée y voit un point d'honneur.
Napoléon gémit, sa douleur est extrême;
Il fait venir Mocquart, le confident qu'il aime :

« Mon ami, lui dit-il, partagez ma douleur;
Allez jusque dans Rome interpréter mon cœur.
Allez voir Oudinot, dites-lui que mon âme
Compatit à tout cœur qui n'encourt pas de blâme;
Dites-lui que le mien le voit aux champs d'honneur,
Que je sens ses soucis, ses peines, sa douleur;
Que je suis bien peiné de tant de résistance.
J'avais une autre idée et une autre espérance :
Oui, je pensais que Rome, enfin ouvrant les yeux,
Recevrait nos avis et nos cœurs généreux.
Pouvait-elle douter et de notre énergie
Et de mon grand désir au bien de l'Italie?
Il en est autrement; en marchant ses amis,
Nous sommes accueillis en cruels ennemis.
Dites au général que la gloire engagée
Ne saurait échapper à notre brave armée;
Qu'à tout jamais mon cœur, quels que soient les dangers,
Ne souffrira de doute à nos puissants lauriers.
Les Français sont Français, ils aiment trop la gloire
Pour qu'au fort des périls ils n'osent plus y croire.
Qu'il continue d'aller d'un pas ferme aux combats;
Les renforts le suivront et ne manqueront pas.
Qu'il dise à nos guerriers que je les apprécie;
Que j'aime leur valeur et leur belle énergie;
Que je bénis leurs cœurs et partage leurs maux,
Leur chagrin, leur déboire et leurs vaillants travaux.
Qu'ils comptent à jamais sur l'appui de la France,
Sur le mien bien sincère et ma reconnaissance. »

A ce discours touchant, tous nos braves soldats
Se sentent rassurés, méprisent le trépas;
Ils fortifient leur place, et, malgré la mitraille,
De rochers et de bois se font une muraille.
Ils semblent ranimés par la voix du héros;
Les dangers ne sont rien, ils bravent tous les maux.
Ils ont un nouveau ciel, ils ont la confiance!
Un grand homme leur dit qu'il dirige la France.

FIN DU CHANT SIXIÈME.

CHANT SEPTIÈME.

Louis–Napoléon, ouvrant ainsi son cœur,
Blessait par sa fierté, blessait par sa rigueur.
Son discours outrageait la montagne en furie,
Elle y voyait la mort de son plus grand génie :
La mort de Mazzini, la mort de son dessein ;
Une barrière immense à son large chemin.
Ce fut surtout Ledru, dont la cruelle envie
Y vit trop de pouvoir contre sa modestie.
Renommé député dans cinq à six endroits,
Un vertige d'orgueil avait grandi ses droits ;
Il se croyait déjà, par prestige et magie,
Le dictateur sauveur de toute la patrie.
Dans un bien doux moment d'hallucination,
Il s'était dit de droit en sa sage raison :
« Oui, dans un mois bien sûr, je le dis à la France,
Je le dis à l'Europe, et j'en ai l'espérance,
Je serai dictateur, ou trahi, fusillé,
Je mourrai pour l'honneur et pour la liberté. »

Il monte à la tribune, et sa verve éloquente
Déblatère ces mots d'une voix menaçante :

« Messieurs les députés, le cœur saigne d'horreur
Quand on voit tant d'audace et autant d'impudeur.
Les droits sont méconnus, tout dépend du caprice;
L'arbitraire partout fait toute la justice.
On marche contre Rome, et l'on veut la déchoir
De son gouvernement sorti de son vouloir.
La Constitution est ainsi violée,
Tous ses droits méconnus, et la France trompée.
Je ne souffrirai pas cet abus du pouvoir;
Nous sommes députés, nous avons un devoir :
Ce devoir dit au cœur, marchons à la défense
Du triomphe du droit établi par la France !
Ministres, Président, oui, vous avez trompé
Et notre confiance et notre dignité.
Gardes nationaux, et vous vaillante armée,
Vous pouvez tout changer pour votre destinée.
Aux armes, il est temps, combattons pour l'honneur,
Pour le bonheur du monde et pour notre bonheur.
Faisons notre devoir; la raison et la gloire
Comptent sur notre cœur, comptons sur la victoire. »

Ce cri fut entendu, le mal eut ses échos,
La montagne son zèle, et Paris ses héros.
On s'assemble par groupe, on discute, on criaille,
On s'affuble des chefs, on se range en bataille.
Arago à leur tête apparaît aux regards,
Il court en haranguant le tour des boulevards,
Où la foule le suit avide de tapage;
Avide de mal faire, avide de pillage.
Ledru, Considérant, Boichot avec Ratier
Recrutent leurs soldats de quartier en quartier;
Et, manquant à leur foi comme à la multitude,
Ils s'affublent bientôt les pécheurs d'habitude;
Plusieurs cents artilleurs des Gardes-de-Paris,

Et autant d'habitants, autres hommes pourris,
Se mettent dans leurs rangs en affectant la joie
Qui se promet un but et compte sur sa proie;
Ils marchent égarés, pâles et furieux,
Et, recherchant en vain de sympathiques yeux,
Ils s'instalent tremblants dans le Conservatoire,
Notre forum des arts, notre forum de gloire.
C'était là le grand point qu'ils devaient occuper
Pour marcher au pouvoir qu'ils voulaient usurper.
Ledru-Rollin, inquiet, simule à son armée
Un cœur tout plein d'espoir, une âme rassurée.
Il a pour compagnon le grand Considérant;
Il était son ami, c'est son aide-de-camp :
« Mon ami, lui dit-il, allez porter ces ordres;
Il nous faut avec soin éviter les désordres.
Que Boichot et Ratier mettent tous leurs efforts
A défendre ces lieux, ainsi que leurs abords.
Nous serons attaqués et de cœur et de rage;
Il faut de la prudence et user de courage.
Arago va venir, il a dans son parcours
Recruté des amis qui nous portent secours. »
De poutres et de bois on encombre les rues;
Tout est barricadé jusqu'aux moindres issues.
Mais tout à coup paraît un homme plein de cœur,
Un homme valeureux, un homme plein d'honneur :
C'est le vaillant Alphonse, il vient plein de courage,
Lance son régiment, et leur échafaudage
Est bientôt renversé. Nos soldats vigoureux
Se lancent dans l'espace et bondissent sur eux;
Le tumulte et l'effroi marchent d'un pas semblable;
Le pêle-mêle est grand, inouï, formidable :
La mort vole partout. Alphonse, furieux,
Pour dompter le tumulte accourt dans tous les lieux.
Il se fait un passage, il s'avance; il chemine;
A ce sang répandu la fureur le domine.
La mort le suit partout, et ses braves soldats
Accompagnent ses coups et bravent le trépas.

La peur est dans les rangs de la démagogie;
Elle résiste en vain, elle est anéantie.
La victoire est à nous, tout fuit de tous côtés :
On nous laisse ces lieux de cadavres jonchés.
Ledru, Boichot, Ratier, hommes pleins de courage,
Courent aux vasistas pour s'y faire un passage;
Sous leurs puissantes mains leurs énormes carreaux
Se brisent en éclats et tombent en morceaux.
Ils confient, ébahis, leurs forces abattues
Aux trajets bienveillants de ces sages issues.
La peur s'empare d'eux; à travers le jardin
Ils fuient d'un pas léger, dérobant leur chemin;
Ils fuient, ils fuient sans cesse, et, loin de leur patrie,
Ils vont cacher leur honte et leur ignominie.
Le brave Changarnier, aussi de son côté,
Usant de son courage et de sa fermeté,
Bondit avec fureur, et, comme par magie,
Renverse dans ses bonds cette foule ennemie.
De même qu'un torrent lancé du haut des monts
Entraîne dans son cours, jusqu'au fond des vallons,
La digue qu'on oppose à sa marche en furie;
La roule dans ses flots, perdue, anéantie,
Avec les rochers, les chênes orgueilleux
Qui semblaient tout braver et menacer les cieux;
De même Changarnier, dans sa course fougueuse,
Disperse par ses bonds la foule furieuse,
La chasse, la poursuit l'œil plein de fureur,
Y jette le désordre ainsi que la terreur.
Cette foule criarde, affreuse et mutinée
S'évanouit partout à sa terrible épée;
Elle échappe à sa vue, elle fuit ses regards
Et court pour se cacher au fond des boulevards.
Louis-Napoléon use de son génie,
Et de son grand courage et de son énergie;
Il parcourt tout Paris, il brave le danger;
Il méprise la mort et cherche à la dompter.
Il sait plaire, on l'admire, et bientôt cette foule

Est sensible à sa voix et l'écoute et s'écoule.
Rentré dans son palais, la population,
Reconnaissant son cœur et son intention,
Sait bénir les élans de cette âme chérie
Et reconnaît ce nom sauveur de la patrie.
Napoléon, ému jusqu'au fond de son cœur,
Dans le bonheur de tous mettant tout son bonheur,
D'un trait dicte à Mocquart, son secrétaire intime,
Ce discours si touchant où son âme est sublime :

« Français, marchant ainsi pouvez-vous être heureux?
La France n'est plus calme; on voit des factieux
Relever l'étendard du tumulte et du crime
Contre un gouvernement et grand et légitime ;
Il fut votre désir, il fut tout spontané ;
Vous le fîtes par choix en pleine liberté.
Ce pouvoir ainsi fait n'est-il pas légitime?
Et moi qui le soutiens on m'accuse du crime
De rompre, de briser la Constitution ;
Moi qui, depuis six mois, et sans émotion,
Ait supporté sans cesse, aux yeux de la patrie,
La provocation, les cris, la calomnie.
Et la chambre elle-même, en sa majorité,
N'est-elle pas en butte à sa méchanceté?
Mon accusation aux yeux de tous l'atteste,
N'est que désir du mal et qu'infâme prétexte.
N'était-ce pas ainsi qu'avec semblable ardeur,
Qu'avec même dessein, qu'avec même fureur
Leur haine me frappait, quand la voix souveraine
Du peuple de Paris, dans son pouvoir suprême,
Me nommait son soutien et son représentant,
Et la France, plus tard, son aimé Président?
Leur malheureux système entretient dans la France
Le malaise du peuple avec la méfiance.
Cet abus est navrant, il frappe droit au cœur;
Il enterre le bien, exhume la terreur;
Il apporte partout la mort à l'espérance,

Et creuse des tombeaux en soumisant la France.
Il faut que cela cesse en dépit du danger;
Je me dois à ce but, et j'y saurai marcher.
Les ennemis certains de notre république,
Ce sont les vils desseins et la sourde tactique
De ces hommes cruels, sans but toujours marchant,
Soumisant l'avenir, le cœur toujours changeant,
Cachant avec plaisir sous le masque de l'ordre
Le chemin qui conduit le plus tôt au désordre,
Et dont la double face, éternisant les maux
Que provoque toujours le jeu de leurs flambeaux,
Change le sol de France en arène de guerre,
Et donne pour progrès la faim et la misère.
Né de la nation et élu par ses soins,
J'appartiens à son sort et suivrai ses destins;
J'y mettrai mes efforts, de cœur, de caractère;
J'y mettrai tout mon être et ma vie tout entière. »

Louis-Napoléon, fidèle à son serment,
Répand dans tout Paris son soleil bienfaisant.
Il rassure, il console, et son puissant génie
Trouve dedans son cœur un cœur pour sa patrie,
Un défenseur solide, et toujours en chemin
Pour soutenir le droit, pour rechercher le bien,
Et tous ces grands désirs, bonheur d'un grand Empire,
Ont recouvré leur droit et plu par leur sourire.
C'était un premier pas au solide bonheur,
Grand triomphe du bien, grand triomphe du cœur.
Les partis sont vaincus; ils font le sacrifice
De prêter leur concours au bien de l'édifice;
Ils ajournent leur but, envoient à d'autres temps
La satisfaction de leurs brûlants penchants.
Ils croient que leur pouvoir, armé de leur envie,
Imposera plus tard un maître à la patrie,
Et que Napoléon, possesseur du pouvoir,
A leur roi bien-aimé servira de montoir.
Mais ils avaient compté sans le puissant génie

Qui donne au vrai bonheur toute son énergie.
Louis-Napoléon étudie en marchant,
Comme l'agriculteur étudie en son champ.
Il connaît les terrains, il en a fait l'étude;
Il sait ce qui convient selon leur aptitude.
Cette science est la sienne; il dit à l'avenir :
Tu en auras les fruits et sauras les cueillir.
Il va puisant partout pour éteindre la guerre,
Donne quelques emplois, change son ministère;
Par ces moyens heureux, ressource de son cœur,
Il sait donner l'espoir et trouver le bonheur.
Avec son bon vouloir, ses soins, sa prévoyance,
Il rappelle le calme un instant dans la France;
Sous son égide sûr et ses bras bienfaisants,
Le sang ne coule plus dans les départements.
Son prestige partout, avec art et sagesse,
Sait se multiplier pour le bien qui le presse;
Il combat tous les maux bien mieux que par le fer,
Avec plus d'agrément, par un coûter moins cher.
Son cœur, tout en domptant les malheurs de la France,
Savait porter partout sa douce prévoyance.
Nos soldats bien-aimés, dans un pays lointain,
Occupaient son esprit, lui donnaient du chagrin;
Il les voyait à Rome excitant leur courage,
En nombre trop petit mourant sans avantage.
Ses regards y planaient; mais l'ami des soldats
Avait dit : Les renforts ne vous manqueront pas.
C'était son grand penser, et son profond génie
Savait ce qu'on devait au bien de l'Italie.
La cause était trop juste, elle touchait son cœur;
Elle était un devoir et un vrai point d'honneur.
C'était plus que cela : c'était contre l'envie
Le triomphe du droit, le vœu de la patrie.
Tous les renforts sont prêts; il nomme Levaillant
Leur général en chef, homme plein de talent,
Et, d'une voix qui touche et d'une voix sublime,
Il exhale ces mots de son cœur magnanime :

7

« Général, dit-il, j'ai vu votre valeur ;
J'aime votre savoir, j'estime votre cœur.
Oui, je compte sur vous, acceptez cette armée ;
Elle est prête au combat, faites sa destinée.
Marchez, marchez vers Rome, apportez-y l'honneur,
Signe de nos drapeaux, ami de notre cœur ;
Apportez-y le bien que la démagogie
A refoulé du ciel de la belle Italie :
Apportez-l'y bien grand, digne de notre nom,
Digne de notre gloire et de tout son renom.
Le monde nous contemple en cette belle terre ;
Il se souvient des pas qu'on y traça naguère.
Dites, dites de cœur à nos braves soldats
Que je les vois, les suis partout dans les combats ;
Qu'ils possèdent mes vœux comme ma confiance ;
Qu'ils feront notre orgueil, qu'ils sont notre espérance. »

Levaillant, tout ému, part avec son armée ;
Il quitte plein d'ardeur cette France adorée.
De même qu'un lion de sa proie affamé,
Ne voyant que son but par le besoin dicté,
Méprise le danger, franchit d'un bond l'espace,
Sans songer aux objets que sa force déplace ;
De même Levaillant n'a qu'un but : c'est l'honneur !
Il a franchi les mers sans danger pour son cœur ;
Il a franchi l'espace en ne voyant que gloire
Et que vœux du pays soupirant la victoire.
Il arrive vers Rome où nos braves soldats,
Pleins d'ardeur et de feu, mouraient dans les combats.
Malgré leur petit nombre, avec leur grand courage,
Ils s'étaient soutenus avec fruit à l'ouvrage ;
Leur camp était plus sûr, et, malgré les boulets,
Sous des fossés épais ils s'étaient retranchés.
A l'aspect du renfort, leur âme épanouie
Bénit Napoléon, sauveur de la patrie ;
Dans tout le camp son nom retentit jusqu'au ciel,
Et, comme une hymne, il monte aux pieds de l'Éternel.

Oudinot, Levaillant et Niel, pleins d'énergie,
Confondent leur pouvoir ainsi que leur génie;
Ils concentrent leurs cœurs, ils rédigent leurs plans,
Et pour eux et pour Rome et pour ses habitants.
Ils savaient que la ville, en tous points envahie
Par l'opprobre du monde et la démagogie,
Gémissait sans pouvoir en dépit de son cœur,
Et demandait à Dieu son précédent bonheur;
Et que la liberté, vivant de ce qu'elle aime,
Usant de son instinct, s'y tuait elle-même;
Que son caprice, dur en toute occasion,
Promenait le tranchant de sa décision
Comme un tranchant cruel au cœur épouvantable,
Ne vivant que de peur et par elle immuable,
Dont la morgue orgueilleuse, à tort et à travers,
Voulait qu'on obéît sur le bruit de ses fers;
Que partout la terreur, pressant son exercice,
La façonnait servile à son sanglant caprice,
Et qu'ainsi cet apôtre, à son gré fonctionnant,
Faisait d'un peuple heureux un peuple tout tremblant.
A l'aspect des renforts, Mazzini, plein de rage,
Semblant tout mépriser, ranime son courage;
Égaré, furieux, il brigue les combats;
La soif de la terreur encourage ses pas.
Il accourt au sénat porter cette nouvelle
Fatale à ses desseins, à ses désirs cruelle;
Ses yeux étincelants, hagards et inhumains,
Se rougissent du sang qu'ambitionnent ses mains.
Son visage tout pâle et sa langue glacée
Jettent partout l'effroi dont elle est oppressée.
Une crainte cruelle et des gémissements,
Et des transports affreux et des frémissements,
Trahissent le grand cœur et montrent le grand homme
Qui porte la grandeur et la fierté de Rome.
Il arrive au sénat qu'il glace de terreur,
Et exprime en ces mots le venin de son cœur :
« O Romains! leur dit-il, une hydre courroucée

Vient étaler sa force et sa gueule affamée
Sur notre sol vainqueur; ce monstre affreux, cruel
Veut nous ravir des droits que nous tenons du ciel.
La liberté de Rome est à son cœur pénible;
Il voudrait l'asservir à son joug fier, terrible.
Des bataillons nombreux, arrivés tout nouveaux,
Bordent déjà nos murs ainsi que nos coteaux.
Nous pouvons nous attendre à toute la furie
Qu'enfante le démon avec la jalousie.
Notre exemple doit plaire au monde qui gémit;
L'usurpateur le sait, sa rage nous poursuit.
Soyez fermes, Romains, en votre heureux génie!
L'avenir le commande au sort de la patrie.
Il faut du dévouement sans égard pour le sort;
Il le faut persistant jusqu'au souffle de mort.
Nous en avons le cœur, il faut en faire usage;
La liberté le veut, elle est notre partage.
Rien n'a droit d'y toucher, tous doivent la servir;
Pour elle, avec plaisir, tout Romain doit mourir.
Il faut nous délivrer de ces prêtres hostiles,
Ennemis de tout bien et en tout inutiles;
De ces mille couvents gorgés de paresseux
Qui ne font rien au monde et sont en tout pour eux;
Qui mangent notre pain et rongent notre vie
En étouffant partout le germe du génie.
Expulsons ces serpents nourris dans notre sein;
Fuyons à tout jamais leur subtile venin,
Sans quoi tout est perdu, si ce n'est la misère
Qu'ils traînent avec nous sur cette pauvre terre.
La mort suit tous leurs pas; il faut les expulser,
Ou notre liberté cessera de régner. »

Le sénat délibère en son aréopage;
Il goûte cet avis, il le reconnaît sage.
Mazzini doit agir, et l'on voit ce héros
Se frayer un chemin où se sèment les maux.
Le sang de tous côtés commence sa carrière;

L'opprobre de partout y fait trembler la terre.
On fait marcher de front, avec la liberté,
L'outrage, l'injustice et leur impunité.
Les ministres de Dieu sont l'objet de la haine;
De tourments en tourments on les pousse, on les traîne.
La terreur est partout et le mal en tous lieux;
Tout le sang du Seigneur est le sang malheureux.
La force du plus fort, de sinistre génie,
Marche dans le désordre, il n'est plus d'harmonie!
Son gouffre est entr'ouvert; la timide bonté
Y tombe sous les coups de la férocité,
Et cette liberté, cette esclave si fière,
Traîne son front sanglant dans Rome prisonnière;
Et son dur joug de fer que l'on n'y peut aimer
S'appesantit cruel pour tout tyranniser.
Malgré le cœur, la peur, les sanglots et les larmes,
Enfants, femmes, vieillards, tout doit prendre les armes.
Là, des bandis hideux, la terreur de la terre,
N'aspirant que le sang, ne rêvant que la guerre,
Les forcent à marcher en farouches soldats,
Ou la crosse heurtant leur donne le trépas;
Et cette liberté qu'on prônait à l'envie,
De ses actes cruels inonde la patrie.
Des cris, des hurlements envahissent les airs;
Les accents de l'effroi sont là de doux concerts.
Tout tremble à cet aspect, et Rome anéantie
Obéit au dur cours de cet onde en furie.
Mazzini, furieux, la rage dans le cœur,
Excite la terreur par sa propre terreur.
Il garnit les remparts de cette foule immense,
Dont l'appas est le mal et le mal l'espérance;
A qui le déshonneur ne laisse d'autre sort
Que le lucre sanglant, dépouille de la mort;
Et Rome dans le deuil, sous le poids de la crainte,
Obéit sans mot dire au vœu de la contrainte.
Le tocsin retentit, la peur est dans les cœurs,
Mille apprêts meurtriers présagent des horreurs.

Le canon, la mitraille, en abondante pluie,
Tombent sur nos soldats avec art et furie.
Mais notre brave Niel, incapable d'effroi,
A tout bien disposé, toujours maître de soi;
Ses canons sont braqués, et ces foudres de guerre
Sont protégés partout d'énormes tas de terre.
Le signal est donné, le sol tremble et frémit;
De bombes, de boulets l'air résonne et mugit.
Sous leurs coups redoublés les murailles chancellent,
Elles croulent enfin, tombent et s'amoncellent.
Une trouée est faite, et nos braves soldats,
Précédés d'Oudinot, y dirigent leurs pas.
Mazzini, furieux, au milieu du carnage,
Résiste à leur abord et combat avec rage;
Mais, Lespinasse accourt; le tumulte et l'horreur
Règnent de toutes parts et glacent de terreur.
Partout le fer se choque; à ces bruits effroyables,
L'honneur trouve toujours des bras impitoyables.
Le sang coule à gros flots, et des milliers de morts
Roulent dedans la brèche, en bouchent les abords.
Par ordre de leurs chefs nos soldats se replient,
Dégagent la trouée, avec art se rallient.
Le canon y supplée, et ces monts faits de chair
Sont dispersés au loin et ensanglantent l'air.
Nos soldats aussitôt accourent au passage
Et font des assiégés le plus affreux carnage.
Mazzini, furieux, toujours au premier rang,
Gourmande ses soldats les bras tout teints de sang.
Au milieu de l'orage et de l'éclair qui brille,
L'étendard de la France et paraît et scintille.
A ce signe terrible un effroi plein d'horreur
A saisi Mazzini jusqu'au fond de son cœur;
Il écume de rage, et son affreuse audace
A peint dessus son front une pâleur qui glace.
Il veut cacher son trouble; à ce dernier effort
Son âme se ranime, il gourmande le sort;
Il va, revient; repart, et partout sa furie,

Malgré tous les dangers, sans peur se multiplie.
Tous ses efforts sont vains : ses farouches soldats
Ne peuvent seconder les efforts de son bras.
Ils fuient malgré ses cris et sa rage cruelle;
La victoire frémit et lui reste infidèle.
Saphi, Garibaldi, ses amis valeureux
Courent le seconder de leurs bras vigoureux.
Le carnage est immense; Oudinot, plein de rage,
Ne connaît plus de frein, il se fait un passage.
Mazzini, tout sanglant, gourmande ses soldats;
Inutiles efforts : la mort est sur ses pas.
Tout fuit devant le front de notre brave armée;
La victoire est à nous, et Rome est délivrée.
La joie est dans les cœurs, et nos braves guerriers
Reçoivent le doux prix de leurs vaillants lauriers;
On les fête partout, et la belle Italie
Retrouve son bonheur et revit de sa vie.

Oudinot, Levaillant et Niel, pleins de bonheur,
Se sentent oppressés d'un besoin dans leur cœur.
Ils courent avec joie au temple de Saint-Pierre,
C'est à ce lieu si saint qu'ils devaient leur prière.
Ils y portent leurs pas, et, pleins d'étonnement,
Ils aiment les détails de ce grand monument.
Ils sont anéantis par sa magnificence
Qui, de ses humbles lieux, élève à l'espérance;
Une place précède et étale en avant,
Au milieu d'un contour allant s'arrondissant,
Un portique doré, dont la forme élégante,
Dans une colonnade élégamment se plante.
Tout auprès est placé, s'élevant jusqu'aux cieux,
Un obélisque immense à contours gracieux.
Des deux côtés l'on voit une source jolie
Qui lance au loin ses eaux qui retombent en pluie
Sur des gazons épais que précède une cour
Grandiose d'aspect, immense en son contour.
Au fond paraît l'église, annonçant sa puissance

Par sa masse qui frappe et sa hauteur immense.
Sa façade élégante étale pour soutien
Huit piliers arrondis et d'ordre corinthien,
Où vont jusqu'au sommet deux superbes portiques
Étalant le fini de portraits symboliques;
Et où de là s'avance un vaste balcon,
De tous temps lieu sacré de bénédiction.
Au sommet du grand mur qui forme la façade,
On voit, en marbre blanc, sur une balustrade,
Des apôtres du Christ le port si gracieux,
Qu'ils s'emblent s'y poser et descendre des cieux.
Un dôme gigantesque, étalé dans la nue,
Fait scintiller son or et éblouit la vue.
Un gros globe au-dessus éparpillant en l'air
Les gerbes du soleil des lueurs de l'éclair,
Laisse voir jusqu'au ciel, dominant la lumière,
La croix du Rédempteur qui vient sauver la terre.
Quatre dômes encor, aux quatre coins placés,
Accompagnent sa base et forment ses côtés.
Leurs fronts majestueux étalent leurs visages
Jusqu'au milieu des airs et dorent les nuages.
Cet œuvre gigantesque, et presqu'aérien,
Semble tenir au ciel dont il est le chemin.
L'ensemble de l'église a la forme émouvante
D'une croix qui se dresse et dans les airs se plante;
Dont les feux bienfaisants jaillissent du levant
Sur le monde physique et le monde pensant.
Des fenêtres autour, avec art disposées,
Y reçoivent du jour les gerbes argentées;
Dont la douce lumière, allant se reflétant,
Pénètre chaque objet et le rend scintillant.
Comme un soleil levant apparaît à la vue,
La coupole s'étale et brille dans la nue.
C'est aux yeux étonnés, au milieu des éclairs,
Le panthéon de Rome appendu dans les airs;
C'est là que Michel-Ange étale son génie;
Que le marbre se dresse et jouit de la vie.

C'est là que l'Éternel, se détachant des cieux,
Paraît sur l'univers puissant et radieux;
C'est là que la bonté, toujours en harmonie,
Transporte notre cœur au bonheur qu'il envie.
Ce dôme laisse à l'âme, envisagé d'en bas,
La terreur qui l'étreint de ses énormes bras.
On croit voir de partout, se détachant du faîte,
Des abîmes ouverts qui tombent sur la tête.
Là, tout parle, tout dit au puissant avenir :
C'est là le dernier point où l'art ait pu gravir.
On voit sous la coupole un autel magnifique,
Étalant les beautés d'un art frais et antique.
Sous sa base se trouvent, en un tombeau placés,
De l'immortelle saint les restes vénérés.
C'est là que les chrétiens, de première origine,
Allaient s'initier à sa sainte doctrine;
C'est là, dedans ces lieux immenses de grandeur,
Que règne le respect, que palpite le cœur!
C'est là, dans cette église où brille une autre église,
Où l'art s'est ménagé tout l'art de la surprise,
Où l'art s'est surpassé pour nous parler des cieux,
Que se trouve un autel immense et gracieux,
Orné d'un tabernacle étalant ses façades,
Où brille le porphyre en mille colonnades,
D'où s'élève un doux Christ où se peint la douleur,
Dont le vrai du dessin fait frissonner le cœur.
Aux quatre coins on voit un énorme génie,
Les yeux étincelants du doux feu de la vie,
Essayer son essor pour élever au ciel
Cet œuvre du fini, portrait de l'Éternel.
Au milieu de ce monde imitant l'autre monde
S'élève le grand trône du Verbe qui féconde,
Cette chaire de Pierre aux paroles de Dieu,
Où vient jaillir la foi qui s'épand de ce lieu.
Au milieu des beautés immenses par le nombre
Que le juste conçoit et que là tout dénombre,
Dont l'éclair, plein de feu, lance la vérité

Dans le monde présent et dans l'éternité,
Est la foi, le martyr, ainsi que le génie ;
Cette sève de Dieu dans l'arbre de la vie,
Là, ranime et nourrit notre fragilité
En lui montrant le ciel et l'immortalité.
Nos guerriers sont émus, cette magnificence
A pénétré leur cœur d'une douce espérance ;
Ils tombent à genoux, et, les yeux vers le ciel,
Ils adressent ces mots aux pieds de l'Éternel :

« Mon Dieu qui créa tout, et dont les mains fécondes
Mirent dans l'infini l'infinité des mondes,
Merci pour nos lauriers, ils nous viennent de toi ;
Ton cœur les a produits en nous donnant la foi.
Nous avons soutenu ton culte et ta mémoire ;
Ah ! reçois-en le prix, nous t'en devons la gloire.
Accepte notre sang, la France le devait :
L'Église était sa mère, et ton amour parlait.
Mon Dieu, pardonne donc si le feu de notre âme
A pâli quelquefois aux lueurs de ta flamme ;
Pardonne nos efforts, ils sont notre bonheur ;
Mon Dieu, fais qu'à jamais ils devinent ton cœur. »

Après ce saint devoir, leur âme soulagée
Va rayonner la joie au sein de leur armée.
L'ordre renaît dans Rome, et nos braves soldats
Obéissent contents comme dans les combats ;
Ils sourient au devoir comme ils faisaient aux armes,
Avec même plaisir, avec les mêmes charmes.
Ainsi, sous ce beau ciel, nos soldats respectés,
Gagnent dans le devoir le devoir d'être aimés.
Ils goûtent le bonheur qui vit de ce sourire ;
Ce devoir fait leur cœur, leur cœur fait leur empire ;
Leur empire soutient le cœur épouvanté
Et lui rend le bonheur avec la liberté.

Louis-Napoléon vivait dans son armée ;
Tout marchait à son but guidé par sa pensée.

L'armée avait jugé les élans de son cœur;
Elle tenait au but : c'était un point d'honneur.
Oudinot aussitôt dépêche vers la France,
Dépeint au Président l'armée et sa vaillance :

« Mon Prince, lui dit-il, la victoire est à nous;
L'anarchie a cédé sous nos terribles coups :
Rome renaît heureuse, elle bénit la France.
Comptez sur vos soldats, comptez sur leur puissance;
Commander ces guerriers, c'est compter sur l'honneur :
Aux sentiers de la gloire on voit toujours leur cœur.
Votre ordre est attendu; dites à la patrie
Qu'avec ses enfants il n'est plus d'anarchie. »

Napoléon touché se sent couler des pleurs;
Il a les yeux sur Rome et bénit ses vainqueurs.
« Allez, dit-il à Ney, partez, je vous l'ordonne;
Portez cet ordre à Rome, et donnez-le en personne.
Remerciez nos soldats, remerciez leur valeur;
La France a contemplé leur héroïque cœur.
Ils avaient tous mes vœux avec ma confiance;
Qu'ils comptent aujourd'hui sur ma reconnaissance!
Annoncez aux Romains que le sang de l'honneur,
En rétablissant l'ordre, a pour but le bonheur;
Que si la France, enfin, aime les sacrifices,
Elle aime le devoir contre les injustices;
Qu'elle a versé son sang, que son sang doit compter,
Que la France ne veut qu'avec droit d'exiger;
Qu'à l'ombre du drapeau qu'étale sa puissance,
Elle veut la justice, et pas d'autre exigence.
Le pape aura ses droits, ils sont dus à son cœur;
Oui, la France l'exige, ils sont un point d'honneur!
Il rentrera dans Rome inspiré du génie
Qu'on lui connut toujours exempt de tyrannie.
Il sera toujours lui, la France ne veut pas
Qu'on le détourne en rien de ses illustres pas.
Tous les vœux sont pour lui, la France les appuie;

Elle connaît son cœur et bénit son envie.
Quand l'Europe trembla, les yeux sur ses vainqueurs,
Elle connut nos bras, elle jugea nos cœurs;
Le monde les bénit et bénit leur ouvrage.
Bonheur et liberté restaient sur leur passage;
Les abus étouffés par nos bras vigoureux
Rendirent au bonheur les peuples malheureux.
Aujourd'hui même ardeur couronne même ouvrage,
Et ce cœur du Français le pape le partage.
De ce bien d'avenir, par tous deux partagé,
Doit naître le bonheur avec la liberté.
Dites bien aux Romains que notre brave armée
Fera Rome puissante et Rome respectée. »

FIN DU CHANT SEPTIÈME.

CHANT HUITIÈME.

Rome a tout compris, elle attend tout du cœur
Qui sacrifie pour elle et qui veut son bonheur;
Elle accueille la main et bénit le génie
Qui saura la sauver en sauvant sa patrie.
Napoléon s'élance au bien de l'avenir,
Selon son tendre cœur et selon son désir;
Rome fait son chagrin, et sa grande sagesse
Ne songe qu'à guérir ce grand mal qui l'oppresse.
Le héros a parlé; l'amour et le devoir
Ont leur douce énergie et leur ferme vouloir.
Il sent Dieu qui lui dit : Sois l'arche d'espérance;
L'arche dominera les flots du gouffre immense.
Continue de marcher, ton triomphe est certain;
Oui, Rome est le foyer où doit puiser ta main.
C'est de là que ma loi, par-dessus tout génie,
Est l'élément du bien et celui de la vie.
Conserve ce foyer, rends-le à ses premiers feux;
Là j'ai mis l'espérance auprès des malheureux :

Ce sentiment d'en haut, en dominant son âme,
Mettait pour l'avenir tout le feu de sa flamme.
Rome a son gouverneur, il y doit aplanir
Les sentiers périlleux menaçant l'avenir :
Le brave Rostolan, d'un courage tranquille,
Est le doux gouverneur qui commande la ville.
Familier aux périls, il ne redoute rien ;
Il est si grand héros qu'honnête citoyen.
La tranquillité naît, et Rome, convaincue,
Par la force du droit est doublement vaincue.
Un peu plus de droiture et plus de liberté
Paraissent pour toujours sur la belle cité ;
Le clergé cède un pas de son beau monopole ;
Le laïque a sa part, avec juste contrôle,
Aux charges de l'État, et la religion
Se prêche par l'exemple et vit de sa raison.
Le célèbre pontife, exilé par sa gloire,
Revit dans son exil et bénit sa victoire ;
Il peut venir, enfin, aussi grand que son cœur ;
Il en a le pouvoir, il en sent le bonheur.
Il peut librement faire, il peut être lui-même ;
Sa vertu si touchante a fait son diadème.
Il élève vers Dieu ses bras reconnaissants,
L'implorant à genoux pour lui, pour ses enfants ;
Il est heureux dire en sa prière aimante :
Mon Dieu, pardonnez donc ; oui, Rome est repentante.
A l'exemple du Christ, il désire être aimé,
Autant par son grand cœur que par la liberté ;
Il en veut le pouvoir ; partout sur cette terre,
Du Dieu des malheureux on aime le vicaire.
La France a fait sa tâche au doux gré de son cœur ;
Ce triomphe pour elle était un point d'honneur.
Le pontife est heureux, il a de douces larmes
Pour l'âme des Français dont il bénit les armes.
Ces armes d'Austerlitz, ces armes des hauts faits
Devaient revivre encore par de nouveaux bienfaits.
La France est triomphante au gré de son désir :

Rome est à son doux chef, elle a un avenir.
Napoléon, content, bénit sa fermeté;
Elle a sauvé l'Église et sauvé le clergé.
Nos chefs victorieux, contents de leur victoire,
Fiers de son résultat et joyeux de leur gloire,
Accourent à Gaëte, où le pontife aimé
Priait le Tout-Puissant, pleurant le sang versé.
Napoléon voulait, en sa justice extrême,
Que la main des vainqueurs pût donner elle-même
Les clés de Rome heureuse à son pontife heureux.
C'était un grand honneur qu'il réservait pour eux;
C'était un doux plaisir gagné par la victoire;
C'était le tendre prix qu'il voulait à leur gloire :

« Oh! marchez, dit-il, Niel, Oudinot, Levaillant,
A l'illustre pontife apportez ce présent;
Remettez-lui ces clés; dites-lui que la France
S'honore avec fierté de cette jouissance;
Que son cœur valeureux, que son bien juste cœur
Sait toujours accourir au secours du malheur;
Qu'elle y vole avec joie : elle a pour récompense
Un devoir satisfait dans ce bien de la France. »

Nos illustres guerriers, au comble du bonheur,
Obéissent à l'ordre aussi bien qu'à leur cœur;
Ils abordent le pape, et leur bel âme émue
Semble s'anéantir à cet aimable vue,
A ces traits gracieux, à ces traits bienveillants,
C'était un ciel doux, pur, bénissant ses enfants.
Ils tombent à genoux devant cette figure,
Cette bonté sans fiel, cette belle nature,
Et lui parlent ainsi : « Pontife vénéré,
Nous venons à vos pieds : le désordre est dompté;
Rome a trouvé la paix, elle attend la clémence.
Ah! recevez ces clés, c'est des mains de la France!
Obéissez en père à des troupeaux en pleurs;
Aimez-les donc toujours, guérissez leurs malheurs.

Obéissez en père, ah! revenez aux charmes
Que rend à vos désirs la valeur de nos armes!
Daignez rentrer dans Rome, elle attend ce bonheur;
C'est le vœu des Français, couronnez leur valeur.
L'univers a compris votre grand caractère;
Il sera toujours grand, béni sur cette terre.
Pour le bonheur de tous, Seigneur, dites toujours :
Le jour d'un grand pardon est le plus beau des jours.
Ce que votre cœur sent, la France le partage;
Couronnez votre cœur du fruit de son ouvrage :
Rendez Rome à son Dieu, rendez-vous à son cœur;
C'est l'œuvre de la France, ayez-en le bonheur. »

Le pape les regarde, et de bien douces larmes
Couvrent ses nobles traits déjà si pleins de charmes :

« Mes enfants, leur dit-il, oui, je bénis les cieux;
Oui, j'accepte ces clés; oui, mon cœur est heureux!
Dites au Président, chef de votre patrie,
Que j'aime sa grande âme et que je l'apprécie;
Dites-lui que le ciel saura bénir un jour
Son zèle dévoué, ses vœux et son amour.
Je prierai pour la France et pour sa destinée;
Elle est toujours la même, elle doit être aimée.
Son honneur l'a placée au-dessus des grands cœurs;
Sa vertu sait voler au secours des malheurs.
Oui, je l'en remercie; elle est juste et sincère,
Le monde la contemple en son beau caractère.
Et vous, braves soldats, qui vivez de l'honneur,
Oui, j'aime à vous bénir, j'aime votre valeur;
Vous avez mon amour, votre gloire m'est chère;
Le Seigneur bénira ma fervente prière.
Je rentrerai dans Rome auprès de mes enfants;
J'ai toujours même cœur; ah! qu'ils soient bienfaisants!
Je sais tout oublier, si ce n'est ma tendresse;
Je saurai le prouver, et cela sans faiblesse.
Dites à mon troupeau, mon troupeau bien-aimé,
Que je veux son bonheur, et qu'il est pardonné. »

A ces mots, nos guerriers sont touchés jusqu'aux larmes;
Les armes de ce cœur étaient de douces armes.
Ils regagnent, contents, l'immortelle cité,
Cette Rome pleurant le sang qu'on a versé.
La joie y suit leurs pas; cette terre chérie
A tourné ses regards vers notre France amie :

« Romains, dit Oudinot, bénissez en ce jour
Le vicaire du Christ : il a le même amour.
Oui, Dieu pardonne tout, il est toujours lui-même;
Bénissez ses vertus; oui, toujours il vous aime.
Payez-le de retour, aimez ses sentiments,
Imitez son amour, ah! soyez ses enfants!
Si c'est là votre cœur, notre belle patrie
Remerciera le ciel du sort de son amie;
Elle le bénira de la félicité
Qui naît de votre cœur, de votre volonté.
Faites, faites, Romains, que notre brave armée
Puisse dire en rentrant dans sa patrie aimée :
France, réjouis-toi, j'ai servi ta valeur!
Tes soldats sont heureux, et Rome a le bonheur! »

Ses vœux sont exaucés : Rome a la douce joie
Que le contentement et prodigue et envoie.
Le brave Rostolan avait tout disposé;
Rome avait son rouage avec ordre fixé.
Le clergé revivait comme à son origine;
Il était à son poste et prêchait sa doctrine.
Le pape, impatient de revoir ses enfants,
Avait quitté Gaëte et ses sites charmants;
Ces lieux devenus chers avaient dit à son âme
Qu'il trouverait ailleurs une semblable flamme.
Cette Rome si chère apparaissait toujours
A son cœur rassuré comme dans ses beaux jours.
Il touche enfin ses bords, et cette terre amie
Semble se ranimer d'une nouvelle vie.
A cette vue touchante il semble frissonner;

Tout parle à son bon cœur et tout lui dit d'aimer :
C'étaient les souvenirs, sortant d'une âme pure,
Qui marchaient s'épanchant si purs que la nature.
Son front majestueux, déridé du pardon,
Disait à ses enfants que son cœur était bon.
Un beau jour s'annonçait et semblait aussi dire :
A cette émotion je prête mon sourire.
Un soleil bienfaisant, planant sur l'univers,
Semblait porter sa part pour guérir les revers.
Ses feux étaient plus doux, ils avaient plus de vie,
Ils semblaient s'animer au sort de l'Italie.
Tout voulait partager et d'amour et de cœur
Ce doux avènement voulu par le Seigneur.
Rome, comme un soleil de lumière féconde,
N'avait qu'un même cœur : comme temple du monde,
Rome chantait partout, sur son luth immortel,
Ce bonheur désiré qui lui tombait du ciel;
Elle chantait le nom de notre belle France,
Le pardon du pontife avec sa bienfaisance.
Plus d'aspect effrayant aux yeux du voyageur;
Cette noble cité recouvre sa splendeur.
Le pontife paraît, enfin Rome respire;
Tout reprend son essort, tout reprend son empire,
Tout brille de plaisir; les temples dévastés
Reprennent leur encens et leurs solennités.
C'est lui, répond le cœur, c'est sa gloire immortelle;
C'est la vertu du ciel, c'est la vertu fidèle!
Des tourbillons de voix s'élèvent comme un cœur
Pour saluer le pape et bénir le Seigneur.
A ce sublime aspect, à ce regard de père,
Rome a le sentiment que tout grand cœur révère.
Son sourire enchanteur lui dit comme autrefois :
Son cœur est pour nous tous, suivons ses douces lois!
Aux malheurs des mortels il est une espérance ;
Un doux soutien au pauvre, un bien à la souffrance.
Rome est à son bonheur; on voit de toutes parts
Déployer de la croix les brillants étendards;

Et cet arbre de paix, salut de l'innocence,
Fait scintiller son front en bénissant la France.
Rome est majestueuse, et, comme Israël,
Elle devient heureuse, heureuse par le ciel.
Des hymnes de bonheur, au Dieu de la clémence,
S'exhalent de son cœur, chantant sa délivrance.
Elles chantent la France, et son cœur tout de feu,
Ses lauriers souriants, en lui rendant son Dieu.
O filles des Romains! oh! chantez à l'envie!
Rome a le vrai bonheur, elle est à sa patrie.
Le déluge n'est plus au monde criminel,
Le Dieu des malheureux reparaît sur l'autel.
Rome a fui les torrents, elle a fui l'esclavage;
Elle appartient au ciel, le but de son ouvrage.
Chaque rue est parée : on voit de tous côtés
Des branches de laurier recouvrir les pavés;
On voit partout briller le cœur et la nature ;
Des crimes des méchants cette terre s'épure;
Le doux drapeau du Christ, le drapeau rédempteur,
Flotte sur les clochers, annonçant le bonheur.
L'humble religion, sous leurs voûtes sacrées,
Rend hommage à la France en chantant ses trophées;
Son pardon vole au ciel vers le Dieu du pardon :
Ce Dieu sait oublier l'oppresseur et son nom.
Elle a prié pour tous; c'est son tendre langage,
C'est là toujours son cœur pour l'ingrat qui l'outrage.
Elle rit, regagnant tous ses temples divers,
Et vole aux pieds de Dieu priant pour l'univers.
L'airain répand sa voix, sa voix aérienne
Frémit dedans les airs sa bonté souveraine.
Son doux front si aimant rayonne la bonté;
Elle ignore la haine : elle a toujours aimé.
Le tambour bat aux champs, notre vaillante armée
Ébranle son drapeau, sa colonne serrée;
Au-devant du pontife elle porte ses pas
Tout frémissants encor de ses heureux combats.
Elle tombe à genoux à cette aimable vue,

Image du Très-Haut à l'univers rendue.
Notre drapeau s'incline, et le fier Rostolan
Exhale ces doux mots de son cœur palpitant :

« Vous voyez, ô mon père! à vos pieds prosternée,
Cette troupe de Dieu, cette vaillante armée;
Son sang était pour vous, elle a su le verser;
Bénissez-la, Seigneur, daignéz toujours l'aimer.
C'est la main du Très-Haut qui fait la destinée;
Persistez dans vos vœux, votre âme est écoutée.
Le Dieu de la puissance a marqué de sa main
Le lien qu'il faut nouer pour fixer le destin :
Ce tendre et doux secret, c'est votre âme féconde;
Recevez Rome libre et rachetez le monde.
Venez, venez en père au sein de vos enfants,
Ils vous tendent les bras de bonheur palpitants.
Je suis heureux pour moi, pour la France que j'aime,
De voir briller l'amour de votre diadème
En ce lieu qui fut grand par le choix du Seigneur.
Continuez toujours les bontés de son cœur;
Ah! soyez toujours là notre douce espérance,
Mon Prince vous en prie, ah! bénissez la France! »

Le pontife touché, les yeux sur nos soldats,
A béni ses enfants; il leur tendait les bras :
« Oui, j'accepte, dit-il, ce bonheur pour mon âme!
Il était mon désir et il fera ma flamme.
Votre Prince a mes vœux, ah! qu'il ait le bonheur!
Dites, dites-lui bien ce penser de mon cœur. »

Sa main bénit la France, et Rome si chérie
Retrouve le bonheur, sa gloire et sa patrie.
La campagne de Rome avait, par ses exploits,
A Rome rétabli son esprit d'autrefois.
Ce triomphe de l'ordre, apporté par nos armes,
Aux faux républicains entr'ouvrait des alarmes;
Ils se voyaient vaincus, et partout leur terreur

Faisait jaillir sans frein la haine et la fureur.
Les vrais républicains, amis de leur patrie,
Contre Napoléon dressaient leur jalousie;
Cette victoire aussi n'était pas dans leurs vœux :
Le principe gagné se révoltait contre eux.
Ainsi mille embarras s'affublent à leur haine;
Leur cœur ne rougit pas où la haine le traîne.
Ils voient d'un œil jaloux aux grandeurs s'installer
Ce nom qui, toujours grand, sait toujours s'illustrer.
La chambre s'associe à leur haine cruelle,
Elle a la même envie et s'entend avec elle.
Napoléon offusque; elle voit son parti
S'arrondir, glorieux, de tout Rome grossi.
Napoléon, naissant de la cendre des braves,
Est pour eux un sujet de funestes entraves;
Son prestige puissant est sans cesse à leurs yeux
Un monstre trop fatal se retournant contre eux;
Son cœur pour le soldat et son âme si sainte
Glacent leur avenir de noirceur et de crainte.
Changarnier, qui naguère était son grand ami,
Avait tourné sa face en cruel ennemi;
Il voulait le soldat sans cœur, sans sympathie
Pour l'homme qui l'aimait tout autant que la vie.
Les cris de nos soldats n'étaient plus tolérés;
Les plus saints sentiments devaient être cachés.
Plus de cris pour les vœux, plus de cris aux revues;
Napoléon, trop grand, n'était plus pour les nues.
Le cœur n'était plus libre; ainsi que le bonheur,
Il fallait tout cacher jusqu'au fond de son cœur.
Changarnier et la chambre avaient commune envie;
Ils avaient même peur et même antipathie :
Noircir Napoléon, l'empêcher d'arriver,
Était le but choisi qu'ils ne pouvaient cacher.
La France le voyait en dépit d'elle-même;
La chambre allait toujours, et toujours et quand même;
Changarnier se gonflait de son pouvoir puissant
Qu'il lançait en obstacle à tout pouvoir marchant.

Les pouvoirs s'embrouillaient, et leur force rivale
Allait toujours marchant de dédale en dédale.
Cette confusion empêchait d'élever
Cette tour de Babel qu'on voulait ériger;
Les ministres fuyaient comme de vaines ombres,
Ne laissant après eux que lugubres décombres.
Ainsi, dans le pouvoir le pouvoir se noyait,
Et le désordre seul sur les flots s'élevait.
Louis-Napoléon usait tout son génie
Pour maîtriser le mal qui rongeait sa patrie.
Tout était contre lui pour lui barrer chemin,
La haine des partis avec tout leur venin;
Aussi mille projets, dans sa forte énergie,
Lui faisaient mépriser et le sort et la vie.
Sa grande âme avait dit à son illustre cœur :
Mourons pour le devoir, mourons pour le malheur.
Tout obstacle n'est rien quand on aime la France;
La gloire c'est le cœur, le cœur fait l'espérance.
Le temps avait marché; son pouvoir expirait,
La Constitution du scrutin l'excluait.
Le danger était grand, le chaos formidable,
L'avenir était noir, la France misérable.
Tout allait se heurter incapable de frein;
La France allait périr : elle était en chemin.
La France le sentait et voyait le génie
Porteur d'un si beau cœur au sort de sa patrie.
La lueur était faite au sort de l'avenir;
Napoléon marchait, rien ne pouvait périr.
La France le voyait et sentait sa belle âme;
Son désir arrêté nourrissait cette flamme.
Aussi de tous côtés, la France, avec ardeur,
Témoignait ses désirs, faisait parler son cœur.
Sa voix disait sans cesse à la chambre intraitable :
« Tout souffre, tout languit, le mal est regrettable.
Ah! marchez contre lui, vous pouvez le guérir;
Débrouillez ce chaos noircissant l'avenir.
Vous avez un mandat, soyez-y donc fidèle;

L'honneur vous l'a donné, l'honneur vous le rappelle.
Au nom de cette France et de ses intérêts,
Vous devez obéir, ses désirs sont sacrés.
Oui, son sang fume encor; ah! rentrez en vous-mêmes!
Les maux sont déjà grands, et ils seraient extrêmes.
La Constitution a des vices flagrants;
C'est à vous d'en rayer les chapitres sanglants.
Prorogez les pouvoirs du doux Prince qu'on aime;
Ah! laissez-le marcher : sa sagesse est extrême!
Le laboureur le veut, il a senti son cœur;
Il a vu qu'il battait au secours du malheur.
Tous les arts sont pour lui, vous a dit l'industrie;
Il peut donc tout sauver; aimez votre patrie,
Respectez ses désirs, écoutez son grand cœur;
Il bat de tous côtés, présageant le bonheur. »
La chambre reste sourde au doux cri de la France;
Il froissait ses désirs, changeait son espérance.
Napoléon, blessé, ne se sent pas vaincu;
Il avait son bon droit dirigeant sa vertu;
Et cette âme trempée, au désir de bien faire,
Se prépare à dompter le jeu de l'arbitraire.
Il change Changarnier, dont l'absolu pouvoir
Était un grand obstacle au droit de son devoir;
Entre trois généraux, hommes pleins de courage,
Baraguay, Carrelet, Perrot, il le partage.
Ces trois vaillants soldats devaient tout rassurer;
Ils avaient le désir et savaient commander.
Il n'en fut pas ainsi : la chambre, courroucée,
Blâme le ministère et s'acharne éhontée.
Elle n'épargne rien, et menace et fureur;
Elle insulte le droit pour imposer au cœur.
Napoléon tient bon, il méprise l'orage;
Son devoir le conduit, il s'arme de courage.
La destitution du brave Changarnier
Faisait naître la peur : elle était à dompter.
Napoléon est calme, il est à son génie;
Il sait qu'il fait un pas au sort de la patrie.

Le héros a parlé; le cœur est au devoir;
Il n'est plus de dangers qui puissent l'émouvoir.
Ses ministres, craignant, ont fui devant l'abîme;
Le danger semble noir, et la foi légitime.
Louis-Napoléon méprise tous ces vents;
Il est comme un rocher sous leurs efforts puissants;
Il forme un ministère, en dépit et quand même,
Et selon son désir et son amour extrême.
Le bon droit et l'honneur était de son côté;
Le danger disparaît devant sa fermeté.
La France était tranquille, elle avait pour otage
Le tumulte dompté, le mépris de l'orage.
Partout Napoléon était grand, admiré;
La chambre l'élevait par sa méchanceté.
Elle n'avait pour lui que de la calomnie;
Ses ministres jamais n'étaient en harmonie.
En nommer selon elle, ils étaient contre lui;
En nommer selon lui, c'était fuir son appui.
Il sentait le danger, il était responsable;
Son cœur reste le même : il est imperturbable.
Ce cercle d'embarras, d'intrigues, de projets,
Ne fait que ranimer l'ardeur de ses bienfaits.
Mais les moyens manquaient au gré de son génie;
Tout était refusé par la chambre ennemie.
La misère gagnait en dépit de son cœur;
Il la voyait marcher et briser son bonheur.
Sa bourse était bien loin du juste nécessaire :
Il l'avait épuisée aux soins de la misère.
Il manquait du bonheur de soulager toujours;
Ce triste déficit empoisonnait ses jours.
Ses besoins sont compris, on partage sa flamme;
Ses ministres, touchés, apprécient sa grande âme.
Aussitôt à la chambre ils osent démontrer
Qu'un grand chef a des droits qu'on ne peut refuser :

« Députés, disent-ils, ah! daignez nous entendre!
Du besoin d'un grand droit pouvez-vous vous défendre?

Napoléon demande un supplément d'argent;
Allez à ses désirs, son cœur est bienfaisant.
La France vous contemple, écoutez sa demande;
Quand c'est pour le vrai bien, le devoir le commande.
Le chef d'un grand État doit être selon lui :
Doit-il manquer d'argent quand il est pour autrui;
Quand il est pour dompter le mal et la misère,
La faim des malheureux manquant du nécessaire?
Dieu qui fit ses désirs, les ferait-il en vain?
Non, non, la France souffre, et vous pouvez le bien!
Refuseriez-vous, à cette âme si bonne,
Le doux bonheur du cœur, le plaisir de l'aumône?
Vous seriez contre elle en étant contre lui;
Vous seriez contre elle éludant son appui.
Accorder ses désirs, c'est lui rendre justice;
Vous connaissez leur but, faites ce sacrifice. »

La chambre s'y refuse, on l'interpelle en vain;
Elle y voit pour le Prince un honnête chemin .
C'eût été l'élever sur son terrain de père;
C'eût été le créer soutien de la misère;
C'était aussi sur lui prodiguer le grand jour,
Et lui donner l'appât pour nourrir son amour.
La chambre en était loin, elle avait autre envie;
Elle voulait le perdre en cachant son génie,
Le mettre sans pouvoir en dépit de son cœur,
Et auprès du danger et auprès du malheur.
Mais tout ceci n'est rien pour l'âme philosophe;
Son cœur était fixé sur cette catastrophe.
Il avait dit à l'âme : Il est un autre espoir,
C'est la volonté ferme à l'appui du devoir.
La chambre aura beau faire, oui, malgré son envie,
Je serai bienfaisant : c'est mon cœur, c'est ma vie.
Il a du mobilier... Il vend ses beaux tableaux,
Ses carrosses brillants, ses superbes chevaux,
Et ces meubles de prix, si chers à son sourire,
Que lui donna l'amour sous le sublime Empire.

O patrie! ô patrie! oui, tu l'as emporté!
Ton sentiment divin parlait trop respecté;
Ta voix était trop grande, elle était trop puissante
Pour rester à son cœur muette, indifférente.
Sa bonté recommence avec la même ardeur;
Elle revole au pauvre et revole au malheur.
Les hommes sont pour lui des amis et des frères;
Il sait les étudier pour vaincre leurs misères.
Sa maison est à tous, on y court de tous lieux;
Sa bonté la transforme en un temple pieux,
Où le besoin s'entend aux pieds de la justice,
Où l'on trouve le cœur toujours prêt au service,
Toujours prêt à donner son sang et sa sueur
Au triomphe du bien, au secours du malheur.
La France, son amie, a béni sa grande âme;
Elle a vu ses désirs, elle bénit sa flamme.
Elle redit partout les vertus du héros,
Son penchant pour le bien, les auteurs de ses maux.
Elle blâme la chambre; elle voit son envie
Implacable toujours, du héros ennemie.
Elle reste indignée; elle voit son vouloir
Un peu trop égoïste et trop loin du devoir.
Elle souscrit partout, elle a sa douce obole
Pour son Prince chéri devenu son idole;
Elle semble lui dire : Allez, tout va marcher;
Je suis toute pour vous, vous pouvez commander.
Recevez cet argent, notre bien douce offrande;
Ah! daignez l'accepter, la France le demande.
Marchez toujours le même, ah! soyez toujours bon;
Marchez l'égal toujours de votre illustre nom.
Oui, la France est à vous, soyez son espérance;
Oui, son cœur vous l'a dit, ayez donc confiance.
Vous pouvez tout vous-même en dépit des méchants;
Faites comme un bon père au sein de ses enfants.
Ce cri parlait bien haut, il allait droit à l'âme;
Il portait le bonheur, il consolait la flamme.
Le père était un père, il en avait le cœur;

Il en avait l'amour ainsi que le bonheur.
La France le croyait, et ce tendre sourire
Avait son coin touchant comme son grand Empire.
« O France! dit le Prince, oui, je sens ton amour!
Oh! ce cœur, crois-le bien, paiera de retour!
Je refuse ton offre, elle est un sacrifice;
Oui, je puis m'en passer, tu m'as rendu justice.
Que le pauvre en profite, ainsi que le malheur;
Tu rempliras le but que désirait mon cœur.
Pour preuve de ce cœur, pour preuve que je t'aime
Et que je crois aussi que tu m'aimes de même,
Oui, j'irai dans ton sein consulter tes énfants,
Et, avec leurs conseils, plus de pas chancelants!
Je veux tout de leur cœur : doublé de cette écorce,
Je ne craindrai plus rien, j'aurai pour moi la force. »
Voilà le doux penser qui venait sans effort
Lui dicter sa conduite au mépris de la mort.
Il voulait en finir pour la France qu'il aime;
Briser avec la chambre était le grand problème :
Il fallait expulser ce serpent ennemi
Qui déchirait le sein qui l'avait dégourdi.
Le danger était grand, le but était sublime;
Le cœur le lui dictait, en fût-il la victime.
Mais avant d'y marcher il voulait consulter
Chaque département, et savoir son penser;
Il veut voir par ses yeux jusqu'où va le sourire,
Et si la vérité vient seconder le dire.
L'occasion s'offrait : il devait visiter
Plusieurs chemins de fer et les inaugurer.
Il part donc pour Dijon; son âme est réjouie
De pouvoir consulter l'esprit de sa patrie.

FIN DU CHANT HUITIÈME.

CHANT NEUVIÈME.

Le jour venait de naître; à peine le soleil
Entrait-il scintillant dans le doux bleu du ciel;
A peine ses rayons, élancés vers le terre,
Échangeaient-ils leur or en féconde lumière,
Que le peuple à la gare accourait à gros flots
Pour fêter le départ du meilleur des héros.
On eût dit que, sentant les desseins de son âme,
Cette foule empressée avait jugé sa flamme.
L'écho retentissait des cris du sentiment;
C'était de l'heureux cri du nom du Président :
De vive le héros, de vive le génie,
Dont la fermeté grande a sauvé la patrie !
A ce spectacle heureux, heureux de tous côtés,
On voyait accourir de nombreux employés,
Contents de déployer et leur cœur et leur zèle
A cet apprêt joyeux de fête solennelle.
Sur des barres de fer, au loin se déroulant
Comme deux blancs cordons dans l'espace fuyant,

On voit un beau wagon engrené sur leur faîte,
Et sa locomotive attelée à sa tête,
Dont la chaudière immense, en ses énormes flancs,
Prépare le moteur et ses pouvoirs puissants ;
Où le charbon en feu brise l'onde en fumée,
Dont la force terrible, en un tuyau foulée,
Soulève un lourd piston dans son corps se mouvant
Jusqu'au trou ménagé d'où, la vapeur sortant,
Le piston redescend la vapeur échappée,
Pour remonter encor la vapeur dilatée.
Ainsi fuient les wagons par ce grand mouvement,
Résultat de la science et l'œuvre du savant.
Par ce grand mouvement, l'homme, en sa courte vie,
Peut se multiplier au bien de sa patrie.
Plus d'espace impossible ; avec la volonté,
L'homme peut recueillir dans l'univers lancé.
Ainsi dans cette sphère, en suivant le génie,
Le résultat du tout profite à la partie.
Ainsi parlait la foule en ces lieux se groupant,
Pour voir et saluer l'illustre Président.
Tout à coup il paraît avec toute sa suite ;
Le peuple se découvre et le chapeau s'agite ;
Mille cris de vivat s'élèvent vers les cieux,
Et des milliers d'échos les portent en tous lieux.
Là, Ney, l'illustre fils d'une grande victime,
Et comme elle sincère, et fière et magnanime,
Et le brave Fleury, connu des champs d'honneur,
Et le sage Mocquart, si puissant par le cœur,
Montent dans le wagon où l'art et le génie
Semblent s'être épuisés d'une commune envie.
Ils s'asseyent aux côtés du Prince-Président ;
Le Prince les reçoit d'un air doux et riant.
La vapeur se dilate, et, comme l'hirondelle,
File dessus le sol l'effleurant de son aile,
Dans l'espace ainsi fuit, roulant sur ses essieux,
Cet immense wagon courant à perte d'yeux.
A son passage à Sens, la foule réjouie

Honore de vivats l'ami de la patrie ;
A Melun et partout brille le même cœur,
Avec la même joie et le même bonheur.
Enfin Dijon paraît au wagon qui s'avance,
Sa vue en un clin-d'œil a franchi la distance ;
La vapeur sort et siffle, et l'illustre wagon
S'arrête sous les murs palpitants de Dijon :
Ville grande, superbe, élégamment bâtie,
Où brillèrent les arts, et qui donna la vie
A l'illustre Bossuet, à Rameaux, à Piron,
Au sage Lamounoie, au savant Crébillon.
Là, la foule à gros flots vers le Prince s'avance
Pour voir et admirer le sauveur de la France ;
Elle se montre heureuse ; elle le dit au ciel ;
Le bonheur est partout, l'hymne est universel.
Les roses, les lauriers volent à son passage ;
Tout démontre aux regards tout le vrai du langage.
Un arc-de-triomphe, avec art élevé,
Domine les abords de l'illustre cité ;
On lit dessus son front cette phrase chérie :
« Au Prince bien-aimé, sauveur de la patrie. »
Les autorités, là, sous son cintre élégant,
Courent complimenter l'illustre Président.
Tout est sur pied en ville, où la joie est extrême ;
Tout le monde veut voir l'heureux Prince qu'il aime ;
Tout pour lui sait parler, et la terre et les airs ;
Toute nature bonne a pour lui des concerts.
Les cloches bourdonnant élèvent dans les nues
Les doux sons argentins de leurs voix ingénues ;
L'airain gronde et mugit et va dire au lointain
Le trajet bienheureux de son aimant chemin.
Le clergé donne aussi son tribut d'allégresse ;
Son cœur reconnaissant démontre sa tendresse ;
Il accourt vers le Prince étendard déployé,
Heureux de le bénir, heureux d'en être aimé.
Le Prince le reçoit avec cette belle âme
Qui sait le distinguer, dont on connaît la flamme ;

Les mots les plus touchants s'épanchent de son cœur,
Il veut suivre la croix au temple du Seigneur.
Ce premier des devoirs bondit dans sa poitrine;
Vers le lieu vénéré son bon cœur l'achemine.
Le clergé l'accompagne; il y court pour prier
Le grand moteur de tout, qui peut tout protéger;
Ce pouvoir des pouvoirs, à qui rien ne dispute
Et l'équité sans frein et le secours du juste;
Qui trouve pour le pauvre un appui bienfaisant,
Le calme à la douleur, un prix à l'innocent;
Ce grand Être infini, dont la vie infinie,
Dominant tous les temps, ne vit que de sa vie;
Dont l'immense grandeur, naissant de son appui,
N'a rien pour comparer que sa grandeur et lui;
Le Prince agenouillé, prosterné vers la terre,
Vers cet Être sans fin élève un cœur sincère;
Il songe à l'avenir, contrôle le présent,
Et adresse ces mots à l'Être tout-puissant :

« Mon Dieu! mon Dieu! dit-il, écoute ma prière!
Ta bonté la comprend, elle est vraie et sincère.
Daigne affermir mon cœur, donne-lui le devoir
Qui naît de la justice et qui fait ton vouloir;
Donne-lui la sagesse ainsi que la prudence;
Tu le sais, tu le vois, oh! ma tâche est immense!
Tu sais ce que je puis, compare le chemin
Qu'il faut que je poursuive et ma trop faible main!
Épargne bien des maux, protége l'espérance;
Un regard sur mon cœur, un regard sur la France!
Ah! mon cœur t'en supplie; oh! connais son penser!
Bénis-le donc, mon Dieu, daigne le protéger!
Tu vois sur cette mer sa trop faible nacelle;
Soutiens-la de ta main : la France est avec elle. »

Il dit; quitte ces lieux; après ce saint devoir
Il se mêle au public empressé de le voir.
Toujours bon, gracieux, il observe, il écoute
Les plaintes, les besoins qui volent sur sa route;

Son cœur prend part à tout, il note le besoin,
Il promet le remède ou donne le moyen.
Il sent qu'il est aimé; son cœur a dit qu'il aime;
Par l'estime du cœur il gagne le cœur même.
Cette arme sans tranchant, toujours sur son chemin,
Triomphe à son désir : l'amour est son butin.
Il arrive, conduit et fêté par la ville,
Au palais de Bourgogne en gloire si fertile.
Là, tout ce que les arts ont d'illustre et de cœur,
Tout ce qu'un tendre amour a de plus enchanteur,
Vient s'offrir en hommage au sauveur de la France,
Comme tribut de l'âme et de reconnaissance.
Là, fêté comme un père aimant et respecté,
Au banquet il prend place en ce lieu préparé.
Quand le nectar vermeil, rutilant dans les coupes,
Eut excité les cœurs et animé les groupes;
Quand le tendre penser a tout son libre cours,
Et l'âme son miroir au vrai de tous les jours,
Le maire alors se lève, et, d'une voix sincère,
Porte ce doux toast aux doux échos du verre :

« A l'ami de la France, à son libérateur!
Que Dieu lui vienne en aide et protége son cœur!
Qu'il l'élève puissant au vœu de la patrie!
A son bonheur futur, au vœu de son génie!
Qu'il grandisse chéri, marchant à notre sort!
Qu'il grandisse animé de la souche qu'il sort! »

Napoléon se lève, et, d'une voix émue,
Laisse parler ainsi son âme toute nue :

« Merci, Messieurs, dit-il, oui, merci de vos vœux!
Vous comprenez mon cœur, vous le voulez heureux;
Vous marchez à son but; la chambre aura beau faire,
La France comprendra que la France m'est chère.
Oui, partout, comme vous, elle a le doux penser
Que je veux son bonheur et que je dois l'aimer.
Je voudrais que tous ceux qui le nient et qui doutent,

9

Qui voient dans le présent l'avenir qu'ils redoutent,
M'eussent vu dans l'Yonne et dans la Côte-d'Or :
Ils jugeraient par eux et verraient qu'ils ont tort.
Ils verraient au grand jour que leur cruelle envie
Qui s'attache sur moi n'est pas en harmonie
Avec les sentiments, avec le bon esprit
Qui dominent la France et dont l'amour me suit.
La France ne veut pas, et au vrai ni par frime,
En aucune façon rien de l'ancien régime;
Elle a senti ses maux, elle veut les guérir;
Tous ses écueils sont là pour un autre avenir.
Elle est bien loin aussi de toutes ces folies,
De leurs essais trompeurs et de ces utopies
Qui, par leur impossible, engendrent le malheur,
Et portent la misère et corrompent le cœur.
Oui, la France le sait, j'en suis l'adversaire!
Ne l'ai-je pas prouvé de cœur, de caractère?
N'est-ce pas pour cela qu'elle va résistant
A leur haine envers moi m'accusant du présent,
Et reporte vers eux le mal et la souffrance
Qui tuent notre commerce et désolent la France?
Si mon gouvernement n'a pu servir mon cœur,
S'il n'a pu parvenir à ce bien doux bonheur,
Ce sont ces hommes, vils et leurs viles manœuvres
Qui sont les grands fauteurs de ces tristes chefs-d'œuvres.
Vous l'avez bien compris, et l'accueil bienfaisant
De votre beau pays en est le sûr garant;
Cette bonne Bretagne, au cœur patriotique,
M'en assure le vrai par son vœu sympathique.
Messieurs, à tout jamais son approbation
Marchera d'un grand poids au cri de la raison!
Le mal succombera, la vérité moissonne.
La France ouvre les yeux, elle pétitionne;
Elle veut retoucher la Constitution
Qui, dans un gouffre affreux, a mis la nation.
Je profite, Messieurs, de ce banquet sublime
Pour vous ouvrir mon cœur et son penser intime.

Une nouvelle phase accourt à l'horizon,
Ouvre à la politique un jour et sa moisson.
Que la France prononce, et mon âme empressée
Ira levant la tête aux vœux de sa pensée.
L'intérêt du pays, toujours mon intérêt,
Dirigera mon cœur : c'est pour lui qu'il est fait.
Ah! n'ai-je pas montré dans ce malheureux drame
Une âme pour la France exempte de tout blâme?
Oui, l'abnégation qui dirige mon cœur
Devrait tout rassurer et guérir de la peur.
J'ai conservé mon calme en butte à la furie
Des outrages constants et de la calomnie.
Que le pays prononce, oui, j'attends son vouloir;
Quels que soient les dangers, je ferai mon devoir.
Croyez-le bien, Messieurs, cette France chérie
Jamais ne périra dans cette main amie. »

Des applaudissements partent de tous côtés;
On espère en son cœur, les cœurs lui sont restés.
Il quitte ces beaux lieux qui partagent son âme,
Et rentre dans Paris enivré de leur flamme.
Là, la chambre toujours, d'un front toujours plus noir,
Allait s'assombrissant du fruit de son pouvoir.
Les passions marchaient sans borne et sans mesure;
Leur marcher égoïste étouffait la nature.
Là, cent partis divers, toujours dénaturant,
Mentaient à l'avenir, insultaient le présent.
Ces voyages du Prince excitaient la furie,
Éveillaient les soupçons avec la jalousie;
Et puis l'amour public qui le suivait partout
Triomphait de l'envie et la froissait en tout.
Puis des pétitions de plus en plus pressantes,
A la chambre marchaient toujours plus menaçantes,
Demandant à grands cris que le Prince nommé
Pût être réélu, son pouvoir expiré.
Tout cela déplaisait; aussi la méfiance
Excitait la terreur avec l'intolérance,

Et le parti du Prince, allant se grossissant,
Pour le but de l'envie était trop menaçant.
Partout des comités s'organisent en France :
Chacun avait son but avec son espérance;
La chambre avait le sien, et là, chaque orateur
Se ménageait un coin pour son propre bonheur.
Malgré tout, cependant, la chambre ose encor croire
Qu'elle a droit au pouvoir, qu'elle a droit à sa gloire.
Elle veut en jouir; les cris et la fureur,
La force et le bon droit ne font rien sur son cœur.
Elle en veut à tout prix... et le cri de la France
Vient tomber à ses pieds sans aucune espérance.
Par ce refus formel le peuple est excité,
La France s'en indigne et l'ordre est menacé.
Louis-Napoléon, par son puissant génie,
Calme ces ouragans fondant sur la patrie;
Il méprise l'orage accablant son beau ciel:
Son œil reste sans peur : il est tout paternel.
Il sait plaire toujours, et le feu de son âme
Se sent le doux pouvoir de triompher du drame;
Il pense que le temps, en usant de son cœur,
Apportera la paix sans user de rigueur.
Ses amis sont constants, ardents à son envie ;
Ils épient ses instincts amis de la patrie.
Les bourgeons d'Austerlitz, ces germes de l'honneur,
S'étendent de partout, pullulent le bonheur;
La France les bénit écoutant leur sourire,
Et ces bourgeons puissants cheminent vers l'Empire.
La chambre s'en émeut et ne peut tolérer
Ces éléments du bien que le cœur fait germer.
Dans la chambre l'envie, à la voix exaltée,
Fait siffler les serpents de son âme entêtée;
Les comités du Prince excitent sa fureur ;
Elle y voit des écueils qui glacent de terreur.
Leur souffle, selon elle, apporte l'incendie
Au milieu de son sein, âme de la patrie;
Elle veut les détruire, et, pour y parvenir,

Elle outrage le Prince et noircit l'avenir.
Napoléon gémit, et ce sujet de guerre
Est réduit au néant par son beau caractère;
Un geste sait suffire, et l'essaim d'avenir
Se disperse à regret, mais il sait obéir.
Ces beaux fils d'Austerlitz, ces beaux fils de la gloire,
Laissent pour d'autres temps une belle victoire;
Carlier, fidèle ami du brave Changarnier,
Abandonne un pouvoir qu'il ne peut plus garder.
Si l'amour bien souvent partage la disgrâce,
Il est un grand devoir qui toujours la remplace :
Amour de la patrie, oh ! ne le dis-tu pas?
Oui, ton amour toujours brise tous les combats.
Carlier, ton cœur le dit, ton courage est sublime;
L'honneur compta toujours sur ton amour intime.
Tu reviendras un jour, tu le dois à l'honneur;
Plus tard un repentir saura gagner ton cœur.
Napoléon te plaint, il faut qu'il te remplace;
Le brave Demaupas va passer à ta place.
Aussi, tout comme toi, dans les temps de terreur,
Il aida le pouvoir, prévint plus d'un malheur;
Son esprit pénétrant et sa rare énergie
Déjoua plus d'un mal au péril de sa vie.
Napoléon le nomme, et ce sublime choix,
Du tumulte et du bruit sait atterrer la voix.
Malgré que Changarnier eût brisé son épée,
La paix se maintenait dans la France agitée;
Son successeur, moins grand, avait autant de cœur
Et maintenait le calme avec même vigueur.
Alors les plus mutins, malgré leur sympathie,
Virent que Changarnier, avec son énergie,
N'était pas le prestige, et qu'une autre grandeur
Bien au-dessus de lui combattait la terreur.
Les souvenirs de gloire appelaient sur la France
Louis-Napoléon comme seule espérance;
Leurs liens étaient communs par communauté de maux,
Et la France héroïque adoptait ce héros.

Napoléon sentait, au gré de son génie,
Qu'il était quelque chose au feu de la patrie;
Napoléon sentait que les grands souvenirs
Renaissaient sur ses pas au gré de ses désirs.
La France d'autrefois, en recouvrant la vie,
Songeait au grand soleil, soleil de la patrie.
Le vieux soldat disait en son grand cœur encor :
Austerlitz a son tour, Austerlitz n'est pas mort.
Ce penser fleurissait, il avait son courage;
Pour les temps à venir il avait son langage.
Le vieux Jérôme encor rappelait au présent
Le pouvoir qui régna si beau, si bienfaisant;
Et ce grand souvenir des gloires intrépides
Est nommé gouverneur des braves Invalides.
Louis-Napoléon lui devait cet honneur,
Il était un héros ranimant l'Empereur;
Il le fit le gardien de son urne sacrée;
Elle avait tout le feu d'une autre destinée.
Ce feu disait partout aux braves vétérans :
J'ai formé vos grands cœurs, veillez sur mes enfants.
L'aigle planait déjà riant à sa carrière,
Le Prince était jugé le héros nécessaire.
Chez le pauvre surtout, son cœur toujours au guet,
Attisait le courage, y portait le bienfait;
Et ce Paris si beau par l'or et la misère
Jouissait de ce cœur, et ce cœur, en doux père,
Travaillait pour le faible et le pauvre indigent,
Et pouvait malgré tout être bon, bienfaisant.
Malgré la jalousie et toutes ses cabales,
Il donne des abris et fait bâtir des halles,
Où les grains entassés pour le pressant besoin
Sont en réserve là pour tempérer la faim :

« En posant, s'écrie-t-il, cette première pierre
D'un monument utile et grand et populaire,
J'espère qu'appuyé par les bons citoyens,
Et Dieu venant en aide à nos pressants besoins,

Il nous sera donné de créer quelque chose
Digne de l'avenir, afin qu'il s'y repose;
Digne de cette France et digne de l'aider.
Au monument du bien que je viens d'élever,
Puisse-t-il à jamais marcher grand et solide,
Triomphant à plaisir par son puissant égide
Contre l'indifférence et la mobilité,
Ce fléau destructeur de la société. »

Louis-Napoléon s'adonne à son génie;
La terre a tous ses soins ainsi que l'industrie.
Partout, de peuple à peuple, il cherche les rapports;
C'est un moyen pour lui d'améliorer les sorts.
De routes, de chemins la France se sillonne;
A ce genre de bien tout son cœur s'affectionne.
L'Algérie a sa part de ses heureux travaux :
Il s'y fait des chemins, des villes, des hameaux;
On y voit accourir la brillante industrie,
Y tracer le jardin de la mère-patrie.
Mais un homme puissant, qu'il fallait conquérir,
Contrariait nos pas, les gênait pour grandir :
C'était Abd-el-Kader; cet homme au grand génie,
Cet illustre guerrier, d'une audace inouïe,
Était l'hydre de Lerne, et son prestige grand
Souminait nos succès et restait menaçant.
Louis-Napoléon veut que la république
Se borne à capturer ce puissant fanatique;
Il pense que, vaincu, sitôt ce beau pays
Se soumettra sans peine et restera soumis;
Et, pour ce beau succès, il veut que notre armée
S'attache sur ses pas, sur ses pas concentrée.
Le prestige éclipsé de cet homme puissant,
Le nôtre marchera, restera grandissant.
Par ces petits combats notre but s'éternise,
Quand d'un combat tout seul dépend notre entreprise.
Combattre Abd-el-Kader en le cernant partout
Est le plan du succès et le plan qui peut tout.

On adopte ce plan, et bientôt ce génie
Tombe à notre pouvoir au gré de notre envie;
Ce grand héros vaincu reçoit de son vainqueur
Un asile conforme aux désirs de son cœur.
Napoléon toujours fait ainsi pour la gloire
Après chaque succès, après chaque victoire;
Cette grande bonté couronne tout son prix,
Ce généreux agir a conquis les esprits,
Et ce peuple cruel, plein de sauvagerie,
Se rabat de sa crainte et de sa barbarie.
Il écoute la France, il se range à ses lois,
Concourt à ses travaux, jouit de ses exploits.
Ce succès si heureux sait plaire à la patrie;
On a jugé le Prince ainsi que son génie;
On veut le voir partout, et son zèle entraînant
Le fait aimer, chérir et le rend bienfaisant.
Poitiers est tout heureux, il attend sa présence;
Son beau chemin de fer en donne l'espérance.
On va l'inaugurer; le grand Prince est mandé,
Poitiers veut rendre hommage au héros vénéré.
Napoléon répond à ce tendre sourire;
Son cœur en est heureux, son cœur veut le lui dire.
Tout est prêt au départ, et de nombreux amis
Sur un wagon superbe avec lui sont assis.
La vapeur sort et siffle et pousse dans l'espace
Ce Prince bienfaisant, et le cœur suit sa trace.
Il arrive bientôt, on entend le canon;
Il ne peut dominer tout l'écho de son nom.
Les cloches ont leurs voix, et la ville attendrie
Accourt pour saluer l'ami de la patrie.
Poitiers daigne donner, en ce bienheureux jour,
Tout ce qu'on peut offrir de tendresse et d'amour;
Des couronnes de fleurs volent sur son passage:
C'est le produit du cœur, le cœur en fait hommage.
Pauvres et opulents ont des fleurs à donner;
Tous sont reconnaissants et tous savent aimer.
Un arc-de-triomphe, œuvre patriotique,

Au bord de la cité s'élève magnifique ;
On lit dessus son front ce tendre et doux penser :
« Les cœurs savent courir au cœur qui sait aimer !
Au grand Napoléon ! Il possède la France ;
Il grandira toujours, il est son espérance ! »
Là, les autorités et un nombreux clergé
Reçoivent dans leur sein le Prince bien-aimé ;
Là s'échange le cœur si bien que la pensée ;
Les désirs sont communs pour notre destinée.
Louis-Napoléon, comme un dieu bienfaisant,
Jouit du doux bonheur de son cœur triomphant.
Le triomphe était doux, il avait mille charmes ;
Il lui valait des cœurs et lui forgeait des armes.
Sa première visite est au Dieu tout-puissant ;
Il marche à ses autels, il y court rayonnant.
Là, son cœur est au ciel, et son humble prière
Parlait par sa piété : sa patrie était chère.
Après ce saint devoir, il accourt au banquet
Que l'amour le plus pur lui tenait préparé ;
Il s'assit au milieu de ce peuple qu'il aime ;
Leurs désirs sont communs et leurs pensers de même.
Les mets les plus exquis sont servis avec cœur,
Et le plus doux nectar épanche le bonheur.

Le maire alors se lève, et, d'une voix sincère,
Porte ce beau toast où l'amour se révère :

« Au Prince illustre et grand, Louis-Napoléon !
A son doux avenir, vœu de la nation ! »

Napoléon se lève, et, donnant à son âme
Tout le vrai de son cœur et l'essort de sa flamme :

« Merci, merci, dit-il, je savais que Poitiers
Possédait des vertus, qu'il a des héritiers.
Merci de votre accueil, oui, mon âme en est fière ;
J'accepte votre cœur et sa pensée entière.
Comptez sur cette main, elle veut vous servir ;

Dans cette main jamais vous ne pourrez périr,
Et votre volonté, librement exprimée,
Sera, soyez-en sûrs, de bon cœur acceptée.
J'appelle de mes vœux le moment solennel
Où la voix du pays, ce tendre cri du ciel,
Dominera le mal pour une seule idée :
L'accord, pour le bonheur de notre France aimée.
La discorde a trop fait dans son triste chemin ;
Il faut pour l'atterrer une puissante main.
Les révolutions marchent toujours cruelles ;
Toujours bien peu de bien a surgi sous leurs ailes.
Leur horizon est triste, il atterre le cœur ;
Alors le malheur pousse à chercher le bonheur.
Quand la France apparaît, cette belle patrie,
Avec son si beau sol où brille l'industrie ;
Quand on voit les produits de ses brillants coteaux,
Ses beaux chemins de fer, ses superbes canaux
Et ses immenses ports arrosés par deux mers,
Où le commerce accourt de partout l'univers,
Alors le cœur se dit : Que serait donc la France ?
Que serait sa richesse, ainsi que sa puissance,
Si la tranquillité réglait ses habitants,
Ainsi que l'unité ses pouvoirs si puissants ?
Quand, d'autre part, l'on voit en notre âme tracée
Cette unité, patrie à l'honneur destinée,
Alors l'âme se dit, l'orgueil dans le cœur,
Qu'elle pourrait de gloire ainsi que de bonheur.
Quand on voit ce grand peuple et son intelligence,
Avec les mêmes mœurs et la même croyance ;
Et ce clergé savant, moraliste zélé ;
Cette magistrature à l'esprit élevé ;
Cette vaillante armée, orgueil de notre France,
Esclave du devoir comme de la vaillance ;
Tous ces savants, enfin, dont l'esprit éminent
Sans cesse peut aider et le gouvernement
Et jeter sur les arts, pour servir la patrie,
Le feu de la science et le feu du génie,

On se demande, alórs, pourquoi ce beau pays,
Par ses esprits si grands, ses arts et ses produits,
Peut ainsi se rabattre en amour de lui-même,
Pour courir à l'abîme où son ardeur l'entraîne ?
Hélas! serait-il vrai, comme dit l'Empereur:
Le vieux monde est à bout; le nouveau, par le cœur,
Agité de partout, mal placé sur sa base ,
Ne serait pas assis. Sans savoir quelle phase
L'attend dans l'avenir, faisons notre devoir,
Préparons le terrain qui puisse bien l'asseoir.
J'aime à parler ainsi dans le sein d'une ville
D'un grand patriotisme et en héros fertile.
Sous Charles sept, je sais, nous ne l'oublions pas,
Elle fut le foyer d'héroïques combats;
Et quatorze ans l'ont vue , ardente et indomptée,
La première au secours de la France opprimée.
Messieurs, j'ose espérer que son grand dévouement,
Au chemin du besoin sans cesse se prêtant,
Continuera toujours sa puissante énergie,
Et servira d'exemple au bien de la patrie. »

A ces mots tout répond à son cœur entraînant;
On n'entend que ces mots : Vive le Président!
On avait bien compris le cœur et la pensée;
Le cœur était pour elle, elle était acceptée.
Après ce doux repas, le Prince bien-aimé
Parcourt avec plaisir cette belle cité.
Il connaît ses besoins, et son amour extrême
Déjà pour les guérir se tourmente lui-même.
Il veut tout visiter pour ne rien ignorer;
Il veut descendre à tout, il veut tout protéger.
Tout comme Saint-Louis, il rêve le service;
Il a les yeux partout contre toute injustice.
Pendant cet examen, on voit de tous côtés
Le peuple se masser racontant ses bontés :

« Oh! quel beau cœur, dit-il, oui, c'est bien le génie
Qu'il faut à nos besoins, qu'il faut à la patrie! »

Ici, comme à Cherbourg, à Marseille, à Lyon,
C'est même sympathie et même ovation.
Enfin, le cœur fixé sur l'amour de la France,
Il regagne Paris le cœur plein d'espérance.

FIN DU CHANT NEUVIÈME.

CHANT DIXIÈME.

Dans Paris cet espoir, trop vaine illusion,
Devait être déchu. Louis-Napoléon,
Au lieu de cet accord, moteur de la puissance,
Qu'il croyait acquérir par la persévérance,
Ne voit lancé partout, sur ses pas acharné,
Que le cœur désolant de la méchanceté.
Contre le peuple sage, ami de la patrie,
La discorde se traîne et la cruelle envie.
Les partis sont comptés, et l'œil, dans l'avenir
D'un bien noir horizon commence à s'assombrir.
Le terme des pouvoirs riait à l'anarchie,
Aiguillonnait l'espoir et chatouillait l'envie.
Les partisans de l'ordre, aussi de leur côté,
Préparaient leur terrain par le cœur divisé;
Tous se comptaient partout : les napoléonistes,
Et les républicains et les orléanistes;
Chacun avait son but et son ambition :
Le désordre comptait sur la division.

La France le voyait, et sa voix, forte et sage,
S'épuisait en efforts sans le moindre avantage.
La chambre calmait tout, prorogeant le pouvoir;
Mais elle en était loin si c'était son devoir.
Elle y voyait plus juste, elle y voyait pour elle;
Son œuvre était trop grande : elle y restait fidèle.
De sa part au pouvoir, chacun son petit tour,
Était l'ordre du cœur, était l'ordre du jour.
La Constitution était la bien-aimée;
Elle allait à ses vœux, confortait sa pensée.
Louis-Napoléon par elle était exclu;
En y touchant peut-être, il serait réélu.
C'était là son penser, il était trop fertile;
Il pouvait son bonheur : tout était inutile.
Tout le bien qu'avait fait le Prince et sa valeur
Ne devait pas compter dans les champs de l'honneur.
Louis-Napoléon, malgré toute sa gloire,
Se trouvait effacé de sa courte mémoire;
Son amour, ses vertus, son génie éprouvé
Étaient dans les oublis : leur compte était réglé.
Celui qui, par son cœur, délivra sa patrie,
Qui fut le frein puissant de la démagogie,
Qui fut comme un rocher dans les temps du malheur,
Inflexible aux dangers, immuable à la peur;
Dont le bras vigoureux, par sa sagesse immense,
Sut étonner l'Europe et délivrer la France,
Eh bien! ce grand génie, illustre par ces faits,
Illustre par son cœur, son amour, ses bienfaits;
Ce salut de tout bien, cet ami de la gloire,
Devait être banni de sa propre victoire.
Ainsi parlait la chambre, et son ambition
Se créait sa justice et se donnait raison.
En vain de toutes parts la France se récrie;
On abhorre la chambre, on prévoit son envie.
La chambre s'en alarme, et le cri de la peur,
Jugeant par le passé, n'entrevoit que malheur.
Le gouffre encor fumant reparaît plus terrible,

Plus avide de sang, plus grand, plus invincible;
Il menace partout, et, toujours plus affreux,
Il glace de terreur, ronge les malheureux.
Le commerce languit, le commerçant s'étonne;
Plus de transactions, partout la peur moissonne;
Et la France, si grande aux yeux de l'univers,
Prévoit de nouveau sang, attend de nouveaux fers.
Tout tremble à cette vue, et l'implacable envie
Sourit aux grands malheurs menaçant la patrie;
Et la démagogie, étincelant d'ardeur,
Apprête son moment, y prépare son cœur.
C'est la fin des pouvoirs qu'elle attend avec joie;
C'est le moment fixé, démarqué pour sa proie.
Louis-Napoléon entendait de partout :
Prince, Prince, marchez! le bon ordre est à bout!
Sauvez, sauvez la France, arrachez à l'envie
La terre qui vous aime et par vous si chérie.
Le temps presse, marchez, écoutez votre cœur;
Ah! du bonheur d'aimer suivez donc le bonheur!
Cette voix était douce, elle avait son sensible;
Elle parlait à l'âme; elle était invincible;
Partout à l'Élysée elle avait ses échos,
Ses sincères amis et ses bouillants héros.
Le moment les pressait, ils en enviaient la gloire:
A tous le cœur disait : Mourir ou la victoire!
O toi, Jérôme, aussi ton cœur y souriait!
Tu partageais leur foi, l'avenir te pressait;
Tu voyais le danger fondre sur ta patrie;
Ton nom se révoltait du grand feu de sa vie :
« Mon neveu, disais-tu, marchons pour en finir;
Oui, le temps est sonné de vaincre ou de mourir!
Partout l'ambition, malgré son mal extrême,
Chemine pour son compte et à l'écueil nous traîne;
Elle a fixé le jour..., il faut le devancer :
Prévenir les grands maux, c'est les atténuer.
Le sang est de la France, et, quoique pour sa vie,
Il faut en être avare, il reste à la patrie.

On a cru trop longtemps à votre coup d'État;
On n'y croit plus du tout, vous vaincrez sans combat. »
Ces mots avaient parlé de toute leur portée;
Le Prince les goûtait, ils étaient sa pensée.
Content de retrouver partout ce sentiment,
Il regagne sa chambre où le repos l'attend.
Il était tard, bien tard, son âme fatiguée
Se jette avec plaisir dans les bras de Morphée.
Il dormait de bon cœur. Sa mère, dans le ciel,
Pour le bien de la France invoquait l'Éternel;
Sa prière était bonne, elle était d'une mère;
Sa prière était sainte, elle parle au bon Père :

« Allez, allez, dit-il, allez donc, mon enfant;
Votre amour est sincère, il est attendrissant;
Allez, portez la paix dans ce petit espace,
Chagrin si remuant et jamais à sa place;
Rassurez votre fils, dites-lui que son cœur
Est monté jusqu'à moi, qu'il peut agir sans peur.
C'est de lui que dépend le bonheur de la France;
Qu'il marche, il en est digne, il a ma confiance. »
A ces sublimes mots Hortence a tressailli;
L'amour le lui valut; l'amour l'a ressenti.
Elle rend grâce à Dieu du fruit de sa prière;
Elle pourra revoir une tête si chère.
O mère, ô tendre mère, oh! ton fils est vainqueur!
Dieu ressent tes désirs, il a servi ton cœur.
Hortence était heureuse, elle aimait sa patrie;
Vers la France elle attache une vue attendrie;
Elle part, elle part, et de l'immensité
Elle a franchi l'espace et perçoit la cité
Qui fut le doux berceau de sa première enfance,
Où le bonheur du cœur faisait son existence.
Des pleurs, de douces pleurs tombent avec plaisir;
Elles tombent du cœur priant pour l'avenir.
Ses yeux pleins de désirs sur ces mille demeures,
Elle contemple alors, bien avide des heures,

Ce lieu, ce lieu si cher, où son fils bien-aimé
Pose tranquillement sur ce sol exalté.
Semblable à l'alouette, elle agite ses ailes ;
Elle a fixé le lieu des amours maternelles.
Elle fond et se pose au chevet de son fils ;
Elle ne peut trop voir, revoir ses traits chéris ;
Elle imprime un baiser sur cette bouche tendre
Qu'elle voulait tant voir et qu'elle aime à surprendre.
Qu'elle était belle alors ! Elle avait de vingt ans
Le sourire enchanteur et les traits séduisants !
Cette beauté naïve, attrayante et sublime
Qui distingue le cœur où la vertu s'imprime,
Dont le tendre portrait a le don d'être aimé
Sans sembler se douter de cette vérité.
Ses cheveux sur son sein flottaient au gré des vents ;
Une robe de pourpre, aux replis ondoyants,
Donnait à sa démarche une grâce nouvelle :
Tout portait à penser qu'elle était immortelle.
Sur un nuage d'or, de rubis éclatant,
Elle semblait assise, et, d'un air souriant,
Son cœur s'exprime ainsi : « Mon fils, mon fils, écoute ;
Ce que je vais te dire est exempt de tout doute.
Ton grand zèle a parlé jusqu'aux portes du ciel ;
Le Dieu de la justice, en son cœur paternel,
A pesé tes désirs et exaucé ta mère.
Rends-lui grâce, ô mon fils ! la France t'est trop chère ;
De la France aujourd'hui sois le libérateur,
Tu le peux en marchant au niveau de ton cœur.
Oui, les temps sont venus où ton puissant génie
Peut sauver son pays avec son énergie ;
Ne pâlis pas devant tout ce vaste océan :
Devance l'avenir, profite du présent.
Empêche des malheurs ; la France est divisée,
Les partis marcheront l'heure une fois sonnée.
Cette heure, tu le sais, c'est la fin du pouvoir
Entre tes mains placé. Mon fils, c'est ton devoir :
Épargne bien du sang menaçant la patrie.

Tout n'est pas, crois-le bien, dans la démagogie ;
Des partis t'ont servi qui ne sont pas pour toi :
Dans l'avenir aussi leur avenir a foi.
Tu peux tout déjouer et projets et envie,
Et épargner du sang qui coûte à la patrie.
Fais saisir certains chefs qui te semblent acquis ;
Ne compte pas sur eux : ce sont tes ennemis.
Tu les connais, fais-le, et puis prends confiance ;
Tu peux, par ce moyen, le bonheur de la France.
Marche, ton Dieu le veut ; combats de tout ton cœur :
Le bien surnagera : tu seras Empereur.
C'est le vœu de la France, elle aime ton génie ;
Le temps presse, mon fils, pour toi, pour la patrie. »

Elle dit, et s'envole et regagne le ciel ;
Elle bénit son fils encor dans le sommeil.
Napoléon s'éveille au doux bruit qui l'appelle :
Il la voit regagner sa demeure immortelle.
O surprise ! ô bonheur ! il bénit son réveil ;
Il la voit s'élevant comme un brillant soleil.
Son cœur a tressailli, son cœur l'a reconnue ;
Elle lui dit encor : Adieu, dedans la nue.
« O ma mère ! dit-il, oh ! non, tu ne meurs pas !
Tu vis dedans le ciel, tu protéges en bas ;
Tes traits vivront toujours comme un soleil qui règne
Sur l'horizon des cœurs que ton amour enseigne.
Souviens-toi de ton fils, invoque le Seigneur ;
Je suivrai tes désirs, continue-moi ton cœur.
Oui, ton fils a senti ton amour pour la France ;
Protége-le toujours dans sa persévérance. »
Il regarde, il recherche ; elle a quitté ces lieux,
Elle a fui de la terre, elle est dedans les cieux.
Il sent couler des pleurs, ce sont de douces larmes ;
Elles sortent du cœur, elles ont tous ses charmes.
Dans ces tendres pensers, à ce moment heureux,
Il rend grâce au Seigneur, secours des malheureux.
Il a pris son parti ; l'amour et l'espérance

Vont fixer l'avenir et le sort de la France.
Il se lève, et déjà la nuit était bien loin ;
Phébus avait ouvert les portes du matin :
Il versait à gros flots, sur la nature entière,
Ses feux étincelants et ses jets de lumière.
Le jour éblouissait de ses feux les plus beaux ;
Ils étaient aussi purs que le cœur du héros.
Le soleil d'Austerlitz replanait sur la France ;
On était à la veille avec même espérance.
Louis-Napoléon se sent un nouveau cœur ;
Il compte sur le ciel, il s'arme de valeur.
Un coup d'État, enfin, a fixé sa pensée ;
C'était jouer sa tête : elle était décidée.
Il fallait donc marcher, le tout était à bout ;
Le salut de la France allait par-dessus tout.
Quatre amis seulement, connaissant son envie,
Avaient part au secret, salut de la patrie :
C'était de Saint-Arnaud, soldat fier et bouillant,
Ne rêvant que la gloire, en tout entreprenant ;
C'était de Persigny, cet ami si sincère,
Toujours prêt au besoin, si beau de caractère,
Et Maupas et Morny, tous deux au premier rang
Par la fidélité, l'honneur et le talent,
Dont l'esprit et le cœur, et la sublime vie,
Appartenaient entiers au sort de la patrie.
Et puis venait Magnan, vieux chevron de l'honneur,
Qui vit tous les combats livrés par l'Empereur,
Et qui gagna dans tous, par sa valeur sublime,
L'étoile du guerrier et son amour intime.
C'est lui qui commandait, à ses ordres soumis,
Les soldats valeureux, les gardiens de Paris.
Napoléon comptait sur cette grande épée ;
Dans les champs d'Austerlitz il la savait trempée ;
Et, le front convaincu, naguère il lui disait :
Je puis compter sur vous, l'Empereur y comptait.
Et le brave Magnan, échangeant un sourire,
Lui répondit : « Bon Prince, ah ! vous rêvez l'Empire !

Je ne veux rien savoir qu'une heure avant le coup.
Comptez sur cette épée, elle est toujours à vous.
Poursuivez vos desseins, ne faites point de trève;
Votre ferme vouloir effacera le rêve. »

Ainsi, Napoléon était sûr du soldat;
Il n'avait qu'à marcher pour son grand coup d'État.
Tout était disposé; le calme et la prudence
Marchaient et présidaient aux destins de la France.
Ce fut un coup de presse, avec art dirigé,
Qui fit notre avenir et sa sécurité.
Des ordres sont donnés au gré de la patrie;
De Maupas exécute avec son énergie;
Il choisit seize agents parmi les plus connus,
Parmi les plus voués et les plus entendus.
Ce jeune magistrat, d'une voix rassurée,
Usant de tout le feu dont son âme est douée,
Leur adresse ces mots : « Messieurs, c'est aujourd'hui
Un jour bien solennel : le besoin l'a choisi.
La France a beau crier, sa voix est méprisée;
Une Chambre entêtée ose sa destinée.
Elle veut éloigner du suprême pouvoir
Louis-Napoléon, et s'en fait un devoir.
La France a beau crier, son cri reste inutile;
La raison de son droit est un droit invincible.
Hélas! le précipice est prêt à se rouvrir;
La France est à deux pas de ce triste avenir.
L'anarchie y sourit; sa cruauté surveille;
Son désir est le même et son âme pareille.
C'est la fin des pouvoirs du Prince-Président
Que le désordre guette : il en fait son moment.
Louis-Napoléon, avec son grand génie,
Avec son grand cœur et sa forte énergie,
Est l'unique pouvoir qui puisse maîtriser
Tant de rivalités qui vont s'entr'égorger.
La France le connaît; partout elle ose dire :
Prince, marchez en maître! oui, mon cœur le désire!

Messieurs, la voix du peuple est la voix du salut ;
Il faut un coup d'État pour atteindre ce but.
Soyez fermes, discrets, vous pûtes toujours l'être ;
Vous le serez toujours : le courage en est maître.
Faites comme naguère au milieu des combats,
Déjouez l'anarchie et garottez ses bras.
On se souvient de vous ; ah ! donnez à la France
Et le même sang-froid et la même vaillance !
La France vous contemple en ce grand coup de main ;
Conjurer de grand maux, c'est se montrer humain.
Marchons donc à ce but, le cri de la patrie ;
Napoléon le veut, ce cri fait son envie.
Seize hommes dangereux nuisent à ce désir,
Anéantissant tout, projets et avenir.
Qu'ils soient mis en prison ; marchez ! de l'énergie !
Leur cœur, en se trompant, est contre la patrie. »
Charras, Baze, Roger, Thiers, Valantin, Créppo,
Nadaud, Cholat, Miot, Beaume, Bedeau, Leflô,
Lagrange, et avec eux deux grands hommes de guerre,
L'illustre Cavaignac et de Lamoricière,
Sont saisis aussitôt et menés de ce pas,
Malgré leur résistance, à la prison Mazas.
Plus de soixante-dix sont arrêtés encore :
Ce sont ces trop vils chefs que notre France abhorre,
Ces meneurs encroûtés, ces vils barricadeurs,
Ces fauteurs de tous maux, l'épouvante des cœurs.
Un ministère est fait, et les troupes massées
Sont prêtes à marcher, par Magnan commandées.
Tout est prévu partout, tout est bien disposé
Pour prévenir le mal, par ce vieux chef zélé ;
Et de Morny, ministre aussi prudent que sage,
Sait marcher au danger, le prévient, le partage.
Il obéit au Prince, et le décret suivant
Est placardé partout dans Paris tout tremblant :

« Le peuple sera maître, à lui sa destinée !
A voter de nouveau la France est convoquée.

L'assemblée est dissoute et son vote aboli ;
Le vote universel promulgué, rétabli. »

Puis, Napoléon, à ce peuple qu'il aime
Daigne ouvrir tout son cœur et s'exprime de même :

« Français, de tels maux ne peuvent plus durer ;
Chaque jour qui s'écoule aggrave le danger ;
Et la chambre, bien loin de fabriquer de l'ordre,
Est un foyer actif de complots, de désordre.
Beaucoup de députés, malgré leur dévouement,
N'ont pu rien conjurer du mal se propageant.
Au lieu de bonnes lois, son perfide génie
S'acharne d'en forger contre notre patrie.
Elle attente au pouvoir par le peuple donné,
Et je le tiens de lui librement exprimé ;
Elle fait tout le mal, elle trompe la France ;
Compromet son repos, détruit son espérance.
J'ai dissous ce grand corps à la ruine marchant ;
Le peuple entier est juge entre nous à présent.
La Constitution fut donnée à la France
Pour brider le pouvoir, amoindrir la puissance
Que cette même France allait me confier.
Oui, sept millions de voix, le peuple tout entier
A protesté contre elle, et je l'ai respectée.
J'ai méprisé la Chambre et son arme cachée ;
Impassible toujours, j'ai méprisé toujours
Ses provocations, armes de tous les jours.
La Constitution sans cesse est violée,
Et c'est surtout par ceux qui l'on faite et donnée.
Ce sont ces hommes-là qui, par cœur et devoir,
Ont renversé deux rois et perdu le pouvoir ;
Ce sont ces hommes-là, gardiens des monarchies,
Ces auteurs de grands maux, fauteurs de calomnies,
Qui persistent toujours et qui veulent tuer
Le pouvoir qu'un grand peuple osa me conférer.
Oui, je dois déjouer leur misérable envie ;

Je me dois tout entier pour sauver la patrie.
J'invoque avec plaisir à ce bien doux chemin
Tout le peuple son maître et le seul souverain.
Je dis à la nation, sans pensée en arrière,
Je le dis en plein jour, pour elle tout entière,
La place est impossible, elle insulte le cœur;
Le jour y devient sombre, elle exclut le bonheur.
Si vous voulez toujours cet état de souffrance
Qui perd notre avenir et dégrade la France,
Veuillez me remplacer; je ne puis plus vouloir
D'un triste manequin, d'un impuissant pouvoir,
Impuissant pour le bien, s'épuisant incapable,
Et me laissant du mal le seul responsable.
Il est trop dur pour moi, qui voudrais un chemin,
De ne pouvoir voguer où se trouve le bien:
D'avoir le gouvernail et son amour intime,
D'y rester enchaîné quand tout court vers l'abîme.
Si maintenant, enfin, en moi vous avez foi,
Donnez-moi des moyens qui soient dignes de moi,
Qui soient dignes de vous, de votre destinée,
Et de la mission que vous m'avez donnée.
Cette mission grande a pour but de tuer
Les révolutions, et de perpétuer
La justice partout, en portant la lumière
Sur les droits de chacun et dans la France entière;
Elle consiste aussi dans les créations
De prévoyantes lois et d'institutions,
Qui restent pour toujours une base capable
De maintenir chez nous quelque chose de stable,
Fermement convaincu que l'instabilité
Étouffe le pouvoir en tous points mutilé,
Et qu'une Chambre unique et sa prépondérance
Engendrent le désordre et font sa permanence.
J'ose vous proposer la Constitution
Qui peut le mieux aller à notre nation;
Ses bases avec soin seront élaborées
Par les Chambres plus tard par le peuple nommées.

Un pouvoir responsable est nommé pour dix ans;
Ses ministres toujours sont de lui dépendants;
Des hommes éminents, pris dans la France entière,
Connus par leur savoir et par leur caractère,
Formant conseil d'État, prépareront les lois,
En doteront la Chambre, en débattront les droits.
Sans liste et au scrutin la Chambre est convoquée;
Chambre législative elle sera nommée;
Elle sera le fruit valable et solennel
Du seul vote légal : le vote universel.
Un seconde Chambre un peu plus haut placée,
Des illustrations et de braves formée,
Pouvoir pondérateur sous le nom de Sénat,
Gardera notre pacte intègre dans l'État.
A la France déjà, ce bon et beau système
Y porta le repos; et il fera de même.
Oui, j'en suis convaincu, si tel est votre cœur,
Écoutez-le sans crainte et votez sans frayeur;
Ou si vous préférez, pour régir la patrie,
Un tout autre pouvoir sans force et énergie,
Monarchique ou bâtard, ou tout autre avenant,
Votez-le aussi sans peur, et cela librement.
Depuis dix-huit cent quatre est seulement datée
L'émancipation qui vous est accordée.
En toute liberté, maintenant, cette fois,
Vous pouvez donc voter et discuter vos droits.
Si vous ne voulez pas de votre propre ouvrage,
Que je n'obtienne pas votre éclatant suffrage,
Je saurai provoquer, pour un autre avenir,
Une Chambre de vous, selon votre désir;
Alors, je vous dirai ce qui peine à ma vie :
Vous voici le mandat donné par ma patrie.
Mais si différemment une autre volonté
Vous attache aux grandeurs notre immortalité,
A la France Empereur, par lui régénérée,
Si puissante au dehors, au dedans respectée.
Que vos votes alors daignent le proclamer,

Me donnant les pouvoirs que j'ose demander.
En France et en Europe, alors, plus d'anarchie;
Tout saura s'aplanir au gré de ma patrie.
Plus de rivalités dans cet autre avenir,
Car tous respecteront ce qui fut leur désir;
Et cet arrêt du peuple annoncé par la France,
Créé pour son bonheur, grandira sa puissance. »

Ce coup de foudre plut; la France le bénit;
Il était nécessaire, il porta tout son fruit.
C'était la fin terrible et longtemps attendue
D'une Chambre entêtée à tout jamais déchue.
Ce discours fit pâlir toute rivalité :
On voit, dans cet agir, une nécessité.
Louis-Napoléon s'élance à sa pensée :
Le bonheur de la France avec sa destinée.
Il jouit de son âme, et, la tête sans peur,
A ses soldats aimés il ouvre ainsi son cœur :

« Soldats, soyez bien fiers, notre tendre patrie
Fait appel à vos cœurs, à l'amour qui vous lie.
Vous devez la sauver, comptez sur cette main;
J'ose compter sur vous dans ce brillant chemin,
Comme on compta sur vous aux sentiers de la gloire,
Aux sentiers du devoir, à ceux de la victoire.
J'ose compter sur vous, non pour froisser les lois,
Mais bien pour relever et rétablir nos droits.
La souveraineté dont notre France est fière,
Cette force toujours, avant tout la première,
Dont vous savez je suis et le représentant
Et le ferme soutien, marchera sagement.
Déjà depuis longtemps notre commune vie
Saignait de se priver de notre sympathie;
On me frustrait du bien qui naissait de mon cœur;
Ce bien était pour vous : on brisait mon bonheur.
Cet obstacle n'est plus; la Chambre, en ennemie,
Voulait m'ôter des droits légués par la patrie.

Elle en voulait surtout à mon autorité;
Ses desseins sont vaincus, son pouvoir est brisé.
Maintenant que je peux changer la destinée,
Je fais appel au peuple ainsi qu'à notre armée,
Et je leur dis de cœur : Donnez-moi le pouvoir
D'aller à vos désirs, je vole à ce devoir;
Si vous me refusez cette brûlante grâce,
Qu'on daigne l'énoncer, qu'un autre me remplace.
Voici déjà deux fois qu'on vous traite en vaincus;
Votre abnégation ainsi que vos vertus
Ne sont pour aucun poids dans la juste balance;
On froisse tous vos vœux, trompant votre espérance;
Et cependant c'est vous qui faites tout mouvoir,
Car vous êtes l'élite, et gardez le pouvoir.
Aujourd'hui, je le veux, j'y tiens plus qu'à ma vie,
L'armée aura sa voix comme sa sympathie.
Votez donc librement comme bons citoyens;
Comme vaillants soldats honorez d'autres freins!
Soyez passifs à l'ordre; un chef a le pouvoir;
Vous devez obéir, tel est votre devoir.
Ne l'oubliez jamais, obéissez quand même,
Depuis le général jusqu'au soldat de même.
C'est moi, devant le peuple et la postérité,
Qui reste responsable; aussi, de mon côté,
Il est de mon devoir, devoir inébranlable,
De prendre le chemin qui reste indispensable.
Je me dois au pays, je me dois à son bien;
C'est ce bien que je veux : il sera mon chemin.
Vous personnifiez par votre grand courage
Notre grande valeur qui vivra d'âge en âge;
Ces règles du devoir, toujours à votre honneur,
Feront à tout jamais celles de votre cœur.
Aidez donc à la France, en tous lieux agitée,
A voter librement et selon sa pensée;
Réprimez hautement tout être audacieux
Qui viendrait pour gêner ce devoir rigoureux.
Soldats, faut-il parler des temps de notre gloire?

Mon nom vous les rappelle, il en fait la mémoire;
Votre cœur les aima, je les y sait gravés;
L'avenir les envie : ils sont appréciés.
Nous avons mêmes liens, notre histoire est la même,
Et en tout et partout le passé nous enchaîne :
Communauté de gloire ainsi que de malheur
Doit faire à l'avenir communauté de cœur,
De résolution et de persévérance,
Pour le repos, l'honneur, le salut de la France. »

L'armée était acquise; elle pouvait penser,
Elle pouvait sourire, elle pouvait parler;
Elle pouvait montrer la tendre et douce envie
Qui dirigeait son cœur au vœu de la patrie.
La France aussi partout voyait avec plaisir
Cet acte solennel : il était son désir.
La Chambre était bien loin de semblable pensée;
A son but personnel elle reste obstinée.
Elle court au palais pour un autre devoir;
Elle invoque ses droits et son puissant pouvoir.
Tous ses efforts sont vains, sa grande heure est sonnée;
Tout autour du palais, la troupe échelonnée
En défend les accès; mais quelques députés
Ont trompé les regards et s'y sont assemblés.
Le brave Sancerotte, instruit de leur audace,
Y pénètre aussitôt, leur fait quitter la place.
Au quartier Augustin, les montagnards aussi
Grossissent le noyau qui forme leur parti.
Demaupas était là : sa brûlante énergie
A bientôt dispersé cette troupe ennemie.
Le parti monarchique et le républicain,
Divisés de pensée, unissent leur destin;
Ils courent occuper la septième mairie;
Ils s'organisent là comme une troupe amie.
Ils forment le pouvoir comme on fait un décret :
Déjà Napoléon doit aller au secret.
Pour eux tous les pouvoirs viennent de l'Assemblée;

Elle doit les garder et y mourir clouée.
Louis-Napoléon a violé ses droits
Et forfait à l'honneur brisant toutes ses lois;
On allait le déchoir, quand une force armée
Arrive tout à coup, change la destinée.
Le général Forey, homme plein de valeur,
D'une grande énergie et d'un fidèle cœur,
A cheval sur son ordre, enjoint à l'Assemblée
De quitter ce local en chambre improvisée.
Aussitôt mille cris, mille imprécations
Viennent fatiguer l'air de leurs vibrations.
Alors tout est tumulte où rien ne peut s'entendre,
Où le pouvoir déchu ne peut plus se comprendre.
Le brave général ordonne à ses soldats
De pénétrer de force... Alors le cri : Mazas!
A la prison Mazas! est le cri de la Chambre;
Elle méprise l'ordre et ne veux pas se rendre.
Nos soldats font justice, et Forey courroucé,
En amène deux cents en lieu de sûreté.
Pendant ces durs moments, le sauveur de la France
S'entourait de partout d'hommes de confiance ;
Son palais se peuplait d'anciens représentants
Fidèles à sa cause et connus par le temps.
Un corps consultatif se forme à l'Elysée,
Chargé de s'occuper de notre destinée.
De Morny présidait aux soins de l'intérieur,
Il en était ministre; un homme plein de cœur,
Le brave Saint-Arnaud, cette âme grande et fière,
Était ministre aussi, présidait à la guerre.
Leurs ordres sont donnés ou tout est convenu,
Et disposé partout et hardiment prévu.
Malgré ce grand accord Paris devenait sombre;
La tristesse, la peur le couvraient de leur ombre.
Un murmure profond s'éveille tout à coup,
Le bruit devient plus fort et domine partout :
C'étaient les cris affreux de la démagogie
Qui voulait imposer la peur et l'anarchie.

On n'entend que ces mots : Aux armes, citoyens !
La liberté va fuir à jamais de nos mains !
A mort ! à mort le traître ! à bas sa perfidie !
Sa mort est un devoir, salut de la patrie.
La liberté demande et attend du martyr.
Le courage et le sang qu'il faut pour l'avenir.
Soulève-toi, Paris ! le traître et ses infâmes
Payeront par leur mort leur envie et ses trames.
Qu'on cherche pour le traître un égoût pour tombeau,
Qu'on y traîne pourir cet infâme bourreau ;
Et l'anarchie enfin, se tournant vers l'armée,
Ose exprimer ainsi sa lugubre pensée :

« Soldats, soldats, dit-elle, écoutez votre cœur !
On égare vos bras, vieux chevrons de l'honneur ;
Vos chefs sont dans les fers, le peuple n'est plus maître :
Louis-Napoléon vous trompe, il est un traître ;
Il a souillé son nom aux yeux de l'univers !
Soldats, soyez honteux de courber sous ses fers ;
Soyez libres toujours ; la désobéissance
Aujourd'hui fait le droit : ce droit est à la France.
Le devoir vous appelle à ce devoir sacré ;
Sauvez la république avec la liberté :
Tout soldat aujourd'hui doit payer de sa vie
Ce tribut de l'honneur qu'il doit à la patrie. »

Ainsi de toutes parts on voyait circuler
Des êtres mugissants tout prêts à se heurter ;
Le sang était le but, le prélude l'orgie,
Le pillage l'honneur, le bonheur et la vie.
Égarés, furieux, ils volent au trépas ;
Ils courent s'assouvir, vivant d'assassinats.
Ces spectres inhumains, aux figures hideuses,
Parent les boulevards de leurs courses affreuses ;
Des cadavres sanglants, par les pieds attachés,
Circulent avec eux par des cordes traînés,
Et ces groupes pervers courent toutes les rues,

Les encombrent de bois, en bouchent les issues.
Le général Magnan se sent saisi d'horreur ;
Ce spectacle hideux a fait frémir son cœur :
« Allez, dit-il, Renault, allez, courez de suite ;
Dispersez ces bourreaux et mettez-les en fuite. »
A cet ordre Renault s'empresse d'obéir ;
Sitôt sa troupe vole au gré de son désir.
Levasseur et Tartas, par leur rare énergie,
Courent en imposer à la démagogie.
Le brave Carrelet, aussi plein de valeur,
Combat dessus leurs pas ces monstres de terreur.
Le jour finit ainsi ; la nuit, d'un voile sombre,
Enveloppe le sang, le couvre de son ombre.
A peine le soleil, de son char éclatant,
Avait-il abordé les bords de l'Orient,
Qu'un bruit sourd et lointain, de lugubre présage,
Annonce de nouveau l'approche de l'orage ;
Les cris les plus affreux, de temps en temps poussés,
Apportent la terreur avec ses cruautés.
Paris est un volcan là : fureur, la colère
Y font gémir le cœur, y font trembler la terre.
Des êtres furieux, aux yeux étincelants,
S'assignent chaque rue, y vont vociférants.
C'était le rendez-vous, et la démagogie,
Là, s'anime à son but et y vit de sa vie ;
Là, des groupes nombreux, en divers points postés,
Organisent leurs pas à tout mal disposés.
Ils haranguent la foule, ils veulent le pillage,
Ils le cherchent partout pour assouvir leur rage.
Le Temple, Rambuteau, Saint-Denis, Saint-Martin,
Saint-Antoine et Montmartre, et le pays Latin,
Étaient le grand théâtre où la démagogie
Faisait saigner le cœur et gémir la patrie.
Mais le brave Magnan sait tout voir en soldat ;
Son plan est déjà pris, il est prêt au combat.
Son mot d'ordre est ainsi : Marchez à chaque rue ;
Des deux points opposés suivez leur étendue.

Massez tout sur un point, livrez là le combat.
Ce plan est en vigueur, on part, le tambour bat;
Bourgon et Canrobert marchent avec furie,
Et poussent d'un côté cette foule ennemie;
Courgis et Marulas chargent de leur côté :
Chaque groupe marchant est bientôt écrasé.
Au bas de Rambuteau des cris épouvantables,
Des hurlements affreux, des groupes formidables
Dénoncent l'anarchie : là, chariots, pavés,
Meubles de tout espèce, en un tas assemblés,
Protégent l'ennemi qu'ils voilent à la vue,
Et l'abritent des coups des deux bouts de la rue.
Son feu nourri, de là, part de tous les côtés,
Tonne sur nos soldats découverts, exposés;
Le sang coule partout, et la triste anarchie
Continue à donner du deuil à la patrie.
Dulac et Delournel, d'un bond impétueux,
Forcent la barricade, et, d'un bras vigoureux,
Elle est anéantie; ils volent, le sang coule,
La mitraille vomit et décime la foule.
L'ennemi, mis en fuite, est bientôt dispersé;
Il n'a plus aucun camp : son espoir est brisé.
En vain il veut lutter dans sa triste agonie,
Et chercher dans la nuit une lueur de vie ;
Mais nos soldats, actifs, braves et vigilants,
Arrêtent de partout ses efforts menaçants.
Le jour arrive, enfin, et la démagogie
Succombe sous les coups des fils de la patrie;
Le brave Saint-Arnaud, au comble du bonheur,
A ses soldats chéris exprime ainsi son cœur :

« Soldats, votre acte est grand et acquis à la gloire;
L'histoire le burine au temple de mémoire.
Cet acte est le plus beau qui naquit sous vos pas :
Le pays est sauvé par vos brillants combats.
Vous vous êtes montrés braves, infatigables,
Accourant aux dangers toujours imperturbables.

La France vous admire, et votre dévouement
Est inscrit pour toujours au cœur du Président.
Il est content de vous, et il vous remercie :
On vous doit le repos, bonheur de la patrie. »

FIN DU CHANT DIXIÈME.

CHANT ONZIÈME.

Tout n'était pas fini dans les départements :
Notre armée y marchait avec tous ses élans.
Là, quelques factieux, par leur sauvagerie,
Osaient donner encor des pleurs à la patrie ;
Encor là le pillage et le meurtre affamé
Allaient de ville en ville avec la liberté ;
Encor là le poignard, brandissant avec joie,
Saignait l'honnêteté dont il faisait sa proie ;
C'était le dernier mot au cœur de nos soldats ;
L'honneur le leur disait, l'honneur dictait leurs pas.
Ils font comme à Paris : une seule pensée
Les mène, les domine, et en eux est innée...
C'est le cri de la France... ils volent au danger ;
La paix daigne les suivre, ils savent triompher.
C'en est fait de partout pour la démagogie ;
Elle est sur son fumier, y meurt ensevelie.
La France est à ses vœux, et l'ordre est rétabli ;
Ce doux cri du bonheur a partout retenti.

Honneur à ton courage, ô bien illustre armée !
La France te devra sa belle destinée ;
Son bonheur chantera tes exploits éclatants,
Ils resteront bénis jusque chez ses enfants.
Ses enfants t'aimeront, couronneront ta gloire,
Et béniront la paix, le fruit de ta victoire.
Louis-Napoléon sent palpiter son cœur ;
Il aimait son armée, il jugeait sa valeur ;
Il la savait fidèle, à son sort attachée ;
Il savait que son bras ferait sa destinée ;
Il savait que la France, inscrite à son penser,
Marcherait avec lui sans jamais reculer :
« O Français ! disait-il, il n'est plus d'anarchie !
Elle est morte partout : vivez de votre vie !
Vous pouvez maintenant agir en sûreté :
Exprimez votre vote et votre volonté.
J'ai rempli mon devoir, je fais appel au vôtre,
Et s'il n'est pas d'accord et condamne le nôtre,
Ecoutez-le sans peur : il n'est plus de danger !
Allez de bonne foi, vous n'avez qu'à voter.
La volonté du peuple est le but qui m'anime ;
C'est un arrêt pour moi, le seul bon, légitime.
Tant que la nation, de sa sublime voix,
Par son vote exprimé n'aura pas fait son choix,
Je saurai la défendre et devant l'anarchie
Et devant les dangers menaçant la patrie.
La tâche m'est facile ; il n'est plus à lutter ;
L'armée a son amour : qui pourrait le changer ?
Cet amour du pays fait son cœur, le domine ;
Il ferait son devoir, il fait sa discipline ;
Et puis, Paris aussi n'a-t-il pas démontré
L'esprit du bon vouloir dont il est dominé ?
Il l'a dit par ses vœux, il l'a dit par sa gloire ;
Son attitude ferme existe pour mémoire ;
Son indignation n'a-t-elle pas montré
Ses penchants, ses instincts, ses vœux, sa volonté ?
Dans les quartiers peuplés cette fois l'anarchie

N'a pu rien recruter pour ranimer sa vie;
Ses excitations et ses cris menaçants
Ont été sans effet sur ces bons habitants.
Honneur à tout jamais au clairvoyant génie,
A ce brave Paris, foyer de la patrie!
Oh! qu'il pense sans cesse, oh! qu'il pense toujours
Que je n'ai qu'un seul but jusqu'au bout de mes jours!
J'y marcherai bien fier, avec persévérance :
C'est la prospérité, le bonheur de la France.
Qu'il continue encor son concours bienfaisant,
Et le peuple pourra, dans le calme marchant,
Accomplir ce grand acte où se germe la vie
Et l'ère de grandeur, bonheur de la patrie. »

Le cœur avait parlé, la France le comprit ;
Elle comprit le bien, l'espérance naquit.
De même qu'un volcan, par sa cendre brûlante,
Fertilise les champs qu'elle brûle et serpente,
Ainsi nos dissidents, avec nos grands malheurs,
Sèment pour l'avenir, fertilisent les cœurs.
Les cendres de leurs maux se trouvent sur la terre,
Elles tracent leur route et la rendent prospère ;
Le passé, par ses maux appelant le désir,
Y transporte le jour, corrige l'avenir.
La France avait senti les griffes formidables
De l'enfer en fureur et de ses cannibales;
Le sang de ses soldats était encor fumant
Et pesait de son poids sur son cœur frémissant.
Mais la France a compté sur le puissant génie
Qui vainquit le désordre et sauva la patrie :
Louis-Napoléon fut le prix de son cœur;
Il naquit pour sa gloire et fera son bonheur.
La maison, le palais, le château, la chaumière
Ont la même pensée et la même prière ;
Ils bénissent le ciel protecteur du héros
Qui leur donna la paix, la gloire et le repos.
A l'urne du scrutin la France se présente ;

Elle n'a qu'un seul vote : elle est reconnaissante,
Et huit millions de voix renomment président
Louis-Napoléon, son Prince bienfaisant.
Le Prince est à ses vœux ; c'est le jour de sa vie
Le plus beau, le plus doux, le plus digne d'envie.
La France frémissante attendait de son bras
La fin de l'anarchie et de tous ses combats.
Ses désirs sont comblés, elle respire heureuse ;
Elle compte à jamais sur sa main vigoureuse,
Et ce puissant héros qui nous tomba du ciel
Marche toujours le même avec un cœur sans fiel.
Il promet un bonheur digne de sa victoire ;
Son nom avec son cœur en donneront la gloire.
Le vice-président de la commission,
Joyeux de son mandat, fier de sa mission,
Prononce ce discours au sein de l'Élysée :

« Prince, en faisant appel à notre France aimée,
Votre cœur avait dit : Je ne puis plus vouloir
D'un pouvoir sans effet, d'un impuissant pouvoir ;
Impuissant pour le bien, s'épuisant, incapable,
Et me laissant du mal le seul responsable.
Il est trop dur pour moi, qui voudrais un chemin,
De ne pouvoir voguer où se trouve le bien ;
D'avoir le gouvernail et son amour intime,
D'y rester enchaîné quand tout court vers l'abîme.
Si maintenant enfin en moi vous avez foi,
Donnez-moi des moyens qui soient dignes de moi,
Qui soient dignes de vous, de votre destinée
Et de la mission que vous m'avez donnée.
Prince, ce tendre appel exauce votre cœur :
Il a partout porté la paix et le bonheur.
A son âme éclairée, à son âme pensante,
La nation en bloc, heureuse et souvenante,
Répond spontanément, joyeuse de son choix,
Par son vote puissant de huit millions de voix.
Oui, bien grand Prince, en vous la France a confiance ;

Vous êtes son bonheur et sa juste espérance.
Votre illustre raison, votre rare valeur,
Ainsi que votre amour, ont su gagner son cœur :
C'est le prix, le doux prix de trois ans de sagesse,
Que votre gouverner a gagné sans faiblesse
Et d'un patriotisme énergique, éprouvé,
Ne rêvant que le bien, y marchant acharné.
L'élu du dix décembre a-t-il la confiance ?
Était-il au niveau des désirs de la France ?
Avait-il bien compris la grande mission
Qu'elle avait confiée à sa haute raison ?
Ce grand vote a parlé : porté dans la balance,
Il a pesé son glève et connu sa puissance.
Non, jamais nation ne manifesta son cœur
Avec autant d'ensemble et autant de vigueur ;
Jamais gouvernement, quelque fût sa nature,
N'eut tant d'assentiments d'origine plus pure,
De fondements plus grands et mieux légitimés,
Plus dignes d'avenir et d'être respectés.
Prenez possession, bon Prince ; la patrie
Donne ce grand pouvoir à votre heureux génie ;
Usez-en selon vous, aux yeux des nations,
Pour donner au pays des institutions
Dignes d'un si grand peuple, allant à sa pensée,
Allant à ses désirs et pour sa destinée.
Dans la France, partout, reportez la grandeur ;
Portez-y son principe, auteur de tout bonheur ;
Cette autorité grande et de gloire animée
Qui fit la France heureuse, aimée et respectée ;
Combattez sans relâche et selon votre cœur
Tout anarchique esprit, passion, ver rongeur
De la société, principe délétère,
Et le pire des maux semés sur cette terre.
Prince, vous êtes grand, par le bien animé,
Usez de votre gloire en toute liberté.
Vous avez à dompter plus que des utopies,
Plus que des cris affreux, plus que des théories :

Ce sont des attentats horribles par leurs faits,
Horribles par leurs maux, ne s'effaçant jamais.
Que la France aujourd'hui soit enfin délivrée
De ces hommes de meurtre à l'âme ensanglantée,
Dont l'esprit infernal éveille pour toujours
Les tristes souvenirs des plus malheureux jours,
De ces jours tout de deuil, de ces temps tout de guerres,
Nous rappelant les temps des plus grandes misères.
Prince, vous avez pris pour symbole aujourd'hui
Un symbole attrayant et du peuple chéri :
La révolution de tout mal dépouillée,
Close par l'Empereur; la France organisée,
La France libérée et de maux et de fers,
La France par lui grande aux yeux de l'univers.
Prince, que votre amour pour l'auguste patrie
Suive votre sagesse et vive de sa vie;
Rendez-lui pour toujours et selon votre cœur
Son trépied d'avenir, son trépied de bonheur;
Ce bien de tous les biens, moteur de la puissance;
Cette stabilité qui fait la confiance.
Comprimez à jamais ce malheureux esprit
Qui naquit de l'enfer et que l'enfer vomit;
Cet esprit de malheur, cette infâme anarchie,
La mort de tout bonheur, la mort de la patrie.
Ainsi, grand Prince, ainsi, votre illustre valeur
Aura sauvé la France et fixé son bonheur.
Tout en affranchissant l'Europe tout entière,
La France aura ses jours dont elle était si fière;
Oui, ces jours reviendront avec votre grand cœur;
Il a trop de courage, il peut tout pour l'honneur.
Ainsi, grand Prince, ainsi, cette gloire nouvelle
Grandira votre nom d'une gloire immortelle. »

A ce discours si vrai, des applaudissements
Élèvent dans les airs leurs accents émouvants;
Le tableau du passé jetait sur l'espérance
Un avenir meilleur, plus digne de la France.

La France avait compris tout le poids du grand nom
Toujours prêt au salut de notre nation ;
Le Prince avait compris qu'on sentait son envie,
Qu'on sentait son courage au bien de la patrie.
Tout tremblant, tout ému, palpitant de bonheur,
Il exprime en ces mots le doux cri de son cœur :

« Messieurs, l'appel loyal que j'ai fait à la France
A triomphé partout selon mon espérance ;
Si j'ai quitté le droit de la légalité,
C'est pour le respecter et qu'il fût respecté.
La France m'a compris : elle me justifie
Par huit millions de voix, doux cri de la patrie ;
Elle voit que mon but n'a pas d'autre penchant
Que d'épargner des maux et d'être bienfaisant,
En préservant la France avec l'Europe entière
Des malheurs douloureux qu'accompagne la guerre.
Merci, Messieurs, merci, d'avoir bien constaté
Ce vote officiel spontanément donné.
Si je suis fier, bien fier, de ce succès immense,
Ce n'est pas par orgueil et sa vaine espérance ;
Un sentiment plus haut, plus digne de mon cœur,
S'attache à mon succès, s'attache à mon bonheur :
C'est le droit de marcher avec la convenance,
Avec la dignité que demande la France.
Je ne m'abuse pas et sur ma mission
Et sur les embarras de ma position ;
Je connais leur grandeur ; mais mon cœur est sincère,
Il sera toujours droit ; il pense et il espère
Qu'avec le concours de tous les gens de bien,
Qu'avec votre esprit éclairant mon chemin,
Qu'avec cette armée illustre et respectée,
Cette fille du droit et de la gloire aimée ;
Qu'avec le soutien que je prierai demain,
Que je prierai toujours de m'aider de sa main,
Qu'avec le Tout-Puissant regardant vers la France,
Le peuple m'aimera, j'aurai sa confiance ;

Je ferai son destin : c'est là tout mon désir.
Des institutions feront son avenir;
Elles seront pour tous grandes et populaires,
Selon l'instinct du peuple, et jamais arbitraires.
La nation aura, selon sa volonté,
Désormais un pouvoir et fort et respecté.
Contenter le moment avec ses exigences,
En créant un système allant aux convenances,
Grandissant le bonheur avec l'autorité,
Sans blesser le bon droit avec l'égalité,
Sans fermer le chemin qui tout perfectionne,
Où l'avenir grandit, où le devoir moissonne,
C'est faire un monument dessus l'airain placé,
Et le seul assez fort, sur cette base ancré,
Pour supporter plus tard une liberté forte,
Telle qu'elle convient et le droit le comporte :
C'est-à-dire fort sage, et toujours regardant
Où se trouve le bien pour le peuple souffrant.
Voilà ce que je veux pour ma douce patrie;
J'y mettrai mes efforts, et mon cœur et ma vie ;
Je sais ce que je dois; avant tout mon pays :
Toujours ses ennemis seront mes ennemis. »

Après ce beau discours qu'on aime à comprendre
Le cœur sourit de joie, ose se faire entendre;
De partout retentit : Vive Napoléon !
Écho redit au loin le doux son de ce nom,
Et la commission, de ce concours joyeuse,
Bénit Napoléon de son triomphe heureuse.
Chaque corps de l'État vient successivement
Présenter ses respects au Prince triomphant;
Le clergé de Paris accourt à cet hommage
Qu'il sait si bien bénir, qu'il aime et qu'il partage;
L'archevêque content, heureux de ce bonheur,
Laisse parler sa voix, interprète du cœur :

« Monsieur le Président, dit-il, notre pensée
Sait s'élever au ciel pour votre destinée.

Dieu veut votre succès, reportons tout vers lui ;
Prince, soyez heureux, vivez de son appui.
Demain, avec plaisir, ce que nous allons faire
Sera de tous les jours notre tâche bien chère :
Nous prierons le Très-Haut pour que votre bon cœur
Puisse réaliser avec un grand bonheur
La haute mission qu'on vous a confiée ;
Pour qu'il mette la main à votre destinée,
Pour l'union de tous pour marcher au devoir,
Pour leurs plus grands efforts à ce bien doux vouloir ;
Pour le concert de paix que l'avenir indique
Au sort et au succès de notre république ;
Mais afin qu'ils soient tous d'excellents citoyens,
Nous prions qu'ils soient tous bons et parfaits chrétiens. »

Napoléon, touché de ces belles pensées,
En rend grâce au bon cœur qui les a prononcées :
« Monseigneur, s'écrie-t-il, merci du sentiment
Qui porte au doux prier votre cœur tout aimant ;
Merci de ces doux vœux, je les sens bien sincères ;
Ils pénètrent mon cœur et j'y joins mes prières ;
Elles iront au ciel, j'en ai le sentiment :
Votre cœur sait prier, le mien est bienfaisant. »

Après ce doux discours, une grande pensée
Agite son bon cœur : elle est par lui dictée ;
Elle est pour le Seigneur, pour celui qui peut tout ;
Qui dicte l'avenir et le conduit à bout.
Vers le Dieu de Clotilde il court à Notre-Dame ;
Il lui porte, content, le tribut de son âme.
Les corps constitués accompagnent ses pas
Qu'escortent si joyeux tous nos braves soldats.
Tous, tous ses vieux amis, ses compagnons sincères,
Accourent près de lui pour mêler leurs prières.
Ils arrivent au temple où l'on vit tant de rois
Prier le Tout-Puissant pour bénir leurs exploits ;
Où l'on vit tant de rois, expiant leurs batailles,
Pleurer des nations le jeu des funérailles ;

Où l'on vit tant de rois humilier leur grandeur
Et inclìner leurs fronts en priant le Seigneur.
C'est là que, prosterné sous cette basilique,
L'étendard des vertus, leur souvenir antique,
Grande école de l'homme à la clarté du ciel,
Où tout parle du Christ aux pieds de l'Éternel,
On grandit de son sang l'impérissable image
Pour dompter tous les maux en planant d'âge en âge;
C'est là qu'avec le prêtre et le cœur palpitant
Tout un peuple bénit un être Tout-Puissant.
Oh! quel moment sublime! ô cri de la patrie!
De quel doux sentiment l'âme est épanouie
A ce prier auguste où se dépeint le cœur,
Déridant l'avenir, appelant le bonheur;
A ce bénir sincère où se personnifie
Un peuple tout entier par un prêtre qui prie;
Où l'amour veut grandir et du cri du Seigneur
Et des vœux du génie, et des devoirs du cœur;
Où notre brave armée, invoquant sa puissance,
Jure d'être fidèle au soutien de la France,
Et semble de sa main élever vers le ciel
Son guide, son ami, son génie immortel!
Elle dit à son Dieu, la source de la gloire :

« Bénissez-le, mon Dieu, couronnez sa victoire!
Bénissez-le, mon Dieu, protégez ce héros
Qui sortit son pays abîmé dans les flots!
Ah! faites-le si grand, si grand que son génie!
En faisant son bonheur, grandissez sa patrie. »

Après ce saint devoir, cette solennité,
Louis-Napoléon, par la foule entouré,
Est conduit triomphant avec pompe, avec gloire,
Au palais de nos rois pour prix de sa victoire.
On le fête, on l'instale où de là doit jaillir
Tout l'oubli du passé, le bien de l'avenir.
Colloqué par le peuple et ami de la France,
Il vole à ce doux but avec persévérance.

Son devoir est pour tous et son amour aussi;
Il a pitié du pauvre et devient son appui.
Il veut faire oublier ces affreuses images,
L'effroi de cette terre et leurs crimes sauvages;
Ces palais au pillage et de sang arrosés,
Les morts et les mourants traînés sur les pavés.
Sous l'effort de son bras la force s'organise;
L'anarchie à jamais est vaincue et soumise;
La paix, la douce paix couronne son grand cœur :
Elle naît souriante, accourt à sa valeur.
Il sait l'encourager; la sagesse divine
Protége son destin, bénit son origine.
Sur l'intérêt commun son pouvoir appuyé
Marche domptant les flots et reste respecté.
La gloire à son couchant revient à son aurore;
Son horizon vermeil avance pour l'éclore.
Le peuple, enfin, respire à son doux avenir :
Des beaux temps du grand nom il a le souvenir.
Napoléon, content, peut reprendre courage;
Avec tous ses amis il se met à l'ouvrage.
Il convoque une Chambre, organise un Sénat,
Conforte le pouvoir par un conseil d'État;
Améliore le sort de notre brave armée,
S'occupe du soldat : c'est sa grande pensée;
Il est à ses besoins, le visite souvent,
Il compte son mérite, il est reconnaissant.
De la terre aux beaux-arts, des beaux-arts à la terre,
Du produit des efforts il aime l'inventaire.
Artistes, laboureurs et savants et guerriers
Sont égaux à ses yeux et ont part aux lauriers.
Il voit, d'un œil égal, leurs têtes immortelles
Converger leurs rayons, mêler leurs étincelles;
Il veut encourager les conquêtes des arts,
Il les veut au concours comme celles de Mars.
Son but est d'appeler sur sa belle patrie
Et l'amour du travail et l'amour du génie.
Fidèle à ce doux but aussi bien qu'à son cœur,

Il accepte, joyeux, avec un vrai bonheur,
Un superbe banquet donné par l'industrie
A son zèle puissant et à sa sympathie.
Que d'attraits pour son âme, à l'esprit éminent,
De suivre les produits, chefs-d'œuvre du talent,
De cette intelligence, abeille du génie,
Déposés s'étalant avec art et magie !
Il accourt avec joie à ce lieu séduisant,
A ce jardin d'hiver choisi par l'exposant.
Sous les feuillages verts de troncs vieux, séculaires,
Des révolutions eux aussi tributaires,
Au milieu des gazons émaillés par les fleurs,
Où vont se déroulant leurs superbes couleurs,
Où le rocher se mêle, embellit le paysage,
Et reçoit du penseur, abrité sous l'ombrage,
Ses rêves, ses accents d'amour et de bonheur,
Quelquefois ses soupirs pressés par la douleur,
Une cascade, là, précipitant ses ondes,
Mugit avec fracas sous ces ombres profondes.
De rochers en rochers ses lourds flots écumants
Bouillonnent se brisant en brouillards blanchissants.
C'est là, dans ce verger séduisant de verdure,
Où le printemps a mis sa plus belle parure,
Que s'élève un palais sur un point culminant,
D'où le regard bondit au loin se déroulant,
Où l'on perçoit partout, aux pieds, sous des ombrages,
Une foule compacte à travers les feuillages,
Dont les mille portraits, dans ce vert encadrés,
Émerveillent les yeux éblouis, étonnés.
Cette animation, comme une fourmilière,
S'agite sous ces bois inondés de lumière.
Enfin le palais s'ouvre, et le peuple nombreux
Y court pour visiter les produits merveilleux
De cette ruche immense, où la belle industrie
Brille de tout l'éclat des charmes du génie.
Napoléon parcourt de ses yeux étonnés
Tous ces produits divers avec ordre étalés,

Et où brillent partout, avec l'intelligence,
Les beaux travaux de l'homme et sa grande puissance ;
Il sait apprécier les efforts du talent
Et donner son doux prix à l'œuvre méritant.
Après ce saint devoir, une table ample, immense
Reçoit les exposants, et le banquet commence.
Louis-Napoléon se place au milieu d'eux,
Heureux de ce bonheur et de les voir heureux.
Au cri du sentiment la musique se mêle ;
Le penser sort du cœur et partout étincelle ;
Une commune joie électrise ce jour
Du plus saint des devoirs et du plus pur amour.
Piétry, le bon chef de ce banquet sublime,
Se lève et donne essor au doux feu qui l'anime ;
Il porte ce toast : « Au Prince-Président !
Au Prince d'un grand cœur, le soutien du talent !
Puisse-t-il selon lui donner à la patrie
La gloire dont son nom sait ranimer la vie !
Et puisse ce grand nom le couvrir animé
De ses plus beaux rayons à l'immortalité !
Au grand chef de la France ! à son gouverner sage !
A son prudent vouloir, à son ferme courage !
C'est par ces attributs au suprême degré
Qu'il a rétabli l'ordre et qu'il a triomphé.
Messieurs, l'ordre est la clef de la voûte sacrée
Du monument social ; l'ordre est la destinée :
Il fait la confiance, il ouvre l'avenir ;
Il donne le travail et il laisse jouir.
En un mot, il fait tout, et c'est dessous ses ailes
Qu'iront nos libertés pour marcher immortelles.
A leur libérateur, Louis-Napoléon !
C'est le cri du devoir, le cri de la raison !
Qu'il vive selon lui sur notre belle France :
Il est tout son bonheur avec son espérance. »

A ces mots bien sentis, partout spontanément
On entend retentir : Vive le Président !

Napoléon se lève, et sa voix douce, amie
S'exprime en ces doux mots au sein de l'industrie :

« Oui, Messieurs, s'écrie-t-il, le congrès de la paix,
Le congrès véritable, avec tous ses bienfaits,
N'est pas dans le salon nommé Sainte-Cécile ;
Il est dans d'autres lieux de terre aussi fertile :
Il est ici, c'est vous, il est par vous formé ;
Par vous, par qui nos arts ont le haut du pavé.
Ailleurs c'étaient des vœux, ici marchent ensemble
Tous les grands intérêts qu'une paix douce assemble.
Quand, comme moi, l'on voit, avec art étalés,
Ces prodiges brillants de partout assemblés ;
Qu'on sent combien de bras ont pris part à leur vie,
A leur perfection, dont brille la patrie ;
Qu'on sent tout le bonheur qui naît de leur débit,
Oh ! qu'on est fier alors ! et l'avenir sourit,
Et l'on aime l'époque où vivent d'autres charmes
Que ceux déjà si doux de la gloire des armes.
En effet, aujourd'hui, notre bel avenir
Est tout dans l'industrie, et tout notre désir
Est de porter par là les efforts du génie :
Ces efforts marcheront au bien de la patrie.
Que ce soit cette lutte avec le monde entier
Qui fasse sa conquête, oui, je l'ose envier !
Dans cette lutte grande où combat votre gloire,
Vos assidus efforts iront à la victoire.
Surtout n'oubliez pas, en cueillant vos lauriers,
Les devoirs si sacrés que l'on doit aux ouvriers !
Animez leur devoir en le faisant vous-même,
Que ce devoir commun vous lie et vous enchaîne !
Prouvez-leur pour toujours, en ce grand univers,
Que tous les intérêts, qui marchent si divers,
Vivent d'un lien commun ; que la pauvreté même,
Améliore son sort par le riche qu'elle aime.
Merci du doux penser dont vous avez la foi ;
Merci des sentiments que vous avez pour moi.

Vous avez bien senti jusqu'où va mon envie;
Oui, je l'aime sans cesse au bien de la patrie!
Acceptez ce toast, il exprime mon cœur;
Il est pour l'industrie, à son parfait bonheur!
A la prospérité de ses représentants!
A celle des ouvriers, à leurs efforts puissants! »

Après ce doux discours si beau par la pensée,
Si beau de sentiments pour notre France aimée,
Tout le monde s'approche : on est fier d'entourer
Des mots les plus flatteurs l'homme qu'on sait aimer.
Mille acclamations partent, se font entendre;
Elles ont tout l'accent de l'amour le plus tendre.
Napoléon s'échappe, il rentre en son palais;
Cherche d'autres devoirs, nourrit d'autres bienfaits.
Son temps se passe court : il est tout à bien faire;
Il sait s'intéresser au sort de la misère.
Il ne peut résister à ce brûlant désir;
Il veut pour l'infortune un meilleur avenir.
Il crée une cité sous le doux nom d'ouvrière;
Au logement du pauvre il la consacre entière.
Il aligne Paris encor mal aéré;
Il lui donne l'espace et la salubrité;
Il rétablit des camps, il impose au désordre :
Il rétablit partout le doux respect de l'ordre.
Son ascendant puissant, effaçant la terreur,
Fait respecter le droit et rassure le cœur.
La confiance naît à son mâle courage;
La France le contemple et bénit son ouvrage,
Et ces gouffres béants, encor dessous ses pas,
Sont comblés pour toujours par l'effort de son bras.
La France a dominé la terrible anarchie;
Le sang ne coule plus au sein de la patrie.
L'ordre est fort et vainqueur, et l'esprit égaré
Retrouve son pardon avec sa liberté.
La mer des passions, si longtemps courroucée,
Se calmant sous sa main, rit à sa destinée.

La France se rassure et lègue à son désir
Et les soins du présent et ceux de l'avenir.
Le commerce fleurit ainsi que l'industrie :
Tout sourit au bonheur et grandit la patrie.
Mais il manque une chose à sa sérénité :
Ce n'est plus le bonheur, mais sa stabilité.
Napoléon le sent, sa grande âme est fixée ;
Se nommer Empereur lui serait chose aisée :
Il ne veut rien de lui, mais de l'assentiment
De notre France entière et de son doux penchant.
Il fait appel encor à cette France aimée
Pour guérir cette plaie ouverte, envenimée.
L'Empire était le baume, il riait à l'honneur ;
Il comblait des désirs, guérissait de la peur.
Napoléon, qui veut le désir de la France,
Qui ne veut que lui, dit à sa toute-puissance :
Voulez-vous me donner le titre d'Empereur?
Répondez par un mot, cherchez votre bonheur.
L'appel fut écouté : la France tout entière
Vota comme un seul homme, et cette tête chère
Reçut pour noble prix de son excellent cœur,
Par huit millions de voix, le titre d'Empereur.
La France tressaillit de son vote sublime ;
Il était trop sincère : il était légitime.
Elle semblait redire aux yeux de l'univers :
Ma gloire brillera, là cessent mes revers.

FIN DU CHANT ONZIÈME.

CHANT DOUZIÈME.

L'Empire, ce grand fait de sublime puissance,
Comme un brillant soleil apparaît sur la France.
Déjà de doux pensers courent pour l'avenir;
Les brouillards ne sont plus : on voit enfin surgir,
S'élevant vers la gloire, un peu trop retardée,
Notre superbe France exauçant sa pensée.
Elle a pris son essor : l'émule des César,
L'émule du grand oncle est assis sur son char.
Plus prudent et plus sage au Gnide de la gloire,
C'est dans tout son passé qu'il cherche sa victoire.
Il dit à l'avenir : L'Empire, c'est la paix;
Le bonheur, c'est le droit; le droit, c'est le bienfait.
C'était le grand levier; il avait l'énergie,
Et c'est par ce levier qu'il assit sa patrie :
Par ce puissant moyen et sa brûlante ardeur,
Il met à l'horizon la paix et le bonheur.
Sa foi, sa grande foi forme son grand courage :
Il croyait à la France et à sa grande page;

12

Il croyait à son cœur, et son grand souvenir
Lui traçait le chemin de tout son avenir.
La paix du monde entier, par la paix de la France,
Travaillait son esprit, était son espérance.
Sa conviction ferme égalait sa vertu :
De son propre courage il était convaincu.
La foi du droit pour tous, son sentiment intime,
Faisait sa politique et non pas un abîme :
C'est par ce grand chemin qu'il suivait le bonheur,
Qu'il plaisait à l'esprit et se faisait le cœur ;
Ce fut ce grand mobile et cette grande envie
Qui le fit le sauveur, l'ami de la patrie.
Gouverneur de son peuple, il sait s'en faire aimer ;
Pour son bien, pour sa gloire, il veut tout affronter.
Une plaie existait, et cruelle et sanglante ;
Elle minait la France, elle était menaçante :
C'était la presse vile allant aiguillonnant ;
Sans raison, sans respect toujours en imposant.
Il règle ses devoirs au but de la justice ;
Il le fait sans humeur, il le fait sans caprice :
Il ne veut que le droit, et non la liberté
Des conseils trop brûlants de la méchanceté.
Cette loi fut un pas à notre destinée :
Comme loi nécessaire elle fut regardée.
Il a réglé ses droits marchant avec le temps,
Et selon les besoins et selon les penchants.
De même organisée, en tous points notre France
Bénit son Empereur, son illustre espérance.
Sous ce Prince adoré le commerce grandit,
La confiance naît et le bonheur la suit ;
Son amour, son désir, sa douceur bienfaisante
Parcourent tous les lieux, et sa main agissante
Porte le bien partout, de climats en climats :
Sans égard pour les rangs, sans égard pour ses pas,
Son cœur est en tous lieux l'appui de la misère.
Il est pour le malheur un soutien et un père ;
Le mal qu'il a souffert lui donne des regards,

Lui fait rendre la vie au peuple comme aux arts.
De même qu'une fleur qu'abattit la tempête
Se relève au soleil qui brille sur sa tête,
La nation ainsi relève son grand front
Aux rayons éclatants de son illustre nom.
Mais Dieu veut aggraver encor notre misère
Et montrer jusqu'au fond l'ami juste et sincère.
La disette cruelle apparaît et sévit;
Bientôt dessous sa main sa cruauté s'enfuit :
Sa bourse, son crédit marchent à l'indigence;
Tous les ports sont ouverts aux besoins de la France.
Le ciel s'acharne encor par de nouveaux fléaux :
L'eau tombe par torrents; les fleuves, les ruisseaux
Se gonflent de partout et inondent les terres;
Les plus petits ruisseaux se changent en rivières;
L'Allier, le Cher, l'Arnon et le Rhône écumants
Bondissent furieux, bouleversent les champs.
Le vent souffle, mugit; un lugubre murmure
Met le cœur dans l'attente, attriste la nature :
Le jour de toutes parts est semblable à la nuit;
D'un fond sombre et affreux l'horizon se noircit;
Des éclairs incessants, illuminant la nue,
Serpentent de leurs feux en tous sens l'étendue.
Un roulement lugubre épouvante les airs :
Partout la foudre éclate en de nouveaux éclairs.
Le vent siffle et mugit; la grêle impitoyable
Triture nos coteaux dans sa chute effroyable :
Les arbres, arrachés par de noirs tourbillons,
Roulent avec fracas, entraînent les moissons;
Des torrents furieux détachent des montagnes
Des rochers dont les bonds ravagent les campagnes.
Tout est bouleversé, les moissons ne sont plus :
Du pauvre laboureur les travaux sont perdus.
Hélas! était-ce assez aux pertes de la terre?
Il fallait plus de maux, un peu plus de misère.
C'est à Lyon surtout qu'on sent gémir le cœur,
Qu'on voit sévir le mal avec plus de fureur :

Malgré tous les efforts, malgré leur patience,
Le peuple et les soldats perdent tout espérance.
Le Rhône rompt sa digue et le fleuve bondit;
Tout n'est plus qu'une mer : Lyon tremble et frémit.
Tous ses ponts sont brisés, ce n'est plus qu'un déluge;
Le torrent détruit tout : il suit chaque refuge.
Ici ses flots grondant emportent en passant
La maison et le meuble, ainsi que l'habitant,
Et la vue effrayée apporte à la pensée
Le comble de l'horreur de notre destinée.
Sur des toits tremblottants, de tous côtés heurtés
Par la rage des flots, mille bras sont levés :
Ils implorent le ciel, ils implorent la terre;
Mais l'eau mine toujours, détruit pierre par pierre.
Les murs tombent rongés, et le flot bouillonnant
Reçoit tout confondu dans son gouffre écumant.
Bientôt tout est cadavre en l'onde qui tournoie;
La rage de ses flancs y dévore sa proie.
Ce bien triste spectacle offre de tous côtés
Des flots roulant toujours des corps ensanglantés.
Louis-Napoléon accourt à ce malheur,
Et, ne consultant rien que les élans du cœur,
Il se produit partout, il aide, il encourage,
Il est tout aux périls : son âme les partage.
Il va, vient et repart; il revient, part encor;
Dans ses parcours affreux il maîtrise la mort.
Il donne des secours, il rappelle à la vie
Des pères, des enfants, soutiens de la patrie.
L'homme compatissant et l'illustre Empereur
Sait obéir en tout au doux penchant du cœur.
Il néglige son rang, il pense qu'il est père,
Il s'oublit au secours, aux soins de la misère;
Et, le cœur plus heureux, il revole à la Cour,
Aussi grand Empereur qu'il est grand en amour.
Les jours fuyaient ainsi dans une paix profonde,
Au milieu des bienfaits de son âme féconde;
Mais une autre pensée agitait l'avenir,

Tourmentait le bonheur et formait le désir.
La France avait son choix : elle héritait d'un père ;
Il ne lui manquait plus que les soins d'une mère ;
Mais le ciel avait dit à l'auguste Empereur :
Consulte ton amour, il peut plus d'un bonheur.
Ce doux avis d'en haut dirigeait sa pensée
Et fixait ses regards sur notre destinée.
Il la voulait heureuse, espérant compenser
Les temps si malheureux qui venaient de passer :
Une jeune espagnole était venue en France,
Possédant un grand cœur, ignorant sa puissance :
Elle était dans un âge où tout peut l'avenir :
Elle avait des vertus pour se l'assujettir.
Elle était au doux temps qui, n'étant plus l'enfance,
Garde l'ingénuité faisant l'adolescence ;
Où les traits séduisants de la simplicité
Laissent aux doux atours toute leur vérité ;
Où la beauté touchante, avec son beau sourire,
Appelle les regards sous son puissant empire.
Elle compta son père au nombre des guerriers
Que nos drapeaux voyaient au combat les premiers.
Au secours de la France il consuma sa vie ;
Quoiqu'il fût Espagnol, elle fut sa patrie.
Gizmau était son nom ; Napoléon premier
Le décora souvent du doux prix du guerrier :
L'étoile de l'honneur brilla sur sa poitrine.
Sa fille se sentait de sa belle origine ;
Tout Paris l'admirait, touché de sa beauté,
Et vantait son grand cœur, sa grâce, sa bonté.
Sa bourse allait partout : c'était ses douces armes
Et pour guérir les maux et étancher les larmes.
Sa mère était heureuse en dépit du malheur ;
Le cœur de son enfant lui valait ce bonheur.
C'était un nouveau ciel : cette fille chérie
Était tout à ses vœux, était tout à sa vie.
Sa mère aimait à voir, en ses sublimes traits,
Le portrait d'un époux jusque dans ses bienfaits.

De la perte du cœur elle était à son âge
La consolation et le sort qui soulage.
Dans le monde, partout, son esprit bienfaisant
S'attachait les regards par son charme puissant.
C'était l'ange du bien, et sa douce jeunesse
Enchérissait encor sur l'âme enchanteresse.
Elle ignorait sa grâce et ses charmes puissants;
Son cœur était bien pur ainsi que ses penchants :
Les passions, jamais, quel que fût leur murmure,
Ne portèrent atteinte à sa belle nature.
Sa demeure élégante, au versant d'un coteau,
S'élève grandiose en superbe château.
L'art antique y domine, et sa belle parure
Y mêle la noblesse au beau de la nature.
Au milieu de peupliers, frémissant jusqu'aux cieux,
Se dessine une tour au front majestueux.
C'est là le vieux donjon, et sa vue aérienne
Se dresse dans les airs, s'élevant incertaine.
Ces vieux murs crénelés, décrépis par le temps,
Portent les noms encor de ses fiers combattants.
Là, tous les souvenirs de la chevalerie
Sourient à nos guerriers ainsi qu'à la patrie.
Napoléon premier, là, traça de sa main
Quelques noms qu'il aimait, dont il fit le destin.
Un nom de souvenir bien riche pour la France
S'y retrace partout : c'est le doux nom d'Hortence.
Autour du vieux donjon se trouve le château
S'élevant grandiose en un style nouveau;
Quatre beaux pavillons, aux têtes élégantes,
Domine ses toits noirs de leur masses géantes.
Une grille de fer, avec des reliefs d'or,
Cerne sa belle cour et en ferme l'abord.
Un portique au Levant étale vers sa cime
De l'illustre Gizmau l'écusson fier, sublime.
C'est là l'immense entrée étonnant le regard
Par sa magnificence et son fini de l'art.
Dans son enceinte on voit des tapis de verdure

Qu'émaillent mille fleurs de leur riche parure.
Un source superbe, avec bruit jaillissant,
Sur un immense lac tombe s'éparpillant;
D'où naissent des ruisseaux murmurant dans leur fuite,
Distribuant leur fraîcheur sous l'herbe qui palpite :
C'est là que mille fleurs élèvent jusqu'aux cieux
Les suaves parfums de leurs seins gracieux.
Au Nord on aperçoit une forêt immense
Que le souffle des vents tranquillement balance :
C'est le parc; là, des pins élèvent dans les airs
Leurs fronts majestueux et leurs feuillages verts.
Mille arbres différents y croissant sans culture
Forment mille bosquets au sein de la verdure.
Là, se voit un beau lac, plus loin des orangers,
Une broussaille antique et d'énormes rochers;
Ici, c'est un ruisseau dont l'onde qui serpente
Tombe de roche en roche et bouillonne écumante;
Puis, volant dans la plaine et par jets et par bonds,
Apporte la fraîcheur aux fertiles gazons.
Au lointain des grands bruits de la brute nature
S'élèvent d'autres bruits d'un bien autre murmure :
C'est le chant, le concert du peuple ailé des bois
Résonnant par famille en exerçant sa voix.
Là, le cerf, le chevreuil, le lièvre bondissent;
Leurs sentiers fréquentés sous leurs pas retentissent.
Ils disent leurs plaisirs, ils disent leurs amours :
Là, chaque jour qui fuit ranime d'autres jours.
L'aurore les bénit, le crépuscule encore
Leur prête ses soupirs pour attendre l'aurore.
Plus loin, de vieux ormeaux aux fronts majestueux
Couronnent des gazons d'un frais délicieux;
Le myrte, le laurier, de leur feuillage sombre,
Couronnent d'autres fleurs qui chérissent leur ombre;
Partout le rossignol ainsi que l'aigle altier
Trouvent en ces beaux lieux un ciel hospitalier.
Au midi de la cour est un verger fertile,
Où l'art a ménagé l'agréable à l'utile;

Où Pomone a planté de superbes fruitiers;
Où Flore a mélangé son art à ses lauriers;
Où Paros a placé ses plus belles images,
Ses souvenirs piquants, beautés de tous les âges.
C'est là que mille fleurs, au souffle des zéphirs,
Exhalent leur parfum et leurs plus doux soupirs;
Où l'épais chèvre-feuille, en feston de verdure,
Serpente ses bouquets ornant sa chevelure;
Où de plus humbles fleurs, étalant leurs appas,
Profitent de son ombre et vivent sous ses pas.
Les aquilons cruels ignorent cet asile;
Là, leurs efforts sont vains, leur haine inutile :
La paix y vit toujours, et d'innocents plaisirs
Y contentent le cœur, y comblent les désirs;
Et, loin des vanités que le vulgaire encense,
Ce séjour reste pur du beau de l'innocence.
Là, la belle Eugénie attirait tour à tour
Et le regard du peuple et celui de la Cour;
Louis–Napoléon admirait sa grande âme
Et nourrissait pour elle une invincible flamme.
Il plaçait les vertus au-dessus la grandeur :
Pour lui, rien de plus grand que la vertu du cœur.
Son renom savait plaire, il fallait son sourire;
Il en avait l'envie, il en voulait l'empire.
Il échappe aux regards, il échappe à la Cour
Et s'élance avec joie au lieu de son amour;
Il entre dans le parc, il parcourt ses ombrages;
Il aime les parcours de ces sites sauvages.
Il repart écoutant le concert des oiseaux
Qu'écho sait répéter jusqu'au fond des coteaux.
Il arrive au manoir, à ce lieu de tendresse
Où vivent les plaisirs exempts de leur faiblesse;
Où l'amour a placé, pour marcher au bonheur,
La vertu, la bonté, la fortune du cœur.
Au milieu d'un bosquet, tout près d'une onde claire,
À l'ombre du feuillage, asile du mystère,
Il aperçoit l'objet tendre but de ses pas;

Tel qu'on le dépeignait, il avait les appas.
Sur un gazon de fleurs où brille l'immortelle
Apparaît Eugénie et sa mère auprès d'elle.
Elles lisaient l'histoire et vantaient ses héros,
Souriant à leur gloire et pleurant à leurs maux;
Elles blâmaient le sort de la vicissitude
Et s'indignaient souvent de son ingratitude.
Pendant cet entretien, épanchement du cœur,
Apparaît un héros : elles voient l'Empereur!
Elles vont au-devant, et dessus leur figure
Paraît tout l'embarras d'une aimable nature :
Une douce rougeur anime tous leurs traits
Et donne à leur maintien les plus nobles attraits.
Qu'Eugénie savait plaire! elle avait tout pour elle :
Un incarnat de rose, un beau port d'immortelle;
Une figure douce, un air bon, souriant,
Avec tous les beaux dons d'un esprit pétillant.
Elle semble Vénus, elle a sa chevelure :
Et son air gracieux et sa belle figure.
Une démarche noble, avec rien d'affecté,
Fait aimer son sourire et chérir sa beauté.
Ces prestiges du cœur, joints aux dons de son âge,
Semblent orner encor ses vertus, son image.
L'Empereur, à sa vue, est ému de plaisir;
Un pouvoir surhumain agit sur son désir.
Vaincu par la vertu, vaincu par le sourire,
Il est tout au pouvoir de leur heureux empire.
Son cœur s'exprime ainsi : « Tendre et jeune beauté,
Dit-il, Napoléon, de tes vertus touché,
Est venu convoiter ton amour et ses charmes.
Pour prix de tes vertus, aux si touchantes armes,
Il vient t'offrir son cœur et demande le tien;
Il veut de son amour en demandant ta main.
La France m'a choisi pour que je sois son père,
Et moi j'ai fait ton choix pour que tu sois sa mère.
Sois aussi libre qu'elle, écoute tout ton cœur;
Soyons libres tous trois de tout notre bonheur.

J'ai senti pour ta main un amour bien extrême;
Veuille accepter la mienne et me parler de même.
Il faut pour être heureux, quelque soit la grandeur,
Quelque soient les trésors, communauté de cœur.
Parle, prononce donc; oui, tu seras aimée!
J'attends de tes vertus toute ma destinée. »
Eugénie, à ces mots, rougit, devient plus belle :
Une douce pudeur, une grâce nouvelle
Anime son regard, son maintien, ses appas;
Son cœur semblait tout dire : elle ne l'osait pas.
Ses yeux avaient parlé du plus pur de leur flamme;
Ils allaient jusqu'au cœur, ils allaient jusqu'à l'âme,
Y portant le sourire échappé de son cœur,
Et ce sourire heureux y fixait le bonheur.
Ce bien doux oui, sorti de sa bouche si belle,
Animait son maintien d'une grâce immortelle;
Amour applaudissait en voyant sa beauté,
Qui laissait derrière elle et cette austérité
Qui n'est pas la vertu, qui n'est pas la sagesse,
Et cette modestie annonçant la faiblesse,
Pour cet air ingénu gage de la pudeur,
Inspirant le respect et enflammant le cœur.
Sa bonne et tendre mère, heureuse de sa flamme,
Heureuse de son cœur, heureuse de son âme,
A reproduit le mot qu'elle accorde au héros,
Et exprime son cœur par ces sublimes mots :

« Sire, l'honneur est grand, et mon âme attendrie
Sait s'élever au ciel pour ma fille chérie.
Béni soit le Seigneur, il bénit votre amour :
Oui, votre amour si tendre est payé de retour!
Dans la France, partout, tout le monde vous aime :
Sire, croyez-le bien, ma fille fait de même.
Son maintien vous a dit quel était son désir;
Oui, son cœur est pour vous : aimez son avenir!
Oui, Sire, votre amour est pour elle une gloire!
Vos désirs sont pour elle une belle victoire.

Comptez sur son amour, comptez sur son bon cœur :
Votre amour réciproque est fait pour le bonheur.
Des enfants de la France elle sera la mère ;
Elle a pour noble exemple un trop bien aimant père. »

Eugénie, à ces mots, rougit, baisse les yeux ;
Son cœur a redit oui : son cœur se trouve heureux.
Tout son maintien s'anime, elle devient plus belle ;
Amour vient la doter d'une grâce nouvelle :
Son front est coloré d'une douce rougeur ;
Son amour y dépeint une aimable pudeur.
On ne peut que l'aimer : innocente, enfantine,
Elle a tous les rayons d'une vertu divine.
Ses yeux se noient de pleurs, et de tendres soupirs
Sortent de son beau sein, dénoncent ses désirs.
Louis-Napoléon sent son cœur qui soupire ;
Il chérit son amour, il aime son délire :
Heureux de son triomphe, heureux de son bonheur,
Sur le cœur qu'il adore il repose son cœur.
Son amour vaut un trône ; il plaît à la patrie,
Et ce tendre trésor est le cœur d'Eugénie.
Il quitte enfin ces lieux témoins de ses soupirs,
Et embrasse la main objet de ses désirs.
Il regagne la Cour tout plein de son image ;
Il voit toujours ses yeux, il entend son langage ;
Il sent les doux soupirs qui soulèvent son sein ;
Il voit son doux sourire et son port surhumain,
Cette bouche vermeille et ce beau teint de rose,
Si fait pour le bonheur et où son cœur repose.
A ses traits séduisants s'attachaient d'autres traits ;
Ils venaient des vertus et faisaient leurs bienfaits :
C'était de ses bontés le tendre et doux sourire,
C'étaient ses vœux ardents et leur tendre délire.
La France souriait et approuvait son cœur :
L'union de tous les deux assurait son bonheur.
Louis-Napoléon fait part de son envie
A tous ses vieux amis, amis de la patrie.

Jérôme était du nombre : il était le premier
A qui le cœur allait et devait tout confier.
Jérôme approuve tout : ce n'était que justice;
Un droit de la vertu n'est pas un sacrifice;
Un droit de la bonté n'est que le pur devoir.
Jérôme aime à bénir son bien tendre vouloir :
« Mon neveu, lui dit-il, au chemin de la vie
La vertu peut tout faire : exaucez votre envie.
Vous aimez la patrie... allez aux souvenirs;
L'histoire vous dira : Couronnez vos désirs ! »
O tendre Bauharnais! tes souvenirs de charmes,
Sur le cœur du héros, étaient de belles armes!
Désireux d'avenir, tout entier à l'amour,
Il soupirait la nuit, il soupirait le jour.
Mathilde partageait le penser de son père;
Elle aimait son cousin d'un amour bien sincère.
Elle sert d'interprète; elle met tout son cœur
Pour couronner des vœux si faits pour le bonheur.
Elle dispose tout, elle y met tous ses charmes :
Amour sourit, content de l'éclat de ses armes.
Les temps longs avaient fui, le jour est arrivé :
Il se lève brillant, et son orbe doré
A reflété sa pourpre, et toute la nature
Bénit le doux soleil du beau ciel qu'il épure.
Les nuages ont fui; la terre parle au ciel,
Et le ciel a reçu son hymne universel.
Dieu connaît le désir; il ressent la prière;
Il protége le fils, il exauce la mère.
Hortence était là-haut : tout concourt au beau jour,
Tout couronne les vœux, tout couronne l'amour.
Le ciel était serein, son éclat semblait dire :
J'ai part à ce bonheur, je veux de son sourire.
Dans la France partout c'était le même cri,
C'était même langage aidé du même appui.
La France s'illumine : une nouvelle vie
S'anime de partout au doux nom d'Eugénie.
Paris se distinguait en cet heureux moment :

Les plaisirs s'y peignaient avec le sentiment.
Des guirlandes de fleurs, aux maisons suspendues,
S'étalaient de partout et traversaient les rues;
Des chants, des cris de joie éclataient dans les airs :
L'amour était béni dans ces joyeux concerts.
Un cortége brillant, digne de la patrie,
S'organise aussitôt pour conduire Eugénie.
On y voyait Jérôme : un sentiment pieux
Admirait son grand cœur et son esprit joyeux.
Et toi, Mathilde, aussi, ta belle âme attendrie
Y portait le bonheur, y faisait une amie.
Oh! qu'on aimait vos cœurs marchant pour l'avenir!
Oui, la France a gravé votre tendre désir!
Continuez toujours, le monde pourra dire :
Tous les Napoléon sont dignes d'un empire.
Content, on part, on court, on arrive bientôt
Au lieu si plein d'attraits, au bienheureux château,
Demeure d'Eugénie. Oh! qu'on l'y trouve belle!
Vénus, sortant de l'onde, était moins belle qu'elle.
Son mentien si brillant, si beau, si gracieux,
Séduisait tout le monde, attirait tous les yeux.
Ses traits épanouis, son auguste figure
Semblaient peindre son âme et dire sa nature.
Une couronne d'or et de lière immortel
Ombrageaient son beau front que protégeait le ciel.
Sa longue robe blanche et sa belle ceinture
Flottaient pleines de grâce avec sa chevelure.
Ses cheveux ondoyants caressaient son beau sein;
Leurs flots, au gré des vents, entr'ouvraient son beau teint,
Décrouvraient ce regard aux si sublimes armes,
Que tout semblait vaincu par l'éclat de ses charmes.
Louis-Napoléon, heureux de son destin,
Lui donne un doux sourire et lui baise la main;
Puis il dit à sa mère : « Oh! soyez bien joyeuse!
L'hymen a son bonheur, votre fille est heureuse.
Suivez-nous, suivez-nous à l'endroit où le cœur
Va confirmer l'amour et sceller le bonheur. »

On part, la terre fuit, bientôt Paris s'avance;
Le wagon se déroule et franchit la distance.
On aborde le Louvre; un doux frémissement
A fait battre le cœur et peint le sentiment.
Cette troupe assemblée en colonne mobile,
Cette pompe d'honneur représentant la ville,
Ces armes, leur dur bruit résonnant dans les airs.
Ce long amas confus de costumes divers,
Cet airain qui mugit, cet airain qui murmure,
Frappaient, intimidaient la timide nature.
Ils sont aux pieds du trône, et le couple brûlant
Y gravit plein d'amour et le cœur palpitant;
Et un bienheureux oui sait donner à la France
Un soutien, un secours, une douce espérance.
Louis-Napoléon, au comble du bonheur,
Au comble de ses vœux, au comble de son cœur,
Pose tout radieux sur la tête qu'il aime,
En échange d'amour, un riche diadème.
Nos époux attendris abandonnent ce lieu
Pour aller se jeter dans les bras de leur Dieu.
Ils y vont recueillis; les troupes sous les armes,
Tous les corps de l'État et la Cour et ses charmes,
Les escortent partout. Un doux recueillement
Suit le brillant cortége aux pieds du Tout-Puissant.
Il a touché le seuil du tendre sanctuaire
Qui fait battre le cœur, et attend la prière.
Saint-Germain-l'Auxerrois dépêche son clergé
Qui court les recevoir avec solennité.
Un dais de velour blanc, d'un tissu magnifique,
Les couvre de son dôme; et, sous la basilique,
Le pontife les mène à l'autel du Seigneur,
De ce Dieu si puissant qui fait mouvoir le cœur,
Qui forme les destins, qui donne la puissance,
Qui comble les désirs et porte l'espérance.
Là, l'âme recueillie, à genoux sur l'autel,
Ils élèvent leurs cœurs aux pieds de l'Éternel.
Qu'ils étaient beaux ces cœurs et leur amour sincère!

Ils étaient vers le ciel, ils avaient fui la terre.
Ils priaient pour la France : elle avait tous leurs vœux ;
Dieu les avait compris et bénissait leurs nœuds.
De leur tendre maintien la touchante figure
Semblait tout attendrir en peignant sa nature.
Des larmes de plaisir, des larmes de bonheur
Coulaient de tous les yeux, imploraient le Seigneur.
Ce Dieu qui connaît tout, si bon à la prière,
Jette un tendre regard sur ce point de la terre :
Il voit la France heureuse implorant à genoux ;
Il voit un avenir en ces heureux époux.
Il écoute avec joie, il regarde la France,
Y renvoie le pouvoir couronner l'espérance.
Une grâce nouvelle entoure les époux ;
Oh ! qu'ils paraissaient beaux ! ils étaient à genoux !
Le pontife, touché, se sent couler des larmes ;
Il bénit ce doux couple étincelant de charmes :

« Heureux époux, dit-il, puisse le Tout-Puissant
Écouter votre cœur si doux, si palpitant ;
Puisse-t-il, d'un regard jeté sur cette terre,
Voir ce tableau de l'âme animant la prière,
Entendre tous ces vœux, et la sincérité
Qui parle de partout implorant sa bonté.
Prince, n'en doutez pas, Dieu protége la France ;
Vous êtes son soutien, et sa toute-puissance
Connaît tout votre cœur : allez, allez en paix ;
Vous pouvez l'avenir : portez-y vos bienfaits.
Poursuivez ici-bas votre esprit de sagesse,
Votre esprit de bonté, votre esprit de tendresse.
Le Dieu de l'univers, de sa puissante main,
A béni votre cœur ; suivez l'heureux chemin
De la douce vertu dont vous êtes l'exemple,
Oui, que j'aime à bénir dans le modeste temple.
La France attend de vous la paix et le bonheur :
Marchez ! marchez toujours selon votre bon cœur !
Dieu nous écoutera, nous prions pour la France ;

Marchez à vos desseins, vous avez la puissance;
Elle aura le bonheur, et votre doux désir
Couronnera ses vœux, fera son avenir. »

Après ce saint devoir, le cortége s'écoule;
Il regagne le Louvre entouré de la foule.
Là, les fêtes, les jeux couronnent ce beau jour,
Cette ère d'avenir consacrée à l'amour.
La France entrevoit une heureuse carrière;
Elle bénit le couple et bénit sa prière.

FIN DU CHANT DOUZIÈME.

CHANT TREIZIÈME.

Le bonheur pressenti coulait ses heureux jours
Dans le plaisir d'aimer, le doux fruit des amours.
Ce couple ravissant, ami de la patrie,
Avait tout aux désirs, avait tout à l'envie;
Le présent disait haut aux yeux de l'avenir :
Leur cœur est triomphant au gré de son désir;
Il fera de la France, en gloire si féconde,
Le temple des pouvoirs pour gouverner le monde.
L'illustre Impératrice, heureuse de son cœur,
Disait à son époux : Je me dois au bonheur;
Je serai pour cela tout un autre vous-même :
Je veux tout partager dans le doux cœur que j'aime.
Cheminons à plaisir dans le sentier heureux
Où nous devons mourir soutiens des malheureux.
Elle use du besoin qui bat dans sa poitrine :
Elle fonde un asile à la pauvre orpheline,
A la mère souffrante, et la maternité
Trouve en elle un secours, un soutien assuré.

13

Louis-Napoléon seconde sa tendresse :
Il a même désir, même besoin le presse;
Il fait tout pour le peuple, et son généreux cœur
Use son grand génie en cherchant le bonheur.
Il fait appel à tout pour sa tendre patrie;
Il y veut à tout prix la brillante industrie.
Fille de la science, elle a mille recours;
Plus forte que la force, elle a mille détours :
Elle en est le moteur. Par son intelligence
Elle détruit l'obstacle, elle fait la puissance;
Elle dompte, façonne, et la réalité
Ressort de son calcul et de sa volonté;
Et, dessous son compas, la matière assouplie
Accourt à nos besoins et ménage la vie.
Napoléon le sait, il veut en profiter:
De partout l'univers il sait la convoquer.
Il la met au concours, il en fait des batailles;
Il veut que les vainqueurs y gagnent des médailles;
Que ces combats sans sang portent dans le pays
Beaucoup plus de bonheur que cent peuples conquis.
Il fallait un palais, il le fallait immense,
Comme lieu de combat : il manquait à la France.
Napoléon le veut, il s'élève à son gré;
Les champs élyséens étalent sa beauté :
Sous ses arbres touffus émaillés de verdure,
Où le charme de l'art se mêle à la nature,
On voit un beau palais élevant jusqu'aux cieux
Et sa longue façade et son front gracieux.
Son corps monumental, de hauteur imposante,
Dessine le parcours de sa forme brillante;
Son dôme de cristal reflète dans les airs
L'éclat de la lumière et le jet des éclairs.
De loin, c'est une mer que parcourt l'incendie,
Étonnant le regard et la vue éblouie.
Un immense portique étale par devant
Son cintre gigantesque allant s'arrondissant,
Dont la frise brillante, avec art ciselée,

Couronne sa grandeur de cent reliefs ornée.
Trois portes au dedans, d'inégale grandeur,
Offrent leur beau fini s'ouvrant à l'intérieur.
On voit un avant-corps placé sur la plus grande,
Dont la frise supporte une belle guirlande
Que surmonte un attique, étalant sous les yeux
Mille élégants dessins d'un fini gracieux,
Où la France planant et dessus l'industrie
Et dessus tous les arts, les enfants du génie,
Sourit à l'avenir, et, prenant son essor,
Pose sur chaque tête une couronne d'or.
On voit des deux côtés deux groupes de génies,
Aux traits éblouissants, aux figures jolies,
Soutenant de leurs mains le sublime écusson
De l'illustre Empereur Louis-Napoléon.
Au dessous ces beautés, une frise élégante
Étale avec grandeur sa figure éclatante.
Quatre colonnes, là, de style corinthien,
Fondent son piédestal et forment son soutien :
Là, l'industrie et l'art, d'une main réjouie,
Offrent à l'Empereur le fruit de leur génie.
Au sommet de la voûte, un aigle colossal
Plane dessus le tout son front monumental.
Au milieu du grand arc, deux grandes renommées
Brillent d'un bel éclat sur le marbre sculptées;
Plus loin, des médaillons, élégamment posés,
Concourent au décor de ce brillant palais.
Là, quatre pavillons élèvent dans la nue
Leurs grands fronts aériens éblouissant la vue.
Ce palais, jusqu'au bout, étonne le regard
Par sa forme superbe et son fini de l'art.
Six cents jours élégants, et taillés dans la pierre,
A l'un et l'autre étage apporte la lumière;
Une frise brillant de tout l'éclat du jour
Lui fait une ceinture et brille à son contour.
Deux cent cinq noms savants, fils aussi du génie,
Des sciences, des arts, comme de l'industrie,

Suivent son beau chemin éblouissant les yeux
De l'or le plus brillant et le plus précieux.
L'intérieur du palais, aux formes si jolies,
Divise son parcours en quatre galeries;
La nef fuit au lointain, et offre sur ses pas
Le beau de l'idéal avec tous ses appas.
Plusieurs balustres, là, permettent à la vue
D'embrasser d'un regard cette vaste étendue.
Au pourtour de la nef existent des panneaux
Tout ciselés à jour dans des styles nouveaux;
Leur fini surprenant, d'une belle élégance,
Porte les médaillons de nos villes de France.
Douze grands escaliers, aux pavillons placés,
Élèvent au second leurs tortueux degrés.
Là, d'immenses salons, de grandeur différente,
Présentent aux regards leur grâce éblouissante.
Ce chef-d'œuvre de l'art, par l'art improvisé,
Brille par son éclat et sa solidité;
Grandiose à la vue, il offre à la pensée
Le grand art d'une ruche et même destinée :
Mille compartiments, avec goût ménagés,
Etalent leurs contours de beaux produits ornés.
Ce chef-d'œuvre de l'art, digne enfant du génie,
Était un avenir au bien de la patrie;
C'était une puissance : elle allait au bonheur,
Elle faisait le bien, humanisait le cœur.
L'Empereur avait dit : J'ouvre ce temple immense,
Le temple de la paix et de la bienfaisance;
Puisse-t-il à jamais, dans ce vaste univers,
Apporter la concorde à ces peuples divers!
L'appel en était fait, il allait à l'utile :
Il rassemblait l'épars de la grande famille
Pour ne former qu'un tout, grand symbole de paix,
Pour tirer de ce tout le fruit de ses bienfaits.
Pendant que l'univers a les yeux sur la France,
Y portant ses produits, les enfants de la science;
Que la ruche commune accepte les butins

De tant de milliers de superbes essaims,
Pour comparer leur miel et le mieux savoir faire,
Pour en tirer profit pour la famille entière.
Une ambition grande avait levé les yeux,
Elle partait du Nord et scrutait tous les lieux;
Instruire, émanciper n'était pas son génie;
Un but tout différent entrait dans son envie:
Elle voulait partout dominer l'univers;
Sa puissance de terre ambitionnait les mers.
La Turquie expirante avait son grand sourire:
C'était un télégraphe allant à son empire;
Elle pouvait de là manœuvrer à plaisir,
Pour en venir un jour à son brûlant désir.
Il fallait une guerre, et sa grande puissance
Tourne de ce côté toute son espérance.
La cause des lieux saints lui revient à l'esprit;
Elle sert de motif, et la guerre surgit.
Le czar aurait voulu que la faible Turquie,
En se sacrifiant, contentât son envie;
La Turquie indignée est bien loin d'accepter
Le joug humiliant dont on veut la doter.
Le czar, plein de fureur de voir que sa puissance
Contre ce vil pygmée est vaine d'influence
(C'était trop mépriser sa souveraineté),
Il voit dans la Turquie un peu trop de fierté.
Il recrute une armée: elle marche contre elle
Et porte dans son sein une guerre cruelle.
Mais l'empire ottoman, par un juste bonheur,
Par la voix de son droit a parlé jusqu'au cœur.
Notre France l'entend, elle voit sa faiblesse;
Sa faiblesse la touche, et son droit l'intéresse:
La France est généreuse, et le pauvre opprimé
Trouve toujours en elle un secours assuré.
Louis-Napoléon ressent dedans ses veines
Un devoir qui lui dit: Empêche donc ces chaînes.
A cet heureux penchant il ne sait qu'obéir;
Ce sentiment le presse: il doit intervenir.

Les souvenirs parlaient ; la cause était propice :
Elle était un devoir basé sur la justice ;
Et son grand cœur voulait que, parmi tous les rois,
La concorde régnât, que chacun eût ses droits.
Il part pour l'Angleterre, et la belle Eugénie
Accompagne ses pas sur cette terre amie ;
On s'embarque à Toulon, où le peuple assemblé
Salut avec bonheur ce couple fortuné :
Tout le monde veut voir, bénir de son sourire,
Ces héros du bonheur, salut d'un grand Empire.
Leur cœur bondit de joie au peuple souriant :
L'amour a son doux fruit comme son dévouement.
On lève l'ancre, on part ; le vaisseau fuit tranquille ;
On aperçoit bientôt cette terre fertile,
Cette terre d'exil : Louis-Napoléon
Sent son grand cœur qui bat à l'aspect d'Albion.
Autrefois ce beau sol avait d'amères larmes ;
Aujourd'hui, quel contraste ! on y trouve des charmes.
Oh ! quel contraste encor ! autrefois oublié,
Ce grand cœur inconnu, vexé, calomnié,
Y brille dans son jour, et cette terre entière
Accourt pour rendre hommage à cette âme sincère.
Les honneurs les plus grands sont rendus à ce nom
Autrefois si cruel, autrefois sans pardon ;
Les hourras sont partout, et la flegme Angleterre
Bénit Napoléon et son beau caractère.
On reçoit les époux avec tous les honneurs
Que l'on doit accorder aux plus généreux cœurs.
Ils touchent au palais, demeure somptueuse
Des fiers rois d'Albion ; là, la reine, joyeuse,
De l'air le plus affable accourt au devant d'eux,
Et reçoit avec cœur le couple bienheureux.
L'Angleterre sourit, y voit une espérance :
Le cœur de l'Empereur avait sa confiance.
Cette guerre du czar troublait les intérêts
De ce peuple des mers et bornait ses succès ;
Le colosse du Nord maîtrisant la Turquie,

Sa puissance des mers allait être agrandie.
Le cœur de cela gros, inquiet et tout tremblant;
L'Anglais voit avancer ce colosse puissant;
Mais l'Empereur a dit dans sa grande sagesse :
Au milieu des devoirs un devoir m'intéresse :
Les droits de l'opprimé; je lui dois un soutien;
Le chemin du devoir sera toujours le mien.
Le grand pas était fait et l'entente assurée;
Un entretien a lieu : la Turquie est sauvée.
Victoria promet de marcher au danger,
De soutenir la France et de la seconder.
Cette entente sublime est chère à l'Angleterre;
Elle est chère à la reine, à son beau caractère.
Nos illustres époux, joyeux de leurs succès,
Joyeux d'un grand devoir, heureux de ses bienfaits,
S'acheminent au port avec un peuple immense
Qui bénissait des cœurs si pleins de bienfaisance.
Le vaisseau part et fuit; ils ont quitté ces lieux,
Ils sont à leur patrie et contents et heureux.
Pendant tout ce temps-là, le czar impitoyable
Porte vers la Turquie une armée innombrable;
Le prince Menschikoff en est le chef ardent,
D'un courage éprouvé, de sang-froid et prudent.
Il connaît ses soldats et leur front de muraille;
Ses cheveux ont blanchi sur les champs de bataille.
Tenace par instinct, tenace par fierté,
Chéri de ses soldats et de son prince aimé,
Il a pouvoir d'agir, et, plein de confiance,
Il accourt imposer son injuste puissance.
Sa formidable armée apporte la terreur;
Elle brûle Sinope, et son valeureux cœur
Marche sur Silistrie; et un siége terrible
Commence ses horreurs et son carnage horrible.
Le canon retentit; l'airain, en jets d'éclairs,
De ses globes sifflants illumine les airs.
Ces torrents infernaux de dévorante pluie
Tombent de toutes parts, ravagent Silistrie.

Mais le fier Musulman, vieilli dans les combats,
Conserve son sang-froid, méprise le trépas.
Notre France a horreur de cet affreux carnage ;
Son grand chef s'en indigne et y voit un outrage.
Mais son armée est prête ; et ce Prince chéri
Lui tient ce doux discours : « Soldats, un grand défi
Est jeté vers la France : on nous force à la guerre ;
Nous nous devons au droit : notre honneur le requière.
La Russie a marché contre les Musulmans ;
La France fait appel à ses vaillants enfants.
Cinq cent mille sont prêts ; avec eux l'Angleterre
Va mêler ses soldats, et concourt à la guerre.
Nous avons même cause : un grand but nous unit ;
Mêlez votre valeur, le devoir vous le dit.
Dominez sur les mers, rivalisez de gloire :
Vous ne pouvez mentir à notre grande histoire !
Soyez enfants du feu, rivalisez d'ardeur ;
Confondez vos élans, mêlez votre valeur.
Mon cœur vous a choisis pour déployer nos aigles ;
Dans les frimas du Nord vous serez dignes d'elles !
Vous allez y marcher sur des vaisseaux anglais,
Fait digne d'étonner : il ne s'est vu jamais.
Ce qui prouve l'accord avec la confiance
Des deux peuples unis, c'est leur persévérance ;
Ils veulent à tout prix défendre l'opprimé,
Et le bien de l'Europe avec sa liberté.
Allez, nos chers enfants, donnez un grand exemple !
L'univers vous bénit, vous aime et vous contemple !
C'est le vœu d'un grand droit ; portez haut votre cœur :
La lutte menaçante est contre l'agresseur.
C'est le cri de la France ; oui, de vous elle est fière !
Elle compte sur vous, comptez sur sa prière ;
Et moi, que des devoirs vont séparer de vous,
Croyez à tous mes vœux : oui, vous les avez tous.
Oui, mon cœur vous suivra ; bientôt je pourrai dire,
Vous revoyant vainqueurs, bénis d'un grand Empire :
Ils sont les dignes fils d'Austerlitz et d'Eylau ;

De l'immortel Friedland ils portent le drapeau !
Allez, Dieu vous protége : il aime la patrie ;
Gardez-lui votre amour et suivez son génie.
Je vous donne pour chef un homme plein de cœur,
Connu depuis longtemps dans les champs de l'honneur :
Ce chef est Saint-Arnaud ; il a ma confiance :
Je compte sur son cœur, comptez sur sa vaillance !
Il sera votre père ; oui, soyez ses enfants ! »
Puis, tournant ses regards pleins de ces sentiments :
« O Saint-Arnaud ! dit-il, ne le pouvant moi-même,
J'ai dû porter mon cœur vers un quelqu'un que j'aime.
Je me dois au foyer d'où part le feu sacré ;
Je lui dois l'aliment : il lui sera donné.
Vous, vous allez marcher contre cette Russie
Qui brave nos conseils en cruelle ennemie ;
Vous savez les motifs, vous connaissez mon cœur ;
L'Europe le connaît : volez au champ d'honneur !
Vous aurez lord Raglan marchant pour l'Angleterre :
Combinez vos efforts dans cette grande guerre ;
Montrez au peuple anglais nos enfants d'Austerlitz ;
Rivalisez d'honneur : marchez toujours unis.
Je vous suivrai du cœur ; montrez à la Turquie
Le pouvoir de nos bras et notre sympathie. »

Le brave Saint-Arnaud accepte avec plaisir ;
Il tressaillit de joie : il croit à l'avenir.
Le grand cœur du guerrier a dit à sa patrie :
J'obéis à mon Prince et te lègue ma vie.
Tout est prêt : on s'embarque, et nos braves soldats
Au lieu du rendez-vous volent pour les combats.
On arrive à Varna : là, nos braves armées
Fixent leur doux séjour et y sont cantonnées.
Saint-Arnaud satisfait regagne nos vaisseaux
Pour y complimenter nos braves amiraux ;
Après ce saint devoir, sa belle âme attendrie
Ne songe qu'à l'appui qu'il doit à la Turquie.
Suivi du fils Jérôme, il part, marche content,

Et descend au chef-lieu du triste Musulman.
Il entre dans son port, objet de tant d'envie,
De tant d'ambition fondant sur la Turquie ;
Lord Raglan l'y rejoint ; et cet immense port
Se ranime à leur vue et reprend son essor.
Constantinople aussi reprend son énergie,
Son essor, son aspect, et revit de sa vie ;
Plus de morne silence indiquant la terreur :
Nos chefs ont tout guéri du poids de leur valeur.
Nos armes, leur doux bruit raniment cette terre :
Elle compte sur nous, espère de la guerre.
Les honneurs les plus grands entourent nos guerriers :
On jette sur leurs pas des fleurs et des lauriers ;
Le sultan, aussi lui, paye de sa personne,
Hommage sans égal dont le peuple s'étonne.
Il le devait au cœur, son cœur avait parlé ;
C'était un grand honneur aux armes accordé.
Après un entretien et cordial et sincère,
Le sultan se ranime et son courage espère ;
Son visage orgueilleux se déride content :
Nos aigles lui parlaient protégeant le croissant.
Il connaissait leur vol, et, plein de courtoisie,
Il leur fait des honneurs dignes de la Turquie ;
Et nos illustres chefs gagnent leur campement
Tout pleins des souvenirs du superbe sultan.
Saint-Arnaud satisfait prépare une revue
Au-dessus de Varna, superbe point de vue.
Il grillait de montrer au brave Omer-Pacha
L'agilité française imitant un combat.
Il lui mande et il vient ; pour lui c'est une fête :
A tout examiner de grand cœur il s'apprête.
Pour la première fois, le vieux guerrier peut voir
Nos fières légions par ordre se mouvoir.
Leurs souvenirs passés alimentaient son âme,
Agrandissaient son cœur, électrisaient sa flamme ;
Cette armée invincible allait au souvenir :
Ses grands faits du passé parlaient pour l'avenir.

Son sang allait couler au sort de la Turquie,
L'orgueil de son grand cœur, son bonheur, sa patrie.
Le brave Saint-Arnaud, fier, avait convié
Nos vaillants amiraux à la solennité.
Au versant du plateau qui domine la ville
S'incline un long terrain, panorama fertile,
En regard de la mer et planant sur le port
Qui déroule sa rade et son immense bord,
Où l'on voyait flotter dans les airs pavoisées
Nos brillantes couleurs ensemble balancées;
C'est là, c'est en ces lieux, c'est sur ce beau coteau,
Offrant l'immense aspect du plus riant tableau,
Que Saint-Arnaud offrait la grandiose vue
De ses brillants soldats dans leur belle tenue
Au vieil Omer-Pacha. Là, le cœur s'émouvait
En voyant ce héros, dont le grand cœur battait,
Dévorant du regard cette manœuvre aisée
Des polissés soldats de notre brave armée.
Il parcourait leurs rangs fier et silencieux,
Regardant nos soldats jusque dedans les yeux.
Il faisait une étude; il soupirait d'envie,
Au profit de son cœur pour sa belle patrie.
Il semblait s'étonner, ne pouvant assez voir
Ces nombreux bataillons aller et se mouvoir,
Manœuvrant comme un seul au milieu du grand nombre,
Sans jamais se mêler ni jamais se confondre,
Se ralliant au signal d'un geste, d'un regard,
Et gardant comme un dieu chacun leur étendard.
Après cette revue Omer-Pacha soupire;
Ses yeux lancent le feu, sous le puissant empire
De cet air si martial que portent nos soldats.
Il voit dans leurs regards la gloire des combats :
Ce feu sacré français, ce feu de la patrie
Jette sur son ardeur une nouvelle vie.
Il se redit à lui, dans sa grande fierté :
La palme des combats sera de ce côté.
Là, nos illustres chefs cherchent à reconnaître

Quel est le grand penser qui domine son être.
Sur son visage fier semblent se dessiner
La crainte avec l'espoir qui semblent se heurter.
Le brave Saint-Arnaud aussitôt lui demande
Le chiffre positif des troupes qu'il commande,
Leur marche présumée et leur position,
Et leur esprit moral et son intention ;
Si, dans son jugement, il croyait Silistrie
Capable de tenir à l'armée ennemie.
Le brave Omer-Pacha, d'un air majestueux,
Lui répond en ces mots : « Chef grand et valeureux,
J'entends, je t'obéis : tu sauras ma pensée.
Mon armée aguerrie est bien disciplinée,
Mais elle est inférieure et ne peut attaquer :
Ce serait l'exposer ou la sacrifier.
Un sort meilleur l'attend ; oui, son cœur le mérite !
Le moment doit venir, voilà pourquoi j'hésite.
Si j'occupe Schumla, j'y suis en sûreté ;
Ces lieux sont assez forts, je m'y suis retranché.
Je connais mes soldats, je connais leur courage
Dans un retranchement et derrière un ouvrage.
Ce lieu-là m'a souri pour de brillants combats ;
S'il faut marcher ailleurs, je suivrai tes soldats ;
Je connais leur prestige : il est fait pour la gloire ;
Ses souvenirs guerriers nous vaudront la victoire !
Je veux en profiter pour voler vers l'honneur ;
Je suis prêt à marcher, et cela de bon cœur.
Quant à notre ennemi, fier et plein d'énergie,
Je le vois triompher : je crains pour Silistrie ;
Peut-être que dans peu cette belle cité
Sera réduite en cendre et son beau fort rasé.
Oh ! je vous vois frémir, votre valeur s'étonne ;
Comme vous je frémis : la mienne aussi bouillonne.
Reposez-vous sur moi, vous pouvez y compter ;
Mes soldats vous suivront sans jamais reculer.
Profitons du moment, redoublons d'énergie ;
Le temps presse, marchons et sauvons Silistrie. »

Cet accent du guerrier par le geste animé,
Son œil étincelant, sa ferme volonté,
Tout parlait à nos chefs : ils le croyaient sincère;
Mais ils savaient aussi que la crainte exagère.
Malgré tout, cependant, il fallait avouer
Que Silistrie était dans un pressant danger;
Qu'il fallait à tout prix marcher pour la défendre.
Fallait-il se presser ou fallait-il attendre?
Nos troupes arrivaient; on voulait bien frapper,
Mais pour frapper bien sûr il fallait retarder;
Rien ne pressait encor : Silistrie était fière;
Nos grands chefs le savaient, mais leur beau caractère
Savait que s'abstenir de résolution
Ce serait perdre, aux yeux de cette nation,
Notre immense prestige avec notre influence,
Et attirer sur nous toute sa méfiance.
Convaincus de cela, des ordres sont donnés;
Sur les monts d'alentour, nos soldats étalés
Sont vus de Silistrie : elle reprend courage,
L'espérance renaît et redouble sa rage;
L'ennemi, furieux, combat avec ardeur :
Le désespoir le presse et lui donne du cœur.
Son réseau se resserre, et sa mousqueterie
Par un sublime effort redouble de furie.
L'airain vomit la mort; la poitrine frémit;
Le carnage est affreux et la terre gémit.
L'air s'obscurcit au loin sous sa grêle meurtrière;
Une épaisse fumée a caché sa lumière
Et voile au désespoir, un instant apparu,
Le courage luttant par la mort abattu.
Hélas! c'en était fait, la force était majeure :
L'héroïque cité touchait sa dernière heure.
Le feu cesse; ô surprise! ils ont vu nos soldats;
Ils quittent Silistrie et fuient devant leurs pas;
Repassent le Danube, et, écumant de rage,
Ils évacuent leur camp et cessent le carnage.
Ce siége cruel, avec ardeur poussé,

Par un prudent instinct se trouve abandonné.
Nos soldats étaient là ; leur terrible vaillance
Parlait par son passé, les frappaient d'impuissance.
Saint-Arnaud accourait avec ses beaux soldats.
Enivrés de leur chef, désirant les combats.
Ils marchaient à la hâte, et, loin de leur patrie,
Leur sang allait couler pour une terre amie.
Les Russes étaient loin ; Saint-Arnaud, furieux,
Sent murmurer son cœur un instant radieux.
Ils ont fui, s'écrie-t-il, ils ont frustré la gloire,
Et leur fuite me vole une belle victoire.
Un geste de dépit s'échappe et suit ces mots ;
Il dépeignait l'ardeur et le cœur du héros :
Je les tenais, dit-il, et leur retraite honteuse
Est pour eux un grand point et une chose heureuse.
Je les aurais battus, je savais leur tombeau ;
Le Danube était là : je leur offrais son eau.
Et notre armée aussi n'était pas satisfaite ;
Elle voulait combattre, ils battaient en retraite.
Nos soldats s'indignaient d'avoir tant retardé ;
Ils n'y voyaient pas, eux, une nécessité.
Silistrie, au contraire, était toute joyeuse,
Elle triomphait seule, elle en était heureuse.
C'était son grand trophée au temple de mémoire ;
Elle le méritait, elle y gravait sa gloire.
C'était, pour la Turquie, une page d'honneur ;
Elle jetait un lustre immense sur son cœur.
Nos soldats racontaient sa valeur, son courage ;
C'était un trait-d'union lancé sur leur passage ;
C'était un ralliement attrayant et pieux,
Dont tous étaient contents, dont tous étaient heureux.
Ce haut fait de valeur, par sa grande pensée,
Relevait la Turquie aux yeux de notre armée.
Le but était rempli : Saint-Arnaud rassuré
A regagné Varna, son beau camp retranché.
Là, lord Raglan et lui s'expliquent et s'entendent
Sur le mode d'agir que les choses commandent.

Quelle sera leur marche? Ils sont embarrassés.
Une entrevue en France entre les alliés
Décidera de tout. La reine d'Angleterre
A franchi le détroit et gagné notre terre;
Elle veut cimenter, par les élans du cœur,
Une alliance grande et solide au bonheur.
La France la reçoit, et de brillants trophées
Saluent elle et Albert : nos aigles déployées
Planent dedans les airs; l'airain tonne, mugit;
Dé l'air national la terre retentit.
L'Empereur la reçoit, et la belle Eugénie
· Y mêle tout le prix de sa grâce infinie :
Tout ce que la beauté possède d'attrayant,
Tout ce que le vouloir a de plus séduisant,
Là, se donne la main, et l'Europe attentive
Avec étonnement reste contemplative.
Ce grand drame la frappe : il parle à l'avenir,
Il y porte le bien, biffe plus d'un désir.
Deux fortes nations confondent leur puissance
Pour le bonheur du monde et sa persévérance.
Ce grand fait historique est un gage assuré
Que l'entente a déchu toute rivalité.
Dans ce moment heureux, cette entente sublime
Avait son grand côté, le côté magnanime :
C'était l'amour du bien; aussi Leurs Majestés
Comblent-elles d'accueils leurs heureux alliés.
Au palais de Cristal, une affluence immense,
Avec musique en tête, attendait leur présence.
Un superbe trophée étalait dans les airs
Les biens doux souvenirs de nos combats divers;
Par-dessus tout cela, scintillants de lumière,
Planaient les écussons de France et d'Angleterre.
Victoria paraît; un cortége brillant
Lui fait tous les honneurs que l'on doit à son rang.
La joie a tout son cours, elle a sa sympathie;
Les deux peuples alors ne font qu'une patrie.
Au milieu des accents, mille fois répétés,

Des plus cordiaux vivàts, on voit Leurs Majestés
Parcourir les beautés de ce palais immense,
Richesse de l'Europe et produit de la France;
Puis, quittant ces beaux lieux, notre illustre Empereur
Prépare pour son hôte un coup d'œil enchanteur :
Celui d'une revue; elle devait lui plaire :
Notre armée était belle, et agile et guerrière.
Certes, ces bataillons manœuvrant si nombreux,
Avec tout cet ensemble éblouissant les yeux;
Leurs costumes brillants, leurs scintillantes armes,
Devaient toucher son cœur par leurs sublimes charmes.
Puis ces nombreux drapeaux, agités par les vents,
Étalant au soleil leurs lambeaux émouvants,
Ces triomphes de cœur sur l'armée ennemie,
Spectacle frappant, gloire de la patrie,
Tout cela murmurait, sur son cœur palpitant,
Le penser le plus doux, le plus attendrissant;
Et ce penser pieux, sur cette terre amie,
Portait dans l'avenir toute sa rêverie.
Là, nos troupes formaient un rempart menaçant,
Au jeu de l'arbitraire allant en imposant;
Là-bas, de durs combats et leurs luttes sanglantes,
Leur spectacle hideux et leurs douleurs poignantes,
Et les adieux cruels de ces morts par le cœur,
Que la gloire voulait au tombeau de l'honneur.
Ici, quel grand contraste et quelle différence!
C'est le progrès qui lutte avec l'intelligence!
En proie à ce penser occupant son grand cœur,
Elle songe au tombeau, tombeau de l'Empereur.
Napoléon l'y mène : il faisait un temps sombre;
Le jour s'était enfui; la nuit, là, de son ombre,
Reflétant d'un teint noir jusqu'aux voûtes des cieux,
Portait sur cette tombe un silence pieux;
La lueur des flambeaux sur cette sépulture,
Et de tristes soupirs adieux de la nàture,
Donnaient à la visite un caractère franc,
Un caractère saint, grandiose, imposant.

La gloire le voulait, le faisait légitime.
Quel spectacle touchant, quelle leçon sublime
Se déroulaient aux yeux de ce vaste univers !
Le passé, le présent s'y lisaient bien divers :
La grandeur, le pouvoir, la force, la puissance,
L'abandon, l'infortune avec leur conséquence ;
Hélas ! le faut-il dire ? une rivalité
Planant de tout son poids, de toute éternité,
Entre deux nations différant de nature,
Mouraient se repentant sur cette sépulture.
Une tristesse sombre agitait le grand cœur
De l'hôte de la France et de son Empereur :
Peut-être qu'ils songeaient à ces grandes pensées
De l'illustre exilé, par son cœur énoncées :
« La France et l'Angleterre ont tenu dans leurs mains
Les grands destins du monde et le sort des humains,
De l'Europe surtout : hélas ! dans ma pensée,
Nous pouvions fixer toute sa destinée !
Nous nous sommes unis quand, sur notre chemin,
Nous pouvions poser tant de germes de bien ;
Quand l'école de Fox, un peu trop négligée,
Pouvait nous rapprocher par la même pensée.
On aurait délivré, dans ce vaste univers,
Tant de peuples à plaindre écrasés par des fers,
Et une seule flotte et une seule armée
Eussent régi le monde et fait sa destinée.
La persuasion et le pouvoir marchant,
Nous eussions fixé, par ce moyen puissant,
La force du bonheur et sa persévérance.
La force était chez nous, ainsi que la puissance :
Que de bien on eût fait par l'entente du cœur !
Que de prospérité, de gloire, de grandeur !
A cette place, hélas ! que de mal arbitraire
Entre nous a tombé sur cette pauvre terre !
Que de mal a passé sur ce triste chemin,
Grand orgueil des grandeurs et leur terrible fin ! »
Tandis que s'agitaient ces lugubres pensées,

14

Que la tombe élevait, et par elle dictées,
Le choléra planait, décimait nos soldats :
Gallipoli, Varna comptaient mille trépas.
Saint-Arnaud arrivé, le choléra terrible
S'abat de plus en plus, devient plus invincible ;
La mort et les mourants portent au repentir :
La mort est sans effet au bien de l'avenir.
Tant de bravoure, hélas ! gloire de la patrie,
Semble mourir deux fois par cette mort flétrie.
Les Russes sont contents : il faudrait frapper fort,
Et nos pas inactifs se traînent dans la mort.
La Crimée apparaît le grand point vulnérable ;
Porter ses pas ailleurs, c'est marcher sur le sable.
L'Empereur le savait : son plan était formé ;
Par la cour d'Angleterre il était adopté.
Saint-Arnaud le reçoit et lord Raglan de même ;
L'espérance renaît et leur joie est extrême.
La reine d'Albion, contente des Français,
Repart pour son pays, y portant à jamais
Des souvenirs flatteurs à joindre à son histoire,
A l'honneur de son nom aussi bien qu'à sa gloire.

FIN DU CHANT TREIZIÈME.

CHANT QUATORZIÈME.

Malgré tout, cependant, la flotte avec bonheur
Promène sur les mers son œil observateur.
Le fort de Bomarsund portait la tête altière ;
Il gênait notre marche et lui semblait contraire.
Notre flotte l'aborde : un feu vif et roulant
Fait trémousser la mer sous son bruit détonnant ;
Le fort riposte en vain : son front ferme chancelle ;
La terreur y court, vole, et le sang y ruisselle ;
La mort, la mort terrible y dompte la valeur,
Y garotte l'audace, y maîtrise le cœur,
Et ce fort si puissant, à l'aspect si terrible,
Bientôt reste au pouvoir de la flotte invincible.
Sur les bords du Danube, Ousouff, de son côté,
Chasse les ennemis et combat acharné.
On triomphe partout ; le choléra sans cesse,
Jaloux de nos succès, nous harcelle et nous presse ;
Il nous poursuit toujours, décime nos soldats :
Son haleine meurtrière empoisonne leurs pas.

Leur sang se coagule; une froideur de glace
Rapetisse leur corps et altère leur face;
Leur voix faiblit, s'éteint, tout leur corps devient noir :
Ce n'est plus qu'un cadavre et trop affreux à voir.
De longs vomissements préparent l'agonie,
Aggravent la douleur; le pouls reste sans vie,
Les membres trémoussant et les débats du corps
Longtemps de l'existence attestent les efforts.
Dans cette angoisse, hélas! dernier éclair de vie,
Le penser reste sain, tourne vers la patrie.
Enfin le tout s'éteint; ce qui meurt le dernier
C'est le sol paternel que la mort fait rêver.
Les jours marchent ainsi toujours impitoyables;
Ils portent avec eux des pertes formidables;
Hélas! tous nos vaisseaux souffrent du même mal;
Là, chaque jour qui luit nous devient plus fatal.
Saint-Arnaud est touché du cri de l'infortune;
Sa souffrance physique en double l'amertume.
Que faire en ce moment? Il lui tarde de fuir
Pour échapper l'armée aux maux qui font frémir.
Toujours plus accablé par le mal qui le presse,
Il provoque un conseil, le cœur plein de tristesse,
Et il s'exprime ainsi : « Messieurs les amiraux,
Et vous chefs de tous corps, en présence des maux
Qui fondent de partout sur notre brave armée,
Il faut quitter ces lieux... Apparaît la Crimée;
Ici l'on meurt sans fruit : le temps peut-il guérir?
Plus nous temporisons et plus il sait sévir;
La mer Noire plus tard et ses tristes tempêtes
Noircirait l'horizon trop noir dessus nos têtes.
Profitons de ce calme; allons, il faut agir;
Des maux encor plus grands ne pourraient que surgir;
Plus de difficultés à poser et à craindre;
Il s'agit d'énergie et il s'agit de vaincre. »

L'avis de Saint-Arnaud, avec feu prononcé,
A convaincu les chefs : le départ est fixé.

Canrobert et Bruat partent sonder la plage
La plus commode autour pour lieu de l'abordage ;
Ils choisissent Oldfort : là, rien de menaçant
Ne trouble son bassin creusé profondément.
Yusuff et l'Espinasse ont rejoint notre armée ;
Canrobert fait comme eux : sa tâche est terminée.
Là, sa division vient offrir à ses yeux
Et à son cœur aimant un spectacle piteux :
La mort couvrait le sol, et la triste agonie
Lui jetait un regard, le dernier de la vie.
Les mourants soulevés, aux portes du trépas,
L'appelaient auprès d'eux et lui tendaient les bras :
Quelle angoisse pour lui ! Cette troupe si fière,
Si vaillante toujours, qu'il commandait naguère,
Qui faisait son orgueil, dont il était aimé,
Le faisait frissonner, immobile et navré.
Hélas ! sa voix s'éteint, ses mains restent croisées :
Il pleure sur la gloire et plaint ses destinées.
Puis, reprenant son calme, il parcourt chaque rang
De ses pauvres soldats qu'il caresse en pleurant ;
Partout il donne espoir, partout son âme amie
Console le mourant, le rappelle à la vie.
Cette scène trop triste accablait Saint-Arnaud :
Hélas ! était-ce assez de ce navrant tableau ?
Le ciel avait dit non ; un affreux incendie
Vient encore atterrer le cœur et l'énergie :
Le feu prend à Varna ; le vent mugit affreux,
Les flammes s'animant s'élèvent jusqu'aux cieux ;
Leurs épais tourbillons et ceux de la fumée
Se balancent en l'air aux yeux de notre armée.
Des champs environnants on voit cette cité
S'envelopper de feu par le vent excité ;
Ce terrible manteau, qui dans les airs pétille,
S'avance pas à pas et dévore la ville.
On entend de partout les cris de la terreur,
Les cris du désespoir, les cris de la douleur ;
Mais là, nos bataillons, avec leur énergie,

Combattent pied à pied ce terrible incendie :
Généraux et soldats, tous redoublent d'ardeur,
Tous volent au danger avec le même cœur.
Le feu gagne toujours malgré leur grand courage,
Il consume toujours dans sa terrible rage ;
Mille toits embrasés, vacillant en craquant,
Roulent avec fracas dessus le sol tremblant,
Lançant de tous côtés, pétillants de furie,
Mille feux détachés qui portent l'incendie.
La flamme gagne encor ; un plus affreux malheur
Menace l'avenir et glace de terreur :
La poudrière était là, le feu l'avait cernée ;
Il s'avançait toujours dans sa rage effrénée.
On la couvre avec soin d'épais linges mouillés
Qui sont par nos soldats avec soin arrosés ;
La flamme gagne encor : le vent, dans sa furie,
Vient encor animer cet affreux incendie ;
Son manteau destructeur s'avance pas à pas,
Domine la poudrière en dépit des soldats.
Bisot, Bosquet sont là ; toujours pleins de courage,
Ils volent au danger : leur cœur se le partage.
On se dévoue toujours, la flamme gagne encor ;
On lutte, lutte encor au milieu de la mort.
Plusieurs fois Saint-Arnaud balance la retraite ;
Son cœur le lui disait, trop lugubre interprète.
Il résiste au danger, et, dans ces tristes lieux,
Il regarde la France et lui fait ses adieux.
Mais Dieu jette un regard sur ce triste rivage ;
Il bénit l'avenir, il bénit le courage ;
Le dernier échelon où tout devait mourir
Cède au grand dévouement : la mort daigne s'enfuir.
Cette lutte terrible est enfin terminée :
L'âme de l'incendie est partout limitée.
Que de mal eût surgit de cet affreux malheur !
A ce songer terrible on sent frémir le cœur !
Que d'élans généreux ! que de gloire flétrie !
Que de précieux sang eût plu sur la patrie !

Le présent épouvante, on ne peut que frémir;
Tout le cœur se resserre aux yeux de l'avenir.
Hélas! tout était là : la vertu, le courage,
Planant sur le présent, parlant pour un autre âge.
Cette base de tout, l'amour et la valeur
Perdaient leur beau fleuron dans ce triste malheur.
Hélas! tout était là : la tête de l'armée,
La gloire des combats aux combats élevée;
Le cœur, l'âme, la clef et l'espoir du pays
Pendaient dessus l'abîme, allaient être engloutis.
Sur ce gouffre béant de la flamme en furie
Leur courage était calme et l'âme recueillie;
Ils s'oubliaient en tout, ne voyant le danger
Que comme un pur devoir faisant tout mépriser.
A travers les brandons d'une flamme ennemie,
Tous les yeux les suivaient pleurant pour la patrie;
Mais le Dieu de la France écoute leur valeur :
Il couronne leur zèle et couronne leur cœur.
Tant de maux éprouvés, leurs angoisses terribles
Portaient sur Saint-Arnaud des atteintes visibles;
Le plaisir de partir relève son moral :
Il le sentait bien grand, il le transmet égal.

« Soldats, soldats, dit-il, l'heure heureuse est venue
D'échapper à nos camps horribles à la vue.
Ce n'est plus leurs grands maux qu'il nous fallait subir
Qui vont suivre nos pas; mais un autre avenir,
Plus illustre d'honneur et plus grand de mémoire
Vous prépare un chemin plus digne de l'histoire.
Généraux, chefs de corps, officiers pleins de cœur,
Je vous sens tressaillir aux sentiers de l'honneur.
Dites à nos soldats toute ma confiance;
Elle repose en eux : ils sont notre espérance.
La gloire nous connaît, marchons donc sur ses pas;
La Crimée apparaît et ses brillants combats.
Bientôt Sébastopol connaîtra notre gloire;
Croyez à votre étoile, oui, vous pouvez y croire!

Bientôt nos trois drapeaux, sur ces remparts plantés,
Porteront au lointain, par les vents agités,
La preuve du courage et du vaillant génie
Qui distinguent partout les fils de la patrie.
Nous saluerons ces murs, témoins de notre cœur,
Du cri national de : Vive l'Empereur ! »

La joie est dans le camp, et son tendre délire
Offre un tableau de l'âme impossible à décrire.
L'avenir apparaît : les doux mots de combats
Électrisent le cœur de nos braves soldats.
Tous les vaisseaux sont prêts. La terre de Crimée,
Comme un ciel de bonheur, apparaît à l'armée.
Un autre sentiment impressionnant le cœur
Apporte encor la joie et comble le bonheur:
La voix du souverain, des rives de la France,
Sonne à tous ses enfants le cri de l'espérance :

« Vaillants soldats, dit-elle, allez, ne craignez rien;
Confiez-vous à nous, je suis votre chemin;
Dans ces lointains climats vous aurez ma pensée :
Je la lègue entière à votre destinée.
Sans avoir combattu, cependant des succès
Suivent votre présence et portent leurs bienfaits;
Votre vue a suffi, dans une terre amie,
Pour forcer Mentschikoff, malgré son énergie,
A passer le Danube, et contraint ses vaisseaux
A rester inactifs et mouillés dans leurs eaux;
Sans avoir combattu, déjà votre courage
A méprisé la mort et son horrible rage :
Un fléau dangereux puissamment destructeur,
En vous n'a rien changé de l'envie et du cœur.
Oui, le chef souverain que s'est donné la France
Bénit tous vos efforts et leur persévérance;
Il est ému de vous, vous avez son penser;
Il vous suivra partout, toujours pour vous aider.
Votre abnégation, au sort de la patrie,
A réglé nos penchants d'une commune vie.

Un beau jour, l'Empereur disait à ses soldats :
La valeur n'est pas tout dans le sein des combats.
Oui, des soldats, toujours la qualité première,
C'est la constance au sort inhérent à la guerre.
Vous montrez la première, et je suis bien certain
Que l'autre marchera, fera votre chemin.
Ainsi nos ennemis, pleins d'une juste angoisse,
Disséminés partout, marchant de place en place,
Cherchent où vont nos coups : anxieux et craintifs,
Ils ont prévu déjà qu'ils seraient décisifs;
Car nous avons pour nous et notre âme guerrière
Et le droit mérité de cette illustre guerre.
Bomarsund est tombé sous vos terribles bras;
Continuez toujours la gloire des combats.
Soldats, songez souvent aux vainqueurs intrépides
Du vaillant mont Thabor comme des Pyramides!
Vous suivrez leur exemple; ils avaient comme vous
A combattre la peste et ses terribles coups.
Ces soldats aguerris, braves, pleins d'énergie,
Malgré les durs climats, malgré la maladie,
Malgré trois rois unis, pleins aussi de valeur,
Revirent leur patrie, adorés, pleins d'honneur.
Soyez donc confiants en celui qui vous mène!
Soldats, tout sur vos pas m'électrise et m'entraîne!
Oui, je veille sur vous; un plus doux avenir,
Avec l'aide de Dieu, daignera s'entr'ouvrir.
Vos souffrances fuiront, et le cri de la gloire
Calmera tous vos maux, vous donnant la victoire.
Adieu, braves soldats, bientôt nous nous verrons;
Votre gloire le dit : soldats, nous y croyons. »
Ce discours retentit; partout la confiance
Apparaît dans les cœurs, y porte l'espérance.
La joie accourt immense; elle gagne le camp;
Elle ouvre un nouveau ciel : ce ciel est bienfaisant.
Comme un choc électrique agite la matière
Et en poursuit la fibre et la suit tout entière,
Ainsi, le mot : départ retentit sur le cœur,

Dont il suit les canaux, y versant la vigueur.
Les cris les plus joyeux viennent percer la nue :
Ils tonnent du rivage au loin dans l'étendue.
L'ordre d'appareiller parcourt tous nos vaisseaux ;
Tout est là mouvement, on ne voit que signaux ;
On est prêt au départ, et l'armée appelée
Entre chaque vaisseau se trouve divisée.
La vapeur va siffler, et bientôt sur les flots
Les vaisseaux vont voguer aux cris des matelots.
La mer a retenti, la brise est fraîche et calme,
Un beau soleil levant y joint son tendre charme ;
Son orbe radieux lancé sur l'univers
Sourit aux matelots, provoque leurs concerts.
Là le cœur s'attendrit : on aime la prière ;
Tout le cœur la conçoit, tout le cœur la suggère.
Oh! que ce doux tribut est tendre et émouvant,
Quand les feux du Seigneur sortent de l'Orient!
Oh! quel vague penser sur la vague existence !
Cette mer qui bouillonne une immense distance ;
L'avenir sur des flots, l'avenir des combats ;
Tant de cœurs pleins de vie au gouffre du trépas!
Tant de mères, hélas! dont la triste poitrine
Sanglote une prière à la bonté divine ;
Et la tendre patrie aux autels suppliant,
Et élevant au ciel un œil attendrissant :
Tout cela palpitait, et jetait sur la vie
Un mélange de gloire et de mélancolie ;
Tout cela se sentait en montant sur les flots,
Depuis le général jusques aux matelots.
Un besoin en sortait pour toute âme guerrière :
Le besoin bienheureux de la douce prière.
Sur le pont amiral, soigneusement paré,
Un pontife apparaît humblement prosterné :
Son front majestueux, son âme recueillie
Imprimaient le respect sur sa physionomie ;
Et, se joignant les mains et regardant le ciel,
Son cœur ainsi parlant s'élève à l'Eternel :

« Mon Dieu! mon Dieu! dit-il, nous courons sur l'abîme!
Tu connais le motif, tu le sais légitime ;
Notre tâche est immense, elle court bien des maux,
Soulève bien d'écueils, entr'ouvre bien des flots;
Protége-la, mon Dieu, du poids de ta justice,
Notre sang va couler, reçois ce sacrifice ;
Accepte notre ardeur, elle émane de toi;
Affermis-la, Seigneur, au culte de ta loi.
Ce culte du devoir, bénis-le pour la France ;
Assiste à son épreuve et guide sa puissance;
Soutiens sur cette mer nos vaisseaux illustrés;
Suis-les d'un doux regard : ils te sont consacrés.
Soutiens ces faibles cœurs qui, loin de leur patrie,
Vont tremper de leur sang une terre ennemie;
Daigne les protéger, éloigne de leurs têtes
Les sombres ouragans, ainsi que les tempêtes.
Couronne donc nos vœux, ils peuvent le bonheur;
L'Europe nous contemple et connaît notre cœur.
Ah! fais donc que ce cœur combatte l'esclavage,
Qui noircit l'horizon sur ce lointain rivage;
Porte sur ses douleurs toujours se grossissant
Ton souffle de justice, et rends-le triomphant;
Puis, poussant nos vaisseaux de ton haleine amie,
Rends-les à leurs désirs, rends-les à leur patrie. »

Il dit; tout est ému, tout devient palpitant:
On attend l'avenir. Un doux frémissement
Semble naître du ciel et gagner l'équipage :
Le Seigneur était là, protégeant le courage.
On donne le signal, et nos nombreux vaisseaux
S'avancent comme un seul et sillonnent les eaux ;
Ils balancent leurs mâts, et la brise légère
Les pousse dans l'espace, et ils quittent la terre.
Quel grandiose aspect et quelle impression
Planent de toutes parts sur l'humaine raison !
D'une part un abîme où surnage un atome;
L'immensité de l'autre, et les bornes de l'homme.

Tout cela s'entr'ouvrait sur ce gouffre d'effroi,
Et élevait vers Dieu, déridant sur la foi;
Ce penser d'avenir, inspiré de son juge,
Consolait l'équipage et était son refuge :
Le courage d'en haut descendait ici-bas;
La conscience allait.et dirigeait les pas.
Vers l'île des Serpents l'on vogue et l'on s'avance :
C'était le rendez-vous; on franchit la distance,
Et là nos étendards, en planant sur les eaux,
Ont signalé le lieu choisi des amiraux.
L'escadre anglaise et turque, en deux camps alignées,
Les abordent bientôt sur ces côtes poussées.
Cette ville flottante, en allant sur ces bords,
Se prépare à la lutte, organise ses forts;
Près de trois cents vaisseaux, se ballotant sur l'onde,
Étalent leurs beaux ponts où fourmille le monde.
Soixante mille cœurs, palpitant d'avenir,
Appelant les combats et pressés d'y courir,
Murmuraient leur ardeur, et leur touchant murmure
Dominait tout les bruits de la morte nature;
Tout semblait se confondre et tout se comprenait;
Le tout n'avait qu'un but, et le tout y marchait.
Bientôt dans le lointain, au milieu des nuages,
On voit se dessiner de confuses images;
Leur aspect semble fuir sous les flots écumants;
Il se perd, il revient sous leurs plis ondoyants.
La Crimée apparaît sous un beau ciel bleuâtre,
Elle étale les flancs de son sable rougeâtre;
Ses sites de verdure encadrés d'arbrisseaux,
Surmontés de rochers, sillonnés de ruisseaux;
Ses fleuves tortueux, ses profondes rivières,
Serpentant leurs chemins, mugissant toujours fières,
Et ses petits hameaux, au loin éparpillés,
Clair-semés dans l'espace, avec quelques cités;
D'où tout était parti, réduit à l'impuissance,
Si ce n'est l'abandon et le triste silence;
Tout cela frappait l'âme, et les yeux palpitants

Parcouraient chaque objet des lieux environnants :
On ne pouvait trop voir et revoir cette terre
Qui devait s'illustrer d'une guerre meurtrière.
Le choléra, les maux, sur l'armée acharnés,
Par l'espoir des combats se trouvaient oubliés ;
Un cri bien grand parlait : le cri de la vaillance ;
Ce cri de nos soldats, si fier de sa puissance,
Disait partout au loin le bonheur de leur cœur :
On entendait les cris de vive l'Empereur !
Le soleil avait fui, ses gerbes de lumière
S'éteignaient à grands pas sur la nature entière ;
L'horizon se couvrait, commençait à pâlir :
Son feu doré du soir allait bientôt mourir.
C'en était fait du jour : les ombres incertaines
Accouraient sur les monts et inondaient les plaines ;
A cette nuit qui tombe, à ce jour qui s'enfuit,
Notre flotte se masse et se compte et s'unit.
Cette ville flottante avance vers la terre
Le long front menaçant de sa figure altière ;
Sur Eupatoria son regard imposant
A porté l'épouvante, et la ville se rend :
C'est un premier succès, et notre brave armée
Attend du lendemain une heureuse journée.
La nuit a bientôt fui ; sur les monts d'alentour
Une lueur paraît : c'est l'annonce du jour ;
Cette lueur grandit, sa lumière féconde
Enfin surgit des flots et embrasse le monde,
Oh ! quel spectacle alors vient frapper les regards !
C'est une île qui flotte avec des étendards ;
Des milliers de soldats aux scintillantes armes,
Là, forment tout un monde et portent des alarmes.
Ils sont dessus le gouffre, à deux doigts du trépas ;
Ces dangers ne sont rien : ils rêvent les combats.
A ce brillant spectacle, à cette flotte immense,
Le cœur s'émeut de crainte et brille d'espérance.
Le rivage est devant : un sentiment pieux
Fait voir avec pitié ces si paisibles lieux

Qui deviendront bientôt théâtre de carnage,
Et de lutte d'horreur et de lutte de rage;
Chefs, matelots, soldats contemplent à plaisir
Cette rive lointaine où joue un avenir.
Le signal est donné, les ancres sont jetées;
De toutes parts bientôt des barques sont lancées.
Le maréchal alors contemple avec plaisir
Ses troupes débarquant au gré de son désir;
Canrobert, le premier, a touché cette terre,
Et là, le cœur ému, d'une main ferme et fière
Il plante son guidon, et le drapeau français
Flotte dessus ce sol au gré de nos souhaits.
Nos illustres marins mettent tout leur génie
Au grand dépôt d'honneur, gloire de leur patrie :
Tout débarque avec ordre, et aucun accident
Ne vient troubler en rien notre débarquement.
A peine les soldats de notre brave armée
Avaient-ils abordé les bords de la Crimée,
Que partout jusqu'au ciel s'élèvent comme un chœur
Mille cris répétés de vive l'Empereur !
L'enthousiasme est grand, son ardeur est intime :
L'honneur a son penser, son langage sublime.
Tous brûlent de se battre et élèvent aux cieux
Leurs regards suppliants, leur courage et leurs vœux.
Les aigles de la France, enfants de la victoire,
A l'aspect des combats étincellent de gloire.
Saint-Arnaud à cheval, tout entier au bonheur,
Oublie en ce moment le mal et la douleur;
Suivi de tous les chefs, il rassure l'armée
Sur son sort qui se peint et sur sa destinée :

« Braves soldats, dit-il, depuis près de cinq mois
L'ennemi s'évadait et frustrait vos exploits;
Vous l'avez devant vous, déployez-lui nos aigles;
Montrez-lui leur regard et le vol de leurs ailes;
Faites comme toujours, surtout n'oubliez pas
Qu'il faut sacrifier à l'honneur des combats.

Vous aurez à subir bien des peines cruelles ;
Vos victoires alors n'en seront que plus belles.
Vous avez combattu le mal, les éléments ;
Vous êtes restés forts dans ces tristes moments.
Soldats, soyez bien fiers : notre vaillante armée,
Dans un avenir proche, est enfin appelée
A porter ce drapeau, si souvent illustré,
Au plus haut point d'honneur qu'on l'ait jamais porté.
L'Europe vous regarde, elle suit cette guerre ;
Soyez grands d'avenir : sur vous la France espère.
Vous ne permettrez pas que nos fiers alliés,
Comme vous pleins d'honneur, comme vous illustrés,
Vous devancent jamais aux sentiers de la gloire :
Vous ne pouvez mentir au cri de notre histoire.
Surtout souvenez-vous que nous n'en voulons pas
Au peuple pacifique accourant sur nos pas ;
Respectez leur personne ainsi que leur croyance,
Leurs mœurs, et leurs vertus, et leur indépendance.
Soldats, à ce moment où vous osez planter
Votre illustre drapeau sur ce sol étranger,
Votre cœur doit bénir le prix de la vaillance.
Vous êtes tout l'espoir de notre belle France ;
Vous en serez l'orgueil : n'écoutez que l'honneur,
La vertu des combats, le vœu de l'Empereur. »

Saint-Arnaud sentait bien ; il a semé sa flamme :
Elle a couru les cœurs, elle a pénétré l'âme.
Son discours disait tout : il peignait le désir ;
Il sut plaire aux soldats leur ouvrant l'avenir.
Ils se sentaient plus forts : le cri de la patrie
Parlait haut à leur gloire ainsi qu'à leur génie ;
Comme un puissant délire il élevait le cœur.
Tous se croyaient déjà dans les champs de l'honneur ;
Tous étaient d'anciens preux qui, regardant la France,
Lui promettaient la gloire et la persévérance.
Les Anglais et les Turcs aussi gagnaient le port
Avec la même envie et le même transport ;

Ils excitaient entre eux leur âme épanouie.
Hommes, vivres, chevaux, caissons, artillerie,
Tout est bientôt à bord, se dirigeant au camp
Que l'armée a choisi dans ce moment pressant.
Cet endroit était triste, il peinait à la vue :
Il n'avait rien pour nous qu'une triste étendue ;
Le silence y régnait et l'affreux abandon.
On ne voyait plus là ni produit, ni moisson ;
Ce vieux fort d'autrefois, ce séjour de la vie,
N'existe plus du tout : sa place est enfouie.
Cette image du temps, image du passé,
Sur les choses du monde abaissant la fierté,
Achemine le cœur à la philosophie :
Elle y voit la grandeur passer comme la vie.
Aux lieux de ce grand port règnent de sales eaux,
Comme le reste aussi, sans bois ni végétaux ;
Pas une source là qui jaillit et murmure ;
Tout paraît ici mort, au sein de la nature :
La désolation, y poursuivant le Temps,
Y laissa sans pitié tous ses tristes présents.
Mais de là, cependant, si l'on plonge la vue,
Du côté de la mer, au loin dans l'étendue,
On voit une vallée allant se déroulant,
Traînant jusqu'à la mer son grand front blanchissant :
C'est le lit de l'Alma ; cette forte rivière
Était comme un rempart portant la tête altière,
Dont les rochers affreux, qui tourmentent le sol,
Nous barraient le chemin des forts Sébastopol.
On devait y marcher, on le devait de suite ;
Les Anglais étaient loin de vaquer aussi vite :
Ils étaient en retard ; agir séparés d'eux,
C'était trop exposer nos soldats valeureux.
Leur retard suspend tout : l'heure trop avancée
Fait remettre à demain la marche projetée.

FIN DU CHANT QUATORZIÈME.

CHANT QUINZIÈME.

La nuit s'écoule longue à l'intrépide ardeur
De nos braves soldats bouillonnant de valeur.
Le jour paraît enfin, il brille sans nuage;
Cet éclat laisse au cœur l'effet d'un bon présage.
Saint-Arnaud, satisfait et comptant sur le ciel,
A préparé ses pas, invoquant l'Éternel.
On sonne le départ; notre brillante armée
Marche par pelotons et par ordre rangée.
Elle forme un carré qui, touchant à la mer,
Se relie à la flotte et marche de concert.
Quel spectacle brillant que cette vue immense
D'armes se brandissant pleines d'impatience,
Reflétant du soleil de pétillants éclairs,
Illuminant l'espace et sillonnant les airs!
L'ennemi semble fuir sa terrible puissance;
Il porte sur l'Alma toute sa résistance.
Notre armée aussitôt se frayant des chemins
A travers les rochers, à travers les ravins,

Arrive sur ses bords dont les sommets terribles
Couronnés de rochers semblent inaccessibles.
Elle voit le camp russe étalant son grand front
Sur un plateau superbe et s'élevant d'aplomb.
Des rochers entassés, dont la grandeur étonne,
Lui servent de sous-pied et forment sa couronne ;
Des arbres enlacés, penchés sur des ravins
Inconnus à la vue, en barrent les chemins.
La terreur étreint l'homme en regardant leur faîte :
Le danger et la mort sont pendus sur sa tête.
Du côté de la mer, cette œuvre des Titans
Offre encor des aspects beaucoup plus effrayants.
Le Temps, seul, y passa son haleine terrible :
Aucun effort humain ne s'y crut accessible.
Le prince Mentschikoff croyait en sûreté
Ce côté de la mer de rochers hérissé.
Il masse ses soldats sur la rive opposée,
Dont la position est la plus exposée ;
Sur ces bords de l'Alma, comme dessus un fort,
Il place ses canons visant à l'autre bord ;
Il dirige son tir au guet de la rivière,
Et masque ses soldats qu'il retient en arrière.
Posté selon ses vœux, il voit d'un œil serein
Approcher notre armée, et barre son chemin.
Le brave Saint-Arnaud, oubliant sa souffrance,
A recouvré sa force et toute sa vaillance ;
Il voit tous les dangers, il arrête son plan,
Et l'envoie aussitôt au brave lord Raglan.
Ce vaillant chef l'adopte, il en voit la portée,
Et le transmet aux chefs de son illustre armée.
Saint-Arnaud fait de même aussi de son côté ;
Tout est prêt au signal, tout est bien disposé.
Déjà le clairon sonne, anime la pensée,
Électrise le cœur, grandit la destinée ;
Chacun songe à la France, et ce penser premier
Souffle dans tous les cœurs : enfants, il faut marcher !
Le brave Bosquet part, vole, plein de courage,

Du côté de la mer, vers cet étroit passage
Qu'on croyait impossible; ici, son régiment
Lutte contre le sol avec acharnement;
Il traverse l'Alma, longeant la mer qui gronde;
Poursuit une vallée et sa gorge profonde,
Aplanit le terrain et fabrique un sentier
Sous des rochers pesants, toujours prêts à crouler.
Il aide les chevaux, use son énergie;
Cumule les efforts de son puissant génie.
L'ardeur donne la force, et le brûlant désir
Trouve mille moyens qui courent lui servir.
On pousse les canons; les terres se défoncent
Sous les pieds des chevaux qui glissent et qui tombent.
On les frappe sans cesse, et nos braves soldats
Aidant à leurs efforts, se cramponnant des bras,
Les canons sont grimpés; et leur brave énergie,
Au milieu des dangers, dresse leur batterie
Et malgré les rochers et les éboulements.
Une autre batterie arrive en même temps;
Le feu sitôt commence; incessant et terrible,
Il produit un effet affreux et indicible.
Là, la France a parlé; partout sur la hauteur
On n'entend que les cris de : Vive l'Empereur!
Le vieux Bosquet sourit; ses compagnons de gloire,
Ses zouaves aimés, ces fils de la victoire,
Accourant à sa voix, déjà sont au sommet
De l'extrême plateau formant un parapet.
Massés derrière un tertre et étendus par terre,
Ils président ce duel, premier mot de la guerre.
Le prince Mentschikoff est frappé de terreur
En voyant des canons gronder sur la hauteur :
Ce côté de la mer était si difficile,
Qu'il croyait son abord tout à fait impossible.
Il envoie aussitôt, en ce moment pressant,
Vingt pièces de canon qu'il dirige en avant.
Elles ouvrent leur feu; partout le sang bouillonne;
La mort vole sans cesse, elle court et moissonne.

Une autre batterie accourt pour contourner
Les flancs de notre tir et le mettre en danger.
Le vieux Bosquet voit tout, et son puissant génie,
Devinant le dessein de l'armée ennemie,
A prévu le danger dans toute sa rigueur;
A ce malheur affreux, il sent battre son cœur.
L'ardeur du désespoir excite sa furie;
Il voit tout le danger qu'encourt la batterie.
C'en était fait, hélas! de nombreux bataillons
Se pressaient, se massaient, entouraient nos canons.
Une bombe aussitôt, avec art dirigée,
Tombe dessus leur front, mille fois divisée;
Cette grêle de mort y porte la stupeur,
Bouleverse les rangs, maîtrise la valeur;
L'ennemi se replie, et notre batterie
Échappe par miracle à l'armée ennemie.
Saint-Arnaud avait vu, sur un tertre placé,
Le danger menaçant: il le voit surmonté;
Son grand front se déride, et joyeux il s'écrie :
« On reconnaît bien là les fils de la patrie !
Ce sont ces beaux lions; leurs bonds impétueux
Savent plus qu'avancer : ils maîtrisent les lieux.
O pauvre vieux Bosquet, je te vois à l'ouvrage !
Brave, j'aime à pleurer sur ton bouillant courage ! »
Puis, tournant ses regards, par l'ardeur animés,
Vers les corps de réserve en rangs échelonnés :
« Allons, amis, dit-il, voyez là-bas vos frères;
La victoire nous crie avec nos aigles fières.
Comme à la Moskowa, marchez, je vous attends;
Marchez, mêmes drapeaux; courez, mêmes enfants;
Courez à des succès, au repos de la gloire;
Obéissez au cœur : là-bas est la victoire!
Allez droit devant vous, il faut monter là-haut,
Chacun selon son cœur, l'instinct de son cerveau;
Pas d'ordre à vous donner, j'ai toute confiance;
J'ai plus, j'ose le dire, oui, j'ai pleine espérance. »
Mais à l'extrême droite, auprès du parapet,

On entend s'avancer le canon de Bosquet :
C'était là le signal ; le cœur et l'énergie
L'ont compris de partout, tous volent à l'envie.
Canrobert et Forey, tous les deux pleins d'ardeur,
Et Jérôme le fils, héritier d'un grand cœur,
Ont lancé leurs soldats, ils volent dans l'arène ;
Au front des ennemis la gloire les entraîne.
Ces lions valeureux bondissent dans le sang ;
La mort suit tous leurs pas, ravage chaque rang.
Aussitôt Bourbaki, ce si brave des braves,
Vole dans le ravin suivi de ses zouaves ;
Malgré les tirailleurs nombreux des ennemis,
Abrités de partout, de tous côtés blottis,
Malgré la mort qui court et sa terrible rage,
De l'Alma dégagée il touche le rivage.
Là nos soldats vainqueurs se font mille chemins,
Aux arbres, aux rochers se cramponnant des mains ;
Ils s'élancent dans l'eau, volant de pierre en pierre,
Et, s'attachant aux troncs, ils passent la rivière.
L'ennemi furieux, sur ce point concentré,
Usant de tout son cœur, lutte en désespéré ;
Mais nos canons sont là, leur terrible énergie
Ravage en tous les sens la colonne ennemie ;
Les morts et les mourants roulent dans les ravins,
Égalisent le sol, comblent tous les chemins.
En vain l'ennemi meurt, le nombre et la vaillance,
Rien ne peut résister aux enfants de la France ;
La rivière est franchie aux doux cris répétés :
De vive l'Empereur ! jusqu'au ciel élevés.
Tous nos lions issus de la même patrie,
Se sentant de son sang, s'élancent à l'envie,
Sèment la mort partout, franchissent tous les monts,
Roulent dans les ravins, combattent en démons.
Napoléon Jérôme excite leur courage ;
A leur tête toujours il poursuit son ouvrage ;
A peine a-t-il atteint les bases du plateau,
Que se montrent alors, comme sous un rideau,

D'innombrables canons, et leur feu plein de rage
Plonge sur nos soldats, y porte le carnage;
Mais Jérôme, lui-même, accourt de ce côté,
Y place des canons; et leur feu, dirigé
Par le brave Bertrand, répond avec furie :
Tous payent de sang-froid, tous payent d'énergie.
Monnet bientôt accourt, et un combat affreux
Sème la mort partout en ces trop tristes lieux.
Les canons de Toussaint, ceux de La Boussinière
Ont ordre de marcher : ils passent la rivière,
Gravissent les hauteurs aux efforts des soldats
Qui poussent les affûts de l'épaule et du bras.
Ils arrivent au haut, malgré la mort qui tonne,
Malgré son feu roulant qui renverse et moissonne;
Ils sont bientôt placés, et leurs feux incessants
Vont semer la terreur sur les escarpements.
Le feu répond au feu, le sang jaillit, ruisselle;
On ne voit que la mort, l'oreille n'entend qu'elle.
Canrobert et Bosquet combinent leurs efforts,
Et rejoignent d'Aurelle en haut des contreforts.
Le combat est affreux, la mélée est immense,
Le sang coule à gros flots et l'ardeur se balance;
Le colonel Leclerc, qui connaît ses soldats,
Qui sait que les dangers ne tournent pas leurs pas,
Vient dégager le centre avec ses beaux zouaves
Qui n'ont pas de pareils aux combats des plus braves.
L'ennemi se replie, et nos fiers régiments
Franchissent d'un seul bond tous les escarpements;
Ils sont sur le plateau; la mort et la furie
Sur ces tristes sommets ont fixé leur patrie.
Notre brave Leclerc écume furieux;
Il sait de ses soldats le cœur audacieux;
Il voit dessus un point la masse colossale
D'un bataillon carré qui devant lui s'étale;
Il hésite un instant, regarde ses guerriers;
Il voudrait attaquer, il y voit des lauriers.
Leur nombre trop petit détourne son idée :

Il serait écrasé par cette grande armée.
C'était trop s'exposer, et, tournant son cheval,
Il a montré la tour : c'est là tout le signal.
Il y court le premier, étincelant de gloire ;
Il est suivi sitôt des fils de la victoire :
D'Aurelle et Bourbaki, précédant leurs soldats,
Vers ces lieux du danger vont dirigeant leurs pas.
Ce torrent élancé bondit partout sa rage,
Poussant, roulant la mort sur son triste passage.
Leclerc est à la tour, il est suivi de tous,
Balayant leur chemin de leurs terribles coups.
La mêlée est immense et la lutte effroyable ;
Tout ardeur s'y consume, y reste inébranlable.
On se mange des yeux, on s'étreint corps à corps :
Les mourants entassés étouffent sous les morts.
Les Russes, étonnés de toute cette rage,
Sentent leur cœur faiblir, et, à bout de courage,
Ils se replient un peu. Leclerc s'est fait un jour ;
Il a tout renversé jusqu'aux pieds de la tour ;
Il y grimpe aussitôt : tout cède à son audace ;
A son carnage affreux le courage se lasse.
Il y plante son aigle étincelant d'ardeur,
Aux doux cris répétés de vive l'Empereur !
Poitevin et Fleury, braves parmi les braves,
Ces illustres guerriers, porte-drapeaux zouaves,
Y plantent leurs guidons inondés de leur sang,
Les montrent aux regards, meurent les soutenant.
Le brave Canrobert, toujours dans la mêlée,
Électrise à sa voix sa légion aimée ;
Il place ses canons qui, tous à bouts portants,
Laissent de longs sillons de morts et de mourants.
Mais, pendant l'action de cette boucherie,
Un gros éclat d'obus a renversé sans vie
Notre brave héros dessus le sol sanglant ;
Ce cri sorti du cœur circule attendrissant :
Oh ! Canrobert est mort ! Tout frémit sous les armes ;
Des yeux de nos guerriers on voit couler des larmes ;

Au milieu des sanglots d'une amère douleur,
Tous soins lui sont donnés et d'amour et de cœur ;
Mais bientôt il respire, et cette illustre vie
A repris tout son cours et sa même énergie ;
Il repart aussitôt, et, fier d'être soldat,
A la tête des siens il revole au combat :
Il y porte la joie, et le feu de ses armes
Jette aux rangs ennemis de nouvelles alarmes.
Delourmel et Bosquet ont concentré leurs feux ;
Le combat se ranime et devient plus affreux.
Devant leurs nobles fronts les Russes se replient ;
Ils sont sourds à leurs chefs : épouvantés, ils fuient.
L'honneur avait parlé : le cœur de nos soldats
Était encor vainqueur dans ces brillants combats.
Le brave Saint-Arnaud, surmontant sa faiblesse,
Malgré le mal affreux qui l'étreint et le presse,
Monte sur le plateau vaillamment disputé,
Et, abordant Jérôme avec aménité :
« Prince, Prince, dit-il, mon âme est attendrie !
J'ai suivi votre cœur marchant pour la patrie ;
En le voyant à l'œuvre on pense à votre nom :
Oui, suivant vos combats j'ai vu Napoléon ! »
Et, tournant son cheval en face des zouaves,
Il dit se découvrant : « Merci, merci, mes braves !
Oh ! merci de nouveau ! de vous je suis heureux ! »
Des pleurs, de douces pleurs s'échappent de ses yeux !
Ces mots font tressaillir, ils excitent la flamme ;
Ils atteignent le cœur : ils se gravent dans l'âme !
On entend retentir mille acclamations ;
Elles suivent les rangs de tous nos bataillons.
Saint-Arnaud est instruit que l'armée alliée
Se trouvait en retard et était maltraitée :
« Aux Anglais ! aux Anglais ! s'écrie avec ardeur
L'illustre général, à gauche, sur la hauteur...
Allez, Napoléon, Toussaint, La Bourcinière ;
Fondez avec vigueur sur cette crête altière ;
Portez-y vos canons, portez-y votre ardeur :

Allez aux rangs anglais distinguer votre cœur ! »
Ils s'élancent sitôt vers l'armée ennemie ;
Ils forment leur carré, dressent leur batterie ;
Le sang coule à gros flots sur leur triste chemin :
C'est un torrent de chair, c'est un torrent humain
Qui court et qui bondit sur la terre rougie
De l'âme de l'honneur, de l'âme de la vie.
Évans, Brown et Narcots avancent lentement ;
Ils marchent comme un mur sur un tir incessant
Qui les mine sans cesse, et leur lente énergie
S'affaisse dans la mort et dans la boucherie.
Les Russes, repliés au pic de la hauteur,
Tombent toujours sur eux avec ordre et vigueur.
Ceux-ci ne culent pas, et leur grave apathie
Résiste au feu roulant des canons en furie ;
Par la mort elle-même ils veulent résister :
Ils répandent leur sang sans pouvoir avancer.
La Bouzinière accourt ; le canon de la France
Vomit de tous côtés, à si courte distance,
Qu'il porte le désordre ainsi que la terreur
Dans les rangs ennemis couronnant la hauteur.
On nage dans le sang ; les Russes lâchent prise :
La victoire chancelle, un instant indécise ;
Mais le duc de Cambridge arrive à bout portant ;
Il fait une décharge et se porte en avant ;
Il offre un front d'airain, et, payant d'énergie,
Les Russes lâchent pied : leur force est affaiblie.
Ils quittent ces hauteurs, laissant sur leur chemin
Leurs morts et leurs blessés qui jonchent le terrain.
La hauteur du plateau se trouve dégagée ;
Les Russes sont vaincus : la bataille est gagnée.
Le jour allait finir ; le brave Saint-Arnaud,
Malgré le grand besoin qu'il avait de repos,
Voulut passer devant le front de son armée :
L'énergie accourait encor à sa pensée.
Il veut en profiter : emporté par son cœur,
Sa faiblesse est passée et lui semble une erreur ;

La gloire le ranime, et sa mourante vie
Lance ses derniers feux à sa douce patrie.
Il dit à ses soldats en passant devant eux :
« Je suis content de vous, soldats, je suis heureux !
La France vous a vus, notre Empereur vous crie :
Enfants de la valeur, mon cœur vous remercie ;
Les plateaux élevés des rebords de l'Alma
Ont vu les fils d'Eylau et de la Moskowa !
Soldats, l'éclat brillant de vos illustres armes
A trouvé dans mon cœur de bien joyeuses larmes. »
Il songe ensuite aux morts, il frissonne navré :
Entre ces sentiments son cœur est balloté.
La victoire se paye ; oui, là-bas sont des larmes,
Et le sang est ici de nos illustres armes.
O victoire ! dit-il, que de maux à compter,
Quand pure de regrets tu devrais nous rester !
Ce sentiment pieux, il le sent qui murmure :
Tant de morts entassés font frémir la nature.
Le triomphe est sans haine : aussi tous les blessés
Trouvent-ils des secours et des soins assurés ;
Il n'est pas d'ennemis en ce cas pour la France ;
Ses ennemis vaincus dictent sa bienfaisance.
La mort guérit la haine, et nos braves soldats,
A la vue, à l'aspect de si nombreux trépas,
A ces sublimes morts, héroïques de gloire,
A tant de sang donné pour prix de la victoire,
Ont de tristes sanglots : la nature a son cœur,
La victoire sa joie, et la mort sa douleur.
On enterre les morts. Dessus leurs humbles pierres
On n'écrit que ces mots, ces paroles dernières :
Consolez-vous, guerriers, vous vivez dans le cœur
De notre belle France et de notre Empereur ;
Vous êtes les premiers qu'ait demandé la gloire ;
Vos noms sont retracés au temple de mémoire.
Saint-Arnaud est ému, frissonnant en ces lieux ;
Ce triste champ de mort lui fait songer aux cieux ;
Ce cœur puissant, altier, cette âme si guerrière

Se sent un doux besoin : celui de la prière.
Un prêtre, sous sa tente, est chargé de prier
Le grand Dieu des combats, le soutien du guerrier ;
Il paraît, s'agenouille, et un profond silence
Plane de tous côtés, et la messe commence.
Là, tous sont prosternés, tous prient avec ferveur :
La prière est au ciel et fléchit le Seigneur.
La mort planant toujours voulait cette prière ;
C'était les vœux de tous, elle était nécessaire.
Saint-Arnaud à genoux, les deux mains sur son cœur,
Lève les yeux au ciel et rend grâce au Seigneur ;
Après ce doux devoir, doux surcroît d'énergie,
Sa force lui revient, il est à son génie ;
L'amour de ses soldats, leur succès éclatant,
Semblent donner la vie à son corps expirant.
L'enthousiasme est là, cette belle victoire
A son tendre parler ; tous respirent la gloire,
Tous sont prêts à marcher, tous, tous sont confiants :
L'étoile d'avenir les rend fiers et riants.
Les ennemis sont loin, éludant les batailles
Et courant se poser à l'abri des murailles.
Après quelque repos, besoin de nos soldats,
Le brave Saint-Arnaud s'élance sur leurs pas.
Des chants se font entendre, et notre brave armée
Poursuit ses beaux succès, poursuit sa destinée ;
Marche sur la Tacha, la franchit aussitôt
Et gagne l'opposé de l'extrême plateau.
Là se fait le bivac ; plus d'armée ennemie,
Il lui semble marcher sur une terre amie ;
Elle instale son camp en ces superbes lieux ;
On s'y masse avec ordre, on y dresse des feux.
La flotte suit aussi sur la mer épendue,
Toujours prête au besoin et toujours à la vue.
De tous côtés de là, le jour étant serein,
On voit Sébastopol s'étalant au lointain ;
Cette belle cité, fière de sa puissance,
Tremble au superbe aspect de notre camp immense.

Du côté de la mer, pour nous barrer l'abord,
Elle encombre la baie ainsi que son beau port ;
Des vaisseaux sont coulés ; par ce moyen l'entrée
De ce côté puissant est partout empêchée ;
Il faut tourner au sud, et nos braves soldats
Ont ordre de partir et d'y porter leurs pas.
Le bouillant Saint-Arnaud harangue son armée ;
Il lui montre Belbeck et sa belle vallée.
Ici de doux tapis de verdure et de fleurs
Se dessinent au loin, atteignent les hauteurs ;
Des parcs, de beaux vergers, de distance en distance,
Offrent sur les versants leur superbe élégance ;
La nature s'y mêle aux doux attraits de l'art
Pour marier l'utile au désir du regard.
Plus loin sont des villas sortant sous la verdure,
Des chênes, des peupliers si vieux que la nature ;
Là, naguère l'amour, sous leur feuillage épais,
Recevait des soupirs, doux enfants de la paix.
Mais le cours des destins, jeté sur cette terre,
Y laisse un autre aspect : le bruyant de la guerre.
Tout le beau s'est enfui, là le cœur est navré
Au penser des grandeurs, à leur fragilité ;
A cette solitude, et magnifique et sombre,
D'une Héloïse en pleurs on se figure l'ombre.
Là, peut-être des cœurs, peu contents de leurs nœuds,
Suivaient-ils ces bosquets en secret malheureux ;
Peut-être qu'en ces lieux plus d'une tendre amante
Rêvaient de doux amours dans la lice sanglante ;
Peut-être que des cœurs illustres et altiers
Comptaient sur de doux nœuds, noble prix des guerriers.
Hélas ! tout s'est enfui, si ce n'est le silence !
Le sort un peu cruel a trompé l'espérance.
Nos soldats ont leur place, et, plus heureux de cœur,
Vers le sol de la France ils rêvent le bonheur.
Mais, hélas ! Saint-Arnaud se ressent plus souffrant,
Son mal est plus cruel et marche s'aggravant ;
Chabrol, son médecin, épuise sa science,

Et semble triompher encor sur la souffrance :
Médecin et soldats ressentent dans le cœur
Une suprême joie et un parfait bonheur.
Il faut laisser ces lieux qu'un si brillant ciel dore ;
On quitte le bivac au lever de l'aurore :
A travers les rochers, à travers les ravins,
A travers les forêts et leurs affreux chemins
On s'engage et l'on marche, et notre brave armée,
Malgré tous les écueils dont elle est entourée,
Arrive à Makensic. On bivaque en ces lieux ;
La nuit planait déjà, le temps était affreux ;
Le repos souriait : cette marche forcée,
De détours et de bois toujours accidentée,
Avait été fatale au brave Saint-Arnaud ;
Un grand épuisement se joignait à ses maux ;
La mort était à craindre, et cette illustre vie
N'était alors qu'un souffle, un excès d'énergie :
Effort dernier de l'âme agissant sur le cœur,
Dont encor le penser s'efforçait vers l'honneur.
Il s'informait de tout, puis la douleur passée,
Ses yeux se refermaient morts comme sa pensée.
L'épuisement marchait, et, à chaque moment,
Son état s'aggravait et était effrayant.
Chabrol dit à Trochu, son secrétaire intime :
Mes efforts seront vains, ma crainte est légitime ;
Le maréchal se meurt, mes soins affectueux
Et mes désirs ardents seront infructueux.
C'en est fait pour toujours ; cette grande énergie
N'a plus qu'un dernier souffle à donner à la vie :
Voyez, mon colonel, quel est votre devoir ;
Le mot est bien navrant : il n'est aucun espoir.
Le colonel, ému, fait effort sur lui-même ;
Il maîtrise son cœur et sa douleur extrême.
Il voit le maréchal, il se sent frissonner ;
Des pleurs serrent son cœur, il cherche à les cacher.
Saint-Arnaud se mourait ; une pâle lumière
Donnait son jour tremblant sur sa figure altière ;

Il n'avait plus cet air et ce brûlant regard
Qui ranimaient le cœur et guidaient l'étendard.
Ses yeux à mi-fermés et sa face amaigrie
Peignaient le dur moment où s'envole la vie :
« Monsieur le maréchal, lui dit-il aussitôt,
Nous sommes pleins d'espoir, vous guérirez bientôt.
Oui, Chabrol me l'a dit ; mais, selon sa pensée,
Votre santé ne peut être améliorée
Que par un grand repos ; votre commandement
Aggrave votre mal, il est trop fatiguant.
Vous touchez au moment où le besoin demande ;
Votre santé le veut : nécessité commande.
Vous avez assez fait, il vous faut du repos ;
Le travail a sa borne au cœur le plus héros ;
Vous avez assez fait, conservez une vie
Qu'une grande valeur fait chère à la patrie. »
Le maréchal, alors, qui semblait sommeiller,
Fait effort sur lui-même et semble regarder.
Il a compris Trochu ; et, d'une voix soufflée,
Il dit ces quelques mots, l'accent de sa pensée :
« Colonel, cher ami, j'entends, je vous comprends ;
Appelez Canrobert, appelez-le à l'instant. »
Aussitôt prévenu, Canrobert se présente ;
La douleur dans le cœur, il entre dans sa tente.
Saint-Arnaud l'aperçoit, il se tourne vers lui,
Et, le fixant d'un œil qui décèle un ami :
« Général, lui dit-il d'une voix saccadée,
J'ai su par votre cœur quelle était la pensée
De l'Empereur mon maître, en cas que ma santé
Me privât du pouvoir dont je suis honoré.
A partir de ce jour, commandez cette armée ;
Je la quitte à regret ; mais, en vos mains placée,
Général, l'amertume est moins pénible au cœur :
Mais elle est quelque chose à ma triste douleur. »
Canrobert est ému ; cette gloire mourante
Jette dessus son cœur une douleur poignante.
Il sentait tout le mal qui frappait le guerrier ;

Il sentait la grande âme à ce visage altier,
Le regret du soldat, l'amour de la patrie,
Les chemins de l'honneur cessant avec la vie.
Il s'inclina navré; son beau cœur de soldat
Répondit quelques mots que l'amour sanglota;
Consolation triste où l'âme était sentie,
Où le respect aimant semblait suivre la vie.
Saint-Arnaud lui tendit sa défaillante main;
Un adieu douloureux finit cet entretien.
Puis, tournant ses regards vers sa vaillante armée,
Il dicte ces beaux mots, sa dernière pensée :

« Soldats, un mal cruel, indomptable et affreux,
Me fait mourir deux fois doublement malheureux.
Je ne puis plus vous suivre aux sentiers de la gloire;
Pour moi, plus d'avenir; pour moi, plus de victoire.
Vous aurez Canrobert; il peut tout ce bonheur;
Il pourra vous conduire aux sentiers de l'honneur.
L'Empereur l'a choisi dans son amour extrême;
Ce choix, je l'apprécie, oui, je sens que je l'aime!
C'est un allégement au poids de ma douleur;
Mon sort est résigné si vous plaignez mon cœur!
Soldats, vous le plaindrez, mon malheur est immense;
Je le vois, je le sens, je le sais sans défense.
La lutte de la vie est un bien dur combat,
Quand on ne peut mourir de la mort du soldat.
Je l'avais demandé pour prix de votre gloire;
L'illusion n'est plus : pour moi, plus de victoire.
A l'ombre des forêts, sans l'honneur des combats,
Une mort sans défense étouffera mes pas,
Étouffera ce cœur, jadis si plein de vie
Pour vous, braves soldats; pour toi, chère patrie! »

A ce dernier penser, partout coulent des pleurs;
Le deuil et la douleur volent dans tous les cœurs.
Tous se groupent autour de la tente chérie;
Tous pleurent le guerrier, ami de la patrie.

Lyons et lord Raglan, par un pieux devoir,
Volent près du héros pour encore le revoir.
A leur vue il renaît, il ouvre la paupière,
Et semble commander à son heure dernière.
Les adieux de la vie ont un dernier effort;
La vue de ses amis semble dompter la mort.
L'entrevue était triste : une mourante gloire
Dans les champs du passé transportait leur mémoire;
Dans les champs d'avenir elle frappait leur cœur;
Elle était plus, bien plus qu'une grande douleur :

« Mes braves, leur dit-il, plaignez ma destinée;
Oh ! la mort du héros m'est enfin arrachée!
Ce triste corps s'éteint, je sens encor mon cœur!
Braves, ce sort est dur; oh! c'est là ma douleur!
Si cette vie encor me reste prolongée,
Je vous suivrai toujours, hélas! par la pensée!
Oh! que ce sort est triste aux regards du soldat!
Une lutte de mort, voilà tout mon combat!
Oh! plains, plains ton enfant, ô ma douce patrie!
Du souffle de sa mort, ah! ne soit point flétrie!
Compte sur Canrobert, c'est un solide appui;
Aux sentiers de l'honneur il sait marcher aussi.
Braves, soyez unis : usez des mêmes armes... »

Les héros attendris répondent par des larmes;
Ils quittent Saint-Arnaud : on voyait sur leurs traits
Une triste amertume et ses plus grands regrets.
Saint-Arnaud, cependant, sentant s'enfuir sa vie,
Désirait s'embarquer et revoir sa patrie;
Ses vœux sont exaucés : ses braves matelots,
Sur le beau *Bertholet*, transportent le héros.
Il semblait satisfait, et, dans ce triste drame,
Il était tout au ciel et songeait à son âme;
Il fait venir un prêtre, et les champs d'avenir
Ont jeté sur son cœur le cri du repentir.
Son Dieu console tout, et deux mots de prière

Firent la part du ciel et celle de la terre.
Ses derniers mots d'ici, ses derniers mots du cœur
Furent : Pauvre,Louise! ô mon bon Empereur!
Il referma les yeux, finit son existence,
Volant aux pieds de Dieu, terme de la puissance.
Son corps semblait sourire, interrogeant son sort;
Le combat était fait dans le sein de la mort :
C'était comme un repos couronnant la souffrance,
Ce doux tribut du cœur, grand fruit de l'espérance.
Ce calme du respect, sur le calme des flots,
Dépeignait un grand deuil; on n'entend que ces mots :
Le maréchal est mort! Tous les marins en larmes
Passaient devant son corps en lui portant les armes;
Puis, s'agenouillant tous, ils élèvent vers Dieu
Une tendre prière et un sincère adieu.
Cette lugubre mort est partout ressentie :
Constantinople en deuil pleure cette énergie,
Ce héros de l'audace, et dont la fermeté
Ne recula jamais de son but arrêté :
Il fut grand dans la paix, il fut beau dans la gloire,
Il fut grand au combat et doux dans la victoire.
Tout est fini pour lui : le lugubre vaisseau
Touche, touche déjà le superbe coteau
Où naguère son cœur représentait la France
Par son allure fière et sa grande espérance;
Où, recherchant la gloire et fier de la servir,
Il croyait au bonheur d'un tout autre avenir.
Oh! quel contraste, hélas! quel lugubre voyage!
La nuit sombre et la mort règnent sur le rivage;
Aujourd'hui plus de bruit, plus de fierté de cœur,
Plus d'élan des guerriers : absence de bonheur!
Ce n'est plus cette vie allant chercher la gloire,
Maîtrisant les combats et cueillant la victoire;
Mais c'est la triste mort abordant ce coteau,
Allant à la recherche, hélas! d'un dur tombeau.
On débarque en silence; une épouse affligée
A lu sur les regards sa triste destinée!

16

Yusuf avec Chabrol ont dit par des sanglots :
Votre mari n'est plus; il n'est plus, ce héros !
Elle court, elle embrasse, elle arrose de larmes
Ces traits qu'elle aimait tant, qui faisaient tous ses charmes !
Constantinople pleure, et veut aussi donner.
Un hommage éclatant à l'illustre guerrier
Qui, pour le soutenir, au loin de sa patrie,
Paya de sa valeur et de son énergie.
Alma parlait bien haut ! Le sultan, atterré,
Témoigne le chagrin dont il est pénétré :
Près de la maréchale, à l'âme si navrée,
Il fait porter sitôt sa douleur, sa pensée.
Le sentiment parlait, il ressortait du cœur :
L'homme était bien jugé digne de la douleur.
Deux ministres en deuil, au nom de la Turquie,
Firent tous les honneurs à cette gloire amie ;
Tous les canons du port tonnèrent vers les cieux
Leurs braves souvenirs et de tristes adieux.
Un silence se fit : les honneurs de la gloire
Devaient être donnés en signe de mémoire;
C'était un grand devoir, le sultan le sentait ;
La dette était sacrée, et le droit l'exigeait.
Du haut de son palais il s'écria lui-même :
« Adieu, brave soldat, ma douleur est extrême !
Ta bravoure est inscrite, elle a couru nos camps;
Merci de ta valeur, merci de ses présents.
Adieu, grand cœur, adieu; retourne en ta patrie;
Tu laisses des regrets dans toute la Turquie :
Les hommes comme toi, non, ne meurent jamais ;
Ils vivent par la gloire et par tous ses bienfaits ! »
Le vaisseau sitôt part; une immense affluence
De peuple dans le port, dans un morne silence,
Accompagne des yeux les restes du héros;
Le soleil se couchait et plongeait dans les flots :
Tout était grand, mais triste, en le ciel et la terre ;
La nuit s'assombrissait sur la nature entière;
Ce coteau de silence exprimait un grand deuil;

Tous les regards suivaient ce lugubre cercueil;
Le voile de la nuit-là, de son aspect sombre,
Augmente le deuil du reflet de son ombre.
De temps en temps l'airain part, retentit, résonne,
Et assombrit le cœur de son bruit monotone;
La nature partout a saisi chaque cœur
Et lui prête son deuil, sentiment de douleur :
Des milliers de sanglots, épandus sur la plage,
S'élancent au cercueil comme dernier hommage.
Le vaisseau disparaît, quitte ce sol lointain,
Et sème la douleur sur son triste chemin.
Il aborde la France, et cette bonne mère
A ses sanglots aussi pour cette âme guerrière;
Elle veut ce cercueil où pose la grandeur,
Où posent nos guerriers, amis de l'Empereur,
Au caveau de la gloire, au caveau du génie,
Tribut de souvenirs, le prix de la patrie.
Napoléon l'aimait de l'amour des guerriers;
Il connut le héros, il aimait ses lauriers;
Son cœur dicta ces mots qui vivront dans l'histoire,
Et seront à jamais des titres à sa gloire :

« Madame Saint-Arnaud, oui, personne ici-bas
Plus que moi n'est sensible au mal qui suit vos pas;
Oui, soyez-en sûre, oui, votre sort m'intéresse;
Votre grande douleur, je la sens qui m'oppresse.
Votre mari n'est plus, il servit mon destin;
Je comptais sur son cœur marchant sur mon chemin;
Il devint mon ministre, il le fut avec gloire :
Mille faits de valeur honorent sa mémoire.
L'ordre lui doit beaucoup de son autorité;
Malgré quelques avis et leur timidité,
Il a mêlé son nom aux gloires de la France
Le jour où, de grand cœur, son illustre vaillance
Marcha vers la Crimée, et, avec lord Raglan,
Sur l'Alma déployant son courage éclatant,
Battit nos ennemis, se frayant sur leur sol

Les terribles sentiers des forts Sébastopol.
En lui j'ai perdu donc un ami véritable,
Un ami dévoué, franc de cœur et capable ;
En lui la France pert un illustre soldat,
Toujours prêt aux dangers et solide au combat.
Ces titres, je le sais, à ma reconnaissance,
A celle des grands cœurs, à celle de la France,
Ne sauraient adoucir votre grande douleur ;
Elle est trop grande, hélas ! je le sens dans mon cœur.
Aussi veuillez, Madame, accepter l'assurance
Que je porte sur vous une reconnaissance
Qui ne mourra jamais. Puissent ces sentiments
Être pour quelque prix pour vous, pour vos enfants !
Puissent-ils adoucir un peu de l'amertume
Où gît votre bon cœur par sa grande infortune ! »

FIN DU CHANT QUINZIÈME.

CHANT SEIZIÈME.

Pendant que l'Empereur laissait parler son cœur
Auprès de l'infortune, auprès de la douleur,
Le brave Canrobert, encor l'âme oppressée,
S'exprimait en ces mots aux chefs de notre armée :

« J'obéis à mon maître, au vœu de l'Empereur :
Du brave Saint-Arnaud je suis le successeur.
Vous vîtes le soldat et sa forte énergie,
Vous vîtes le héros, ami de la patrie ;
Cette âme courageuse était tout à l'honneur,
Était tout à la gloire, oubliant la douleur.
Messieurs, ma tâche est grande, et, dans la circonstance,
Je regrette beaucoup que le chef de la France
N'ait pas placé plus haut ce grand commandement ;
Le plus ancien de nous l'eût rempli dignement ;
Son passé nous le dit, son présent nous l'inspire :
Il en eut tout le cœur, il en eut tout l'empire.
Le passé, je le sens, m'impose un grand devoir ;
Le présent est plus fort que tout mon bon vouloir :

J'y mettrai, soyez sûrs, toute mon existence :
J'appartiens tout entier au sauveur de la France. »

Ces paroles de l'âme agirent sur le cœur;
Forey les ressentit en soldat plein d'honneur;
Il répondit ces mots, honorant sa vaillance :

« Mon général, dit-il, oui, tous ont confiance;
C'est un bonheur pour tous; l'Empereur a bien fait
De vous choisir pour chef : il exauce un souhait;
Ce souhait, je le sais, est de l'armée entière;
C'était aussi le mien, et mon âme en est fière.
De tous les généraux assemblés en ces lieux
Je suis le plus ancien comme aussi le plus vieux :
A ce titre, croyez, comptez, je vous supplie,
Sur tout mon dévouement et sur son énergie;
Dans l'armée, à jamais, non, vous n'aurez d'amis
Et de lieutenant qui vous soient plus soumis. »

La voix du général, forte et accentuée,
Vibrait partout au loin dans les rangs de l'armée.
Le devoir du soldat, qui poussait ce grand cœur,
Semait ainsi l'exemple au sentier de l'honneur.
Le brave Canrobert pressa sa main amie,
Et, regardant les chefs avec la même envie,
Son cœur disait pour tous les mêmes sentiments :
C'était un tendre père au sein de ses enfants;
Cet amour pour les chefs était pour tous de même;
Il jette un doux regard sur la troupe qu'il aime :
« Mes braves, leur dit-il, soyez bien certains tous
Que ce cœur pour vos chefs est bien aussi pour vous. »
Le retour était vrai, le pacte était sincère :
Les enfants s'unissaient éloignés de leur mère;
Là tous les sentiments allaient au même cœur;
Ce cœur battait pour tous pour un commun bonheur,
Et ce commun bonheur, cette commune envie
Allaient au même but : l'honneur de la patrie.

Canrobert frémissait, oh! c'était de plaisir;
Il était satisfait et heureux d'avenir.
Cet entretien sublime, au loin, en la Crimée,
Cette abnégation des chefs et de l'armée,
Cette ardeur, ce courage au-dessus du danger,
Cet amour de l'honneur qu'on fait partout vibrer,
Tout cela grandissait son âme déjà grande,
Et le rendait heureux des soldats qu'il commande.
Bien fier de les aimer, bien fier de les chérir,
Comptant dessus leur cœur, comptant sur l'avenir,
Il établit son camp, dispose son armée :
L'île de Chersonèse est partout occupée.
Sébastopol paraît avec ses arsenaux,
Avec son riche port et ses riants coteaux;
Cette ville superbe, et bizarre et étrange,
Au sommet d'un rocher se contourne et se range :
Un beau panorama se déroule en ces lieux,
Bigarrant le lointain de son sol rocailleux;
De ses ravins profonds, émaillés de verdure,
Dont les sommets à pic, arides de nature,
Offrent d'affreux rochers, étalant de tous temps
Leurs vieux fronts décharnés, entassés, menaçants;
Quelques vergers épars, d'arbres souvent avares,
Dédommagent les yeux par leurs formes bizarres.
Au bas paraît la mer dans les terres rentrant,
Se creusant un bassin jusqu'au loin s'étendant;
Sans rochers, sans écueils, dont l'eau toujours tranquille,
Forme un superbe port dont l'entrée est facile.
Dans son contour partout on voit d'énormes forts
Hérissés de canons pour garder ses abords;
La passe des vaisseaux s'y trouvait encombrée
Par des vaisseaux coulés en empêchant l'entrée.
On distinguait au loin ces obstacles puissants,
Grands témoins dessinés d'efforts désespérants.
Un soleil magnifique épandait sa lumière,
Embellissait l'aspect de cette ville fière.
Nos soldats respiraient, ils respiraient l'honneur;

Ils attendaient la gloire animant leur grand cœur ;
Il leur battait d'orgueil au penser de la France :
La joie y parlait grande, ainsi que l'espérance.
Tout était feu chez eux : les chefs et les soldats
Désiraient le moment si brûlant des combats.
Mais avant de donner son cours à la vaillance,
Il leur faut acquérir plus ample connaissance
Des obstacles puissants que l'on doit parcourir
Sur un terrain cruel, difficile à gravir ;
Il fallait s'assurer de l'abord de la ville :
Il était périlleux et semblait impossible ;
Ce mot n'était pas dit de nos braves soldats :
Ils aimaient trop la gloire ainsi que les combats.
Canrobert aussitôt, de distance en distance,
Sonde tous les dangers et pèse leur puissance :
Cette tour Malakoff, son immense arsenal,
Le bastion du nord, le bastion central,
Et plusieurs autres forts dont les murs formidables,
Braquant de tous côtés leurs canons innombrables,
Commandaient la prudence ; aussi nos chefs ardents
Remettent leur attaque à des temps plus prudents.
On attend de Varna des armes du génie,
Plusieurs beaux régiments de notre artillerie ;
On creuse des fossés pendant ce dur moment,
On en cerne partout tous les abords du camp.
Un renfort nous arrive, et notre brave armée
A commencer le siége est enfin décidée.
Bizot en fait le plan, et son activité
Y travaille avec fruit : il est bientôt dressé ;
On y adhère en tout : ainsi cinq batteries
Sur un vaste plateau sont sitôt établies ;
Leur but est d'assurer, par des feux incessants,
Nos travaux de tranchée en ces lieux palpitants.
A ce but tout s'empresse, et la nuit la plus sombre
Couvre nos travailleurs des voiles de son ombre ;
L'astre des nuits se lève, et son orbe argenté
Vient semer la lumière en un ciel azuré ;

Son éclat rayonnant a dénoncé l'armée,
Les travaux entrepris, l'état de la tranchée ;
Raoul, Tripier, Lebœuf, aux cœurs toujours égaux,
Aux ordres de Bosquet, directeur des travaux,
Travaillent avec fruit ; mais les yeux de la place
En connaissent l'endroit et en suivent la trace.
Mentschikoff aussitôt ordonne à ses soldats
De porter sur ce point les efforts de leurs bras.
Ils partent à l'instant, marchent sur la tranchée ;
Mais un poste nombreux, en avant de l'armée,
Caché dans les fossés, enfoncé dans des creux,
Les reçoit par un feu soutenu, vigoureux.
Canrobert aussitôt se joint à leur courage ;
L'ennemi se concentre et le combat s'engage :
On n'entend que des cris qu'arrache la fureur ;
L'ennemi s'épouvante aux bonds de notre ardeur ;
Sa rage se replie honteuse, épouvantée,
Elle n'a pu marcher dessus notre tranchée ;
Elle gagne ses murs. Le lendemain matin
Le combat recommence avec bien plus d'entrain ;
L'ennemi repoussé rentre encor dans la place :
Il a vu nos travaux, en a noté l'espace.
Le canon va tonner : il presse l'avenir,
Il va laisser au monde un sanglant souvenir.
L'Europe est attentive, et, l'âme palpitante,
Elle attend de nos cœurs une page émouvante.
Les aigles vont planer, s'acharnant sur le sol,
Sur ces forts crénelés couvrant Sébastopol.
L'avenir va parler, et sa voix souveraine
Ouvrira son grand vol où l'ardeur nous entraîne ;
Le drapeau de la France, étonnant les regards,
Flottera triomphant autour de ses remparts ;
Là, d'un burin d'acier, nos soldats invincibles,
Poseront le cachet de nos aigles terribles ;
Leurs regards valeureux ont partout pénétré :
Ils ont vu l'horizon de l'immortalité.
Leur âme a dominé le cœur de notre armée ;

L'ardeur pousse son bras, la gloire est sa pensée.
Chaque nuit, chaque jour apporte son tribut ;
Sans relâche et sans peur, tout concourt à son but :
Surveillance constante, attentive et hardie,
Est le grand mot du cœur des fils de la patrie :
« Amis, dit Canrobert, là-bas sont de grands faits ;
Il n'est rien d'impossible au courage français ;
Songez bien à la France, et une ardeur nouvelle
Retrempera vos cœurs de sa forte étincelle.
Dans un siége il faut le mépris du danger,
De l'abnégation : le but, c'est d'arriver ;
Ardeur à toute épreuve, ardeur avec prudence,
Sont les belles vertus qui décident la chance.
Allons donc ! mes amis, du courage et du cœur ;
Visez, comme toujours, aux sentiers de l'honneur. »
L'âme française écoute, et son instinct de gloire
Palpite l'avenir, soupire la victoire ;
Un mouvement immense, impossible à cacher,
Règne dans tout le camp qui semble fourmiller :
Fascines, gabions, pioches, tranches, pelles
Marchent, font des fossés, forment des parallèles ;
Mentschikoff a beau faire avec tous ses canons
Dont la mitraille pleut par nombreux bataillons,
Nos travaux vont quand même, et nos fortes tranchées
Cheminent vers la place avec ardeur poussées.
Au mépris de la mort le courage conduit :
Tous les dégâts du jour se réparent la nuit ;
L'honneur fait la pensée, et toute la pensée ;
Sur ce point seulement on la voit concentrée.
Les chefs donnent l'exemple : à la tête, en tous lieux,
Ils couvrent de leur corps les endroits dangereux ;
Partout, soldats de terre et soldats du génie
Rivalisent d'ardeur au mépris de la vie.
A ce drame sanglant tous nos vaisseaux aussi
Dirigent leurs efforts et visent l'ennemi :
Les canons de Raglan sont braqués sur la ville ;
Il attend le signal dans un calme tranquille.

Tout est prêt au combat; un silence trompeur
Du bruit le plus affreux devient le précurseur.
Mentschikoff a tout vu; toujours infatigable,
Il sait fortifier chaque point vulnérable ;
Son zèle a tout pourvu : les forts, les bastions
Regorgent de mortiers, fourmillent de canons;
Ils montrent aux regards leurs gueules affamées;
Ils sont prêts à bondir sur toutes nos tranchées.
Ces fourneaux de la mort, en excitant le cœur,
Le resserre partout d'un sentiment d'horreur.
La gloire a ses trépas, son drame en est terrible;
Il a jeté sur l'âme un courage indicible.
Le signal est donné : de longs frémissements
Ont saisi tous les cœurs de tous les combattants ;
L'airain vomit, détonne; une immense fumée
S'élève de partout en forme de nuée :
C'est un cratère en fonte, éparpillant ses feux
Qui volent sur la place en tourbillons affreux.
Mais la place aussitôt riposte avec furie
Par un nouveau baptême : une effroyable pluie
De bombes, de boulets volant avec ardeur,
Roulant partout la mort, excite la terreur;
Une fumée épaisse occupe l'étendue,
En masque les horreurs, les dérobe à la vue;
C'est un torrent de sang : c'est la nuit du combat;
Nuit compacte et affreuse, où le cœur ému bat
Au jour qui va se faire, où l'âme anéantie
Comptera dans le sang les fils de la patrie.
La mort jonche le camp, revole à la cité,
Repart, revient encor, toujours l'œil affamé.
Le bruit semble se taire; un nouveau bruit commence ;
Il cesse de nouveau, bientôt il recommence.
Notre armée est debout; elle est prête, elle attend
Le mot d'ordre d'assaut et le mot d'en avant.
L'ennemi ralentit son tir épouvantable :
Un mal des plus affreux, un dégât formidable
Se dessine au pourtour du bastion Lemat;

Le bastion central paraît hors de combat.
Bientôt le feu reprend : il devient plus terrible,
Il semble s'animer d'une force invisible ;
Les Russes courageux sont bien loin d'en finir :
Ils relèvent leurs murs, recommencent leur tir ;
La mort revole encore avec plus de furie ;
De nous elle se joue et de notre énergie.
Malgré tous nos dégâts , notre grande valeur
Est toujours à la charge avec le même cœur ;
Mais, pour comble de maux, une bombe ennemie
Atteint un magasin à poudre et l'incendie ;
Partout la terre tremble : un fort gémissement
Fait entr'ouvrir ses flancs en un gouffre effrayant ;
Tout est au loin lancé par cet affreux cratère :
Hommes, planches, caissons, affûts, boulets et terre ;
On ne voit que lambeaux et des morts calcinés
Se mêlant aux vivants à demi consumés.
Le carnage est affreux ; l'âme triste et navrée
Regarde la patrie et plaint la destinée.
Pendant ce dur moment, le navire amiral
De l'heure du combat étale le signal.
La joie est dans les cœurs, on songe à la patrie ;
L'horizon s'agrandit vers sa rive chérie.
La France nous regarde : elle soutient le cœur
De son bras bienfaisant, de son bras protecteur.
Nos vaisseaux sont en ligne : une affreuse bordée
Porte ses coups sanglants sur la ville assiégée ;
La terreur est partout ; un long frémissement
S'ondule de la mer vers le sol trémoussant.
Tous les forts, les vaisseaux, et le ciel et la terre,
En un instant ont vu se voiler la lumière.
Le jour a disparu, c'est une obscure nuit ;
C'est un dédale affreux : la nature frémit.
Des tourbillons épais d'une noire fumée
S'élèvent de partout, forment une nuée
Immense, impénétrable, on ne voit plus le mal
Que fait ce feu roulant dans son vol infernal.

Des forts des ennemis une bombe lancée
Vient sillonner les airs au hasard dirigée ;
Elle tombe en sifflant sur un de nos vaisseaux ;
L'air frémit : elle éclate, et, volant en morceaux,
Elle y porte la mort ; partout le sang ruisselle,
Tout est confusion, tout roule pêle-mêle.
Hamelin était là ; c'était sur son vaisseau,
C'était dedans sa chambre où régnait ce chaos.
Parmi ses officiers, si bouillants de courage,
Régnait l'aspect affreux d'un horrible carnage.
Hamelin pousse un cri, cri de triste douleur :
La mort de ses enfants atterrait son grand cœur ;
Il était épargné ; sa belle âme navrée
Laisse échapper ces mots, douloureuse pensée :
« Enfants ! pauvres enfants ! peut-on sitôt mourir !
Vous, si pleins de valeur et si pleins d'avenir ! »
La Ville-de-Paris, à l'aspect du carnage,
Persiste dans son tir avec plus forte rage ;
Partout, Français, Anglais rivalisent d'ardeur,
Rivalisent d'élan, rivalisent de cœur.
Le jour pâlit bientôt, et la nuit la plus sombre
Jette son voile noir, couvre tout de son ombre ;
L'espoir s'éloigne ainsi dans un long avenir ;
Mais il reste à notre âme : elle sait conquérir.
La nuit vient mettre fin à cet affreux carnage ;
Nos vaisseaux fatigués regagnent leur mouillage.
Le jour revient bientôt ; avec lui, les combats ;
La nuit a réparé les murs et les dégâts.
Le canon recommence, et d'affreuses bordées
Volent de tous côtés, tombent sur nos tranchées ;
Leurs efforts restent vains : tous nos cheminements
Triomphent du canon et marchent en tous sens.
Les Russes, pleins d'effroi, redoublent d'énergie
Sous le feu meurtrier de notre artillerie.
Leurs efforts restent vains, et leur tir arrêté
Semblait nous présager le moment désiré,
Quand partout, tout à coup, le feu se renouvelle ;

Tout le tour des remparts la troupe s'amoncelle.
Un immense renfort leur était arrivé ;
Leur cœur touchait la mort, leur cœur est ranimé ;
Il espère au combat, il compte sur la gloire ;
Il croit à l'avenir, il croit à la victoire ;
Il berce son espoir, il veut faire un grand coup ;
La ville en a la foi : d'un bout à l'autre bout,
Les fils de Nicolas venaient, pleins d'espérance,
Ajouter le grand poids de leur rare vaillance.
Ces grands portraits vivants de l'illustre Empereur
Etaient comme un délire excitant la valeur.
Pour ce grand coup de main tout semblait favorable ;
L'esprit était meilleur, la force plus capable.
Le prince Mentschikoff avait su remarquer
Le côté d'Inkermann, il devait y marcher.
C'était le moins gardé ; sans nulle défiance
Les Anglais comptaient trop sur leur rare vaillance.
Avant l'aube du jour, avec ordre et sans bruit,
Les Russes s'avançaient dans une obscure nuit ;
D'Annenberg commandait, et sa troupe massée
Envahissait partout, franchissait la vallée,
Atteignait les hauteurs, prenait position,
Surprenait les Anglais dans leur inaction,
Et dans Balaclava se voyait une armée
Immense, et en trois rangs marchant échelonnée,
Protégée en avant par de nombreux canons
Qui marchaient à sa tête et couronnaient les monts.
Le temps était affreux, les brouillards et la pluie
Voilaient, couvraient les pas de l'armée ennemie.
Le brave Canrobert se porte à son chemin ;
Il surveille sa marche ainsi que son dessein.
Mais le brave Bosquet n'a qu'une seule idée ;
Elle agite son cœur, elle est par lui dictée ;
Il craint pour Inkermann : ce grand point culminant,
Par sa position lui semblait important :
« C'est là, dit-il, c'est là le lieu de la mêlée ;
Je ne puis m'arracher à cette affreuse idée.

Suivez-moi, Bourbaki, voyons donc par nos yeux;
Le combat, j'en suis sûr, sera tout en ces lieux. »
Ils volent aussitôt vers cette crête fière
Des hauteurs d'Inkermann qu'ils tournent en arrière.
Lorsque paraissent là, par l'effet du hasard,
Les généraux anglais sir Brown avec Chatard,
Bosquet marche vers eux, et, son âme agitée,
Leur explique en ces mots sa terrible pensée :
« Généraux, leur dit-il, préparez vos soldats;
Inkermann est choisi pour centre des combats.
Là sera le grand drame; oui, l'armée ennemie
Y concentre sa force, y court et s'y rallie.
Si vous n'êtes pas prêts, vous n'avez qu'à parler;
Mes soldats sont à vous, je n'ai qu'à commander. »
Les généraux anglais s'étonnent du langage,
Leur fierté se redresse ainsi que leur courage;
Ils répondent sitôt du haut de leur grandeur :
« Nous sommes assez forts, qu'ils nous fassent l'honneur;
Nous pourrons leur payer, s'ils nous font cette avance,
La somme et l'intérêt de leur extravagance.
Si cela vous convient, vous pouvez cependant
Couvrir un tant soit peu notre droite en avant. »
Bosquet, après ces mots, n'avait plus qu'à se taire :
Il connaissait leur cœur et leur fort caractère;
Il dit à Bourbaki : « Marchez pour protéger
La droite des Anglais, qui se trouve en danger. »
Puis Bosquet aussitôt accourt sur la montée,
Le lieu du télégraphe, et observe l'armée;
Les Russes furieux, comme un fier ouragan,
Gravissent les hauteurs du côté d'Inkermann.
Près de Balaclava l'attaque dirigée
Est insignifiante et semble simulée;
Pendant que Canrobert refoulait au lointain
Les Russes qu'il trouvait sur son puissant chemin,
Et pendant que Bosquet volait avec furie
Du côté des Anglais, sur la droite ennemie,
Le superbe Steel, le cœur gros de douleur,

Franchit tous les ravins, descend de la hauteur,
Arrive vers Bosquet, et, son âme affligée,
Lui raconte en ces mots l'état de leur armée :
« O général ! dit-il, par un sublime élan,
Les Russes en grand nombre ont surpris notre camp :
Aidés par les brouillards ainsi que par la pluie,
Comme un essaim rempant de tigres en furie,
A travers les rochers, à travers les ravins,
Ils sont tombés sur nous par d'inconnus chemins.
Notre camp reposait dans un profond silence ;
Le sang coule partout dans ses rangs sans défense;
Le désordre et la mort volent de tous côtés;
Nos bouillants escadrons sont partout dispersés.
Notre mal est navrant; mon cœur frémit de rage
Au désolant songer d'un si triste carnage.
Cambridge accourt partout, le corps ensanglanté;
Ses gardes tombent tous : il est désespéré.
Catheart ainsi que Brown multiplient leur courage;
Ils rallient leurs soldats combattant avec rage.
La nuit couvre la mort dans un épais brouillard ;
Les coups sont incertains et tombent au hasard. »
Le général Bosquet, ce grand fils de la France,
N'échappe que ces mots empreints d'impatience :
« Je le savais, Steel; dites aux alliés
Que dans un faible instant mes hommes sont lancés. »
Se tournant vers Cissey : « Marchez ! dit-il, tout presse:
Rejoignez Bourbaki, courez, de la vitesse !
Sur le flanc gauche russe étalez votre front;
Gravissez le plateau promptement et d'aplomb.
Baïonnette en avant, marchez avec audace;
Votre cœur vous le dit : là-haut est votre place.
Marchez, montez-y donc, plantez notre étendard;
Nos aigles avec joie y portent leur regard;
Notre France est au guet, l'Angleterre soupire;
Marchons donc : d'elles deux méritons le sourire. »
Aussitôt nos canons, poussés par nos soldats,
Arrivent à leur but, vomissent le trépas;

C'était fait des Anglais, leur aspect était sombre ;
Ils n'avaient qu'à mourir écrasés par le nombre.
Le désordre est chez eux, leurs rangs sont divisés ;
Ils combattent quand même, ardents, désespérés.
Catheart, couvert de sang, s'en va rouler sans vie
Jusqu'aux pieds de Seymour, dont la brave énergie
Couvrait son général des efforts de son bras,
Quand lui-même est atteint et trouve le trépas :
Là, le chef, le soldat, confondus au carnage,
Meurent s'encourageant, se battant avec rage.
Ce grand chaos de mort était cruel à voir ;
L'honneur de la patrie excitait le devoir.
Les brouillards avaient fui ; Bourbaki, sur le faîte
Des hauteurs d'Inkermann, en couronnait la tête ;
Nos soldats étaient prêts ; à chacun le cœur bat :
Tous sont impatients de voler au combat.
La France a le cœur grand ; elle est brave, elle est fière ;
Elle brûle d'aider à l'illustre Angleterre ;
Nos guerriers étaient là, dignes des ennemis :
Les enfants de Wagram, d'Iéna, d'Austerlitz
Brûlaient tous de s'inscrire au temple de mémoire.
Ils ont vu le danger, ils courent à la gloire ;
Les Anglais, à leurs bonds, à leur sublime élan,
Suspendent le combat : leur cœur est palpitant ;
Ils poussent des hourras ; leurs armes agitées
S'élèvent dans les airs fumant, ensanglantées.
Nos soldats font écho au plaisir de leur cœur
Par les cris répétés de vive l'Empereur !
Puis, comme un ouragan, déchaîné des montagnes,
Fond, court, vole, bondit à travers les campagnes,
Entraînant dans sa marche et ses horribles bonds
Les arbres, les rochers ainsi que les moissons ;
Ainsi dessous leur fer se voit leur trace horrible,
Qui se dessine affreuse et fière et invincible :
C'est le sang, c'est l'horreur, c'est le feu, c'est la mort ;
C'est une lutte hideuse et de fer et de corps.
Mentschikoff, étonné de tant de résistance,

17

Avait plié partout aux armes de la France;
L'ardeur, le désespoir lui traçaient son chemin :
Il revient à la charge, il reprend du terrain ;
Il le recède ensuite, et sa cruelle rage
Laisse l'aspect affreux de son triste passage.
Barral, La Boussinière, au sommet du plateau,
Plongent leur tir sur eux et les balaient d'en haut ;
Le sang ruisselle à flots, et la mort affamée
Encourage l'ardeur toujours plus acharnée.
Le brave Canrobert, placé sur la hauteur,
Dirigeait le combat, commandait la valeur ;
Un plomb meurtrier l'atteint, mais sa rare énergie
Le laisse tout entier au sort de sa patrie.
On panse sa blessure : il revole au combat ;
Il dirige en grand chef et combat en soldat.
Les brouillards ne sont plus, et, promenant sa vue
Sur la Tchernaïa, dans la vaste étendue
Du versant du plateau des hauteurs d'Inkermann,
Son cœur est assailli d'un tableau saisissant :
Une redoute anglaise, où combattaient les guides,
Ce brave régiment de soldats intrépides,
Ne pouvait plus tenir ; son aspect est affreux.
Cambridge lutte en vain, il combat malheureux ;
Les Anglais meurent tous, et leur ferme courage
Les reporte toujours sur le lieu du carnage.
Hélas! c'en était fait! entourés de partout,
Il leur fallait mourir : leur force était à bout.
Le brave Canrobert laisse couler des larmes ;
Il sent bondir son cœur, il agite ses armes ;
Il croit à l'avenir : l'avenir lui sourit ;
Cet aliment du cœur le rassure et le suit.
Il tourne ses regards : il a vu ses zouaves,
Il a vu ses chasseurs, ses tirailleurs si braves ;
Tous sont prêts au signal ; il sent son cœur qui bat :
L'humanité, la gloire agitent le soldat.
Il les harangue ainsi : « Mes enfants d'Algérie,
Accourez à l'honneur, brillez pour la patrie ;

Soyez comme toujours mes africains soldats;
Souvenez-vous de vous dans vos nouveaux combats.
Soyez enfants du feu, marchez, ô mes zouaves!
Allez braves chasseurs, soyez toujours les braves;
La gloire vous attend : volez aux champs d'honneur;
Nos amis vont périr, usez de votre cœur!
Secourons les Anglais, c'est là-bas qu'est la gloire;
C'est là-bas qu'on vous craint : courez à la victoire! »
Sa voix est écoutée, et, comme des lions,
Ils rampent, bondissant à travers les buissons;
Ils se couchent chargeant, se glissent sur la terre,
Ils courent se traînant comme fait la panthère;
Terribles à distance aussi bien qu'à l'abord,
Leur combat est affreux, leur combat est à mort ;
Ou couchés ou debout, et toujours en bataille,
Ils avancent sans cesse et bravent la mitraille.
Leurs chefs guident leurs pas : Dubos et Montaudon
Les dirigent partout et marchent à leur front.
Les Russes sont poussés, entourés par l'armée,
De ravins en ravins au fond de la vallée ;
Là nos canons affreux, nos cratères de fer,
Roulent de tous côtés des montagnes de chair;
On ne voit que la mort, on n'entend que la rage
Excitant les vaincus à reprendre courage.
Le brave Delourmel, ce chevalier sans peur,
Fond comme un ouragan terrible et plein d'horreur;
Il dit à ses soldats, agitant son épée :
« Mes braves, suivez-moi, là-bas est la mêlée!
Là-bas est la victoire! » De même que l'éclair
Sillonne étincelant les campagnes de l'air,
Son régiment s'élance et vole impétueux,
Baïonnette en avant, sillonnant tous les lieux :
Les morts marquent partout son effroyable trace,
Il hache l'ennemi sous le feu de la place;
Rien n'arrête ses pas : il apporte la mort,
Et la traîne partout dans son bouillant essort.
L'ennemi débandé se plie à son audace;

Il s'enfuit en désordre et regagne la place.
Forey voit le danger qu'encourt ce régiment,
Que sa rare valeur porte trop en avant ;
Sa retraite plus tard sous le feu de la ville
Lui causerait un mal tout à fait inutile.
Il appelle d'Auvergne : « Allez, dit-il, là-bas ;
Dites à Delourmel d'arrêter ses soldats ;
Notre but est rempli. » D'Auvergne court, s'élance ;
Sous un feu meurtrier il franchit la distance ;
Il trouve Delourmel blessé, presque mourant,
Gisant dessus le sol et perdant tout son sang :
Ses yeux suivaient encor sa phalange invincible,
Souriant au combat, à la mort impassible :
« Mon général, dit-il, le général Forey
Vous transmet cet avis ; lisez, il est pressé. »
Delourmel aussitôt, d'une voix affaiblie,
Lui dit : « Je suis blessé, c'en est fait de ma vie ;
Niel est à ma place ; à ce poste en avant,
Allez vite, marchez : le danger est pressant. »
D'Auvergne sitôt part ; il l'aborde, il s'arrête,
Et l'ordre est transmis d'opérer la retraite.
Il l'opère aussitôt : d'Aurelle et Forey
La soutiennent partout avec ordre et succès ;
On se rallie en masse, et l'audace et la rage,
Se partagent la mort ainsi que le carnage.
Bosquet marche toujours avec le même cœur ;
Le brave Bourbaki le suit avec ardeur ;
La mort plane partout, et partout vient s'abattre ;
On n'entend que les cris du plus affreux massacre ;
La chair avec le sang coulent de tous côtés,
Les ravins sont garnis de cadavres broyés.
Le brave Mentschikoff, malgré son énergie,
Enfin à bout de tout, épuisé de furie,
Gagne Sébastopol avec les fils du czar,
Courbant leurs nobles fronts devant notre étendard ;
Le désordre est chez eux ; leur redoutable armée
Rentre dedans ses murs : la bataille est gagnée.

Cet échec si poignant, trop grand échec d'orgueil,
A son côté fatal et son lugubre deuil :
Mentschikoff est mourant; malgré son énergie,
Ce funeste malheur anéantit sa vie ;
Son cœur n'y peut tenir, et ce puissant héros
Retourne en son palais succombant à ses maux.
Le brave Gortschakoff, plein de cœur et d'audace,
Devient le nouveau chef, commande et le remplace.

FIN DU CHANT SEIZIÈME.

CHANT DIX-SEPTIÈME.

Les aigles de la France ont montré leur valeur ;
La France les bénit heureuse de leur cœur :
Leurs combats valeureux comblent son espérance ;
Albion les a vus protéger sa vaillance ;
Leurs élans sans pareils, braves et généreux,
Ont dit à leurs amis qu'ils étaient dignes d'eux.
Comme les mêmes fils d'une illustre patrie,
La victoire a suivi leur brillante énergie.
Canrobert radieux, ainsi que lord Raglan,
Se sont pressé la main en parcourant le camp ;
Le brave lord Raglan, plein de reconnaissance,
Vers l'illustre Bosquet tout palpitant s'avance :
« Mon brave, lui dit-il, donnez-moi votre main ;
Elle est forte à l'honneur, elle en sait le chemin ;
Je vous en remercie au nom de l'Angleterre :
Elle se souviendra de votre âme guerrière. »
Bientôt Cambridge arrive empreint d'émotion,
Il avait combattu partout comme un lion ;

Il avait le cœur triste aux louanges données;
Il nageait dans le sang ainsi que ses pensées :
« Mes amis sont tous morts, disait-il fémissant,
Et je n'ai pu mourir dessus leurs pas marchant;
Je les suivais de près; la mort, triste et cruelle,
N'a pas voulu de moi : je courais après elle. »
Son cœur était frappé par la perte du cœur,
Son âme anéantie au songer du malheur;
Ce grand tableau de mort, cruelle boucherie,
Brisait tout l'avenir d'une si belle vie.
Cet illustre héros, de chagrin oppressé,
Ne pouvait résister à tant de sang versé;
Il dut quitter ces lieux si palpitant de gloire;
Là, l'amitié pour lui payait trop la victoire.
Hélas! c'était trop vrai! que d'illustres guerriers
L'Angleterre a perdu se couvrant de lauriers!
Chère patrie et toi, je sens frémir ton âme!
Je la sens qui gémit sur ce lugubre drame!
Ta grandeur le voulait : honneur à tes enfants!
Ton cœur leur inspira ces illustres présents!
Oui, tes fils sont tes fils; réjouis-toi, patrie!
Ton lait sut les nourrir pour qu'on bénît leur vie
Et qu'on bénît leur gloire aux sentiers de l'honneur;
Oui, ces vertus de toi règnent dedans leur cœur!
Honneur à tes enfants! honneur à ta mamelle!
Pleure, console-toi; leur gloire est immortelle!
A ces champs de l'honneur, fier orgueil des humains,
Oh! courons admirer et pleurer ses destins!
Il était nuit, hélas! la nuit était obscure;
Le tumulte du jour, dont frémit la nature,
Avait cessé partout; un calme triste, affreux
Agrandissait l'espace, et ce chaos hideux
Semblait tout envahir. Hélas! par intervalle
S'entendaient seulement, poussés par la rafale,
Des vents impétueux, quelques gémissements
Qu'étouffaient par degré le froid, le mauvais temps.
Enfin le brouillard fuit; sur la nature entière

L'astre brillant des nuits épanche sa lumière :
On voit tout, on voit trop : la mort et la douleur
Gisent dedans la boue et oppressent le cœur.
Tous les morts mutilés démontrent leur courage;
Sur eux s'épand l'honneur brillant sur leur visage;
La pâleur du trépas y paraît seulement :
C'est le vrai, c'est le seul, c'est l'unique changement.
L'honneur avait dicté leur dernière pensée :
Elle était en entier sur leur air exprimée.
La victoire était grande, et ce touchant tableau
Fixait le monde entier sur notre beau drapeau.
Puis-je le dire; hélas! le deuil de la pensée,
Cette grande amertume en l'âme si sacrée,
Semblait se compenser par les faits éclatants
Qu'ont gravé sur l'airain nos illustres enfants.
Au triomphe de tous, à notre immense gloire,
Au droit de la nature, à sa belle victoire,
Ce combat parlait haut par sa grande valeur :
Il prouvait notre force, il prouvait notre cœur;
Il blessait Mentschikoff dans son orgueil extrême;
Il était terrassé, quand il voulait lui-même
Étaler aux regards des descendants du czar
Et la force du cœur et la force de l'art.
La France et l'Angleterre ont dicté leur réponse
A son farouche orgueil, à sa pompeuse annonce,
Qui disait à Paskiewitch : « Bientôt nos ennemis,
Par nos feux écrasants, seront anéantis
Ou jetés à la mer; et là, de leurs armées,
Si fières d'avenir et qui s'étaient flattées
De prendre la Crimée, oui, j'ose l'affirmer,
Ils n'auront un soldat pour aller annoncer
A ces peuples cruels, nations éhontées,
Les lieux où, pour toujours, giseront leurs armées. »
L'orgueil reste déchu : nous avons triomphé;
A son ancien bivac on rentre avec fierté.
On se compte, on se cherche, et l'on voit que la gloire
A fait payer bien cher le prix de la victoire.

Que de silence, hélas! de vide à chaque rang!
L'on frissonne à l'appel : l'appel est affligeant!
Ici manque un ami; là, c'est un tendre frère;
Plus loin, un tendre fils, le soutien d'une mère.
Dans chaque corps, partout, même tribut d'horreur,
Même perte d'amour, même perte de cœur.
La douleur est partout, la douleur est extrême :
Hélas! de tous côtés manque quelqu'un qu'on aime.
Les regrets sont navrants dans ce cri solennel;
Que d'amis pour toujours sont absents à l'appel!
Mais Dieu qui, dans ces lieux, a vu notre vaillance,
Console l'amitié par un peu d'espérance :
Elle cherche à trouver au silence de mort
Quelques amis, hélas! qui respirent encor;
Elle cherche partout quelques signes de vie;
Elle est tout yeux partout, et partout tout envie;
Partout le dogme saint de l'immortalité
Trouve de nobles cœurs aux fruits de sa bonté.
Un cri venu du ciel, l'instinct de la patrie,
Aiguillonne en ces lieux le feu de l'énergie :
Sur les champs de la mort on voit de nobles sœurs,
Méprisant les dangers et bravant leurs horreurs,
Courir où dit leur âme, au mépris de la vie...
Elles ont à soigner les fils de la patrie!
Ce soin fait leur devoir, ce soin fait leur destin :
Rien ne peut leur barrer ce tendre et doux chemin.
Leurs mains, leurs douces mains, jusqu'après l'agonie,
Se prodiguent encor au secours de la vie;
En étanchant le sang du soldat qui se meurt,
Elles savent guérir bien plus que la douleur :
Du ciel, du tendre ciel, en donnant l'espérance,
Elles allégent tout au lointain de la France.
Que de braves soldats, enivrés de leurs soins,
Sont morts en embrassant leurs caressantes mains!
Toutes, pour le secours, elles n'ont d'existence
Qu'au doux soulagement de la pauvre souffrance.
L'ambulance les a; ce séjour douloureux

Devient de la douleur l'asile bienheureux :
C'est là que leur pitié sur les maux se promène!
C'est là que sont leurs soins à cette dure chaîne!
C'est là qu'est tout leur cœur, leur désir et leur art :
Le danger, la douleur, voilà leur étendard!
Là, court leur saint devoir pour adoucir les peines;
Ce sont là ses doux soins aux charités humaines.
Sa tendre et douce main, élève du Seigneur,
S'oublie à soulager chaque infortuné cœur;
Elle y porte l'espoir, l'anime, le suggère;
Elle est une patrie, elle est tout une mère;
Elle court chaque lit, toujours se prodiguant :
Elle est à la souffrance un ciel doux, consolant.
La mort, la douleur, la santé la bénissent;
Le ciel et la patrie en commun applaudissent :
C'est un rayon de Dieu s'épandant ici-bas,
Rayon consolateur pour nos pauvres soldats.
Hélas! malgré ses soins, une vaillante vie
A cessé d'exister au bien de la patrie :
Hélas! c'est Delourmel; cette grande valeur
A jeté dans l'armée une grande douleur.
Comme Bayard, toujours, il était pour la gloire :
Il est, comme Bayard, au temple de mémoire.
Une tombe, une croix, sur ce sol étranger,
Redira pour toujours la grandeur du guerrier;
Sur sa tombe est écrit de la main de l'armée :
« Delourmel est ici; respect à son épée. »
Sa mort fut un vrai deuil pour le cœur du soldat;
Il l'avait vu toujours le premier au combat;
Son instinct pour la gloire avec son énergie
L'avaient placé bien haut au-dessus de l'envie.
Il fut aimé de tous, et son bien beau trépas
Fut un bien triste deuil pour nos braves soldats.
Ils ont dit à sa tombe, ils ont dit à sa gloire :
Un jour nous vengerons ta vaillante mémoire !
Console-toi guerrier : que ce cri pour ton cœur
Soit un allégement au poids de ton malheur.

Que de braves guerriers étendus sur la terre,
Hélas! tout comme lui, jusqu'à l'heure dernière,
Avaient semé bien grands les prodiges du cœur,
Les prodiges d'élan aux sentiers de l'honneur!
Que de beaux traits perdus, que pleurera l'histoire,
Pour toi, belle patrie, à ton fleuron de gloire!
Là, tous nos soldats morts, sur la terre couchés,
Offraient leurs fronts altiers de blessures criblés;
Tous tenaient dans leurs mains raides, froides, crispées,
Leurs armes qui fumaient par le sang inondées.
La mort avec ses coups n'avait pu rien changer
Et à leur air martial, et à leur front guerrier.
La vie avait cessé; mais l'aspect du courage
Se dessinait encor sur leur bouillant visage.
Déjà depuis deux jours, tous ces illustres morts
Des forts Sébastopol jonchaient tous les abords,
Quand se fait un silence, et les tours crénelées
Hissent le drapeau blanc désiré des armées.
La nature parlait, et la triste douleur
Voulait exécuter un devoir de son cœur:
On enterre les morts, et cette sépulture
Fait frémir l'amitié, fait frémir la nature.
Des pleurs suivent les traits; des sanglots, des adieux
Couvrent les tas de morts et navrent tous ces lieux.
Un peu de terre, hélas! sur leurs corps entassée,
Voila tout à la gloire et à la renommée.
Hélas! s'ils n'ont pas là l'ombrage des cyprès,
Ils ont des vieux soldats tous les sombres regrets;
Un christ de bois, ici, planté dessus la terre,
Protége ces héros, invite à la prière.
A peine ce devoir était-il terminé,
Qu'on est prêt au combat avec plus de fierté.
Chacun gagne son poste, et au haut des murailles
Reparaît le drapeau, le signe des batailles.
Le canon recommence, et de nombreux trépas
Sillonnent de nouveau les rangs de nos soldats.
Le brave Canrobert a regardé la France;

Il mande à l'Empereur notre brave vaillance, . .
Lui parle d'Inkermann, lui dépeint la valeur
De nos braves soldats aux sentiers de l'honneur,
Leur courage invincible aux grandeurs de la gloire,
Leurs terribles combats et leur belle victoire.
« Enfin, Prince, dit-il, avec de tels soldats,
On est sûr que l'honneur surgira des combats ; .
Ils désirent l'assaut ; mais leur âme enivrée
Par leurs brillants succès pourrait être trompée.
J'ai cru de mon devoir d'attendre des renforts
Avant de nous heurter contre ces puissants forts,
Immenses de grandeur, chefs-d'œuvre du génie,
Gardés sur tous les points de forte artillerie.
Et puis, plusieurs renforts leur étant arrivés
(Cent mille hommes au moins nous étaient constatés),
On nous eût pris en flanc ; cet assaut difficile
N'avait aucune chance : il était impossible.
Le combat d'Inkermann, malgré son beau succès,
Laisse de nombreux morts et de cruels regrets ;
Partout l'armée anglaise a souffert ; décimée,
Notre belle victoire est bien chère achetée.
Les Russes, il est vrai, tout autour de leurs forts,
Comptent plus de blessés et beaucoup plus de morts ;
Mais leurs pertes sitôt se trouvaient réparées
Par des troupes toujours à ce but réservées.
Sire, si cet assaut n'est pas encor donné,
On l'a fait par prudence : on a tout consulté ;
Si l'on nous eût vaincu si loin de la patrie,
Le mal était immense et la faute inouïe.
On a vu les malheurs qui pouvaient menacer ;
Le conseil a jugé du terrible danger :
La prudence a gagné sur la brûlante envie ;
On attend des renforts de la mère-patrie ;
Aussitôt sur ce sol notre brave valeur
Marchera palpitante au désir de son cœur.
On attend ce moment avec impatience :
C'est l'heure du bonheur des enfants de la France ;

Par tout ce qu'ils ont fait ils sentent qu'ils feront ;
La gloire a levé grand leur invincible front.
Ce front de mes soldats, c'est plus que le courage :
C'est le bond du torrent, c'est le feu, c'est la rage.
Oui, Sire, il faut le dire, on n'a qu'à maintenir ;
Les Français voient l'honneur : ce n'est rien que mourir ;
Ils aiment les dangers, ils aiment les batailles ;
Le courage ressort de toutes leurs entrailles.
Sire, comptez sur nous, comptez sur notre cœur ;
Oui, le cri de nous tous est : Vive l'Empereur ! »
Après ces mots tracés au doux chef de la France,
Le brave Canrobert, rayonnant d'espérance,
A regagné son poste, heureux de profiter
Des terrains dégagés pour les fortifier.
Des chemins souterrains, dessous sa main habile,
Serpentent de partout, s'avancent vers la ville.
L'ennemi se concentre, et, du haut des remparts,
Ses nombreux bataillons s'étalent aux regards.
Le canon retentit : cette affluence immense
Témoigne de la crainte et de la méfiance ;
On redoute un assaut ; la peur fait tout mouvoir ;
Dans chaque mouvement on le croit entrevoir ;
Le moindre bruit, un rien appelle tout aux armes ;
On est prêt au combat, on sonne les alarmes ;
Les bastions, les forts pleuvent de tous côtés
Des bombes, des boulets dans les airs élancés :
C'est un tonnerre affreux, c'est un brûlant cratère,
C'est une pluie en feu qui dévore la terre.
Ce bruit si prolongé, si fort, si détonnant
Semblait fait pour masquer quelque grand mouvement.
Nos postes sont doublés, chacun est à sa place :
Tous payent de sang-froid, de courage et d'audace ;
Ils regardent le ciel, ils aiguisent leur cœur
Contre ces feux affreux et contre leur fureur.
Ainsi la nuit s'éteint comme fin d'une vie :
Elle a les tristes traits d'une horrible agonie.
Le jour arrive enfin, l'ennemi ne vient pas ;

Mais un autre ennemi s'avance avec fracas :
Tout le ciel devient noir, et une affreuse pluie
S'abat dessus le sol par torrents en furie;
Un vent bruyant s'élève, et ses mugissements
Représentent la foudre avec ses roulements.
Le jour enfin expire, et le ciel sur nos têtes
Semble s'abattre tout en horribles tempêtes ;
Les vents, dans leur fureur, en tourbillons affreux,
Renversent dans leurs cours, les portant jusqu'aux cieux,
Nos tentes, nos effets pirouettant dans la nue,
Dispersant leurs lambeaux filant dans l'étendue ;
Les airs en sont noircis, et ces morceaux flottants
Retombent pour bondir et ravager les champs.
Officiers et soldats, renversés sur la terre,
Se cramponnent au sol, s'accrochent à la pierre ;
Là, tous les éléments se déchirent entre eux,
Tout est bouleversé dans ce chaos hideux :
Le tonnerre roulant, les éclairs et la pluie
Rivalisent de bruit, d'ardeur et de furie.
Nos chevaux détachés, emportés par la peur,
Bondissent dans les champs, hennissent de terreur;
Malgré tous leurs efforts le vent les amoncelle ;
Ils se heurtent entre eux, ils tombent pêle-mêle,
Roulent dans des torrents dont les bourbeuses eaux
Les engouffrent broyés dans leurs terribles flots.
Là, Saint-Georges, hélas ! ce si beau monastère,
A ses toits renversés et dispersés par terre ;
Les arbres frémissants, là, jusqu'au sol penchés,
Sifflent, se brisent tous et roulent entassés,
Entraînant dans leurs bonds, d'effroyable tapage,
Tout obstacle s'offrant à leur sanglant passage.
Les ambulances, là, séjour de la douleur,
Jettent partout l'effroi, font frissonner le cœur ;
Sans pitié pour les maux, la tourmente cruelle
Détruit ces bâtiments, les jette pêle-mêle.
Là, nos pauvres blessés voient de nouveau la mort;
De nouveau mutilés, résignés à leur sort,

Ils regardent le ciel ainsi que leur patrie :
C'est là le doux penser de leur reste de vie.
Ce drame était bien triste! hélas! un plus affreux
Se voit sur d'autres points, attriste d'autres lieux :
Sur la mer en fureur, on entend qui détonne
De temps en temps la voix du canon monotone :
C'est le cri du sinistre; on court malgré les vents,
On approche la mer essoufflés, haletants;
Tous les efforts sont vains, les secours impossibles :
La mer élève au ciel des flots affreux, terribles.
Le port de Kamiesch, quoique bien abrité,
Par la vague en fureur était bouleversé ;
Des montagnes de flots, se jetant sur la dune,
La ravageaient au loin, la remplissaient d'écume;
Les vaisseaux dans la baie, inclinés sur leurs mâts,
Poussés de flots en flots, heurtés avec fracas,
Semblaient tous se briser : leurs voiles enlevées,
Par la fureur des vents dans les airs dispersées,
Flottent en tournoyant, retombent en morceaux,
Se roulent sur la mer, s'abîment dans les flots.
On perd plusieurs vaisseaux, brisés avec furie
Par la rage des vents et la vague ennemie.
Tous les efforts de l'homme, hélas! restent tous vains;
Dieu tient tout notre sort dans ses puissantes mains :
Lui seul, hélas! peut tout! Cette horrible tempête
Reste comme une épée appendant sur la tête :
D'un rien c'en était fait de tout notre avenir ;
Sur les flots en fureur tout allait s'engloutir !
Le ciel avec pitié regarde sur la France ;
Il a vu nos malheurs, nous montre l'espérance :
Elle vient, elle court; son front vermeil sourit,
Son beaume bienfaisant vole au cœur qui gémit.
Son aspect électrique a parcouru l'armée,
Triste, morne, plaintive, abattue, affligée;
Ses maux se sont enfuis comme un songe trompeur
A son visage heureux, sage et consolateur.
Un doux calme surgit : la nuit la plus heureuse

Entremêle d'espoir sa teinte ténébreuse.
Après tant de travaux, après tant de douleurs,
Les pavos du sommeil ont retrempé les cœurs;
Tout a fui dans l'oubli : c'est ainsi que s'enchaînent
Les peines, les plaisirs qui sur nous se promènent,
Nous berçant du présent, nous berçant d'avenir,
Aux couronnes d'un vœu et au sort d'un désir.
Dans le bien, dans le mal, il faut que l'on partage :
De notre humanité c'est le triste apanage;
Notre valeur française y pliait son ressort;
Au mépris de la vie, au mépris de la mort.
Enfin le jour paraît, et sa douce lumière
A lancé ses rayons sur la nature entière;
Ce moment était grand, il était solennel :
Il appelait le cœur aux pieds de l'Éternel.
Auprès de cette force immense et souveraine,
Qui peut tout à son gré sur la puissance humaine,
Notre armée éprouvait ce doux besoin du cœur :
Elle avait triomphé du plus affreux malheur.
Un autel, aussitôt, de fleurs et de verdure,
Par les soins des soldats, au Dieu de la nature,
S'élève magnifique au sommet d'Inkermann,
Lieu de notre triomphe encor si palpitant.
C'est là, sous cette voûte, œuvre de la puissance
Qui jamais ne finit, qui jamais ne commence,
Sous cette immensité, pavillon des mortels,
Sous ces êtres roulants chefs-d'œuvres éternels,
Que l'on voyait courir une brillante armée
Faisant communauté de cœur et de pensée.
Bientôt le clairon sonne, et le prêtre à l'autel
S'agenouille, priant, les regards vers le ciel.
Aussitôt nos guerriers, prosternés vers la terre,
Inclinent leurs grands fronts, murmurent leur prière;
Tous ces cœurs différents ne font qu'un même cœur
Planant de ce sommet et volant au Seigneur.
Le prêtre se retourne, et, de sa main amie,
Il bénit ces enfants, les fils de la patrie.

18

Après ce saint devoir, tous nos braves soldats
Volent avec ardeur réparer les dégâts
Causés par la tempête et les vents en furie ;
Rien ne peut ralentir leur bouillante énergie.
Tout est bientôt guéri ; mais l'affreuse saison
Va commencer son œuvre : elle est à l'horizon.
Le triste hiver est là ; déjà ses noirs nuages
Circulent entassés, attristent nos ouvrages ;
Les vents si froids du Nord glacent partout les eaux ;
Leurs sifflements affreux nous présagent des maux :
Les neiges par flocons et leur masse terrible,
Sont là pour accabler notre armée invincible.
Notre Empereur le sent, son grand cœur est tout yeux ;
Il veut la soulager, il la suit en tous lieux ;
Il prévoit la souffrance inhérente à la guerre :
Il veut en adoucir les maux et la misère.
A ce but bienfaisant il a tout disposé
Selon les grands désirs de son cœur éclairé.
L'hiver l'inquiétait, et notre brave armée
Reçoit à son bivac, de sa main bien-aimée,
Des tentes et des peaux, tout ce qui peut parer
Le froid si pénétrant de ce sol étranger.
De bon vin, du tabac, avec de l'eau-de-vie
Volent à leur secours, venant de la patrie.
Cette sollicitude a pénétré le cœur ;
Elle fait oublier les maux et la douleur.
De Montebello part, arrive en la Crimée ;
Il a pour mission, par l'Empereur donnée,
De visiter le camp de nos braves soldats,
De les féliciter de leurs vaillants combats ;
Et Canrobert reçoit du sauveur de la France
Ce bel ordre du jour à la reconnaissance.
Le cœur de l'Empereur y paraît tout entier,
Avec l'âme du Prince et le cœur du guerrier :

« Général, lui dit-il, votre belle victoire
Sur les monts d'Inkermann vous à couvert de gloire.
La France a tressailli : dites à nos guerriers

Le bonheur sans égal qu'a produit leurs lauriers;
Dépeignez-leur mon cœur; ah! dites-leur encore
Que tout les fait aimer et que tout les honore :
Leur abnégation, les élans de leur cœur
Envers leurs alliés me comblent de bonheur.
Oui, la France a béni leur si beau caractère;
L'univers le contemple : oui, mon âme en est fière!
Remerciez-les tous, officiers et soldats,
De leur bonne conduite et de leurs beaux combats;
Dites, dites-leur bien toute la sympathie
Que j'éprouve pour eux et pour leur énergie;
Dites, dites-leur bien les peines de mon cœur;
Les maux étaient communs ainsi que la douleur :
S'ils ont frappé leur âme, ils ont suivi mes veines.
Oui, je suis tout entier à soulager leurs peines;
Je m'en sens le besoin. Allez, braves guerriers,
L'amour de vous bénir cueille aussi ses lauriers!
Continuez d'aller où l'honneur vous entraîne :
J'allégerai vos maux : je m'aime à cette chaîne.
J'espérais, général, qu'après ce beau combat
Remporté si brillant sur les bords de l'Alma,
Sébastopol vaincu serait à notre gloire :
Des renforts arrivés diffèrent la victoire.
Général, j'applaudis à votre fermeté
D'avoir pu résister à l'assaut demandé;
Dans ces conditions, notre vaillante armée
Aurait payé trop cher la victoire gagnée :
Dans des temps mieux choisis je compte sur son cœur,
Avec bien moins de sang et plus complet bonheur.
Consultant vos besoins, la France et l'Angleterre
Ont les yeux assidus sur cette illustre terre;
Oui, déjà des vaisseaux partent de tous nos ports,
Sillonnent l'Océan, vous portant des renforts;
Ce surcroît de secours couronnera l'envie;
Décidera l'assaut : les fils de la patrie
Pourront alors courir ajouter à leur nom
Le nom à jamais grand de ce nouveau fleuron.

Une diversion dans la basse Arabie
Agira pour ce but avec forte énergie;
Oui, le peuple est pour nous : partout à l'étranger
On nous donne le droit qui nous force à marcher.
Si l'Europe aujourd'hui considère les ailes
De nos aigles planant, à la gloire fidèles,
C'est qu'elle sait leur but et connaît leur désir;
Sur elles elle compte en des jours d'avenir;
Elle sait, elle sent que leur rare vaillance
N'a pas d'autre dessein que son indépendance.
Si la France a repris le grand rang de l'honneur
Où la plaça jadis son invincible cœur;
Si ce rang mérité grandit son grand génie,
Si tant de beaux drapeaux illustrent la patrie,
Oui, j'aime à le redire avec cœur et fierté,
L'honneur est à l'armée : elle l'a mérité. »

Ainsi parlait le Prince, et son amour extrême
Avait plus qu'un regard sur les soldats qu'il aime;
Il connaissait leurs maux ainsi que leur valeur :
Il voulait leur payer le tribut de leur cœur.
De Montebello porte aux enfants de la France
Le prix; le noble prix de leur rare vaillance.
Ce général, en outre, était aussi porteur
D'un généreux décret, œuvre de l'Empereur :
Ce décret conférait au chef de notre armée
Le pouvoir de donner chaque croix méritée,
Et le droit de nommer nos braves combattants
Aux grades à venir dans les cadres vacants;
Il voulait que tout acte éclatant de vaillance
Obtînt aux champs d'honneur sitôt sa récompense,
Pour donner à celui qu'un grand et bel essor
Pousse vers la valeur au mépris de la mort,
Le temps, le tendre temps, au loin de sa patrie,
D'étaler sur son sein cette étoile chérie
Qu'enviait son orgueil et que conquit son cœur
En suivant les sentiers des beaux champs de l'honneur.

Mais là sa mission n'était pas terminée;
Elle était tout entière au bonheur de l'armée;
Il devait tout noter, il devait bien tout voir :
L'Empereur le voulait comme un pieux devoir.
Il visite les camps ainsi que les tranchées;
Il note leurs parcours, leurs traces projetées;
Il dessine les forts, leurs travaux menaçants,
Leurs postes avancés sur les points culminants;
Il inscrit leurs détails, calcule leur puissance,
Compare notre force avec la résistance;
Les travaux de la ville en voie et terminés,
Et ceux de notre armée en avant élevés.
Il tient un plan exact des travaux du génie,
Pour être retracés au chef de la patrie.
Tous les autres rapports, quoique bien détaillés,
Étaient sur plusieurs points encor inachevés :
Avant tout l'Empereur voulait tout le possible,
Et non pas le hasard d'un marcher impossible.
De Montebello part, son travail achevé;
Il regagne Paris et semble rassuré;
Il espère beaucoup des fils de la patrie :
Il a vu leurs travaux, jugé leur énergie;
Il brûle de montrer aux yeux de l'Empereur
Les immenses chemins qu'a creusés la valeur.
D'après son jugement, il vaudrait mieux attendre
Nos renforts à venir avant que d'entreprendre
Cet assaut dangereux : ce serait imprudence
Que d'oser le tenter avec si peu de chance;
Puis l'hiver rigoureux, ses pluies, ses mauvais temps
Seraient encore là des obstacles puissants.
Cependant nos soldats avançaient leurs tranchées;
Jusque dessous les forts elles étaient creusées;
Et ces travaux d'approche étaient pour nos soldats
Un sujet incessant de barbares combats.
Ces travaux étaient prêts, et notre brave armée
Savait que sa valeur pouvait sa destinée;
Inkermann et l'Alma parlaient pour l'avenir :

Rien n'était impossible à son puissant désir.
Tous, tous voulaient l'assaut, et leur brûlante envie
Se sentait emporter vers la ville ennemie;
L'assaut était le vœu dominant des soldats :
Ils étaient enivrés du grand feu des combats.
Canrobert le voyait, et sa brûlante flamme
Dessinait malgré lui le désir de son âme;
Mais, hélas! les Anglais n'avaient rien d'achevé :
A peine leur travail était-il ébauché.
Le combat d'Inkermann avait laissé des vides
Qui frappaient droit au cœur ces troupes intrépides;
Puis, pour comble de maux, le choléra, la mort
Semblaient s'unir de plus à leur malheureux sort.
Les veilles, les travaux, le froid et la souffrance
Combattaient leur envie, abattaient leur vaillance;
Tous leurs chevaux mouraient de fatigue et de faim,
Et leur tâche toujours était au même point.
Ce grand retard forcé, si grave, si pénible,
Exaltait nos soldats par son danger horrible :
Il nous fallait garder sous les feux ennemis
Nos travaux achevés et mille fois conquis;
Il nous fallait encor user notre courage
A l'œuvre des Anglais impuissants à l'ouvrage;
Nos soldats s'indignaient à leurs tristes lenteurs,
Nous exposant sans cesse à de nouveaux malheurs.
Pendant tout ce temps-là, le vent, le froid, la pluie
Semblaient porter secours à l'armée ennemie :
Cette tour de Babel et de mal et d'horreur
Devait encor durer et user notre cœur.
Hamelin est malade, et sa forte énergie
Ne peut plus y tenir : il rentre en sa patrie;
L'Empereur a jugé ce qu'était le héros :
Il le fait amiral pour prix de ses travaux.
Bruat, brave marin, comme lui plein d'audace,
Comme lui plein de gloire, aussitôt le remplace.
Ce doux et tendre prix du Prince clairvoyant
Était comme un besoin de son cœur souvenant;

Pour tous il veut justicé, et sa mûre sagesse
La commande sans peur, l'exige sans faiblesse.
Comme nos vaillants chefs, ainsi tous nos soldats
Auront le noble prix de leurs vaillants combats;
Pour cela Canrobert assemble son armée,
Prépare une revue avec soin dirigée;
Il est tout plein de joie : il sent battre son cœur
Au bonheur d'accorder le prix de la valeur.
Au milieu du tumulte et du bruit de la guerre,
Devant Sébastopol tonnant comme un cratère,
Le clairon a sonné ; nos soldats souriants
Passent devant leurs chefs sereins et palpitants :
L'étoile de l'honneur est enfin attachée
Aux cœurs des lauréats de notre brave armée.
O spectacle sublime! ô tendre et doux plaisir!
Que tu savais parler aux sentiers d'avenir!
Sentiment de la gloire, oui, tes bien tendres larmes
Sont faites pour les cœurs! Est-il de plus doux charmes
Que ceux de ce moment si grand, si solennel,
Où la contente main d'un chef grand, paternel,
Attache cette croix, récompense de gloire,
Que le cœur a gagnée allant à la victoire?
Oui, là, tout parle haut, quand on voit tous ces cœurs
Attendris, pleins d'orgueil, verser de douces pleurs;
Quand on voit des soldats, avares du sourire,
Dérider de leurs fronts tout le puissant empire!

Après ce doux devoir, Canrobert, attendri,
Réunit tous les chefs en cercle autour de lui :
« Vaillants héros, dit-il, quand, loin de la patrie,
On se sent seconder avec tant d'énergie,
Oui, le cœur est heureux : il voit un avenir!
Il est tout plein d'orgueil et content de servir.
Oui, Messieurs, avec vous il n'est pas de souffrance;
La pensée est trop grande aux champs de l'espérance
Nos combats l'ont tous dit : aux sentiers de l'honneur,
Vous saurez persister avec le même cœur.

Oui, des succès toujours sourient au grand courage !
L'univers nous contemple et nous voit à l'ouvrage ;
Persistez à montrer que l'on sait conquérir ;
Vous avez commencé, vous saurez en finir.
La patrie attentive, au temple de mémoire
Y scelle les hauts faits de votre illustre gloire ;
Continuez ses vœux ; allez, braves enfants,
Bientôt vous la verrez, et cela triomphants,
Orgueilleuse de vous : alors de douces larmes
Couleront pour vous tous au récit de vos armes.
Mes braves, ô merci ! merci pour votre cœur,
Merci pour la patrie et pour notre Empereur ! »

FIN DU CHANT DIX-SEPTIÈME.

CHANT DIX-HUITIÈME.

Après cette revue enivrante et si belle,
Canrobert est instruit qu'une attaque cruelle
Organisait ses pas : déjà de tous côtés
L'ennemi s'avançait à pas précipités.
La nuit était très sombre, et le noir, de ses voiles,
Couvrait de toutes parts ses nombreuses étoiles;
Un vent glacé du Nord, et fort et mugissant,
Congelait les brouillards et semblait dévorant;
La neige à gros flocons, dans les airs ballotée,
Tombait et s'attachait sur la terre glacée.
Tout à coup Birwleff, officier plein d'honneur,
Intrépide marin, connu par sa valeur,
Marche avec ses soldats et fond sur nos tranchées;
Mais Sédillot est là : des terres entassées
Le masquaient et sa troupe, et leur front courageux
Peut soutenir le choc de leur feu vigoureux.
Une lutte terrible en ce moment s'engage :
Notre tout petit nombre animait leur courage.

Bientôt Foucade accourt; on se bat corps à corps,
On se presse, on s'étouffe, on écrase les morts;
Le carnage est affreux, l'ennemi se replie :
La victoire est encor aux fils de la patrie.
L'ennemi se retire en laissant sur ses pas
Grand nombre de blessés et de nombreux trépas;
Ces maux marchent sans cesse : ainsi chaque journée
Reste sans résultat pour la ville assiégée.
Le général Niel, connu de l'Empereur
Par son rare génie et sa rare valeur,
Obéit à son ordre : il vient dans nos tranchées
Étudier les plans tracés des deux armées;
Pour en juger l'ensemble, il parcourt tous les lieux;
Il examine tout d'un esprit rigoureux.
Selon lui, Malakoff est l'endroit où l'armée
Doit porter ses combats et toute sa pensée :
C'est là la grande clef où l'on doit débuter;
De ce centre de force on peut tout dominer.
C'était l'avis aussi d'un homme bien expert :
C'était la volonté du brave Canrobert.
Cette décision calme l'impatience;
Elle est un avenir aux champs de l'espérance :
La joie est dans les cœurs de nos braves soldats;
Les travaux ne sont rien, ainsi que les combats.
Ce plan sait plaire à tous; on se met à l'ouvrage :
Le désir d'en finir anime le courage.
Du côté des Anglais, tous nos travaux armés
S'avancent vers les leurs et y sont reliés.
Tous nos soldats sont prêts : ils soupirent la gloire;
Ils croient être au combat, ils croient voir la victoire;
Ils sourient à la France, ils sourient à l'honneur;
On n'entend que les cris de : Vive l'Empereur!
Mais, hélas! les Anglais éternisent la guerre;
Leurs travaux imparfaits sont toujours en arrière.
L'impatience, alors, gagne le cœur français;
Canrobert peut à peine en pallier les traits :
Son amour, sa douceur et sa prudence extrême

Ont mis tous leurs efforts à cette dure chaîne.
Le trouble est maîtrisé ; mais, hélas ! son grand cœur
Lui saigne de regret, lui saigne de douleur.
Le moment échappait au succès de nos armes :
Pour lui c'était un deuil de bien amères larmes.
Dans Eupatoria tout marchait à plaisir :
Les Turcs étaient vainqueurs au gré de leur désir.
Nos soldats le savaient : un beau soleil de gloire
Semblait levé pour eux, riant à la victoire ;
Il devait s'éclipser : la lenteur des Anglais
A trompé les désirs et détruit les projets.
Le temps était heureux pour l'armée ennemie :
Elle avait profité de leur grande apathie.
Dessous Sépastopol, déjà de toutes parts,
S'avancent d'autres forts étonnant les regards :
Ils étaient le produit d'une dure énergie ;
Ils s'étaient élevés tous comme par magie ;
Il fallait les détruire, ils étaient dangereux ;
Il fallait travailler sous leurs terribles feux.
Canrobert frissonnait à cette dure idée ;
Il écrit à Bosquet, le mande à la tranchée :

« Général, lui dit-il, vous voyez s'élever
Ces ouvrages puissants ; il faut les renverser.
Marchez, comme toujours, avec prudence extrême ;
J'ai confiance en vous, soyez toujours le même ;
Organisez l'attaque, il faut un beau succès ;
Montrez à l'ennemi ce que peut le Français. »

Meyran avec Monnet, braves parmi les braves,
Préparent au combat leurs superbes zouaves,
Ainsi que le sixième, intrépide et si beau,
Ne rêvant que l'honneur de monter à l'assaut.
Tout est prêt : il fait nuit, le cœur bat, il fait calme ;
Chacun est à son poste, à son ordre, à son arme ;
On s'avance en silence à travers les ravins,
Rampant dessus le ventre, appuyé sur les mains ;

On arrive bientôt à cet immense ouvrage
A travers les dangers du plus affreux passage;
Mais l'alarme est donnée : aussitôt l'ennemi
S'élance avec fureur poussant un affreux cri.
Nos soldats sont cernés par une foule immense;
Une charge terrible et à courte distance
A lieu sur notre front, abat le premier rang
Qui roule pêle-mêle en des ruisseaux de sang.
Mais Monnet était là; son cœur bouillant de rage
A ranimé l'ardeur, excité le courage;
Quoique blessé trois fois et le corps tout sanglant,
Il est fier au combat et s'élance en avant :
« Mes amis, leur dit-il, là-bas est la victoire;
Là-bas sont les combats; accourez à la gloire. »
Il leur montre l'ouvrage au milieu des carrés
S'avançant de partout de canons hérissés;
Il s'élance aussitôt : la mêlée est cruelle;
Tous ont suivi ses pas; le sang coule et ruisselle.
Valasque, de La Fosse et le brave Mernier
Marchent à ses côtés, fiers de le seconder;
Notre brave Leclerc, homme plein d'énergie,
Accourt à leur secours, combat avec furie.
Les carrés sont brisés, et nos braves soldats
Dans le retranchement précipent leurs pas :
Là, comme des lions que commande la rage,
Les dangers ne sont rien sur leur sanglant passage;
Ils semblaient tout dompter, quand des Russes postés
Fondent encor sur eux combattant acharnés.
Là périt de grands chefs dans ce combat terrible,
Mais rien ne peut dompter notre élan invincible;
Tout cède à ses efforts, tout cède à son ardeur,
Et la victoire encor vient couronner son cœur.
Tout marchait au désir : notre illustre génie
S'acharnait aussi lui, marchait avec furie,
Quand tout à coup paraît, s'élevant dans les airs,
Des flammes pour signaux de tous les points divers.
La nuit a disparu : leur brillante lumière

Apporte le grand jour sur les monts qu'elle éclaire.
Le clairon retentit, il résonne au lointain ;
La ville est dans le deuil : on sonne le tocsin.
Son cri triste et lugubre a dominé la nue ;
Des hurlements affreux roulent dans l'étendue :
La terreur et l'effroi parcourent la cité ;
On croyait à l'assaut, tout était atterré.
Mais les grands feux du port, les feux d'artillerie,
Avec ceux des hauteurs de l'armée ennemie,
Jetaient sur l'horizon un peu trop de lueur :
On a vu nos soldats et leur nombre inférieur.
La place se rassure, et ses masses terribles
Inondent de leurs traits nos troupes invincibles ;
Malgré cette avalanche et de traits et de morts,
Nos troupes sont à l'œuvre et redoublent d'efforts.
La redoute chancelle, et notre beau génie
Saccageait cet ouvrage avec art et furie,
Quand accourent alors des milliers de soldats,
Dont le choc grand, terrible a ralenti nos pas.
On se bat corps à corps, on roule pêle-mêle ;
La victoire balance : elle semble infidèle.
Notre brave Monnet, encor au premier rang,
Quoique blessé trois fois et tout couvert de sang,
Fait entendre sa voix, et le mot de patrie
A ranimé le cœur et doublé l'énergie.
Monnet résiste en vain sous cette force immense ;
Il ne peut plus tenir, il voit son impuissance ;
Il sonne la retraite, il ne doit plus lutter ;
Mais l'élan est donné : rien ne peut l'arrêter.
Leclerc, tout plein de sang, marche tête baissée ;
Le nombre n'est pour rien à sa mâle pensée :
Il ne voit plus la mort, il est tout à son cœur ;
Son sang coule toujours aux sentiers de l'honneur.
Enfin, las de combats, abreuvé de carnage,
Suivi de ses soldats il se fait un passage :
Il regagne son camp, content de ses guerriers,
Bénissant leur courage et fier de leurs lauriers.

Ces combats incessants épuisaient l'énergie
Et la grande valeur des fils de la patrie.
Le courage revient, l'esprit est rassuré ;
Une grande nouvelle au camp a transpiré :
L'Empereur va partir et joindre son armée ;
Il veut guider ses pas, suivre sa destinée.
L'espérance l'attend, elle parcourt les cœurs,
Elle sème la joie, émousse les douleurs :
Les blessés, les mourants sortent de leur délire ;
Il voient leur Empereur, ils semblent lui sourire ;
Ils ne craignent plus rien, leur désespoir a fui ;
L'avenir est plus grand, il repose sur lui :
O confiance pure ! instinct de l'espérance !
Tu regardais ton Dieu, le sauveur de la France !
Ton œil était serein et ton cœur rassuré ;
Tu croyais au triomphe : il t'était inspiré.
Tu le voyais marcher : ta foi grande et profonde
Rendait le cœur sans peur et la mort inféconde.
Partout le camp aussi n'a qu'un cri de bonheur,
C'est le cri répété de : Vive l'Empereur !
La joie a son doux cours ; l'ami de la patrie
A bientôt tout calmé par son puissant génie ;
Le courage et l'ardeur soupirent son appui :
Son amour a parlé, l'amour compte sur lui ;
Écho redit partout, dans notre belle armée,
Ses sublimes projets, son idée arrêtée.
Pendant que nos soldats s'enivraient à plaisir
De ce tendre bonheur consolant l'avenir,
Une nouvelle triste afflige la Russie :
Elle perd un héros, une forte énergie ;
La mort, la triste mort y dresse un grand cercueil ;
La tristesse est autour et son lugubre deuil.
La force, la puissance et leur terrible allure
Y payent les durs droits de l'avare nature :
Hélas ! le czar n'est plus ! Au loin, de temps en temps,
On voit de noirs signaux agités par les vents ;
Les cloches, les canons contrastent leur murmure ;

Ils pleurent un pouvoir sur une sépulture :
Les grandeurs en ce monde et leur fragilité
Se voient dedans une urne avec leur nudité.
Dans le cœur de la mort on voit l'indifférence;
Elle exerce sans voir au gré de sa puissance;
Elle frappe partout en son terrible cours :
Sans choix et au hasard, elle détruit toujours.
Tout se soumet à elle : elle déjoue l'envie;
Les projets ne sont rien sur sa route chérie.
Cette mort semble dire aux yeux de l'avenir :
De Dieu c'est là le doigt au sort de conquérir.
Cette ambition forte, au néant appelée,
Entr'ouvrait le rideau sur notre destinée;
C'était un doux espoir : la mort lève souvent
Bien des difficultés par son puissant tranchant.
On croyait à la paix, et notre brave armée,
Loin d'en être contente, en était attristée.
Son sang avait coulé : son cœur avait des droits
Au doux et noble prix de ses vaillants exploits;
Ce sentiment pieux des fils de la patrie
Était, comme l'honneur, aussi fort que la vie.
Leurs vœux sont exaucés : les descendants du czar
Gardent à son niveau leur fougueux étendard;
Ils continuent d'aller aux désirs de leur père;
Son souvenir les guide : ils poursuivent la guerre.
La mort n'a rien changé de l'esprit et du cœur;
Le canon continue avec la même ardeur;
Sur nos cheminements, partout avec furie,
La mitraille laboure et moissonne la vie.
L'assaut était urgent : il était demandé;
Il était un devoir, une nécessité.
Nos amis les Anglais, toujours lents à la guerre,
N'étaient pas encor prêts à cette dure affaire :
Le froid, la maladie et de tristes combats
Intimidaient leur cœur et retardaient leurs pas;
Ils avaient trop souffert : leur armée, épuisée,
De sa perte cruelle était encor navrée.

Leur état était triste : il faisait frissonner ;
Ils étaient en arrière et ne pouvaient marcher.
Canrobert s'indignait, et son âme affaissée
Voyait avec douleur épuiser son armée.
Dans des cheminements terminés pour agir,
Où son cœur frémissant attendait pour bondir,
Il fallait rester là, garder sa propre gloire,
Quand le chemin ouvert promettait la victoire,
Et laisser, inactifs, moissonner ses soldats,
Regardant Malakoff en se croisant les bras,
Quand les Russes ardents, autour de cette place,
Cumulaient le génie et la force et l'audace.
Ainsi tous ces retards confortaient leurs travaux,
Faiblissaient notre chance et grandissaient nos maux.
Cette place infernale était comme un cratère ;
Ses flancs s'arrondissaient d'une lave meurtrière ;
Mille réseaux de feux, cent fois superposés,
Étalaient leurs regards de la mort enflammés ;
Incessamment en l'air, leurs laves flamboyantes
Illuminaient l'espace et tombaient frémissantes
Sur nos pauvres soldats, maîtrisant leur essor
Au milieu des dangers, au milieu de la mort.
Ils sacrifiaient tout pour leur patrie aimée :
Leur sang et leur ardeur, avec leur destinée.
Le brave Canrobert, en vain, à lord Raglan,
Dépeignait-il sans cesse un tableau si navrant,
Sa froideur écoutait et semblait attentive ;
Sa réponse toujours incertaine, évasive,
Chaque jour éloignait cet assaut désiré,
Assurant que dans peu tout serait préparé.
Le brave Canrobert, plein de mélancolie,
Gémit pour ses soldats, gémit pour sa patrie :
« O mes amis ! dit-il en son excellent cœur,
Est-ce là le doux prix qu'obtint votre valeur ?
O mes pauvres enfants ! de la persévérance !
Soyez comme toujours, dignes de notre France ;
Votre abnégation vous couvre de lauriers :

Cette vertu sublime est celle des guerriers ;
Les cœurs, les nobles cœurs, dignes de la victoire,
Trouvent dans la grandeur le doux prix de la gloire. »
Puis, tournant ses regards vers nos retranchements,
Son cœur était en proie à mille sentiments :
« Oh ! fussions-nous seuls, disait-il à lui-même :
Que de maux épargnés à notre ardeur extrême !
Unité d'action, force des ennemis,
Pourquoi nous fuir ainsi ? Tout nous serait soumis. »
Pendant qu'il agitait cette triste pensée,
Et planait ses regards sur notre brave armée,
Un silence trompeur se faisait observer ;
Il avait quelque but, présageait un danger.
Ce repos préparait une forte énergie :
Les Russes s'apprêtaient à faire une sortie.
Le temps marchait pour eux, le jour hâtait ses pas :
Leur moment arrivait de l'heure des combats.
Le soleil avait fui : la nuit la plus obscure
D'un voile de tristesse emplissait la nature ;
Un vent glacé du Nord sifflait dans les ravins ;
D'affreux torrents de pluie inondaient les chemins ;
La neige s'abattant, par tourbillons lancée,
Aux corps de nos soldats s'attachait acharnée :
Tout semblait un déluge, et le bruit et l'horreur
Marchant d'un même pas pour attrister le cœur.
Nos soldats, cependant, étaient à la tranchée ;
L'ouragan n'était rien : leur place était gardée ;
Tout était surveillé ; nos ouvrages conquis
Étaient bien défendus, malgré les ennemis,
Quand, dans ce dur chaos, horrible, épouvantable,
Vient s'en offrir un autre encor plus formidable :
Le brave Gortschakoff profite du fracas
De cette nuit affreuse où l'on ne se voit pas,
Pour fondre dessus nous, et tâcher de reprendre
Tout leur terrain perdu qu'on ne voit pas défendre.
« A vous, dit-il, Khrouleff, à vous ce coup de main ;
Profitez du moment, mettez-vous en chemin ;

19

Montrez à l'ennemi qu'il est dans la Russie
Des enfants de la gloire, amis de la patrie. »
Khrouleff part aussitôt, et ses braves soldats
Imitent son courage et volent sur ses pas;
Sur nos cheminements, cette force imposante
Tombe comme une bombe et marche menaçante.
Partout, au même instant, nos travaux avancés
De nombreux assaillants se trouvent entourés;
Le commandant Banon, homme plein de courage,
Couché dessus le sol, abrité d'un ouvrage,
Se lève tout à coup; ses zouaves vaillants
Se dressent comme lui, font face aux assaillants;
Leurs fusils comme un seul, et à courte distance,
Dénoncent la valeur des enfants de la France.
Tout tombe au premier rang : une lame d'acier
Par file a moissonné sans y rien épargner.
L'ennemi s'épouvante, un instant il hésite;
Mais ses rangs reformés se resserrent bien vite :
Un nouveau feu commence, et un carnage affreux
Surgit de toutes parts, ensanglante ces lieux.
Les Russes aussitôt, sous ces charges cruelles,
A droite comme à gauche ont étendu leurs ailes;
Ils cherchent à cerner nos postes avancés :
Nos zouaves toujours résistent acharnés.
Des feux croisés bientôt la mort impitoyable
Apporte dans nos rangs un dommage effroyable;
Cernés de toutes parts, nos illustres soldats,
Baïonnette en avant, affrontent le trépas;
Trois fois ouvrant les rangs par un affreux carnage,
A travers la mitraille ils se font un passage :
Trois fois ils vont encor dans les rangs ennemis.
C'en était fait, hélas! ils étaient désunis!
Quand tout à coup Monet, homme plein d'énergie,
Se porte sur la gauche avec sa compagnie;
La mêlée est affreuse, et nos braves soldats
Peuvent se réunir en dépit du trépas :
Notre illustre Banon, sanglant dans la mêlée,

Porte partout la mort sous sa vaillante épée;
Un plomb meurtrier l'atteint, et lègue aux champs d'hon-
La gloire d'une mort dont s'honore le cœur.   [neur
Le colonel Janin, au bord de la tranchée,
Combat avec fureur et en défend l'entrée;
Blessé, son sang ruisselle : il en est aveuglé;
Mais le danger commande : il y reste acharné;
Il se doit à l'exemple, il se doit à la gloire;
La mort pour lui n'est rien : elle est pour la victoire.
Le brave d'Autemarre, en ce lieu dangereux,
Accourt comme un lion et combat furieux;
A la tête partout des fils de la patrie,
Il est le ralliement, soutien de l'énergie.
Mais l'illustre Khrouleff, se voyant résister,
Accourt à notre gauche et cherche à l'occuper;
Il a déjà gagné, dans sa course guerrière,
L'approche des Anglais qu'il tourne par derrière :
Avant que ces derniers aient pu gagner ces lieux,
Il cerne notre gauche en un bond vigoureux.
Il nous charge de flanc : son tir affreux, terrible
Cause dedans nos rangs un carnage indicible;
Heureux de ce succès, il bondit, emporté,
En face des Anglais il se trouve engagé.
Ses phalanges bientôt franchissent leurs tranchées;
Elles luttent en vain : elles sont repoussées.
Les Anglais sont vainqueurs, le terrain reconquis,
Et le désordre court parmi les ennemis;
Ils veulent se rallier, il leur est impossible :
Leur lutte est sans effet, leur lutte est inutile.
Dans nos rangs, au contraire, un combat acharné
Continue à marcher avec férocité;
Nos soldats tiennent bon : le plus affreux carnage
Se dessine partout sur leur sanglant passage;
Nos chasseurs aussitôt, par un bond vigoureux,
Volent à leur secours et marchent avec eux.
On combat corps à corps : cette triste mêlée
Jonche d'illustres morts la terre ensanglantée;

Le désespoir, la rage animent nos soldats;
La nuit voile l'horreur, l'horreur poursuit leurs pas;
Mais tout résiste en vain aux enfants de la France :
Leur cœur sait tout dompter et fait leur espérance.
Ils sont fumants de sang, et l'ennemi, lassé,
Abandonne le sol de cadavres jonché.
Là finit ce combat, infernale sortie,
Nuit cruelle et barbare où perdirent la vie,
Hélas! tant de soldats, si superbes guerriers,
Dont l'ombre osa voiler tant d'illustres lauriers!
« O Banon valeureux! ta vaillante patrie
A vu toute ta gloire et jugé ton génie;
Guerrier, console-toi; ton sublime trépas
A triomphé de l'ombre : oui, ta vie ne meurt pas !
Oui, la France t'a vu, c'est assez pour ta gloire;
Tu vivras à jamais : c'est le cri de l'histoire.
Console-toi, guerrier, tu gagnas tous les cœurs;
Oui, ta valeur est grande et digne de nos pleurs! »
L'Empereur est instruit des maux de son armée;
Ses maux lui sont cruels, son âme en est navrée;
Ses yeux sont en Crimée : il ne peut que gémir;
Le sang de ses enfants le presse d'en finir.
Tout son penser est fixe à ce siége terrible;
Il sait qu'au cœur français tout est toujours possible.
Il fallait des renforts : il songe à ses guerriers
Dont le sort est la mort ou la vie des lauriers;
A sa garde si brave, à sa garde chérie;
Elle en briguait l'honneur : son grand cœur l'a choisie.
Il la passe en revue, et, mettant dans ses mains
Les aigles souriant au vol de leurs chemins,
Son cœur s'exprime ainsi : « Soldats, par sa puissance,
Son vœu, sa volonté, notre superbe France
A fait revivre encor des choses qu'à jamais
L'on croyait sans espoir, malgré leurs grands bienfaits.
Notre sublime Empire est remis sur sa base;
Sa grandeur recommence une nouvelle phase.
Oui, soldats, aujourd'hui, nos plus vieux ennemis

Nous prêtent leur concours en sincères amis;
Notre illustre drapeau, le drapeau de la France,
Dans des pays lointains, triomphant, se balance;
Là, nos aigles encor, en planant vers les cieux,
N'avaient jamais porté leur vol audacieux.
Ma garde est devant moi : ce grand foyer de gloire
Des doux temps d'autrefois me rappelle l'histoire;
Elle est comme jadis autour de l'Empereur,
Avec même costume où bat le même cœur,
Avec même étendard de la gloire chérie,
Et même dévouement à sa douce patrie.
Recevez ces drapeaux, faites comme autrefois;
Ils flottaient partout grands au doux respect des droits;
Imitez vos aïeux dont s'honore l'histoire;
Vos frères font comme eux : suivez-les à la gloire.
Allez, allez, enfants, je vous sens tressaillir;
Oui, vous aurez comme eux des lauriers à cueillir;
Vous allez recevoir ce bienheureux baptême,
Ce baptême de feu : la victoire vous aime!
Allez à vos désirs, aux forts Sébastopol;
La victoire vous veut sur cet illustre sol.
Plantez dessus ses murs l'étendard de la France;
Gravez sur leurs créneaux votre illustre vaillance :
Les siècles, en passant sur ces lieux de grandeur,
Rediront à jamais votre illustre valeur. »

L'Empereur se retire après ces tendres mots;
Son âme était émue et peignait le héros.
Il voulait partager le sort de son armée,
Ses fatigues sans nombre, avec sa destinée;
Un devoir bien sacré, le devoir de son cœur,
En éloignait encor ce sincère bonheur :
La France avait besoin du feu de sa présence,
De son zèle de paix, de sa persévérance;
Le feu des passions, sous ses pieds atterré,
Faisait de sa présence une nécessité.
Le brave Levaillant, son ministre fidèle,

Gémissait avec lui ; son âme paternelle
Bénissait ses désirs : elle aimait les lauriers.
Ses ordres sont donnés pour aider nos guerriers ;
Elle prépare tout : cette petite armée
Se sent prête à gagner les bords de la Crimée.
Notre illustre Régnault, esprit sage et prudent,
De cette brave garde a le commandement ;
On lève l'ancre, on part : les vaisseaux battent l'onde ;
Ils se jouent sur les flots de cette mer profonde ;
Marseille est déjà loin, et de derniers adieux
S'échangent du rivage et se cherchent des yeux.
Tout disparaît bientôt sur cet abîme immense ;
Mais la gloire sourit aux enfants de la France ;
Ils rêvent les combats, et des chants glorieux
Partent de leurs vaisseaux et s'élèvent aux cieux.
O quel plaisir de voir ces gloires immortelles
Animer leur grand front pétillant d'étincelles !
La gloire avait parlé : leurs cœurs semblaient bondir ;
Ils voulaient des dangers et brûlaient d'y courir.
Dieu bénit leurs doux chants ; la mer reste tranquille ;
Elle aime leurs désirs : leur trajet est facile.
On aperçoit bientôt, se dessinant aux yeux,
Des sites verdoyants s'élevant jusqu'aux cieux :
C'était cette Turquie autrefois si guerrière,
Autrefois si puissante et si grande et si fière ;
Les cœurs battent de joie : on débarque à Malasch,
Lieu d'avance marqué pour former le bivac.
Là se trouve une ferme et fertile et immense,
Fuyant sous l'horizon de la mer qui s'avance ;
Ces lieux si pleins d'attraits, campagne du sultan,
Étaient fixés par lui pour être notre camp.
D'Aurelle et Herbillon saluent la garde amie :
C'étaient des combattants de la même patrie.
Cette petite armée avait pour mission
Quelque manœuvre à part : une diversion.
Nos travaux avancés ont fait changer d'idée :
Tous ces beaux bataillons sont mandés en Crimée ;

Le sultan accourt voir ces soldats valeureux ;
Il les passe en revue et leur fait ses adieux.
Les choses ont marché : le temps s'enfuit et presse ;
Les projets, les désirs se succèdent sans cesse.
Le brave Omer-Pacha, tout couvert de lauriers,
Arrive accompagné de ses braves guerriers ;
Enfin le jour est là ; l'attaque est décidée ;
Un doux rayon de joie a sillonné l'armée :
C'est l'heure des combats ; tout presse d'en finir ;
La nature frémit des maux qui vont surgir.
On donne le signal : chacun est à sa place ;
Les yeux sont sur la ville et dévorent l'espace ;
Un vent impétueux apporte aux ennemis
Les élans de la gloire avec ses nobles cris.
Les canons sont braqués sur la ville attristée ;
Vaincre, domine tout : c'est toute la pensée ;
Nos amis les Anglais sortent de leur lenteur ;
Ils sont prêts comme nous et suivent notre cœur.
Le canon retentit, et bientôt dans les nues
Cent détonnations mugissent confondues ;
Ces tonnerres affreux déroulent dans les airs
Des torrents de fumée et des sillons d'éclairs :
De même que la grêle, au plus fort des orages,
S'abat en mugissant sillonnant les nuages ;
Ainsi de toutes parts, dans ces lugubres lieux,
C'est même sifflement sous la voûte des cieux.
Et ces foudres roulant, volant avec furie,
Tombent dessus la ville éperdue, ébahie ;
Ses murs sont ébranlés, et l'on voit la terreur
Marcher avec le sang et resserrer le cœur.
Gorstchakoff, atterré de l'attaque subite,
Vole à tous les dangers, partout se précipite ;
Ses ordres sont donnés : il a fixé nos camps ;
Ses remparts sont gardés de nombreux combattants ;
Ses canons sont tous prêts, et ces foudres de guerre
Vomissent de partout et font trembler la terre :
C'est un chaos sans fin de tumulte et de bruit ;

La nature frissonne et la terre gémit.
La ville disparaît; une épaisse fumée
Se grossit s'élevant de flamme sillonnée.
Des deux côtés l'on voit s'animer l'énergie :
Le courage et l'honneur parlent pour la patrie.
La place, cependant, paraît se ralentir;
Nous semblons dominer sur son terrible tir;
Ses murs, ses bastions, partout, de place en place,
Portent de nos boulets une effroyable trace;
De nos côtés aussi le feu de l'ennemi
Cause sur notre front un dégât inouï.
L'eau tombe par torrents : les terres détrempées
Glissent de toutes parts et comblent nos tranchées.
Nos braves canonniers, dans ce cloaque affreux,
Conservent leur sang-froid et leur air radieux.
La gloire est leur aimant, combattre fait leur vie;
Les dangers ne sont rien contre leur énergie;
Ils veulent en finir, ils pressent les combats :
Leur amour pour la gloire aiguillonne leurs pas.
Nos pertes vont au cœur; elles sont trop cruelles;
La vengeance jaillit ses fières étincelles.
L'assaut domine tout; mais il faut s'emparer
De postes étendus avant que d'y marcher;
Ils gênent nos travaux et notre marche à faire
Pour nous approprier le haut du cimetière,
Ainsi que le ravin dominant la cité :
Ces postes sont pour nous une nécessité.
C'est là que nos soldats redoublent d'énergie;
Les boulets ne sont rien, et les torrents de pluie,
Tout cède à leurs efforts, et leurs bras vigoureux,
Dispersant l'ennemi, sont maîtres de ces lieux.
C'est la fin d'aujourd'hui; mais demain recommence :
Rien ne saurait lasser les enfants de la France;
Ils marchent de nouveau : l'honneur dans les combats
Suffit pour aiguillon et dirige leurs pas.
Mangin tombe blessé; la mêlée est terrible;
La terre se rougit, le carnage est horrible;

Le canon retentit : une voûte d'airain
S'élève, se rabat, laboure le terrain.
Notre tir est affreux; il triomphe, il domine;
Jusqu'au fond du ravin il moissonne et chemine;
Là, de tous les côtés, les cris les plus affreux
Maîtrisent le tumulte et attristent ces lieux;
L'ennemi se retire abrité par des pierres :
Il abandonne enfin tous ces profonds repaires.
La victoire est à nous; mais, hélas! que de maux!
Que de braves soldats! que d'illustres héros.
Sont morts sur leurs lauriers, léguant à leur patrie
L'exemple du courage et de leur énergie,
Et de cet héroïsme, empreint de la grandeur,
L'orgueil du citoyen comme celui du cœur!
Masson, et toi Bizot, à jamais votre gloire,
Comme l'étoile au ciel, brillera dans l'histoire!
L'ennemi se retire, et ces combats sans fin,
Hélas! auront encor un triste lendemain!

FIN DU CHANT DIX—HUITIÈME.

CHANT DIX-NEUVIÈME.

A peine le soleil commençait sa carrière
Et déroulait son pourpre et ses jets de lumière,
Qu'on entend le canon : la nature frémit;
Le sol trémousse et tremble, et le ciel s'obscurcit.
Nos braves canonniers, ardents à leur ouvrage,
A leurs pièces cloués redoublent de courage;
L'ardeur n'a plus de frein; on ne voit dans les airs
Qu'une profonde nuit où se jouent les éclairs;
Cette voûte de feu jusqu'au ciel élevée
Paraît et disparaît de deux côtés poussée,
Et ce dôme d'airain s'abat en mugissant
Et du camp à la ville et de la ville au camp.
Le jour semble à la nuit, et cet aspect horrible
Jette dedans chaque être une peine terrible :
On se sent frissonner; les cris de la douleur
Viennent grandir encor le tumulte et l'horreur.
Dans cet échange affreux de morts et de carnage,
La place ralentit son tir malgré sa rage;

Le feu de nos vaisseaux commence avec fierté;
Il abat, il détruit aussi de son côté.
Les dégâts sont affreux, incessants et visibles;
Rien ne peut résister à nos canons terribles.
Nos soldats frémissants sont tous prêts à bondir;
Leurs yeux sont sur la ville, ils semblent y gravir;
Mais la prudence hésite; une reconnaissance,
Poussée aux environs jusqu'à forte distance,
N'avait rien rencontré; tout portait à penser
Que Gortschakoff alors avait dû concentrer
Soldats dessus soldats dans la ville assiégée.
Ce bruit était commun : c'était chose jugée;
Et puis encore à Vienne un congrès assemblé
Dessus la guerre en rien ne s'était prononcé.
Enfin on attendait, débarqués en Turquie,
Des renforts nous venant de la mère-patrie :
Leurs yeux étaient sur nous demandant tous les jours
Le tendre et doux bonheur de nous porter secours;
Tout cela parlait haut; il fallait donc attendre :
Le besoin, le danger, tout le faisait comprendre.
Mais les choses marchaient et jetaient dans le cœur
Trop de maux à souffrir et de sang et d'horreur.
On désire en finir : c'est l'unique pensée;
Le besoin du présent force la destinée;
On s'assemble en conseil; l'assaut est décidé :
Tous bénissent ce jour avec cœur et fierté.
Déjà de toutes parts nos phalanges guerrières
Se disputaient l'honneur de marcher les premières,
Quand vient une dépêche; elle fait tressaillir;
Elle porte ces mots : « L'Empereur va venir! »
Il a vu nos périls, il a senti notre âme;
Il veut nous diriger dans cet illustre drame.
Elle disait aussi que dans fort peu de jours
Des troupes seraient là pour nous porter secours.
Cette annonce subite apportée à l'armée
Entr'ouvre une autre marche à la marche arrêtée :
On s'assemble en conseil, et il reste jugé

Qu'il faut surseoir encore à l'assaut désiré ;
Attendre les renforts dont la brave énergie
Quittait avec plaisir les bords de la Turquie,
Dont le cœur soupirait et battait du désir
De venir avec nous se battre et conquérir.
Ce qui parlait surtout : on avait l'espérance
De posséder enfin le sauveur de la France ;
Les vœux étaient tous là : chacun sentait son cœur
Pressé de plus de gloire et de plus de bonheur.
On voulait son génie en cette dure affaire ;
La ville était d'airain, chaque fort un cratère ;
En attendant ce jour, on émet le projet
De marcher dessus Kertz et Iénikalé.
Ce moyen séparait l'Europe de l'Asie ;
Barrait la mer d'Azof de l'armée ennemie ;
Notre flotte approuvait cette expédition :
Elle y voyait pour elle un nouvel horizon.
Lord Raglan partageait cette heureuse pensée ;
Elle avait son sourire, il l'avait acceptée :
« Profitons, disait-il, du temps que nous avons
Pour marcher dessus Kars, et nous enlèverons
Aux Russes leurs transports avec leurs subsistances
Qui, par la mer d'Azof, leur arrivent immenses. »
Aux yeux de Canrobert il était imprudent
D'éloigner nos vaisseaux de notre campement ;
Il regardait Kamiesch et sa brillante armée :
Le transport des soldats occupait sa pensée.
Enfin, contre son cœur, Canrobert s'est rangé
Aux vœux de lord Raglan : le plan est adopté ;
Il sentait trop le prix d'une bonne harmonie
Pour qu'il ne le fît pas par pure courtoisie.
Après tous ces débats trop navrants pour son cœur,
Il vole à ses soldats, son unique bonheur ;
Il les passe en revue : il brûlait de leur dire
Quelque chose qui pût leur plaire et leur sourire.
Le défilé commence, et ce bon général
Contemple leur tenue avec leur air martial ;

Son cœur battait bien fort : il pensait à la gloire;
Leur aspect lui disait : nous aurons la victoire.
Bientôt le clairon sonne; un immense circuit
Commence de partout et le presse et le suit :
« Messieurs, dit Canrobert, votre tâche s'avance;
Je suis content de vous; de la persévérance!
Rien ne vous manquera : trente mille soldats
Viennent en ce moment partager nos combats;
Ils quittent la Turquie, et bientôt leur courage
Avec vous marchera sur ce sanglant rivage,
Et ces forts si puissants, si fiers de résister,
Sous vos coups redoublés vont bientôt s'écrouler;
Partout on pourra dire à notre noble France :
Là-bas étaient tes fils dignes de ta vaillance. »
Après ce doux discours, la joie et le bonheur,
En éclairs bienfaisants sillonnent chaque cœur.
On regagne le camp, tous pleins de confiance
Et de désirs de gloire et de son espérance;
Mais les Russes actifs réparent chaque nuit
Avec acharnement chaque ouvrage détruit;
De plus leur contre-approche, avec ardeur poussée,
Étalait son grand front et semblait achevée.
Ces repaires cruels contenaient dans leurs flancs
Des tigres toujours prêts et toujours menaçants;
Ils étaient une entrave à notre beau génie
Et causaient de grands maux à notre artillerie;
Il fallait les détruire, et cela sans retard :
Ils pourraient exiger tout un siége plus tard.
Pélissier le pensait dans sa sagesse extrême;
Le général en chef l'avait jugé de même :
Il a vu leur menace, il a vu leur danger,
Et se dispose enfin à les faire enlever;
Il mande Pélissier; d'une voix animée
Et qui presse son ordre, il lui peint sa pensée :
« O général! dit-il, ces ouvrages là-bas
Nous harcellent toujours, entravent nos combats;
Il faut les enlever; organisez l'affaire;

Tombez dessus ces lieux comme un coup de tonnerre.
Tout presse, général, mettez-vous en chemin;
Volez aux doux lauriers de ce beau coup de main !
Marchez à vos sentiers, aux sentiers de la gloire;
Oui, je compte sur vous : vous aurez la victoire. »
Pélissier était prêt; il s'élance et bondit
Au milieu de la mort qui l'évite et le suit;
Tout tremble sous ses pas, et sa terrible épée
Brandit, renverse, excite et fume ensanglantée.
Bazaine, Viénot, de Salles et Bosquet,
Et de La Motterouge, et Raoul, et Rivet,
Volent dessus ses pas : leurs phalanges lancées
Semblent fendre les airs sur des ailes portées.
C'est un fougueux torrent déchaîné des ravins,
Qui court, renverse tout dans ses mille chemins.
Le sang coule à gros flots; le doux cri de patrie
Sait réchauffer le cœur et tremper l'énergie;
Un élan inouï les pousse à la valeur :
On n'entend d'autre cri que vive l'Empereur !
Le général Lebœuf mitraille avec furie;
Il annihile le feu de chaque batterie
Qui nous lance la mort, et nos braves soldats
Bondissent insensés, sans calculer leurs pas,
Au bastion central, et là leur front terrible
Paye un bien dur tribut à leur marche invincible :
Les bombes, les boulets, de tous côtés lancés,
Y cumulent les morts sur les morts entassés.
Mais nos traces sont là comme douce espérance :
Ce succès est assez pour les fils de la France.
Gortschakoff, écumant de rage et de fureur,
S'étonne de nous voir éclipser sa valeur;
Il anime, il gourmande, il commande en personne,
Et sa terrible épée et s'agite et moissonne.
Mais, hélas! tout est vain; nos superbes guerriers
Se battent corps à corps et cueillent des lauriers.
Ces postes avancés, malgré leur énergie,
Ne peuvent plus tenir : nos soldats en furie

Les ont bouleversés. Les Russes sont vaincus;
Ils rentrent dans leurs forts, étonnés, éperdus;
Mais, hélas! ce succès, si brillant pour nos armes,
Avait son dur côté, ses bien cruelles larmes :
Que de morts à pleurer! que d'affreuses douleurs
Gisent dessus ce sol et navrent tous les cœurs!
Dubosquet, Viénot, votre perte est cruelle!
La patrie a pleuré votre gloire immortelle!
Votre exemple vivra, léguant à l'avenir
Tous vos vaillants exploits et leur beau souvenir.
Le feu se ralentit, et, dans la matinée,
Quatre cents travailleurs de notre brave armée
Relient tous nos travaux à ceux déjà gagnés;
Ils ont atteint la place, avec ardeur poussés;
Ce poste était puissant, et notre beau génie
Mettait pour s'y fixer toute son énergie.
Cependant, Gortschakoff ne se sent pas vaincu;
Il veut reconquérir tout son terrain perdu;
Il lance un régiment au milieu du silence
D'une profonde nuit : intrépide, il s'avance.
Mais Martinaud est là : son sang-froid éprouvé
A reçu tout son choc sans en être ébranlé.
L'ennemi bat la charge : un horrible carnage
De nouveau recommence avec la même rage;
Le superbe Khrouleff anime ses soldats :
Aux pieds des parapets ils ont porté leurs pas.
Ils s'y cramponnent tous : la rage et la furie
Y répandent leur sang avec leur énergie;
La mort vole partout, on s'étreint corps à corps :
Le sol trempé de sang se recouvre de morts.
Mais notre garde est là : telle qu'une lionne
A qui l'on a ravi ce qu'elle ambitionne,
Fond sur son ennemi l'œil plein de fureur,
L'étreint avec plaisir, l'étouffe sans horreur;
De même notre garde, en ce moment extrême,
Tombe sur l'ennemi : c'est son premier baptême.
Gentil est à sa tête, et nos braves guerriers

Se disputent le pas, la mort et ses lauriers;
Tout tombe devant eux, et leur brillant courage
Culbute tous les rangs et s'y fait un passage.
Courbon bientôt arrive, et ce puissant renfort
Vient terminer la lutte et en fixer le sort :
Les Russes, débordés par la force et l'audace,
Désertent le combat et rentrent dans la place.
Le drapeau blanc paraît : on enterre les morts;
Un silence se fait aux camps et sur les forts.
Après ce saint devoir, les foudres de la guerre
Recommencent leur train et font trembler la terre;
L'airain part et revole, et, sillonnant les airs,
Retombe en pluie de mort sur mille points divers.
Notre flottille part, elle s'élance, fière;
Bientôt Kertz apparaît à sa marche guerrière;
Alors Lyons, Bruat sentent battre leur cœur :
Ce point est à leurs yeux un grand chantier d'honneur.
Mais pendant qu'ils voguaient au gré de leur envie
Et rêvaient des lauriers de plus pour leur patrie,
Canrobert a reçu les ordres d'attaquer :
Notre Empereur lui-même enjoignait de marcher.
Ces mots étaient pressants : « Concentrez votre armée;
Frappez par tous moyens qui sont en la Crimée ! »
Canrobert obéit sans nul autre penser;
C'était là son devoir : il part sans balancer;
Il va trouver Raglan, et, plein de politesse,
Il lui montre cet ordre et formel et qui presse.
Raglan paraît froissé, son front serein rougit;
Il fixe Canrobert, il s'étonne et gémit :
« Pourquoi cela? dit-il, je ne puis le comprendre;
La marche a paru bonne, et on a dû s'y rendre.
Pourquoi donc ce rappel serait-il ordonné?
Je ne puis y trouver nulle nécessité;
Différons quelque temps, et bientôt la flottille
Saura montrer aux yeux que sa marche est utile. »
Canrobert s'y refuse, il ne voit qu'un devoir :
C'est celui d'obéir aux ordres du pouvoir;

A ce but de son cœur son âme est immuable;
Elle reste impassible : elle est inexorable.
Ce fut de ce moment qu'on vit de la froideur
Surgir dans les rapports de ces hommes d'honneur;
Ils s'estimaient tous deux, et leur indifférence
Était bien loin d'aller jusqu'à la méfiance.
La flottille revient, hélas! le cœur bien gros!
Elle voyait la gloire en voguant sur les flots;
Tous nos renforts promis ont quitté la Turquie;
Ils abordent joyeux cette rive ennemie.
Pendant tout ce temps-là notre cause a parlé :
On a vu sa sagesse et sa sincérité.
Un prince valeureux, grand ami de la gloire,
Aussi veut avec nous une page d'histoire :
Victor-Emmanuel partage notre cœur;
Son âme aussi lui dit de voler au malheur;
Il aime la justice, et son puissant génie
A fait cause commune avec notre patrie.
De La Marmora part, et ses bouillants soldats
Nous ont déjà rejoint et briguent des combats.
L'armée anglaise enfin renaît, redevient fière;
Elle est ce qu'elle était partant de l'Angleterre :
Des bataillons indiens ont repeuplé ses rangs
De canons, de chevaux et de beaux combattants.
Enfin tout était prêt pour les champs de la gloire;
Déjà Clio riait au burin de l'histoire;
Nos guerriers palpitaient, et leur terrible ardeur
Comptait sur la victoire, attendait l'Empereur.
Cet espoir est déçu : notre superbe France,
Bien loin de le permettre, exige sa présence;
Ce sentiment le gagne; il cède à son désir,
Il cède à l'amitié : son cœur se sent gémir.
Le sacrifice est fait de sa brûlante envie
Au bien et aux besoins de sa douce patrie;
Auprès de sa personne il fait venir Favé,
Et lui parle en ces mots, le cœur triste et navré :
« Partez vite, dit-il, volez vers la Crimée!

Puissé-je vous y suivre au gré de ma pensée!
Portez à Canrobert ce plan que j'ai dressé;
Qu'il marche selon lui sans être intimidé;
Une nécessité, dans ce moment, cruelle,
M'attache à cette terre, et j'y reste fidèle.
Je songeais à partir, je rêvais ce bonheur;
C'était un doux plaisir que j'aimais à mon cœur;
Mon projet est déçu : dites à notre armée
Tout le profond chagrin dont mon âme est navrée;
Que Canrobert le peigne à nos braves soldats;
Oh! qu'il leur dise bien que je suis tous leurs pas
Du cœur, de la pensée, et bénirai leur gloire!
Oui, j'aurai ce bonheur : je l'aime et j'ose y croire! »
Aussitôt Favé part, et la plaine des eaux
Déride sa surface et aplanit ses flots.
Il a touché déjà les bords de la Crimée;
La nouvelle qu'il porte est triste à notre armée :
Ce fut un coup de foudre, et nos vaillants soldats
Semblent être glacés des horreurs du trépas.
Cette brillante armée, ardente, épanouie,
Par le plus grand des maux paraît anéantie;
Canrobert la console, et son excellent cœur
Explique les raisons retenant l'Empereur.
Il lui peint son chagrin, lui dit que la patrie
Demande sa présence ainsi que son génie :
« Soldats, ajoute-t-il, son cœur suivra vos pas;
Il veut votre triomphe et presse les combats.
Nous allons, il le veut, marcher vers ces murailles :
Son plan est dans mes mains. Désirez les batailles;
Oui, soldats, soyez fiers; oui, vos bras vigoureux
Rempliront un grand but : le triomphe est pour eux.
Bientôt vous rentrerez, l'âme fière et ravie,
Au sein de vos désirs, au sein de la patrie :
L'amour et le bonheur feront votre avenir.
La France vous attend, elle vous sent gémir;
Elle bénit vos cœurs, elle attend votre gloire;
Elle attend ses enfants, heureux de leur victoire :

Cette mère de tous, fière de votre cœur,
Oui, bientôt le sera de tout votre bonheur. »
Canrobert sentait trop pour que sa douce flamme
N'inspirât pas l'espoir qui soutenait son âme;
Il était trop aimé pour que son tendre cœur
Restât sans influence au chemin du bonheur.
L'espoir reprit son cours; la gaîté, son sourire
Reparurent au camp avec tout leur empire.
Canrobert espérait que nos braves guerriers,
Selon le plan tracé, couraient à leurs lauriers;
Mais des tiraillements se mêlent aux pensées,
Heurtent chaque désir des chefs des deux armées;
Le désaccord commence : un seul commandement
Fait sentir son besoin, hélas! à chaque instant.
Canrobert gémissait; sa raison osait croire
Que ces tiraillements éloignaient la victoire;
Qu'ils étaient pour l'armée une cause de maux,
Une cause de sang et d'incessants travaux.
Le plan de l'Empereur, connu des deux armées;
Celui de lord Raglan, bien loin de ses pensées;
Tout cela l'oppressait, il fallait en finir :
Tant de retard déjà pesait sur l'avenir.
Tout avait trop marché; son âme anéantie
Tourna ses doux regards vers sa belle patrie :
« O mon pays! dit-il, un regard sur mon cœur!
Il faut que j'en finisse : avant tout ton bonheur!
Oui, je dois obéir au besoin qui m'oppresse;
Dois-je songer à moi quand ton bien m'intéresse?
Il faut trancher le nœud : oui, je dois m'effacer.
Il est de ces moments qui doivent diriger;
L'amour-propre n'est rien, il faut un sacrifice;
Le moment est venu : je vois le précipice.
Le rang par moi gagné dans les champs de l'honneur,
Je saurai le donner pour guérir un malheur;
Ah! puisse-t-on s'entendre, et qu'un plus grand génie
Ait un plus grand pouvoir pour ma douce patrie.
Je descends de mon rang, je le fais de bon cœur;

Je crois faire un devoir : puisse-t-il le bonheur ! »
Il va trouver Raglan, et, plein de politesse,
Ils se disent chacun tout le mal qui les presse :
« Eh bien ! dit Canrobert, un seul commandement
Peut guérir tout cela; le moment est pressant;
Daignez vous en charger; oui, content, je vous l'aime !
Omer-Pacha, bien sûr, vous l'offrira de même !
La force d'une armée existe dans l'accord :
Alors plus de conflit et tout marche d'abord. »
Lord Raglan le regarde, et son âme, étonnée,
De mille sentiments semble bouleversée.
Cette abnégation avait touché son cœur
Bien plus que des hauts faits gagnés au champ d'honneur;
Cette vertu puissante avait été jugée :
C'était un sacrifice étonnant sa pensée.
Hélas ! pour Canrobert il voyait bien plus haut;
Le sentiment du cœur maîtrisait le héros;
Il s'effaçait lui-même au bien de sa patrie :
C'était tout naturel au beau cours de sa vie.
Lord Raglan, effrayé tout d'abord, refusa;
Il hésita plus tard; puis enfin accepta.
A ce prix, il voulait que les troupes françaises
Aidassent à garder les approches anglaises;
Canrobert démontra qu'on ne le pouvait pas;
Que nos lignes déjà manquaient trop de soldats;
Qu'on exposerait trop nos immenses tranchées,
Jusque dessous les forts de tous côtés poussées :
Canrobert refusa. Lord Raglan, indigné,
S'obstina dans le plan qu'il avait adopté.
Canrobert fut navré de tant de résistance;
Tout son cœur se tourna vers notre belle France :
C'est là qu'il sut puiser le courage d'agir;
Il ne vit qu'un devoir : celui grand d'en finir.
Il quitte donc ce poste où l'éleva la gloire,
Où l'aima le soldat, où l'aima la victoire :
Action noble et belle, inscrite à tout jamais
Au nombre des vertus et des plus touchants faits.

Oh! qui n'a pas des pleurs! Est-il espèce humaine
Que ce fait de grandeur n'électrise et n'enchaîne?
Oui, le cœur des Français en honore son cœur;
La France a tressailli, mais non pas sans douleur;
L'exemple était sublime aux yeux de notre armée :
Il devait rejaillir sur notre destinée.
C'était un parti pris : aussi, résolument,
Il se démet sitôt de son commandement;
La vue de ses soldats lui fait verser des larmes,
Mais son cœur leur a dit : je ne romps pas mes armes.
Il écrit au ministre en s'exprimant ainsi :

« Ma santé maladive est trop faible aujourd'hui
Pour que je reste chef d'une puissante armée;
Mes forces trahiraient sa belle destinée :
Daignez me remplacer. Permettez à mon cœur
D'oser vous désigner lui-même un successeur.
Si j'avais quelques droits à votre bienveillance,
Par mon désir du bien et mon expérience,
Le brave Pélissier serait mon remplaçant.
J'ose donc vous l'offrir; c'est l'homme du moment;
Je lui laisse une armée ardente, infatigable;
Il peut la diriger : il en est très capable;
Bien connu de la gloire et aimé des soldats,
Il sut se distinguer dans de nombreux combats.
Et maintenant pour moi, dans le mal qui m'oppresse,
Il me reste à prier votre illustre sagesse
De vouloir m'appuyer auprès de l'Empereur :
Je lui demanderais le tendre et doux bonheur
D'épuiser sur ce sol tout mon reste de vie;
J'en ai fait le vœu tendre à ma douce patrie.
Pour cela je demande, à sa sage raison,
Le seul commandement d'une division. »

Le brave Canrobert, dans sa sagesse extrême,
N'avait pu rien cacher à son maître suprême;
L'Empereur daigna croire : il connaissait le cœur,
Il plaignit le héros, en loua la grandeur :

« Général, lui dit-il, mon âme est affligée
De voir votre santé par le mal altérée.
J'aime vos sentiments : ils sont du cœur français;
L'histoire appréciera de si sublimes traits;
Je vous en félicite : une si belle vie
Ne doit appartenir qu'au bien de la patrie.
Je me rends à vos vœux : aussi, dès ce moment,
Je donne à Pélissier votre commandement;
Daignez prendre le sien, et là votre vaillance
Aura, comme toujours, toute ma confiance. »

A ces mots Canrobert tressaillit de plaisir :
Il était exaucé dans son tendre désir.
Il mande Pélissier; il paraît à sa vue;
Il le fixe un instant, et, d'une voix émue,
Cédant aux doux transports de son sincère cœur,
Il s'exprime en ces mots, véritable bonheur :

« Général, lui dit-il, dedans une autre guerre,
Dans un autre climat, dessus une autre terre,
Vous m'avez commandé; c'est mon tour maintenant :
Je vais donc obéir à ce revirement.
De la position qui me fut confiée,
Et comme général et comme chef d'armée,
J'ai pu juger le cœur qui, sachant obéir,
Mérite commander pour un grand avenir.
Je le sais, général, cette rare nature
Si belle du héros, vous l'avez sans mesure;
Ainsi, soyez donc prêt; votre cœur élevé
Vous accorde un beau rang : il vous est mérité;
Et cette autorité si puissante et si belle,
Vous allez l'exercer sur une grande échelle. »

Le héros est sensible au prix du dévouement :
Pélissier le regarde avec étonnement.
Canrobert, aussi beau qu'au jour d'une victoire,
Levant son front serein si connu de la gloire,
Laisse sortir ces mots puisés aux champs d'honneur;

C'était le vrai penser qui sortait d'un grand cœur :

« Général, lui dit-il, votre âme est élevée ;
J'ose la supplier, aux yeux de cette armée,
D'accorder un instant à ma sincérité :
Ma voix sera toujours sans partialité.
Hélas! Raglan et moi, différents de pensées,
Souvent et trop souvent elles se sont heurtées!
Ce désaccord trop grand a trop de retentir;
Il est un bien grand mal menaçant l'avenir!
J'ai cru de mon devoir, dans cette circonstance,
De me sacrifier au bonheur de la France;
Je me suis retiré suppliant l'Empereur
De vouloir vous nommer ici mon successeur.
Pour moi je ne veux rien au reste de ma vie
Que servir en sous-ordre au bien de ma patrie. »
Ce doux accent du cœur, cet accent du héros
Frappait trop Pélissier; il répondit ces mots :
« Mon général, dit-il, ah! je vous en supplie!
Renoncez, renoncez à cette triste envie!
Laissez évanouir cet effet du moment;
Epargnez un regret : il serait trop navrant!
— Des regrets, en est-il dans le cours de la vie,
Quand un devoir pressant maîtrise notre envie?
Répondit Canrobert. » Ces mots, ces simples mots
Retentirent bien grands dans le cœur du héros;
Pélissier est ému d'un si noble langage;
Des pleurs, de douces pleurs coulent sur son visage.
Canrobert s'en étonne, et ces hommes d'honneur
Se sentent oppressés de la même douleur :
« Oh! oui! dit Pélissier, mon âme est attendrie
De l'abnégation d'une si belle vie!
Attendez, général. — Le sort en est jeté,
Répondit Canrobert : le bien l'a demandé... »

Un silence se fit au cri de la nature;
Un devoir était fait sans regret ni murmure;
On se pressa la main, et nos braves guerriers

S'en retournent au camp attendre des lauriers.
Investi du pouvoir, l'âme encore oppressée,
Pélissier dit au ciel de bénir son armée.
Il va trouver Raglan : on s'entretient longtemps,
Et cet autre épisode eut ses moments touchants;
Malgré qu'on fût courtois, l'âme fut agitée;
Chacun donna du sien pour notre destinée.
Quelques instants après, le brave Pélissier,
Investi du pouvoir, était au grand quartier :
Là, tous les généraux de notre brave armée,
Convoqués le matin, formaient une assemblée;
Là, Canrobert, serein, heureux d'être avec eux,
Leur adressa ces mots, ses sincères adieux :

« Messieurs, dit-il à tous, il est dedans la vie
De ces moments cruels qu'accepte l'énergie :
C'est le droit du devoir; il doit rester sacré,
Il doit être toujours toute la volonté.
Après ce beau marcher aux doux champs de la vie,
On tourne ses regards vers sa tendre patrie;
Satisfait, on lui dit : accepte sans douleur
Ce sacrifice fait, il est doux pour mon cœur;
Et à vous j'aime à dire, en ce moment suprême :
Gardez un souvenir du lien qui nous enchaîne.
Mes soins vous ont suivi; cela m'a consolé :
Soldats, je suis heureux de cette vérité!
Nous fûmes tous amis en butte aux mêmes peines,
Avec communs désirs, avec communes chaînes;
Il faut que je vous quitte; il est de ces durs temps
Qui sont pour notre cœur de bien tristes moments;
Mais l'on quitte avec cœur un rang qui nous honore,
Quand un chef plus vaillant peut mieux le bien encore.
O soldats! plaignez-moi, je perds le doux bonheur
De diriger vos pas aux sentiers de l'honneur!
Mais je pourrai vous suivre, et ce reste de vie
Sera comme la vôtre au bien de la patrie!
Le passé fut trop grand : j'aime son souvenir;

Il guidera mes pas dans les champs d'avenir ;
Rien ne saurait trancher cet honneur, cette gloire :
Soldats, nous marcherons encor à la victoire !
L'Empereur m'a compris, et son cœur, toujours bon,
Me laisse commander une division ;
Il me laisse à mes vœux, à des soldats que j'aime :
Bénissez-le, soldats, de sa bonté suprême !
Celui qui me remplace, oui, soldats, est connu
Par son vaillant courage et sa grande vertu ;
Oui, j'aime à lui remettre une puissante armée ;
Acceptez-le sans crainte : il peut sa destinée.
Soldats, soyez heureux ! cet homme d'un grand cœur,
Oui, saura vous conduire aux sentiers de l'honneur ;
Vaillant dans les combats et homme de génie,
Il saura vous guider par sa rare énergie ;
Il soutint mes efforts pendant nos durs travaux,
Et fut d'un grand secours pour soulager nos maux.
Soldats, soyez heureux ! son âme est pour la gloire :
Elle vous mènera bientôt à la victoire. »

Le brave Pélissier, si fier dans les combats,
Pleurait comme un enfant aux yeux de ses soldats.
La vertu du héros avait son doux langage ;
Elle touchait le cœur, brillait sur son visage ;
Cette grandeur de l'âme avait partout parlé :
On pleure Canrobert, Pélissier est aimé.

« Soldats, dit Pélissier, l'âme est triste et navrée
Quand on perd un héros d'une grande portée.
Aujourd'hui l'on perd plus : c'est un homme de bien,
C'est un chef, ami franc, doux, sincère et humain,
Cherchant le vrai devoir sans haine ni caprice,
N'aimant que le vrai bien : le vœu de la justice.
Prudent dans le danger, actif dans les combats,
Il sut se ménager l'estime des soldats ;
Juste par le bon sens, juste par caractère,
On l'aima dans la paix, on l'aima dans la guerre.

Il soutint le courage aux sentiers du devoir;
Son grand cœur l'inspira : le bien fit son vouloir.
Le danger ne fit rien à son âme guerrière :
Ne le vîtes-vous pas supporter la misère?
Il se montra serein aux horreurs des frimas,
Aux horreurs des dangers, aux horreurs des combats.
Soldats, vous l'avez vu, gardons-en la mémoire;
Il sut trop éclairer les sentiers de la gloire.
Oui, soldats, comme vous, oui, je sais l'admirer;
Je ferai mes efforts pour pouvoir l'imiter. »

FIN DU CHANT DIX-NEUVIÈME.

CHANT VINGTIÈME.

Pélissier, attendri, fier de sa destinée,
Prend le commandement de sa brillante armée;
Son cœur impatient a jugé le danger :
Il reste convaincu qu'il faut enfin marcher.
L'ennemi, courageux, plein de force et d'audace,
Travaille jour et nuit aux renforts de la place;
On voit de tous côtés des postes menaçants
Se former dans la baie, et leurs travaux puissants,
Reliant leurs grands fronts au coin du cimetière,
Nous faire de ce point une guerre meurtrière.
Il fallait donc les prendre : attendre plus longtemps,
C'était nous exposer à des maux trop navrants.
Ce terrain complétait l'avant de nos tranchées;
L'ennemi le savait : des forces cumulées
Dans ce lieu formidable attendaient nos soldats,
De là les observaient et surveillaient leurs pas.
Pélissier aussitôt visite la vallée ,
Mesure la défense, arrête son idée.

De Salles est chargé de ce beau coup de main ;
Il est prêt à marcher : il connaît le terrain.
Tout est bien disposé, l'élan est invincible ;
Le signal est donné : la joie est indicible.
Le général Paté, dont on connaît le cœur,
S'élance le premier, bondit avec fureur ;
Là sont tous ses soldats, et leur bouillant courage
Ensanglante le sol sur leur triste passage.
L'ardeur n'a plus de frein : ces ouvrages puissants,
Malgré plus d'un assaut, sont encor menaçants ;
La Motterouge arrive avec le vingt-huitième ;
Le courage redouble et l'ardeur est extrême :
La victoire apparaît aux yeux de nos soldats ;
Elle presse leurs cœurs, aiguillonne leurs pas.
Khrouleff est furieux, et, le cœur plein de rage,
Il presse ses guerriers, excite leur courage ;
On se bat pied à pied, on s'étreint corps à corps :
Les vivants, dans le sang, roulent parmi les morts.
Après ces mille assauts de force et d'énergie,
Après tant d'héroïsme et d'ardeur inouïe,
Le terrain est à nous, et nos braves soldats,
Malgré d'autres essais de rage et de combats,
Restent maîtres de tout, et leur vaillant courage
Bouleverse, détruit, retourne chaque ouvrage.
Tout à coup l'on entend éclater au lointain
Un tintamarre affreux s'élevant du ravin :
C'est Gortschakoff lui-même ; il accourt en furie ;
Du bas de la vallée il fond sur le génie.
Le dix-huitième est là comme un mur protecteur :
Il a reçu son choc du front de sa valeur.
Le sang coule partout, et la rage harassée
Semble se ralentir, impuissante, épuisée ;
Le jour fuit dans l'horreur, et l'effroyable nuit
Vient dérober le sang qui court et qui jaillit.
Les Russes, plus nombreux, ont repris du courage :
Le désespoir les presse aussi bien que la rage ;
Mais nos soldats sont là, la baïonnette au poing ;

De morts et de mourants ils jonchent le terrain !
Le quinzième chasseurs et le quarante-huitième
Se disputent l'honneur : la mêlée est extrême.
Notre brave Lebœuf, intrépide soldat,
Veut aussi de la gloire : il accourt au combat ;
Il dresse ses canons plongeant dans la vallée ;
La terre, en un clin d'œil, est partout sillonnée :
On voit partout voler le carnage et l'horreur.
L'ennemi se succède avec plus de vigueur,
Mais tout est inutile, et sa forte énergie
Devant le cœur français paraît anéantie ;
Les officiers du czar, braves comme l'honneur,
En vain montrent l'exemple et payent de leur cœur ;
Le sort en est jeté : malgré leur résistance,
La victoire est enfin aux aigles de la France.
Pendant qu'on s'occupait, aux yeux des ennemis,
Des moyens de tourner les ouvrages conquis,
Le port de Kamiesch reprend son énergie :
Tout y paraît épris d'une nouvelle vie.
Le voyage de Kertz est enfin arrêté ;
Nos marins sont joyeux : le départ est sonné.
La nuit commençait sombre ; aussitôt la flottille
Quitte ce doux rivage et s'éloigne tranquille ;
Elle échappe aux regards, et bientôt l'horizon
Disparaît à son tour, et le bruit du canon
Se perd dans le lointain : plus d'éclairs à la vue
Et de sillons de feu labourant l'étendue ;
Plus de gémissements, plus d'aspects douloureux :
Tous ces maux ne sont plus à l'oreille et aux yeux.
La mer avait son calme, ainsi que la nature ;
Un vent frais et léger faisait tout le murmure ;
La lune se levait, et son front éclatant
Scintillait sa clarté sur la flotte marchant ;
Ce contraste était beau : une mer calme, unie
Caressait les désirs de l'âme recueillie.
Bientôt un point paraît, il se dessine enfin :
C'est le phare du cap qu'on distingue au lointain ;

Sous ses yeux est Taman, et sur la gauche d'elle
Est Iénikalé, superbe citadelle;
A droite est Ak-Bournou, dont le front orgueilleux
Se dresse sur la mer et se perd dans les cieux.
La ville de Kertz, là, de deux forts protégée,
Apparaît dans la baie et y semble encadrée :
C'est là que nos vaisseaux, au mépris du danger,
S'avancent à la hâte et osent débarquer.
A cet abord soudain, à cette vue terrible,
Les Russes sont saisis d'une crainte indicible :
Ils abandonnent tout sans opposer d'efforts;
Ils brisent leurs canons et font sauter leurs forts.
La mer d'Azof est libre, on y trouve un passage :
Notre flotte aussitôt y vogue avec courage.
A l'aspect menaçant de nos beaux étendards,
Un spectacle sublime est offert aux regards :
Tous les vaisseaux marchands, dont fourmille la rive,
Ne savent où cacher leur course fugitive ;
Goëlettes et bricks, chaloupes et bateaux
S'enfuient de tous côtés en remontant les eaux.
Notre flotte les suit, et, beaucoup plus agile,
Elle rend tout espoir de leur fuite inutile.
Nos marins sont vainqueurs, et leurs bras triomphants
S'emparent à plaisir de tous ces bâtiments,
Et les provisions, dans le port entassées,
Sont détruites sitôt et à la mer jetées.
Enfin Marioupol et tout le littoral
Éprouvent même sort, subissent même mal.
Il restait Anapa, dont la forte puissance
Pouvait nous opposer bien plus de résistance :
Son port était immense, et deux énormes forts
S'étendaient sur la mer, en gardaient les abords.
Notre flotte a fait peur : tous ont quitté la ville,
Sachant que résister leur était inutile;
Mais, avant que de fuir, ils ont tout renversé,
Tout jeté dans la mer, détruit et ravagé.
A notre entrée au port, cette ville ennemie

N'était qu'une masure en proie à l'incendie.
Après tous ces succès, nos marins triomphants
Regagnent leurs vaisseaux et partent pour leurs camps.
Pendant tout ce temps-là, notre brillante armée
Souffrait sur son plateau, de partout resserrée;
Car ce lieu si malsain manquait tout à la fois
Et de sources, et d'air, et d'espace, et de bois.
Les chaleurs commençaient : déjà les maladies
Sévissaient de partout sur nos troupes chéries;
Déjà la triste faim, causant plus d'un trépas,
Leur faisait désirer les horreurs des combats;
Déjà tous nos chevaux, n'ayant plus de pâture,
Périssaient par milliers faute de nourriture,
Et l'on voyait de là les superbes plateaux
De la Tchernaïa sillonnés de ruisseaux.
L'ennemi possédait cette excellente terre:
Elle nous souriait, nous était nécessaire.
Canrobert est chargé de ce beau coup de main:
Il arrête son plan et se met en chemin;
Sa colonne se meut à sa voix qui l'entraîne :
Elle franchit l'espace et vole dans la plaine.
Cette marche se fait au milieu de la nuit,
Au milieu du repos, sans tumulte et sans bruit.
Notre brave Brunet et son infanterie,
D'Allonville et Morris, et leur cavalerie,
Ont marché sur ses pas : on attend un moment,
On écoute, on observe et l'on marche en avant.
Déjà le jour paraît : Morris et d'Allonville
Ont jeté leurs regards sur la plaine fertile;
Ils franchissent Tracktir, ils ont bientôt gravi
Au tertre menaçant, poste de l'ennemi.
Sitôt un feu nourri, sur leur front qui s'avance,
Se fait de tous côtés et à courte distance;
La mort gagne nos rangs, mais notre brave ardeur
Au danger qui menace a mesuré son cœur;
Rien ne peut résister : notre cavalerie
Bondit de toutes parts sur l'armée ennemie.

Tout se sauve à l'aspect de nos beaux étendards ;
Le terrain devient libre à leurs brûlants regards ;
Ils ont franchi Tracktir, et, dans leur marche fière,
Ils volent dégager les bords de la rivière.
Brunet vient seconder nos illustres guerriers ;
Il court dessus ces lieux partager leurs lauriers.
A droite de Tracktir, au bord de la vallée,
Une redoute alors tonnait sur notre armée ;
•Brunet bientôt l'aborde avec son front d'airain :
L'ennemi se débat, et le sang coule en vain ;
Mais, par un détour prompt, notre cavalerie
Tombe dessus les flancs de cette batterie.
Le combat est affreux : les canonniers, sabrés,
Restent sur leurs canons et y meurent hachés.
La victoire est à nous, et l'armée ennemie
Gagne de tous côtés les bords de Mackensie ;
La redoute est détruite, et ce brillant coteau
Reste enfin au pouvoir de notre beau drapeau.
L'armée avait souffert, sur des rochers postée ;
Elle ne peut trop voir cette riche vallée ;
Son cœur y court heureux : là, la fécondité
Remplace le chômage et son aridité ;
De beaux terrains partout, une douce verdure,
Des vergers, des ruisseaux, avec leur onde pure,
Sourient à ses regards : c'est là tout un printemps
Étalant ses beautés et tous ses ornements.
Cette Tchernaïa, de mille attraits semée,
Sait retremper le cœur de notre brave armée ;
Cette terre de joie, aujourd'hui si beaux lieux,
Se souvenait encor de ses combats affreux ;
Mais ces temps étaient loin , et, enfin déridée,
L'âme peut y placer une douce pensée.
Officiers et soldats s'empressent d'y cueillir
Un bouquet, une fleur, avec le doux désir
De tourner ses parfums vers la tendre patrie,
Où le cœur va puiser sa douce rêverie,
Et chercher une image et son brûlant soupir.

Là, ces bien doux portraits font presser l'avenir;
Ils répètent toujours ce tendre accent de l'âme :
Marchez donc à l'assaut, songez à notre flamme;
Songez aux tendres nœuds que contracta le cœur;
Nous partageons vos maux : rapprochez le bonheur !
Pélissier le ressent, et son puissant génie
Écoute son grand cœur qui presse cette envie;
Il convoque un conseil : on y décide enfin
Qu'il faut avant l'assaut, avant ce coup de main,
Détruire ces réduits qui protègent la ville,
Qui protègent les forts où l'ennemi fourmille;
Ce grand mamelon Vert et ces ouvrages blancs,
Et ceux de Malakoff, plus forts et plus puissants.
Le brave Pélissier, autant que son armée,
Soupire d'en finir : c'est toute sa pensée;
Il a dit à Bosquet : « Là-bas il faut marcher;
Là-bas il faut combattre : allez-y triompher ! »
C'est là tout le signal; nos lions invincibles
S'élancent dans l'espace avec des bonds terribles;
Tout est franchi bientôt, aux doux cris répétés
De vive l'Empereur! jusqu'au ciel élevés.
Cet ouragan puissant, cette tempête humaine
Bondit, vole, et abat, et égorge et entraîne.
Pothès, Brancion, Rose, invincibles guerriers,
Marchent à ces réduits, attaquent les premiers;
Tout ce que la valeur a de force et de rage,
Et d'amour de la gloire attisant le courage,
Vient se heurter de front, et ce terrible abord
Jette sur tous les points la terreur et la mort.
L'ardeur se multiplie; elle marche quand même;
Le brave Brancion, avec son cinquantième,
S'élance, court, bondit au milieu du trépas.
Des coups à bout portant moissonnent ses soldats;
La rage, la douleur dévorent sa grande âme;
Il n'est plus de dangers, il ne sent que sa flamme;
Il franchit ces réduits, et, de sa fière main,
Fait signe à ses soldats de suivre son chemin.

Ils y volent sitôt, et leur rage sanglante
Y sème le trépas, l'improvise et l'invente.
Le brave Brancion méprise le danger :
Il bondit à leur tête et combat le premier ;
Il touche le sommet de ce terrible ouvrage
Au milieu de la mort, du sang et du carnage ;
Il saisit le drapeau de son fier régiment,
D'une main il l'y plante, et de l'autre agitant
Son invincible épée, enfant de la victoire :
Il tombe enseveli sous le poids de sa gloire.
Ces réduits sont à nous ; là, ses braves soldats
Vengent son grand courage et son brillant trépas :
Lavarande et Fally, tous deux pleins d'énergie,
Tous deux dans l'heureux temps des vigueurs de la vie,
Désirant des lauriers, ne vivant que pour eux,
Quittent leur parallèle, et, d'un bond vigoureux,
Volent dans les ravins du fond du carénage,
Où des canons partout, étalés en étage,
Croisent sur nos soldats un déluge de feux
Et trempent le terrain de leur sang généreux ;
Mais la mort ne peut rien, leur ardeur est terrible :
Ils luttent en lions, et leur rage invincible
Brise tous les canons, hache les canonniers.
Une colonne russe, aux cris de ces derniers,
Accourt à leur secours, descend dans la vallée ;
Mais Meyran a tout vu, sa troupe est élancée ;
Elle renverse tout, le sang coule à grands flots :
Tout cède aux bonds affreux de nos bouillants héros.
L'ennemi se débande, et, à bout de courage,
Il fuit sous notre feu les bords du carénage ;
D'Aurion le poursuit ; plus agile que lui,
Par un détour grand, prompt, audacieux, hardi,
Lui coupe la retraite, et sa troupe si fière,
En le heurtant devant, le cerne par derrière :
Ainsi de tous côtés, pressés par nos guerriers,
Des officiers nombreux se rendent prisonniers.
Mais au mamelon Vert, la gloire de la France

Électrise encor plus par sa brave vaillance :
C'est là que l'étonnant sait presser l'avenir,
Où s'étourdit l'espoir et le brûlant désir,
Où la douleur s'oublie aux sentiers de la gloire,
Et où le désespoir conduit à la victoire;
C'est là que nos soldats n'écoutent que leur cœur,
Leur courage indomptable et leur brûlante ardeur;
Comme des ouragans, déchaînés des montagnes,
Ravagent en passant nos superbes campagnes,
Ainsi de bonds en bonds, sur leurs terribles pas,
La désolation vole avec le trépas.
En dépit de la mort, leur pétulant courage
Possède, dans le sang, cet invincible ouvrage.
Enivrés du succès, voyant les Russes fuir,
La valeur les maîtrise et dicte leur désir;
Ils quittent leur trophée où respire la gloire,
Et volent plus au loin pour une autre victoire.
A travers les rochers, à travers les ravins,
A travers les périls de mille affreux chemins,
Ils poussent l'ennemi, battu de place en place,
Jusque dans Malakoff, ensanglantant leur trace.
La vue du bastion exalte leur vigueur :
Hélas! plus d'impossible à leur terrible cœur!
La mort dessus leur tête et la foudre qui gronde
Est un appât de plus, une mine féconde;
Déjà plus d'un héros ont franchi ces remparts
Au milieu des monceaux de cadavres épars,
Quand tout à coup sans fin, de cet affreux cratère,
Partent mille canons qui font trembler la terre;
Des milliers d'ennemis, postés à bout portant,
Font sur nos fiers soldats un feu vif, écrasant.
Lavarande et Leblanc, dans cette affreuse pluie,
Au milieu du combat abandonnent la vie;
Cet ouragan de mort, lancé des ennemis,
Nous force à rebrousser vers l'ouvrage conquis.
Hélas! il n'est plus temps : la place est occupée!
Les Russes ont repris notre brillant trophée.

Notre brave Bosquet a jugé du danger;
Ses ordres sont donnés : il faut tout affronter.
Camon secourt Wimpffen, dont la colonne fière,
Par le canon broyée, est prise par derrière;
Elle allait succomber... Brunet avec Vergé
Sentent battre leur cœur par la crainte exalté;
Ils volent au danger : la colère et la rage
Leur font mille chemins au milieu du carnage.
Là, le fer et la poudre, oh! ne suffisent pas!
Leurs dents, leurs pieds, leurs mains servent pour le tré-
La mitraille partout, en vain, siffle en furie;   [pas;
L'ardeur méprise tout : la gloire se rallie.
Les Russes perdent pied; tous nos lions affreux
Bondissent sur les morts dont frémissent ces lieux.
Nous triomphons enfin, la colonne est sauvée!
Wempffen rend grâce à Dieu : la bataille est gagnée!
L'ennemi se débande; il fuit, il est vaincu;
Notre brillant succès renaît, nous est rendu.
Sur le mamelon Vert le drapeau de la France,
Par un double baptême, étale sa puissance :
A sa vue nos soldats se sentent tressaillir;
A son tendre flotter ils se sentent bondir;
Bosquet sourit de joie, et son âme attendrie
Bénit tous ses enfants, l'orgueil de la patrie.
Des pleurs, de douces pleurs ont surpris le héros;
Il a jugé leur gloire, il a pleuré leurs maux :
Lavarande, Leblanc, Brancion, oui, vos armes
Et vos illustres morts laissent d'amères larmes!
La gloire a pris le deuil, elle plaint votre sort :
Vous vivez à jamais en dépit de la mort.
Pendant que la douleur cernait nos beaux trophées,
Nos amis les Anglais sortaient de leurs tranchées,
Venaient de s'emparer d'un point très important
Qui terminait leur ligne en avant du Redan.
Après ce beau succès de l'une et l'autre armée,
On travaille à tourner chaque place gagnée;
L'ennemi se défend, et sous ce ciel de mort

Dont la mitraille pleut du haut de chaque fort,
Nous travaillons toujours : ni l'ardeur, ni la rage
Ne peuvent ralentir notre brûlant courage.
Ces ouvrages puissants sont enfin retournés;
Nos soldats, nos canons y sont accumulés :
Ce sont autant de forts arrangés en bataille,
Lançant sur l'ennemi la mort et la mitraille.
Déjà tous nos soldats comptent sur l'avenir;
Ils demandent l'assaut : c'est l'unique désir.
Ils croient déjà par lui marcher vers leur patrie;
Cet espoir, ce bonheur doublent leur énergie;
Tous leurs maux sont guéris, tout est bien oublié,
Pour ce drame sanglant à l'immortalité.
Au milieu des doux cris de notre brave armée,
Au milieu des transports de son âme exaltée,
On se forme en conseil, et il est arrêté
Que dessus Malakoff l'assaut sera donné,
Et qu'après deux soleils, nos troupes invincibles
Porteront leurs drapeaux dessus ces murs terribles.
Regnault, homme de cœur, vigoureux et vaillant,
De ce beau coup de main a le commandement;
Notre brave Bosquet, dont le profond génie
Lui donnait de plein droit ce poste d'énergie,
Va remplacer Regnault sur la Tchernaïa :
Ce chef donne l'exemple, obéit en soldat.
Cette décision, hélas! ne pouvait plaire;
Elle eut sa controverse et sa critique amère!
Les colonnes d'assaut regrettaient leur Bosquet;
Il ne put les quitter sans un profond regret :
Des larmes de douleur, des larmes bien sincères
Inondaient les vieux traits de ses âmes guerrières;
Mais l'on doit obéir, et là, sans murmurer,
Chacun attend le mot : soldat, il faut marcher!
Enfin le jour paraît; à peine sa lumière
Scintillait ses rayons sur la nature entière,
Que le brave Meyran, étincelant d'ardeur,
A cru voir le signal : il sent bondir son cœur;

Il franchit les ravins comme un lion terrible,
Et lance vers le fort sa colonne invincible.
Pélissier, de son poste, a compris le danger;
Il donne le signal et presse de marcher.
On entend tout à coup comme un murmure immense
Qui mugit sur la terre et dans les airs s'élance :
D'Autemarre et Brunet ont lancé leurs soldats;
La terre au loin gémit sous leurs terribles pas.
Un nuage de cris rebondit dans l'espace,
Bouleverse les airs et vole vers la place;
Ce nuage de cris est le doux cri du cœur :
C'est le cri bien-aimé de vive l'Empereur!
Déjà Brunet bondit avec sa compagnie;
Il vole aux champs d'honneur pétillant d'énergie;
Il franchissait déjà par un bond vigoureux,
De ce fort menaçant les circuits dangereux,
Quand un feu formidable étend raide et sans vie
Ce superbe héros si cher à la patrie.
Hélas! non loin de lui tombe une autre grandeur,
Un génie éminent, une rare valeur :
Laboussinière est mort! Cette terrible épée,
Si pleine d'avenir et sitôt moissonnée,
Jette partout le deuil : tous nos braves soldats
Laissent couler des pleurs sur ce triste trépas.
La France perd un fils d'une grande espérance,
D'un courage éprouvé, d'une rare vaillance;
Mais ce n'est pas fini : le combat engagé
Se poursuit et grandit avec férocité.
Le jour naissant se voile : une épaisse fumée
Dérobe à nos soldats la terre ensanglantée;
Ils avancent toujours; notre brave Meyran
Ne voit point de secours; il est trop en avant;
Il fond sur la courtine : ici son grand courage,
Entouré de partout, se défend avec rage;
Les vaisseaux de la baie, à l'abri de nos coups,
Lancent un feu roulant qui tombe tout sur nous.
Nos rangs sont éclaircis : une balle cruelle

Atteint Meyran au bras, il bascule, il chancelle;
La douleur est terrible : il hésite un instant
S'il doit rester encor à son commandement.
Le brave Delauney, son fier chef d'ordonnance,
Voyant dessus ses traits sa trop grande souffrance,
Partait pour avertir le général Failly :
« Non, non, s'écria-t-il, je ne pars pas d'ici;
Plus loin il faut mourir; je me sens le courage
De pousser plus avant notre terrible ouvrage :
En avant, en avant, ô mes braves soldats! »
Peulze, d'Ivoy, Baudville accourent sur ses pas;
Ils sont à ses côtés; leur bouillante énergie
Précède en combattant leur colonne chérie;
Hélas! courage vain! par un trop fatal sort,
Dans ce combat cruel, tous trois trouvent la mort.
Pélissier est touché de ce malheur terrible;
Il détache d'Uhrich la colonne invincible,
L'envoie au carénage, effroyable ravin :
Le sang trempe ce sol, on y combat en vain.
Inutiles efforts! tout trompe l'espérance :
La mort! toujours la mort pour prix de la vaillance!
Cependant d'Autemarre arrive plein d'élan;
Sa colonne bondit, détruit tout en passant.
Le commandant Garnier, à sa tête fidèle,
Dirige le parcours de sa gloire immortelle :
« De la France, dit-il, nous sommes les soldats!
Il montre Malakoff : Il faut monter là-bas!
Français, rien d'impossible à votre beau courage;
Volons d'un même bond à ce terrible ouvrage!
Suivez, suivez toujours le commandant Garnier;
En avant comme un seul, ni premier ni dernier. »
Il dit; et nos lions bondissent dans l'espace,
Laissant sur leur trajet une lugubre trace;
La redoute Gervais abat à bout portant,
Comme avec une faulx, lignée en avant;
Rien ne peut arrêter leur bouillante énergie :
Ils ont franchi les murs de cette batterie.

Là bondit le courage et l'intrépide ardeur,
L'horreur, le désespoir ainsi que la terreur.
Nos chasseurs étaient là : leur terrible furie
Bouleverse, détruit toute la batterie;
Sous leurs terribles coups, les artilleurs, hachés,
Roulent sous les affûts de leurs canons brisés.
Le terrain est à nous; partout, de place en trace,
Le commandant Garnier dessine ainsi sa place;
Il est blessé deux fois, il ne sent plus de frein,
Il pousse plus avant son terrible chemin;
Il a déjà franchi le faubourg de la ville;
Rien ne peut l'arrêter, tout devient inutile.
Vainqueur ainsi partout, il allait respirer
Sous de vieux murs troués menaçant de tomber,
Où nos canons laissaient toute la triste image
De la destruction dans sa plus forte rage.
Quand derrière une tour, l'ennemi, cumulé,
Fond dessus nos soldats d'un pas précipité :
Ce choc est imprévu, sa force est invincible;
Nos soldats sont surpris dans leur marche pénible;
Le désespoir combat : on ne voit que du sang;
Il ruisselle, il bondit, il vole à chaque rang.
La mort! toujours la mort! sa fureur inouïe
Se vautre dans la chair et se repaît de vie.
L'horreur marchait ainsi, quand, par de grands détours,
Notre brave Manèque arrive à leur secours;
Déjà blessé deux fois, s'abreuvant de carnage,
Il avait payé cher l'ardeur de son courage :
Ses braves officiers, compagnons de ses pas,
Avaient, dessous ses yeux, tous trouvé le trépas.
Malgré nos fiers chasseurs et leur belle énergie,
La lutte est incertaine et s'acharne inouïe;
Les Russes, plus nombreux, déjà de tous côtés
Courent sur notre front à pas précipités.
Notre brave Garnier redouble de vaillance;
Il frémit, il soupire : il est sans espérance;
Il avance quand même, et, par un grand circuit,

A l'abri du Redan en un coin s'établit.
O vain succès! Khrouleff, âme fière et guerrière,
Arrive encor sur lui, l'attaque par derrière;
Garnier voit le danger, plus grande est son ardeur;
Il veut qu'on paie bien cher tout le prix de son cœur :
Il résiste toujours, et, dans sa résistance,
Il écrit à son chef, lui peint son impuissance;
Il dit à d'Autemarre et son pressant danger
Et les efforts qu'il fait pour pouvoir y parer :
« O général, dit-il, je suis dedans la ville;
Mais sans un prompt secours ma marche est inutile;
Je suis pressé partout, je ne puis faire un pas
Sans attirer la mort sur mes braves soldats. »
Trois officiers partis apportent la nouvelle;
Les deux premiers sont tués dans leur course cruelle;
Mais le troisième, enfin, franchit chaque danger;
Il est blessé trois fois avant que d'arriver,
Et, à bout de sa force et à bout d'énergie,
Il peut donner sa lettre, et il tombe sans vie.
Tout est vain, tout s'épuise en efforts surhumains :
La mort, toujours la mort poursuit tous leurs chemins!
Garnier, encor blessé, s'acharne avec furie;
Il rugit à l'aspect de sa troupe chérie;
Il se replie enfin, halletant, épuisé;
Khrouleff, comme un torrent des ravins élancé,
Retombe encor sur eux, reprend la batterie :
Elle est bientôt par lui de partout envahie.
Notre brave Garnier, quoique perdant son sang,
Excitait ses soldats parcourant chaque rang,
Quand il trouve Manèque, héros plein d'énergie,
Comme lui plein du feu de la même patrie,
Ne cédant du terrain, hélas! que pas à pas,
Se donnant en exemple à ses braves soldats.
Leur ardeur se regarde, et leur terrible épée
S'agite dans les airs, fumant, ensanglantée;
Ils se parlent des yeux, et le mot d'en avant
Est compris de leur cœur : ils volent au Redan !

Sous ces feux pleins d'horreurs, incessants et terribles,
Vers des trépas nombreux, et certains et terribles,
Marchent nos bataillons, ardents comme l'honneur,
Comme la gloire fiers, prompts comme la fureur.
Garnier tombe blessé; sa superbe énergie
Le relève aussitôt, le ramène à la vie :
C'est la cinquième fois que le plomb meurtier
A labouré le corps de ce vaillant guerrier.
Il tombe de nouveau, se lève et tombe encore;
Il soupire, il gémit, la rage le dévore :
« Mon colonel, dit-il, hélas! je suis perdu!
Je sème tout mon sang, mon courage est rendu. »
Manèque lui répond : « Votre malheur m'affecte;
Retournez au ravin, et pour moi, là je reste. »
L'ennemi se maintient, le moment est pressant;
Khrouleff est toujours là, de plus en plus puissant.
Sorbiers rejoint Manèque, et sa marche pénible
Se porte à Malakoff, espérance inutile!
La mitraille bondit sur nos braves soldats,
Elle jonche leurs rangs de sublimes trépas.
Manèque, encor blessé, bondit de place en place,
Payant toujours d'ardeur et de force et d'audace;
On persiste à marcher sous les canons du fort,
Qui déchirent la terre et vomissent la mort;
Mais, malgré notre lutte incessante, inouïe,
La mort, l'affreuse mort enjoint qu'on se replie :
On gagne le ravin, et nos braves soldats
Se rallient aussitôt pour de nouveaux combats.
Pélissier, attristé par ce rapport pénible,
Bondit de désespoir : sa fureur est terrible;
Il écume, navré; mais l'honneur si sacré,
L'aliment du soldat, le maintient exalté.
Tout n'est rien à ses yeux, et périls et entraves;
L'espoir encor renaît, il a vu ses zouaves :
« A vous l'honneur, dit-il; partout, dans les combats,
La gloire a recouvert l'empreinte de vos pas.
Marchez sur Malakoff; notre belle patrie

Vous tourne ses regards : allez, de l'énergie!
Allez, comme toujours, aux chemins de l'honneur;
Avec vous on peut tout : usez de votre cœur! »
Aussitôt ces lions s'élancent pleins d'audace,
Sillonnent les ravins, partout se faisant place,
Grimpent, franchissent tout, précipices, rochers,
Rampant, se redressant, franchissant les dangers;
Ils abordaient déjà ces terribles murailles
Dégoûtantes du sang de nos belles batailles,
Quand Pélissier, navré, de tous côtés apprend
L'insuccès des Anglais dessus le Grand-Redan,
Leurs pertes et leurs morts, et le triste carnage
Qui décime les rangs où bondit leur courage :
Il rugit de colère, il rugit de douleur.
L'élan de ses soldats console encor son cœur;
Il reste plein d'espoir : cette grande journée,
Par un malentendu serait-elle fanée?
Il veut encor tenter... Il mande à lord Raglan
De marcher de nouveau dessus le Grand-Redan.
Lord Raglan, à ces mots, regarde son armée;
Il gémit, il soupire, il la voit décimée :
Presque tous ses amis, par un bien fatal sort,
Sous l'affreuse mitraille avaient trouvé la mort.
Il lui répond ces mots : « Ma trop vaillante armée,
Hélas! a trop souffert, elle est trop épuisée;
Le sol est trop sanglant de nos terribles maux :
Il est jonché partout de nos vaillants héros.
Il faut nous abstenir dans ce moment extrême;
Le repos est urgent : il en faut à moi-même. »
A ces mots Pélissier se sent tout frissonner;
Sa colère bondit : elle osait espérer;
L'amour-propre froissé de sa forte nature
Avait décomposé les traits de sa figure.
Bientôt son grand courage et ses nobles vertus
Ont triomphé de l'homme et repris le dessus;
Le héros l'est toujours : il croit à son génie,
Il croit à son triomphe, il croit à sa patrie;

Il sent que la valeur est au cœur du Français ;
Cet instinct est le sien : il le suit à jamais.
Il sonne la retraite, et son âme navrée
Remet à d'autres temps le désir de l'armée ;
Cette nouvelle attriste aussi tous nos guerriers :
Leur courage croyait poursuivre ses lauriers.
La retraite s'opère, et nos braves armées
Se rallient aussitôt et gagnent leurs tranchées ;
Comme font les grands cœurs, elles oublient leurs maux
Et volent comme avant à leurs brûlants travaux.
Le général Bosquet, cette gloire qu'on aime,
Ressent de cet échec une douleur extrême ;
Le brave lord Raglan, profondément frappé,
Doute de l'avenir et pleure le passé.
Il songe à Canrobert, et sa triste pensée
Rappelle un désaccord changeant la destinée ;
Cet échec lui disait : tu vois que l'avenir
Est un argument sûr qui peut le repentir.
Cette grande amertume, en cette âme si fière,
Était comme un poison subtil et délétère ;
La mort de ses amis, avec tant d'autres morts,
Jetaient dedans son cœur de bien cruels remords ;
Il ne put résister, et sa si belle vie
Succombe aux repentirs, malgré son énergie.
Cette mort fut un deuil : le héros fut pleuré ;
Il avait du talent et de la fermeté ;
C'était un esprit fort et un beau caractère.
Sa mort est un malheur pour toute l'Angleterre :
Cette gloire au cercueil sait jeter dans le cœur
Du respect, des regrets, une grande douleur.
Son corps inanimé vogue vers sa patrie ;
Il reçoit les adieux de sa troupe chérie ;
Il fuit ce triste sol : Français, Anglais, en deuil,
Ont les yeux sur la mer et suivent son cercueil.
Le vaisseau disparaît, et des larmes sincères
L'accompagnent longtemps sur les ondes amères.

FIN DU CHANT VINGTIÈME.

CHANT VINGT-UNIÈME.

Le temps porte l'oubli : le triste souvenir
De notre dur échec commençait à s'enfuir;
Notre puissant génie, avec un grand courage;
Disposait des canons au fort du carénage.
On espérait beaucoup de ce poste en avant :
Cette place était bonne, et son tir menaçant
Était d'un grand effet du côté de la plage;
Il gênait son abord et barrait son passage;
Il combattait les forts ainsi que les vaisseaux,
Dont les feux incessants nous causaient de grands maux.
Tous nos ouvrages pris sur l'armée ennemie
Devaient être gardés, malgré l'horrible pluie
De la mitraille en feu, tombant de chaque fort
Sur nos braves soldats qui méprisent la mort.
Ils veulent en finir; les chefs de notre armée
Brûlent du même zèle et ont même pensée;
Ils pressent leur envie, ils préparent leurs pas,
Et désirent comme eux la lutte des combats.

Le brave Canrobert, de garde à la tranchée,
Avait même désir que notre brave armée ;
Son zèle était immense : il exposait son sang
A ce siége direct qu'il croyait impuissant,
Hélas! quand, depuis peu, son âme généreuse,
Prévoyant d'un échec l'issue trop malheureuse,
Aima mieux abdiquer son poste si brillant
Que de marcher trop tard contre son sentiment.
Aussi, de tous côtés, l'homme grand et sincère
Fut-il apprécié par son beau caractère;
Au rang qu'il descendit, aussi bien qu'au premier,
Il conserva toujours tout l'amour du guerrier;
On l'acclame à grands cris dans son poste modeste :
Le soldat le fait grand par-dessus tout le reste.
Ces démonstrations, pour ce cœur vénéré,
Avaient leur embarras et leur mauvais côté;
Elles froissaient des droits et blessaient l'amour-propre,
Et pouvaient, malgré tout, entraver le bon ordre :
Ce fut ce grand motif qui fit que l'Empereur
Rappela près de lui ce héros plein de cœur.
Canrobert fut chagrin de cet ordre sévère;
Il aimait ses soldats d'un amour trop sincère;
Mais il dut obéir; son Prince était aimé :
Il se fit un devoir de son ordre exprimé.
Les yeux remplis de pleurs, il fixa son armée;
Il lui fit ses adieux : son âme était navrée.
C'était un vide immense : il quittait ses soldats;
Cette idée était triste et suivait tous ses pas.
Bruat, son tendre ami, si bon et si sincère,
Le voulut dans sa tente à cette heure dernière;
Heure triste du cœur! Ce tendre et doux plaisir
Fut accordé sans peine : il était un désir.
Canrobert y fut donc, et, à l'heure sonnée
Pour ce triste départ, ses amis de l'armée
Lui firent leurs adieux : l'amertume du cœur
Eut les pleurs des guerriers et leur franche douleur.
Il gagna son vaisseau; cette sublime gloire,

Qu'appréciera toujours notre brillante histoire,
S'embarqua pour la France au bruit retentissant
De notre artillerie, aux regrets se mêlant.
Ce départ fut un deuil jeté sur la pensée
De tous les nobles cœurs de notre brave armée;
Pendant tout ce temps-là, l'ennemi, plein d'ardeur,
S'était fortifié partout avec vigueur;
Malgré tous ses travaux poussés avec audace
Et ses canons nombreux détonnant de la place,
Malgré ses obusiers semant sur nos soldats
Leurs globes enflammés éclatant le trépas,
Nous touchions aux forts : nos profondes tranchées
Les cernaient d'un côté, profondément creusées.
L'ennemi déjà craint; il prévoit le danger
De l'assaut qui menace et qui va se donner :
En ville et dans les forts la garnison se double;
Elle observe nos pas : un rien l'émeut, la trouble.
Le prince Gortschakoff, pour parer au danger,
Sur la Tchernaïa se dispose à marcher;
Il veut apprécier notre brillante armée
Couvrant Sébastopol et par trop rapprochée;
Il veut la refouler, il craint son front puissant,
Et trop près de ses murs et par trop menaçant.
A peine la nuit sombre a-t-elle de ses voiles
Caché l'œil scintillant des nombreuses étoiles,
Qu'on entend un bruit sourd, variant, incertain,
Qui ressemble à la mer grondant dans le lointain :
Ce sont les pieds remuants d'une puissante armée
S'apprêtant à marcher dessus notre vallée.
Le brave Gortschakoff, homme plein de vigueur,
A rangé ses soldats couronnant la hauteur;
Bientôt ses bataillons se déploient en silence;
Ils gagnent un ravin qui voile leur présence,
Heurtent les Piémontais; mais ces brillants soldats
Ont arrêté bientôt l'audace de leurs pas;
Leur intrépide cœur et leur bouillant courage
Résistent à leur choc, combattent avec rage;

22

Partout le sang jaillit : nos amis furieux
Luttent du même cœur que leurs anciens aïeux.
Réal, de son côté, se rangeait en bataille,
Faisant pleuvoir sur nous une affreuse mitraille ;
La mort vole partout, et nos braves soldats
Écument de bondir sur leurs terribles pas.
Mais la nuit était sombre, une épaisse fumée,
Par le tir ennemi de partout projetée,
Nous voilait l'horizon ; leurs bataillons nombreux
Profitent du retard : d'un bond impétueux
Ils passent la rivière, en dépit du courage
De nos braves soldats leur barrant le passage.
Camon bientôt arrive : il a vu le danger ;
Ce chef, brave et vaillant, s'élance le premier.
Le courage bondit dans le cœur des zouaves ;
Ces superbes soldats et si fiers et si braves,
Heurtent les ennemis ; ce choc prompt, vigoureux,
Met la confusion : le carnage est affreux.
Le quatre-vingt-deuxième accourt avec furie ;
Il disperse, il détruit la colonne ennemie ;
Les officiers du czar, en vain, de tous côtés
Cherchent à réunir leurs bataillons brisés ;
Mais nos lions sont là ; leur terrible courage
Les refoule au canal, les contraint au passage.
Pendant que nos canons bondissent derrière eux
Et causent dans leurs rangs un mal des plus affreux,
Un théâtre plus grand, une gloire plus belle
Couronnent d'autres lieux d'une ardeur immortelle :
Le beau pont de Tracktir tremble dessous le sang ;
La gloire y voit la mort et bondit en avant.
Ce délire d'honneur qu'inspire le courage
Y promène son bras qu'ensanglante la rage ;
De même que les flots, par les vents agités,
Se succèdent grondant sur des rochers brisés,
Ainsi, de toutes parts, se heurtent sur nos têtes
Les Russes bondissants en horribles tempêtes.
Sous des épais brouillards leur superbe énergie

Se maintient sous le feu de notre artillerie
Et veut franchir le pont : inutiles efforts !
Les cadavres, en tas, en ferment les abords ;
De Fally défendait ce terrible passage,
Et faisait payer cher l'ardeur et le courage,
Malgré la mort qui court et vole sur ses pas.
Les Russes, acharnés au milieu du trépas,
Marchent dedans le sang, et leur âme guerrière
Improvise des ponts : ils passent la rivière.
Assaillis de partout, nos braves combattants
Semblent se replier à leurs fronts menaçants ;
Les Russes à cela redoublent de vaillance ;
Leur courage grandit avec leur espérance.
Leur espoir n'est pas long : notre brave Leclerc
Accourt dessus ce point aussi prompt que l'éclair ;
Il a rejoint Fally, dont la gloire terrible
Électrise le cœur et le rend invincible.
Bientôt tout est changé : nos illustres soldats
Au signe de leur chef ont retourné leurs pas ;
Leur front devient d'airain, et, la tête baissée,
Ils marchent sur sa trace et suivent son épée.
L'enthousiasme est grand, son cri s'élève au cieux ;
Les échos gémissants le portent en tous lieux.
Inkermann les entend : ils ont dit à nos frères
La marche et les exploits de nos armes guerrières.
Le choc devient terrible, on s'étreint corps à corps ;
La terre au loin frémit et se couvre de morts ;
Notre ardeur est au comble, et l'armée ennemie
Disparaît devant nous, battue, anéantie.
Sur la droite l'on voit des bataillons nombreux
Porter vers le plateau leurs pas impétueux ;
Ils gravissaient déjà la hauteur escarpée
Dominant le ravin qui borde la vallée,
Quand le brave Leclerc, par un détour grand, prompt,
Se trouve au-devant d'eux, les attaque de front.
Le deuxième accourt plein d'ardeur et de rage ;
Ils combattent unis, confondent leur courage :

Par leurs terribles coups, l'ennemi, dispersé,
Jusqu'au fond du ravin se trouve repoussé.
Du haut de Schouliow, des masses formidables
Font retentir les airs de cris épouvantables :
Ce sont des Russes là, sur nos pas élancés,
Qui viennent pour aider leurs bataillons brisés.
Gortschakoff à leur tête, agitant son épée,
Veut encor de nouveau tenter la destinée.
Il veut passer le pont, il presse ses guerriers,
Encourage leur cœur et marche des premiers.
Là, la lutte est sanglante; et d'ardeur et de rage
Herbillon et Faucheux lui barrent le passage.
L'intrépide Fally vole les seconder;
Il prodigue son sang, il cherche le danger;
Il court à tous les rangs, partout se multiplie
Et se donne en exemple à sa troupe chérie.
Le combat est affreux, le sang coule à gros flots :
La victoire est encor à nos braves héros.
Les Russes, cependant, se rallient en bataille,
Malgré le feu roulant d'une affreuse mitraille;
Un régiment tout frais, descendant d'Odessa,
Arrive à leur secours : ils volent au combat.
Furieux, pleins d'ardeur et de force et de rage,
Ils cherchent à forcer le tortueux passage
Qui mène au beau plateau de la Balaclava,
Occupé dès longtemps par de La Marmora;
Ils l'ont bientôt atteint, et, formés en bataille,
Ils lancent sur sa tête une affreuse mitraille;
Mais les Sardes sont prêts : leur intrépide cœur
Brûlait depuis longtemps de voler vers l'honneur.
Trotti s'est déployé; les troupes piémontaises
S'étendent aussitôt vers les troupes françaises;
Dans cette ligne immense on voit avec horreur
De nombreux bataillons déployer leur valeur;
On voit leurs fronts sanglants, étincelant de rage,
S'exciter au combat et se plaire au carnage :
Ce combat grandiose, affreux, jusqu'au lointain

Jonche de tas de morts son terrible chemin.
Faucheux bientôt arrive, et sa brave énergie
Fond sur les ennemis comme un tigre en furie;
Il les hache partout, et ceux-ci, furieux,
Descendent le canal, abandonnent ces lieux.
Ils s'arrêtent enfin, leur ardeur se rallie;
D'autres renforts encor leur colonne est grossie;
Ils revolent combattre, ils dressent leur drapeau
Et dirigent leurs pas au sommet du plateau.
Mais Leclerc était là : sa belle compagnie,
Dans un petit ravin, près de sa batterie,
Attendait l'ennemi; son front audacieux
A peine paraît-il au sommet de ces lieux,
Que nos pièces alors, tonnant avec furie,
Brisent de tous côtés la colonne ennemie;
Puis nos braves soldats, baïonnette en avant,
Fondent comme un rocher sur son front menaçant...
Le sang coule à gros flots, la colonne est broyée;
Le désordre est chez elle; elle fuit décimée,
Elle quitte ces lieux arrosés de son sang,
Abandonne ses morts et regagne son camp.
Ce succès si brillant de notre brave armée
A retenti déjà vers la France adorée;
Elle bondit de joie après ces beaux combats,
Et reconnaît ses fils dans ces brillants soldats;
L'Empereur fait comme elle, il bénit notre gloire,
Et il écrit ces mots dessus notre victoire :

« Général, dit-il, oui, le succès d'aujourd'hui,
Pour la troisième fois convaincra l'ennemi!
Il pourra donc juger que notre brave armée
Sur lui sait l'emporter en bataille rangée.
Cette belle victoire illustre nos soldats;
Elle a grandi le chef qui dirige leurs pas;
Félicitez l'armée, et recevez vous-même
Les doux remercîments du Prince qui vous aime.
Dites à vos soldats que leurs trop durs travaux,

Que leurs privations et leurs terribles maux
Vont toucher à leur fin; que ces forts si terribles
S'écrouleront bientôt sous leurs coups invincibles.
Sébastopol frémit, prévoit de toutes parts
Qu'il saluera bientôt nos brillants étendards.
Dites à nos soldats que leur brave vaillance
A touché tout le cœur de leurs frères de France;
Qu'ils veulent partager leurs terribles sentiers,
Et marcher avec eux à d'illustres lauriers.
Je saurai satisfaire à cette douce envie;
Oui, je connais bien là les fils de la patrie!
Ainsi, les régiments qui seront fatigués
Retourneront en France et seront remplacés;
Chacun aura sa part au chemin de la gloire :
Tous auront combattus pour mener la victoire.
Vous savez, général, combien je fus chagrin
De ne pouvoir vous suivre en votre beau chemin;
Mais mon âme, aujourd'hui, cesse d'être navrée,
Puisque vous m'annoncez que notre brave armée
Va couronner sa gloire et nos fervents souhaits
Par un prompt, décisif et éclatant succès. »

Ce cri de l'Empereur, tendre vœu de la France,
Apporte dans le camp la joie et l'espérance :
Le courage bondit, aiguillonne le cœur;
Il attend le moment, objet de son bonheur.
Ce succès, en effet, que tout semble prédire,
A sa conviction comme son doux sourire;
Tout s'apprête pour lui : le conseil a jugé
Que l'assaut général serait bientôt donné.
Tout est prêt pour cela : nos profondes tranchées,
Jusque sous Malakoff se trouvent avancées;
On entend l'ennemi sous la terre minant,
On entend ses outils et sa voix se comprend;
L'explosion menace, et notre brave armée,
Sous le feu de la place est toujours exposée.
Plus d'attente à présent, le temps dit de marcher;

Attendre plus longtemps serait tout exposer ;
Puis enfin tout est prêt : les fils de l'Angleterre
Ont fini les travaux qu'ils avaient en arrière.
Le côté du redan a ses cheminements,
Son désir de marcher, ses cœurs impatients ;
Le temps presse à grands pas ; nos aigles immortelles
Ont fixé Malakoff : elles battent des ailes ;
Leurs yeux tout pleins de sang, étincelant d'ardeur,
Ne peuvent plus dompter les élans de leur cœur.
Le moment est donc là, le moment est propice ;
On n'a plus à choisir au gré de son caprice ;
Le brave Pélissier lui-même l'a pensé ;
Tout son conseil l'approuve, et le jour est fixé :
C'est demain l'heureux jour, de terrible mémoire.
Oh ! ce jour bat d'orgueil : il présage sa gloire ;
Nos soldats sont riants, leur front est radieux :
L'instinct de l'avenir les rend fiers et heureux.
Oh ! quel sera l'aspect des fils de la patrie,
A ce jour demandé de leur forte énergie !
Je sens bondir mon cœur à ce tendre moment !
Hélas ! je le sens fier et le sens frémissant !
Ce moment était long aux bonds de la vaillance ;
Il faut la maintenir au calme et au silence.
Enfin la nuit arrive ; elle semble un repos,
Une halte à la gloire, une halte au héros.
Le jour est bientôt là ; sa superbe lumière
Brille de plus d'éclat : elle semble plus fière ;
Elle va présider de son front bienfaisant
Un drame grandiose et en tout émouvant ;
La gloire est dans l'attente ainsi que le génie :
Ils sont prêts à marcher au gré de la patrie.
Niel a gagné son poste, il a dressé son plan ;
Son tir, plus vigoureux, tonne plus menaçant :
Le sol tremble, frémit ; une affreuse poussière
Voile à nos ennemis tous nos foudres de guerre.
D'une voûte de fer le ciel est sillonné ;
Elle vole et revient du camp à la cité ;

Son tonnerre est affreux, son dégât est horrible :
Tout est prêt pour marcher à cette assaut terrible.
Notre brave Bosquet, joyeux de ce bonheur,
Laisse couler ces mots, sentiment de son cœur :

« Fiers soldats, le sept juin, votre invincible gloire
Gagna sur la Russie une belle victoire;
Le dix-huit du mois d'août fut encore illustré
Par votre grand courage et votre fermeté.
A la Tchernaïa, votre rare vaillance
Rabaissa la Russie et dompta sa puissance;
Aujourd'hui, mes amis, vous allez lui porter
Son dernier coup de mort : vous n'avez qu'à marcher.
Oui, vos bras vigoureux feront comme la foudre;
Sébastopol, bientôt, sera réduit en poudre;
Les Anglais vont marcher contre le grand redan :
De même il tombera sous leur glaive puissant.
Soldats, la tâche est grande et la victoire belle;
Vous êtes de la France et serez dignes d'elle;
Vos courages brûlants pétillent l'avenir;
Étalez vos grands fronts : ils vont s'enorgueillir.
Nos aigles dans l'attente étincellent de gloire;
Allez les couronner! volez à la victoire!
A nous donc Malakoff! à nous Sébastopol!
Mes enfants en avant sur ce terrible sol!
Portez là votre cœur si bouillant d'énergie;
Soyez les dignes fils, lions de la patrie!
La gloire vous regarde, usez de votre cœur;
A l'assaut! à l'assaut! et vive l'Empereur! »

Tous ces beaux sentiments, expression de l'âme,
Les électrisent tous d'une indicible flamme;
La joie est dans le camp; elle semble bondir
Après tous les lauriers qu'elle espère cueillir.
Cette heure du grand drame est enfin arrêtée :
C'est à midi précis; chaque montre est réglée;
Officiers et soldats, joyeux, impatients,
Préparés au combat, comptent tous les instants.

Le lieu dit Brancion, cette redoute fière,
Souvenir d'une gloire à la France bien chère,
Est le poste d'honneur du brave Pélissier :
C'est de ce lieu brûlant qu'il doit tout commander ;
C'est de là que, les yeux fixés sur son armée,
Il doit guider ce drame effrayant la pensée.
Notre brave Bosquet, si chéri du soldat,
Est à sa place aussi, son poste de combat.
Tous nos braves guerriers ont gagné leurs tranchées ;
Dans un profond silence et leurs armes baissées,
Ils sont prêts à bondir; mais ils veulent cacher
L'instant qu'ils ont choisi pour braver le danger.
Le temps court à grands pas, l'ardeur a fait silence,
Leurs cœurs sont frémissants et pleins d'impatience.
Ce spectacle est sublime, il touche et fait frémir :
Ce sont de beaux tableaux qu'il lègue à l'avenir.
Là, tous nos beaux guerriers, aux dangers impassibles,
Semblent rire en volant aux morts les plus terribles ;
Leur œil est sec et fier, il pétille l'ardeur,
Il respire la gloire et démontre le cœur.
Oh! qu'on aime à bénir ces gloires immortelles!
Oui, l'âme, avec bonheur, court toujours après elles!
On ne peut assez voir le courage français,
Son ardeur frémissante animant tous ses traits :
Qu'ils sont beaux ces lions, les fils de la patrie,
Quand il marchent combattre et exposer leur vie!
On invoque pour eux, on est fier de leur cœur;
On voudrait, avec eux, courir aux champs d'honneur.
Les généraux, debout au bord de la tranchée,
Sont calmes, attentifs, la main sur leur épée;
Les yeux dessus leur montre, ardents, impatients,
Ils semblent à l'arrêt : ils calculent le temps.
Les officiers, comme eux cachés dessous la terre,
Au front de leurs soldats attendent l'âme fière;
Leurs armes sont au poing, ils sont prêts à bondir ;
Ils respirent l'ardeur, et leur port fait frémir.
Le silence grandit, et notre artillerie

A détourné son tir de la ligne suivie ;
Pour frapper l'ennemi sur un terrain lointain
Et laisser à nos pas tout leur libre chemin.
Enfin il est midi ; nos généraux s'élancent ;
Leurs chapeaux à la main, vers les forts ils s'avancent.
« En avant, s'écrient-ils, enfants de la valeur !
En avant, en avant, et vive l'Empereur ! »
C'est le cri de l'assaut qui brise le silence ;
La terre au loin gémit de son murmure immense ;
Chefs et soldats, ardents, par la gloire animés,
Volent comme un éclair par le cœur emportés.
De même que la foudre, écartant les nuées,
S'abat sur les hauteurs sur son chemin placées,
Et de son front terrible écrase, sillonnant,
Les pierres, les rochers sous ses pas s'entr'ouvrant.
Ainsi de nos soldats les grondantes nuées
Volent avec fracas du fond de leurs tranchées,
Tombent avec fureur sur ces murs crénelés
Que la foudre a noircis, que la foudre a brisés.
Cette tempête humaine avance, le temps presse :
La gloire et le devoir activent sa vitesse ;
Partout des chants guerriers élèvent dans les airs
Leurs cris majestueux et leurs brûlants concerts.
Bosquet, le beau Bosquet pétille d'énergie ;
Son cœur bat de bonheur : il bat pour la patrie ;
Au bord de la tranchée, à son épaulement,
Il plante son guidon : c'est là le ralliement,
C'est de là qu'il commande à sa vaillante armée,
Tombant comme un torrent sur la ville assiégée.
Sur trois points opposés nos soldats font fureur :
Ces tigres en délire étincellent l'ardeur.
Mac-Mahon, à leur tête, élève son épée,
Leur montre Malakoff presque démantelée ;
Zouaves et chasseurs, au milieu du trépas,
Mugissent de colère et volent sur ses pas ;
Le terrain fuit sous eux, et leur terrible trace
Se dessine de morts : ils dévorent l'espace.

Ils sont à Malakoff; mais ses escarpements,
Ses immenses fossés arrêtent leurs élans;
Le danger les ranime, excite leur furie :
La rage, le besoin leur donnent du génie.
Appuyés sur leurs dos et cramponnés des mains,
Ils marchent vers la tour par cent affreux chemins;
Ils franchissent ses murs d'éternelle mémoire,
Y plantent leur guidon, grand témoin de leur gloire.
L'intérieur de la tour est en tous points garni
De poutres et de bois abritant l'ennemi;
Surpris par notre attaque et subite et terrible,
Il cherche dans son cœur un courage impossible.
Nos soldats, pleins d'ardeur, bondissent sur ses pas;
Des combats corps à corps trouvent mille trépas;
Des ennemis, bientôt, les réserves massées
S'avancent contre nous en colonnes serrées,
Et, l'épée à la main, on voit leurs officiers,
Étincelants d'ardeur, arriver les premiers;
On les voit bouillonnant et respirant la rage,
Offrir aux parapets l'exemple du courage;
On les voit tous mourir, et jamais leur ardeur
Ne faillit un instant à leur terrible cœur.
Assaillants, assaillis redoublent d'énergie :
L'honneur, le désespoir font mépriser la vie;
Sous son terrible choc le fer sonnant gémit;
Il se heurte cent fois; le sang, le feu jaillit;
La mêlée est affreuse, et les armes brisées
Par leurs débris sanglants se trouvent remplacées.
On s'égorge partout, le sang coule à gros flots;
La nature a horreur et frémit du héros;
La rage court les rangs, écumant, dégoûtante;
Elle poursuit sa tâche, et sa main défaillante
S'épuise dans le sang, et ses derniers efforts
Succombent harassés, étouffés sous les morts.
Au milieu de ces maux, le jeu de la furie;
Au milieu des horreurs de cette boucherie,
Le brave Mac-Mahon conserve tout son cœur,

Conserve son sang-froid, raisonnant sa valeur;
Il rallie ses soldats, et sa terrible épée
Leur sert de ralliement, dans les airs agitée.
Tous redoublent d'efforts dans leurs affreux élans;
La mort bondit, gémit dessous leurs bras sanglants;
Rien ne peut résister aux beaux fils de la France :
La gloire est leur délire et guide leur vaillance.
Tout tombe sous leurs coups; l'ennemi décimé,
Abandonnant ce lieu de son sang inondé,
Sur nos réserves vole, et, poursuivant sa rage,
Porte dessus leur front la mort et le carnage.
Pendant ce court moment, nos bataillons fougueux
Envahissent la tour par un bond vigoureux;
Ils en bouchent l'issue, et, aidés du génie,
Ils peuvent y fixer leur superbe énergie.
Pendant ce beau combat, sur un autre côté
Marchait La Motte-Rouge, avec ardeur lancé;
Ses soldats, avec lui, gravissaient la colline
Qui soutient le beau front de la grande courtine.
A travers la mitraille et le sang et la mort,
Ils pénètrent vainqueurs dans ce superbe fort;
Ils enclouent les canons, et, pleins d'impatience,
Ils abordent de front la seconde défense.
La mitraille les broie; en vain le sang jaillit :
Ils marchent sur l'airain qui tonne et qui mugit;
Ils courent sur la mort, et, malgré le carnage,
Ils pénètrent enfin dans ce cruel ouvrage;
Ils tuent les canonniers, et ces lieux tout sanglants
Demeurent au pouvoir de nos beaux combattants.
Dans ce même moment, un autre assaut terrible
Jette dans notre cœur un espoir indicible :
De Saint-Paul et Bisson, magnifiques guerriers,
Volent sur le redan, se couvrent de lauriers;
Ils l'abordent soudain; leur phalange immortelle,
A travers la mitraille et affreuse et cruelle,
Bondit, renverse tout, et sa valeur sans frein
Reste de ce côté maîtresse du terrain.

Tout est victoire alors sur ces points différents;
Tout cède à la valeur de nos bras triomphànts.
Les ennemis, surpris par notre marche hardie,
Reviennent de leur peur, et leur brave énergie
A repris l'offensive : elle s'épuise en vain;
Malakoff est à nous : aucun effort humain,
Quelque fût son audace ainsi que son courage,
Ne saurait nous chasser de ce puissant ouvrage.
Pour le petit redan nous sommes moins heureux :
Sur ce point le carnage est immense et affreux.
Sur nous, de tous côtés, les canons à l'envie
Font tomber la mitraille en une affreuse pluie;
Le feu du cimetière, avec celui du Nord,
Viennent surajouter au tableau de la mort.
Hélas ! ce n'est pas tout : des réserves cachées,
Surgissant tout à coup, sur nous sont élancées.
Leur courage bondit; en vain tous nos soldats
S'acharnent à combattre au mépris du trépas;
En vain l'espoir, la force, ainsi que l'énergie,
Viennent-ils attiser les fils de la patrie;
Tout devient inutile : un feu vif et meurtrier
Dompte tous les efforts et force à reculer.
La Motte-Rouge alors, malgré son énergie,
Exposé de partout sous l'infernale pluie
Des masses de canons dont il est entouré,
A gagné la courtine et y reste acharné;
Mais Saint-Paul et Bisson, non à bout de courage,
Reviennent à la charge avec plus grande rage;
Leurs bataillons épars, aussitôt reformés,
Revolent au redan en lions affamés.
Il est repris bientôt; mais l'affreuse mitraille
Couvre encor de nos morts tout le champ de bataille;
Des feux vifs et lointains ravagent tous nos rangs :
Nos soldats tombent tous une fois conquérants.
De Saint-Paul, Cornulier, Moroles, Lagrandière
Ont payé de leur mort leur gloire illustre et fière,
Et tant d'autres, hélas ! dont l'intrépide cœur

Burina son exemple aux beaux champs de l'honneur.
De partout le sang coule : une lutte terrible
Se maintient au redan et vaine et inutile ;
La Motte-Rouge aussi se consume en efforts :
La courtine est partout couverte de nos morts.
Mac-Mahon est toujours, comme un tigre en furie,
Dans la tour Malakoff, avec sa compagnie.
Tout près du carénage on voit trois forts vaisseaux
Causer à nos soldats les plus terribles maux ;
A l'abri de nos coups, leur mitraille incessante
Jetait partout sur nous la mort et l'épouvante.
Mais Bosquet était là ; son cœur avait jugé :
Il avait vu le mal et la nécessité ;
Assaillis par devant, assaillis par derrière,
Il fallait donc agir sur ce sanglant repaire.
Bosquet dit à Sauty : « Là-bas sont des lauriers ;
Ils attendent le front de vos beaux canonniers !
Marchez vers ces vaisseaux ; que votre batterie
Mette pour les chasser toute son énergie. »
Le commandant Sauty, plein d'une illustre ardeur,
S'élance ventre à terre et gagne la hauteur ;
Ses canons sont postés, un feu vif et terrible
Se heurte de partout, de partout accessible ;
La mitraille bondit, et nos braves soldats
Payent ce coup de main par de nombreux trépas.
La mort jonche le sol ; mais leur ardeur puissante,
Malgré le sang qui court, reste fixe et constante ;
Aux morts, de tous côtés, succèdent les vivants ;
Nos boulets, nos obus, dans les airs frémissants,
Tombent sur les vaisseaux, et leur terrible pluie
Y sème incessamment la mort et l'incendie.
Les vaisseaux, ébranlés par ces feux vigoureux,
Abandonnent leur place et vont en d'autres lieux ;
Pendant ce dur combat, Bosquet, vers la tranchée,
Par un éclat d'obus a la poitrine heurtée ;
Le choc est fort, terrible : il en est suffoqué ;
La pâleur de la mort gagne son corps glacé ;

Il persiste à rester, mais sa belle énergie
Succombe à l'impossible en dépit de l'envie ;
Un brancard le reçoit, et il est transporté
Presque sans mouvement en lieu de sûreté.
La douleur, le respect volent à son passage ;
Tous les yeux sont mouillés ; on vante son courage
Et l'on plaint le héros ; mais Dieu veille sur lui :
Tous les cœurs des soldats demandent son appui.
Leurs vœux sont exaucés : cette grande vaillance
Restera le secours, le bonheur de la France.
Le brave Mac-Mahon ne peut être ébranlé ;
Il est dans Malakoff : il y reste acharné.
On touchait au moment où l'armée alliée
Avait à s'élancer à sa tâche arrêtée ;
On donne le signal, et Simpson aussitôt
Ordonne à ses soldats de marcher à l'assaut.
Markham et Codrington volent, tête baissée,
Aux pieds du grand redan, suivis de leur armée ;
La mitraille bondit, la mitraille n'est rien :
La mort est impuissante à barrer leur chemin.
Ils sont aux parapets ; ils dressent leurs échelles,
Malgré mille périls, mille pertes cruelles ;
Ils pénètrent blessés, ils pénètrent mourants :
Inutile courage, inutiles élans !
Parvenus dans la place, ils n'ont devant les yeux
Que des canons sanglants qui vomissent sur eux ;
Ils luttent, mais en vain : la gloire et son délire
Consument tout leur sang, usent tout leur empire.
Inutile, inutile, hélas ! il faut quitter
Ce sépulcre béant où tout va s'engouffrer ;
On lutte à chaque fort ; le combat est immense :
Chaque attaque est affreuse et pleine de vaillance !
Pélissier, écumant de se voir résister,
Lance tous ses soldats, les presse de marcher ;
Dessales et Trochu volent de place en place,
Laissant sur leur chemin la plus terrible trace.
Les ouvrages de Mai, le bastion du Mât,

Le bastion Central sont les lieux du combat;
Partout lutte l'ardeur : le sang court et ruisselle;
La victoire frémit, la victoire chancelle.
Des fourneaux souterrains ont entr'ouvert leurs flancs,
Des milliers de soldats sont engouffrés sanglants;
Partout, sur chaque point, c'était même carnage,
C'était semblable horreur avec même courage;
Tous ces maux ne sont rien pour leur terrible cœur :
Ils ne voient que la gloire, ils ne voient que l'honneur!
Après tant de dangers et si peu d'espérance,
Des ordres sont donnés aux enfants de la France :
On doit se replier et ne plus persister,
Ou tout, sans aucun fruit, est péril et danger.
Le général Lebœuf, toujours plein d'énergie,
Recommence son tir avec plus de furie;
Son feu roulant moissonne, et nos fiers ennemis
Quittent les bastions qu'ils avaient reconquis.
On allait y marcher; notre grande vaillance
Ne pouvait résister à son impatience :
Les chefs et les soldats, épris de même ardeur,
Attendaient le signal pour y porter leur cœur;
Mais Pélissier a vu, dans sa sagesse extrême,
Que Malakoff est tout, qu'il est le point suprême
Où nos puissants efforts doivent tous aboutir;
Que ce point menaçant décide l'avenir.
Plein de ce sentiment, vers cette tour cruelle
Il tourne son penser et sa gloire immortelle;
Ses ordres sont donnés, et ce beau bastion
Va rester à jamais au brave Mac-Mahon.
Bretteville et Wimpffen, chefs superbes et braves,
Marchent à son secours, suivis de leurs zouaves,
Suivis des voltigeurs, suivis des grenadiers,
Tous bien fiers de voler à de nouveaux lauriers.
Le fer heurte le fer, le feu part, étincelle;
La mitraille bondit avec la mort cruelle;
Partout le sang bouillonne, et nos braves soldats
Résistent à tous chocs et bravent le trépas.

Khrouleff et Lissenvo lancent leur forte d'armée,
Qui, malgré ses efforts, est bientôt écrasée
Sous les terribles coups, sous les terribles traits
Qui tombent incessants du courage français ;
La mort, le sang, l'horreur et la force et la rage
Agitent tous les cœurs, animent le courage ;
Cette tempête humaine, impuissante, rugit :
Aux fronts de nos lions elle s'évanouit.
Youféroff accourt, le carnage est horrible ;
Rien ne peut résister à notre feu terrible ;
La mort semble courir sur ce terrain brûlant :
Youféroff est tué, Khrouleff tombe sanglant.
Inutiles efforts! la force et la puissance
Restent aux bras de fer des enfants de la France.
Malakoff est à nous; nos ennemis puissants
Abandonnent ces lieux de morts si palpitants ;
Ils fuient Sébastopol, ayant dans la pensée
Qu'un gouffre serait là pour notre brave armée.
Hélas! commence alors un spectacle hideux ;
Le cœur navré frémit à l'aspect de ces lieux :
Des pétards souterrains, comme d'affreux cratères,
Vont déchirant le sol, bouleversant les terres,
Toute la ville tremble et oscille et gémit ;
Jusque dans le lointain tout l'espace frémit.
Dans des gouffres béants on voit de longues rues
S'incliner, disparaître ou jaillir dans les nues ;
D'impérissables forts, aussi vieux que le temps,
Vacillent sur leur base et roulent dans leurs flancs ;
De ce sanglant et triste et vaste cimetière
On voit jaillir les morts, lancés avec la terre ;
Une fumée épaisse enveloppe les airs ;
De son lugubre noir surgissent des éclairs.
La nuit comble l'horreur : dans ses bien tristes ombres
Apparaît l'incendie attaquant les décombres,
Comme pour bien cacher aux regards curieux
Et le sang et les maux qui gisent dans ces lieux.
Les Russes avaient fui : leur fuite est annoncée

Par les noirs tourbillons d'une épaisse fumée;
La ville n'est qu'un feu parsemé de volcans,
Bouleversant le sol, brisant les monuments;
Que gémissements sourds où la sauvagerie
Est sans foi, sans pitié, sans cœur et sans patrie.
De temps en temps, hélas! les yeux voient s'avancer,
Pour surveiller le feu, le mettre et l'attiser,
Des êtres ignorants, éminemment barbares,
Ne voulant laisser d'eux que de tristes cadavres.
La nuit se passe ainsi, portant dedans le cœur
La plus grande tristesse, image de l'horreur;
Elle est de tant de maux la fin et l'agonie,
L'adieu de tout courage et de toute énergie.
C'en est fait des combats : un silence pieux
Se jette sur les morts, enveloppe ces lieux.
Le jour bientôt paraît, sa lumière tremblante
Découvre à tous les yeux cette scène sanglante :
Tas de morts calcinés, dont les affreux trépas
Contristent tous les cœurs de nos braves soldats.
Gortschakoff, éperdu, plein de mélancolie,
Jette un dernier regard sur ce triste incendie ;
Il plaint ce grand malheur, et, le cœur tout navré,
Il nous laisse ce lieu de cadavres jonché.
La victoire est à nous; nos troupes glorieuses
Retournent à leur camp, de leur triomphe heureuses ;
Le brave Mac-Mahon, heureux d'être vainqueur,
Jouit de Malakoff, y reste avec bonheur;
Bazaine, vieux guerrier, héros fier et tranquille,
Est nommé par son chef gouverneur de la ville.
Ici tout est silence et bien triste abandon ;
La fierté de ces lieux respecte notre nom;
Sa valeur n'a pu rien : nos aigles invincibles
Ont planté leur drapeau sur ces forts si terribles.
Chacun sourit d'orgueil dans le fond de son cœur :
Tous ont béni le ciel de cet insigne honneur;
Mais, hélas! cet orgueil, le tribut de la gloire,
Avait son dur côté, sa malheureuse histoire.

O sentiment de l'âme! ô sublime amitié!
Oui, tes tristes sanglots navrent et font pitié!
Que de généreux cœurs, que de héros sublimes
Sont tombés pour jamais, de la gloire victimes!
O mères! je vous vois, oui, je vous sens gémir!
Votre amour est brisé dans son doux avenir!
Si cet orgueil d'amour, bien plus fort que la gloire,
N'est plus à vos baisers, son illustre mémoire
A son beau souvenir : qu'il vive en votre cœur!
Que ce prix du héros soit son consolateur!
Il faut se consoler au cours de l'existence :
Le ciel a fait luttant le mal et l'espérance;
Sans amertume, hélas! il n'est pas de lauriers:
Quelque fiel toujours est le fruit des guerriers.
On se cherche, on se compte, hélas! que de silence!
Que de fils sont à dire au doux sein de la France!
Que de noms à pleurer! que de noms glorieux
Parleront par leur mort dans ces trop tristes lieux!
Oui, leurs os à jamais, au sol de la Crimée,
Glorifieront une âme et amie et aimée!
Oui, là, des peuples fiers lèguent à l'avenir
Des héros surprenants et leur beau souvenir!
Si ce siége sublime honore le génie,
Il honore le cœur des fils de la Russie;
Mais cette gloire grande, accordée aux vaincus,
Restera pour la France une gloire de plus :
Ce siége mémorable a gravé dans l'histoire
Du courage français l'impérissable gloire.
Le bruit de ce triomphe, aussi prompt que l'éclair,
A franchi d'un seul bond les campagnes de l'air;
Déjà sur l'univers nos formidables aigles
Ont plané la valeur de leurs vaillantes ailes;
La France est palpitante, et leurs fronts glorieux
Ont dit leur grand pouvoir, leur vol audacieux.
La France et l'Empereur ont béni leur armée,
Ont béni sa valeur, ont béni son trophée;
Un cri, le cri de tous, le cri de l'Empereur,

A surgi de partout et gagné chaque cœur :
Tous, tous remercient Dieu, moteur de la puissance,
D'avoir béni nos bras et leur belle vaillance.
Le chef de la Turquie a le même prier;
Après ce saint devoir il dit à Pélissier :

« Vos armes, maréchal, si brillantes de gloire,
Ont buriné leur page au livre de l'histoire;
Votre illustre bravoure avec tous ses hauts faits
Y resteront inscrits, y vivront à jamais!
Vos bienfaits sont trop grands, je vous en remercie,
Tant personnellement qu'au nom de la Turquie.
Honneur, honneur à vous, honneur à l'Empereur,
Honneur à vos soldats, à leur belle valeur;
Honneur aux alliés; oui, ma belle patrie
A béni vos grands cœurs, votre belle énergie;
Elle est reconnaissante : elle estime vos maux.
Ils ont été bien grands, si grands que vos héros !
Mais leur page sublime, au sommet de la gloire,
Restera pour toujours un soleil dans l'histoire;
Oui, des exploits si beaux sauront récompenser :
C'est le prix le plus grand que l'on puisse envier.
Daigne le Tout-Puissant éterniser les charmes
Qu'ont su si bien gagner vos invincibles armes;
Dites à vos soldats ce penser de mon cœur
Et la reconnaissance, objet de mon bonheur ! »

Ces sentiments parlaient, la joie était extrême :
Londres, Paris, Turin aussi sentaient de même;
Le czar reste sans haine, et laisse sans regrets
Une guerre fatale et d'injustes projets.
Les canons de Paris annoncent cette gloire;
L'Europe, rassurée, a béni la victoire;
Le peuple, dans la joie, élève vers les cieux
Et ses remercîments et son front radieux.
Notre illustre Empereur, content, l'âme attendrie,
A Notre-Dame accourt prier pour la patrie;

L'archevêque était là, bien fier de recevoir
Son Prince grandissant toujours dans le devoir;
Il l'aborde aux doux pieds du pieux sanctuaire,
Protecteur de nos vœux, échos de la prière;
Joyeux de notre gloire, content de nos héros,
Il dit à l'Empereur ces doux et tendres mots :

« Sire, je suis heureux d'aller vous recevoir
Sous ce temple puissant, le temple du pouvoir;
Ce temple du Très-Haut bénit votre puissance :
Ce dôme tressaillit aux armes de la France.
Après tant de succès, élevons au Seigneur
Nos doux remercîments, nos vœux et notre cœur;
Prince, tant d'héroïsme et de vertus guerrières
Ont touché le Seigneur; il connaît nos prières :
Le but de nos exploits est déjà jusqu'à lui.
Prince, croyez-le bien, il sera votre appui;
Vos vœux seront bénis : une paix glorieuse
Couronnera bientôt votre âme généreuse. »

Le prêtre avait dit vrai : des princes généreux
Se comprennent toujours au bien des malheureux;
Tous les deux ont senti qu'avec la même envie
Il fallait rapprocher leur bienheureux génie.
Le Dieu de la justice a permis ce bonheur :
La paix, la douce paix a couronné leur cœur;
L'airain a dit partout, dans notre belle France,
Le triomphe du droit avec sa délivrance :
La Turquie est sauvée, et nos braves guerriers
Y portent le bonheur avec leurs fiers lauriers !

FIN DU CHANT VINGT-UNIÈME.

CHANT VINGT-DEUXIÈME.

Ce grand drame est fini; la France généreuse
Jouit de ses exploits : elle respire heureuse;
Nos soldats valeureux ont oublié leurs maux
Au doux penser du bien de leurs brillants travaux;
Joyeux de leurs lauriers, les yeux vers la patrie,
Ils vont enfin gagner cette terre chérie.
Tous nos vaisseaux sont prêts, et, l'orgueil dans le cœur,
Chacun se sent ému de ce bien doux bonheur;
Chacun va donc revoir ce sol de sa naissance,
Ce si beau sol de gloire où germa sa vaillance,
Où tant de cœurs priaient pour tant de cœurs aimés,
Pour tant d'illustres cœurs de l'amour séparés.
La vapeur enfin part, les ancres sont levées;
Sur l'onde frémissante on voit les deux armées :
Cette ville qui flotte, allant sous un beau ciel,
Fait retentir les airs de son hymne immortel!
La gloire avait sa voix, et elle élevait l'âme
Au-dessus tous les maux des horreurs du grand drame;

C'était plus que la joie enivrant le plaisir :
C'était un doux délire au penser d'avenir.
Nos soldats vont conter, au sein de leurs chaumières,
Au comité du cœur, leurs batailles meurtrières,
Et les mille dangers, miracles des combats,
Où jouait leur courage au milieu du trépas,
Et leur gloire terrible, exemple de la gloire,
L'effroi des ennemis et l'orgueil de l'histoire.
La terre est déjà loin; le bruit de leurs concerts,
Sourire de leurs cœurs, électrise les airs;
Tout n'est plus qu'une mer à notre flotte immense ;
Sa vie est sur les flots, mais au bout est la France.
Le cœur bat de plaisir; les yeux, dans le lointain,
Cherchent à devancer son tendre et doux chemin ;
Bientôt dessus les flots notre flotte joyeuse
Distingue un petit point : elle sourit, heureuse.
O bonheur ! c'est la France ! Un doux frémissement
S'empare de son cœur en cet heureux moment;
Ce point grandit encore, et bientôt le rivage
Sourit, rayonne enfin aux yeux de l'équipage.
On arrive à Toulon ; là, nos braves soldats
Trouvent le tendre prix de leurs brillants combats :
Une affluence immense, émue et attendrie,
S'élance pour fêter les fils de la patrie;
Des couronnes de fleurs, pleuvant de toutes parts,
Accablent de leur poids nos bouillants étendards;
De doux cris de bonheur et d'orgueil, cris sublimes,
Élèvent vers les cieux leurs concerts magnanimes.
L'ivresse la plus pure a son tendre parler ;
Ses doux épanchements ne sont plus à rêver :
Le père est à son fils, le fils est à son père ;
C'est des héros de plus à l'amitié plus chère.
Chacun bénit de voir ces fronts cicatrisés,
Ces défenseurs du droit, fêtés et adorés;
Ces aigles, dont l'ardeur de leurs serres terribles
Avait détruit des forts réputés invincibles;
Ces superbes drapeaux par la poudre noircis,

Par la gloire illustrés et par le plomb meurtris.
A cet aspect bien cher de nos vaillantes armes,
Tous frissonnent d'orgueil, tous ont de douces larmes;
Canrobert, ce doux chef si chéri des soldats,
Ce héros de la gloire en dépit des frimas,
Ce héros généreux, dont l'illustre génie
Fut tout entier sans faste au bien de la patrie,
Ce héros si vaillant accourt vers ses guerriers
Le cœur tout plein d'orgueil, heureux de leurs lauriers.
Nos soldats sont émus : là, ce front plein de gloire,
Réveille un doux amour bien cher à leur mémoire;
Ce penser si sublime agitait plus d'un cœur;
Cette vue si chérie était un vrai bonheur.
Pélissier a pressé cette main fière, amie,
Comme la sienne illustre au bien de la patrie;
Oh! que tout était beau dans ces heureux moments!
La France bénissait leurs doux embrassements;
Le bonheur accourait sur une heureuse terre
Pleine d'un juste orgueil et de sa gloire fière.
Fêtés de tous côtés, nos illustres soldats
Trouvent partout des fleurs sous leurs vénérés pas;
Ils entrent dans Paris; la foule accourt, les presse :
C'est partout du plaisir, des cœurs et de l'ivresse;
L'airain tonne, mugit, annonce l'Empereur;
La foule est dans l'attente, au guet de son bonheur.
Napoléon paraît; il vole à son armée
Le cœur tout palpitant et de joie oppressée :
Il lui tardait de voir ses illustres enfants
Le bonheur dans le cœur, joyeux et rayonnants;
Il incline son front à nos aigles terribles,
A nos valeureux preux, à leurs fronts invincibles;
A leur aspect grand, fier, sa belle âme est émue :
Il sourit de bonheur a leur belle tenue,
A cet air si martial gagné dans les combats,
Gagné dans les dangers affrontés pas leurs pas.
L'abord de leur doux chef électrise leur âme;
Le chef et les soldats ont tous la même flamme;

Le cri de l'Empereur, ce cri si glorieux,
Retentit de partout, s'élevant jusqu'aux cieux :

« Soldats, dit l'Empereur, mon âme est attendrie
Voyant vos nobles fronts, gloire de la patrie;
Honneur à vos combats! merci, braves guerriers!
Vous avez surpassé vos vaillants devanciers.
Le monde vous contemple; oui, fils de la victoire,
D'un regard satisfait il bénit votre gloire!
Héros saints des vrais droits et de la liberté,
Votre sang n'a jailli qu'au bien de l'opprimé :
Soyez fiers de ces faits et dignes de vos pères.
Vainqueurs de toutes parts aux rives étrangères,
Vous êtes estimés des ennemis vaincus;
De votre discipline illustrant les vertus,
Vous avez fait aimer le drapeau de la France,
Et respecter vos cœurs comme votre vaillance.
Soldats, soyez-en fiers, car dans ce grand chemin
Vous avez triomphé sans cesser d'être humain;
Vous avez méprisé la mort et les tempêtes,
Et leurs fléaux cruels pleuvant dessus vos têtes!
La gloire et le devoir vous ont tout fait franchir,
Ces vertus de vos cœurs ont grandi l'avenir.
Sébastopol n'est plus : ses murailles terribles
En vos fronts ont trouvé des murs plus invincibles;
Ces remparts de l'orgueil, par vos aigles brisés,
Ont roulé devant vous jusqu'au loin dispersés;
Ces foudres si puissants, détruits par votre gloire,
Ont buriné vos noms au temple de l'histoire.
Soldats, soyez-en fiers; aider à l'opprimé,
C'est plus que du devoir : c'est de l'humanité !
La Turquie à jamais, échappée à l'envie,
Oui, bénira vos cœurs, gloire de la patrie! »

Après ces tendres mots, écho redit aux cieux
Les vivats de la foule et de nos vaillants preux;
L'Empereur, satisfait de nos aigles si fières,

Souriant aux vertus de nos armes guerrières.
Pose, tout palpitant, le doux prix de l'honneur
Sur chaque lauréat rayonnant de bonheur.
Après ce doux moment, le prix de la victoire,
Le prix du sang versé dans les champs de la gloire,
Louis-Napoléon quitte nos fiers guerriers
Et gagne son palais, heureux de leurs lauriers.
La joie est dans Paris : là, notre illustre armée
Ne songe qu'aux plaisirs, de tous côtés fêtée.
Au milieu des lauriers et des épanchements
De nos braves vainqueurs aux cœurs si palpitants,
Un Prince nous est né : notre reine Eugénie,
Contente, donne un fils à sa belle patrie.
Plus de noir horizon, l'avenir est certain :
Le père a donc un fils sur son brillant chemin!
La joie est à son comble, et notre heureuse France,
Avec tout ce bonheur, jouit de l'espérance.
Son cœur, son heureux cœur élève vers les cieux
Ces mots, ces tendres mots partis de tous les lieux :

« Bronze, résonne donc, donne aussi ton sourire;
Salue dans un enfant le sort d'un grand empire!
Bronze, résonne donc, bouleverse les airs;
Électricité, pars, suis mille fils divers :
Notre reine a donné, pour prix de sa couronne,
Tout le plus grand bonheur qu'une couronne donne. »

L'Empire, ce laurier par l'Empereur planté,
Hélas! allait mourir par la gloire affaissé!
Sa racine manquait sans toi, reine Eugénie;
A toi son avenir, le prix à la patrie.
Il est né cet enfant; à jamais son grand nom
Sera comme un soleil dans un bel horizon.
France, réjouis-toi, tu reverras ta gloire;
Ce nom ne peut mourir : il vit de la victoire.
Venez, Français, venez, contemplez à loisir
Ce petit ange blond qui tient notre avenir :

Tous les peuples du monde ont béni sa naissance
Comme un ange de paix pour eux et pour la France.
France, réjouis-toi, jouis de tout ton cœur ;
Dieu bénit ton mérite, il nourrit ta grandeur ;
Il sait qu'il faut toujours à ta belle patrie
Un héros pour régner digne de ton génie.
Souris, grand Empereur, notre France a souri ;
Du cœur du sol héros le cœur a tressailli ;
Souris à cet enfant d'heureuse destinée :
Il doit suivre ta gloire ; au nom elle est innée.
Heureux, heureux enfant pour le bonheur créé,
Comme le fut ton nom, tu seras vénéré.
Grand Empereur, merci, ton fils est à la France ;
Il fera son bonheur : il est ton espérance.
Heureux l'enfant des Francs, pour le cœur il est né ;
Qu'il soit digne du père et grand et vénéré !
Il a pour être bon, belle reine Eugénie,
L'exemple de ton cœur, l'exemple de ta vie.
France, réjouis-toi, l'avenir est pour lui ;
Le ciel a bien voulu se montrer son appui ;
Les langes, les lauriers ont fait cause commune :
Dors, dors, enfant chéri, jouis de la fortune.
Souris aux vétérans de ton berceau gardiens ;
Ton nom fut leur étoile et traça leurs chemins ;
A l'ombre de leurs bras, grande ombre tutélaire,
Souris, souris tranquille et réjouis ton père.
Souris dans ce berceau de l'aigle protégé ;
Prends ton temps pour grandir ; ton père est trop aimé !
Ne vole, jeune aiglon, que pour suivre sa trace ;
Mais grandis bien longtemps avant d'avoir sa place.
Grandis, illustre enfant, pour supporter ton nom ;
Ta carte s'étend loin, fils de Napoléon ;
Ton oncle te le dit du haut de la colonne :
Il te montre ton père ainsi que sa couronne.
Écoute ce héros, vainqueur de l'univers ;
Bien des abus vaincus font ses souvenirs chers ;
Dans la paix, dans la guerre, écoute ce génie ;

Il fut bien grand partout comme pour sa patrie.
Colonne, ébranle-toi sur ton socle puissant;
Écris une victoire; adopte cet enfant;
Napoléon le veut, souris à son sourire;
Il lui montre ton socle et lui lègue l'Empire.
O père! toi qui plane au niveau du géant
Que supporte ce bronze indestructible au temps,
Conduis longtemps ton fils, nourri de ta pensée;
C'est le vœu de la France : il est sa destinée.

L'Empereur rayonnait au comble du désir;
Tant de bonheur présent présageait l'avenir;
Il rendait grâce au ciel : il voyait sa patrie
Au comble du bonheur, au comble de l'envie.
La France grandissait; l'honneur et l'amitié
Se tenaient par la main et marchaient de moitié;
L'Empire était la paix, et ce bonheur du cœur
Secondait les désirs aux sentiers de l'honneur.
La France était bénie; aux rives étrangères
Ses beaux drapeaux flottaient comme ceux de nos pères;
Heureux d'y soutenir le bien de l'opprimé
Et le bonheur de l'ordre et de la liberté.
L'univers l'admirait; la France était heureuse;
Elle avait été grande, elle était généreuse;
Napoléon, content, sentait battre son cœur
Au penser qu'il était auteur de ce bonheur.
Ses vœux étaient complets, si la pauvre Italie
Eût été triomphante au gré de sa patrie;
Mais ce pays des arts, où nos vaillants guerriers
Avaient semé la gloire et cueilli des lauriers,
Gémissait sous le joug de l'Autriche puissante,
L'écrasant sous le poids de sa masse pesante;
Ce sol de la richesse et de la liberté
Sombrait dans la misère à tout jamais plongé.
L'Autriche s'acharnait à cet agir sublime;
Il fallait d'autre sang et une autre victime :
Albert était vaincu; mais il avait laissé

L'exemple du devoir et un fils vénéré;
Mais ce fils ombrageait; les lois de sa patrie
Pouvaient servir d'exemple à la cruelle envie :
Il fallait donc chasser cet infernal héros,
L'ennemi de l'Autriche et troublant son repos.
Elle arme contre lui; déjà vers la frontière
Commencent les apprêts d'une guerre meurtrière;
Hélas! c'en est donc fait, le sang va ruisseler!
Napoléon gémit à ce triste penser :
C'était un grand défi jeté sur sa patrie;
Il avait fait appel à sa gloire flétrie :
La France a répondu, n'écoutant que son cœur,
Qu'elle était toujours prête aux sentiers de l'honneur.
Il devait secourir un compagnon de gloire;
C'était une autre page encor pour son histoire;
Mais avant de lancer ses terribles héros
Sur cette mer de sang et ses horribles flots,
Il ose encor tenter une ressource extrême,
C'est l'avis de l'Europe en ce moment suprême :
L'Autriche brave tout; notre illustre allié,
En dépit de l'Europe, est enfin attaqué;
Des bataillons nombreux ont déployé leurs ailes,
Fondant sur le Piémont, semblant narguer nos aigles;
Nos aigles ont souri; leurs fronts, grands et altiers,
Ont tourné leurs regards vers nos braves guerriers;
Leurs cœurs ont répondu ce que voulait la France :
Secours à l'opprimé, secours à l'impuissance.
Arcole et Marengo grandissaient l'avenir;
En souriant au cœur ils faisaient le désir.
L'Autriche, cependant, franchissait sa frontière,
Gagnait la Lombardie, et son allure fière
Portait haut l'étendard du démon des combats;
Ses nombreux bataillons, sous leurs terribles pas,
Ravageaient ses beaux lieux, usurpant sur la gloire,
Ayant compté sans nous, comptant sur la victoire.
L'honneur n'était pas tout sur leur affreux chemin :
Le pillage à tout prix illustrait leur butin;

Giulay, ce grand chef, esprit fier et farouche,
Glanait sur la faiblesse et lui fermait la bouche;
L'esclavage ou la mort, les démons de son cœur,
Préludaient à sa marche, y portaient la terreur.
Déjà sur le Tésin sa formidable épée
Échelonnait l'orgueil au front de son armée;
Il passe ce grand fleuve, et toujours sur ses pas
Ont voit mêmes horreurs préluder les combats.
Hélas! c'en était fait! cette illustre contrée
N'y pouvait plus tenir; son heure était sonnée;
Mais la France avait vu : son cœur avait saigné
A l'aspect effrayant de tant de cruauté;
Mais l'Empereur disait de rechef à la France :
« J'obéis à ton cœur, je vole à la défense
D'un peuple, notre ami, sous le joug affaissé;
Nous lui devons nos bras, faisons sa liberté;
Déjouons l'agresseur ; haine à la tyrannie!
L'un serait une honte et l'autre l'anarchie.
La France sait défendre, elle sait affranchir
Pour le bien seulement et non pour envahir.
Servons l'humanité dans les droits de nos frères;
Ils nous tendent les bras sur leurs belles frontières;
Volons donc vers ces lieux : ils lèguent à nos pas
L'exemple de la gloire et ses brillants combats. »

Il dit ; et aussitôt une nombreuse armée,
Par ce héros puissant, se trouve improvisée;
Baraguay, Canrobert et un Napoléon,
Jérôme fils, Regnault, Niel et Mac-Mahon
En sont nommés les chefs; leur bouillante énergie
Dirige nos soldats vers la brave Italie.
Aussi prompts que la foudre, ils franchissent les mers,
Et les monts escarpés et leurs tristes déserts;
Hélas! tout semble rire à leurs aigles terribles;
La raison du devoir les rendent invincibles!
Ce sont les nobles preux, les soldats d'autrefois,
Briguant mêmes honneurs, aimant mêmes exploits;

Tous, tous brûlaient de voir ces champs de la victoire
Où notre sang sema le germe de la gloire :
Oh ! là, qu'ils allaient fiers et pour l'humanité,
Et pour le bien de l'ordre, et pour la liberté!
A Dijon, à Lyon, à Grenoble, à Marseille,
Jamais réception ne se montra pareille!
Tous, tous couraient pour voir, tous couraient pour bénir
Ces preux dont la devise est de vaincre ou mourir ;
Ces preux, ces nobles preux, dont les aigles si fières
Volaient de tout leur cœur pour délivrer leurs frères.
A Gênes, Chambéry, partout, comme à Turin,
C'était comme un délire et sans borne et sans frein ;
Les mouchoirs s'agitaient, les fleurs, comme une pluie,
Volaient de tous côtés aux fils de la patrie;
On entendait partout, comme un tonnerre affreux,
Les doux cris du bonheur rebondir vers les cieux.
Nos aigles souriaient et bénissaient la France
Joyeuse de leur cœur, porteur de l'espérance;
Mais Giulay marchait, il marchait à grands pas;
Déjà sur le Piémont ses terribles soldats
Avaient jetté l'effroi : déjà sur la frontière
Le sang coulait à flots et inondait la terre;
Mais de La Marmora vient troubler ses lauriers,
Il méprise la mort et brave les dangers;
Le nombre n'est pour rien à son bouillant courage;
Il combat acharné, se défend avec rage.
Cette lutte sans frein, lutte de tous les jours,
Était trop pour le faible et l'épuisait toujours;
L'Empereur le savait, et son brillant génie
Brûlait de commander les fils de la patrie;
Cette patrie si chère, oh ! laissait à son cœur!
Cette fortune grande et ce bien doux bonheur.
La paix, la paix, enfin, cette paix désirée
Avait porté ses fruits : elle était honorée.
La France était heureuse, elle avait le repos;
Ce bonheur était grand pour le cœur du héros;
Ce bonheur était doux pour sa belle patrie;

Il voulait même bien pour une terre amie;
Mais le moment pressait : il fallait donc marcher.
Il adresse ces mots au sol qu'il va quitter :

« France, rassure-toi, dresse tes aigles fières;
Soupèse ton pouvoir, regarde tes frontières!
Contre leur oppresseur ose lever ton bras;
Vole briser un joug : ton grand cœur n'en veut pas.
Dis donc à l'univers, oui, dis-le sans faiblesse,
Je gémis de son poids, oui, son dur poids m'oppresse;
Je suis toujours la même et d'esprit et de cœur :
Les champs du bien pour tous sont mes champs de bon-
France, ressouviens-toi de ta plus belle histoire,   [heur.
De ce si noble sol où sut briller ta gloire,
Où nos aigles vainqueurs, étonnant l'univers,
Gravèrent les hauts faits de nos combats divers.
Oui, j'aime à l'avouer, cette belle Italie
Mérite notre amour et notre sympathie!
A ses terribles maux, oui, je me sens gémir!
Je l'entends qui nous dit : venez nous secourir!
Quand la France a montré toute son énergie
A dompter le désordre, à dompter l'anarchie,
Et qu'elle a triomphé de tous ces vieux partis
Ennemis de la France, amis des ennemis,
Oh! tout mon cœur alors vole vers cette terre;
Elle n'est plus pour nous une terre étrangère :
Nos alliés, à nous, ce sont les défenseurs,
Amis de tous projets améliorant les cœurs.
De tout temps à ce but la France s'est rangée,
Et quand elle a sorti sa formidable épée,
C'est toujours, oui, toujours dans l'unique désir,
Non pas de dominer, mais bien pour affranchir.
Cette guerre a pour but de faire l'Italie
Maîtresse d'elle-même, au gré de son envie;
Nous allons la soustraire à cette pression,
Honte de l'oppresseur et d'une nation.
Ce grand droit du devoir, c'est le droit de la France;

24

Marchons donc avec joie à son indépendance ;
Allons-y fonder l'ordre et rétablir les lois
Qui naissent du besoin pour régler tous ses droits ;
Marchons avec bonheur vers cette belle terre !
A nos nobles soldats serait-elle étrangère ?
La gloire nous dit non : partout nos vieux guerriers
Y laissèrent pour nous le germe des lauriers.
Comme elle fit un jour, oui, la gloire nous crie :
Volez avec bonheur vers cette terre amie ;
Soyons les nobles fils de nos braves aïeux :
Imitons leur courage et soyons dignes d'eux !
Chère France ! je pars, la cause est légitime ;
Elle a droit à mon cœur, et il est magnanime ;
Le devoir, tu le sais, fit toujours mon désir ;
Je puis suivre tes preux : j'y vole avec plaisir.
Je te lègue en partant ce fils et cette mère,
Ce que j'ai de plus cher dans la nature entière ;
Un conseiller puissant, frère de l'Empereur,
Secondant cette mère au doux gré de son cœur ;
Elle saura gravir cette mission chère :
Le devoir d'un bon règne et celui d'une mère.
Je les confie au cœur de nos braves guerriers
Qui resteront ici protecteurs des foyers ;
A ces braves soldats, à cette garde aimée,
Dont la part fut si grande à notre destinée ;
A ces vaillants héros de sang si généreux,
Dont s'honore le cœur, dont le cœur est heureux ;
Veillant à nos maisons, veillant à nos frontières,
Ils sauront protéger des personnes si chères.
Enfin je les confie au peuple tout entier,
A ce peuple que j'aime et qui sait tant aimer ;
Et ce peuple, si grand au bien de la patrie,
Écoutera le cœur d'une reine chérie.
Je compte donc sur lui : ce n'est qu'un doux retour ;
J'ai pour garant l'honneur, pour gage son amour. »

Le sauveur de la France, après ces tendres mots,

Pensif et tout ému, volé vers ses héros ;
Il va quitter ce fils, cette épouse chérie,
Légués aux tendres soins de sa douce patrie.
Une foule nombreuse accourt dessus ses pas,
Bien fièré de le voir voler vers les combats :
C'était comme un besoin courant à son passage
Pour le couvrir d'adieux et pour lui rendre hommage.
A ce concert de vœux, tout ne semble qu'un cœur
S'élevant vers le ciel, souriant au bonheur :
Tous veulent saluer et bénir à l'envie
Le héros des vrais droits marchant vers l'Italie.
Ce tumulte de joie élève vers les cieux
Et les plus doux souhaits et les plus tendres vœux ;
La foule veut traîner jusque sur les frontières
Le noble char porteur de ces têtes si chères.
Au milieu du tumulte animant tant d'ardeur,
Un jeune ouvrier enfin peut faire ouïr son cœur :
« Sire, Sire, dit-il, vous, ami si sincère
De ces enfants du peuple, écoutez ma prière !
Refuseriez-vous à nous, enfants aimants,
Ce bonheur qui sourit à nos bras palpitants ? »
Ces mots, ces tendres mots sont de touchantes armes ;
Elles vont droit au cœur et font verser des larmes.
L'Empereur est ému : « Merci, dit-il, merci !
Je connais votre cœur, oh ! merci, mon ami !
Je suis pressé, pressé, car vos généreux frères
Marchent impatients sur d'illustres frontières.   [neur !
J'y cours, oh ! oui, j'y cours : c'est là les champs d'hon-
Tous vos frères y sont : ils attendent mon cœur ;
Bientôt ce cœur, content, heureux de vos prières,
Saura vous les mener aussi grands que vos pères ! »
A ces mots mille cris partent avec ardeur :
Ce sont les heureux cris de vive l'Empereur !
« Marchez, disent-ils tous, volez vers l'Italie ;
Les lieux de votre amour, oui, sont notre patrie.
Sire, si votre cœur a besoin de nos bras,
Nous sommes vos sujets : tous seront vos soldats. »

Tout le cortége ému s'avance avec grand'peine :
L'amour de tout un peuple est une forte chaîne.
Là sont de doux adieux : l'oncle du grand héros
Le presse dans ses bras, le quitte à Montereau ;
Sa Majesté l'embrasse, et des pleurs de tendresse
Couvrent leurs nobles traits qu'un tendre amour oppresse :
« Allez, dit le vieillard, soyez libérateur;
Oh! soyez-le toujours, je vous suivrai du cœur! »
Et quelques mots encore, et leur amour s'inspire
Des doux conseils du bien aux droits d'un grand Empire;
Ils se pressent la main, le wagon fuit ces lieux,
Illustres souvenirs de si touchants adieux :
L'amour presse sans cesse, et le désir du bien
Active la vapeur, active le chemin.
On arrive bientôt dans les murs de Marseille;
C'est partout même élan, partout amour pareille :
Là, la foule est immense, et là, comme à Paris,
Ce sont les mêmes cœurs et les mêmes esprits.
A toutes les maisons avec soin se marie
Le drapeau de la France et celui d'Italie;
Enfants, femmes, vieillards, le peuple tout entier
Salue du même cœur le Prince et le guerrier.
Le canon retentit; des fleurs pleuvent sans cesse
Dessus le noble char qui marche et qui se presse;
On allait s'embarquer; mais, dans ces heureux lieux,
Le cœur n'avait pas dit encor tous ses adieux;
Une reine était là suivant une âme amie :
C'était un noble cœur, oh! c'était Eugénie!
L'épouse, hélas! parlait à l'époux attendri!
Tous deux sacrifiaient pour un grand peuple ami.
C'était du dévouement : malgré tout, la nature
Revenait sur son cœur, avait son dur murmure.
Il fallait se quitter : « Adieu, dit l'Empereur,
Adieu, c'est nécessaire;... il le faut à l'honneur;
C'est une sœur qui pleure, elle est ensanglantée;
Je dois la secourir : je peux sa destinée.
Adieu, c'est nécessaire;... au loin on peut s'aimer!

Je vous lègue en partant mon peuple à gouverner;
Je rentrerai bientôt; vous êtes tendre mère;
Votre l'êtes de mon peuple : oh ! remplacez son père!
Votre cœur le fera; je pars bien rassuré;
Mon peuple vous chérit, de vous il est aimé. »
Il presse dans ses bras cette reine chérie;
Il a compté sur elle et quitte sa patrie;
La terre tremble au loin, le canon retentit;
Il tonne le départ : notre Empereur s'enfuit.
Son vaisseau fend les flots, et bientôt le rivage
Où volaient tant de vœux se montre à l'équipage;
Gênes est déjà là : cette belle cité
Accourt pour recevoir le héros vénéré.
Des barques de partout, de le voir palpitantes,
Méprisant les dangers des vagues écumantes,
S'élancent sur la mer; c'est un moment touchant,
Tenant de la magie et plein de sentiment;
C'est une fourmilière où le cœur en délire
Semble porter au ciel le roi d'un grand Empire;
C'est un concert de voix qui ne forme qu'un cœur,
Qui ne pousse qu'un cri : c'est vive l'Empereur!
Napoléon, enfin, descend sur cette terre
Grande par ses malheurs, grande par sa misère;
Le canon retentit et fait trembler les flots :
Ce doux son de la joie a partout ses échos.
C'était comme à Paris : tout lui rendait hommage;
C'était partout des fleurs volant à son passage;
Au milieu de la joie accourant sur ses pas,
Il adresse ces mots à ses braves soldats :

« Soldats, soldats, dit-il, je viens vous commander,
Je suis à votre tête, et nous allons marcher.
Nous courons au secours en soldats de la France;
Nous marchons pour le bien et pour l'indépendance;
Nous allons pour soustraire un peuple généreux
Au joug le plus injuste, au joug le plus affreux.
Cette cause est trop sainte; elle a la sympathie

Du monde bienveillant : c'est son cœur qui le crie.
Oh! je n'ai pas besoin d'exciter votre cœur !
Partout des souvenirs grandiront votre ardeur ;
Chaque étape sera des stimulants de gloire :
Vous y verrez tracés les pas de la victoire.
Dans l'ancienne Rome où brillait la splendeur,
De même que la gloire aussi bien que l'honneur,
Il était un chemin appelé voie sacrée,
Où se pressait partout, sur le marbre sculptée,
La gloire des combats ; de même, ces jours-ci,
En passant par Lodi, Marengo, Rivoli,
Castiglione, Arcole, une autre voie sacrée
Vient s'offrir à vos pas comme l'autre tracée ;
Vous allez donc marcher au gré de vos désirs,
Au milieu des grandeurs de ces beaux souvenirs.
Soyez disciplinés ; c'est dans la discipline
Où se trouve l'honneur, où la gloire chemine ;
Ici, sachez-le bien et ne l'oubliez pas,
Qu'en marchant à l'honneur, dans vos brillant combats,
Vous n'avez d'ennemis que ceux-ci dont la rage
Ose livrer bataille à votre grand courage.
Dans l'ardeur des combats conservez votre rang,
Ne l'oubliez jamais pour voler en avant ;
Soyez serrés toujours, mesurez-vous vous-même
En pesant votre élan avec prudence extrême ;
Je suis bien sûr de vous et de tout votre cœur ;
Je n'ai qu'à redouter un excès de valeur.
Ces armes au long tir, à précision cruelle,
Ne sont qu'à craindre au loin ; notre infanterie, elle,
A son arme terrible, elle se bat de près :
Toujours la baïonnette aura ses beaux succès.
Faisons notre devoir en soldats de la France ;
En Dieu, le Dieu du droit, ayons donc confiance ;
L'honneur compte sur vous, ô mes braves soldats !
La patrie attentive attend tout de vos bras.
Déjà, de toutes parts, l'auguste Renommée
A lu dessus vos fronts que notre jeune armée,

Comme sa sœur aînée aux mêmes champs d'honneur,
Combattra pour la gloire avec même bonheur. »

Ce discours du héros et du vrai souverain,
Ce discours du grand homme et de l'homme de bien,
Électrise l'armée; elle rêvait la gloire;
Elle avait sous les yeux notre plus belle histoire :
Elle voyait partout des traces de nos pas;
Tout son cœur se portait à l'honneur des combats.
Cet élan des guerriers d'une illustre patrie
Presse le feu brûlant d'une belle énergie;
L'Empereur, aussi lui, se sent bondir le cœur ;
Il grille de marcher aux sentiers de l'honneur ;
Après deux jours passés sur cette terre amie,
Il gagne, plein d'ardeur, les murs d'Alexandrie.
C'est là qu'il établit son quartier général;
C'est là qu'il sait tracer l'œuvre du général,
Cette œuvre du grand chef, œuvre d'intelligence,
Qui prépare l'ardeur et mène à la vaillance.
C'est là qu'Emmanuel et l'illustre Empereur
S'avancent l'un vers l'autre avec un vrai bonheur;
Ils se pressent la main; après la courtoisie,
Commence leur grand plan, chef-d'œuvre du génie.
Il est dressé bientôt, et le commandement
Est au chef de la France, et il vole en avant.
Les chefs et les soldats redoublent d'énergie
En songeant au cadeau que leur fit Eugénie;
La reine des Français, en ange protecteur,
Avait prié Marie ainsi que le Seigneur;
Son grand cœur avait dit : « Ciel, veille sur la France !
Elle volé aux vrais droits; ah ! soutiens sa vaillance ! »
Et ce cœur si fervent, si plein de ce désir,
Aux chefs avait donné, comme un doux souvenir,
Le portrait de Marie; il avait pour légende :
« Marie, priez pour nous; la France le demande. »
Ce cadeau d'Eugénie, expression du cœur,
Avait touché le ciel, avait porté bonheur:

La piété d'un ange avait pénétré l'âme
Et grandi nos héros d'une indicible flamme.
Leurs beaux cœurs palpitants étaient prêts au trépas ;
Ils veillaient le signal fixé pour les combats.
Mais l'heure était sonnée, et l'armée ennemie
Déjà marchait sur nous, couvrait la Lombardie ;
Le comte Stadion surprend les Piémontais :
Il prend Montebello, bien fier de ce succès ;
Mais, hélas ! ce grand pas était peu pour sa gloire :
La France allait parler, soupirant la victoire.
Baraguay-d'Hilliers a connu le danger ;
Ses ordres sont donnés : nos soldats vont marcher.
Forey part aussitôt avec sa compagnie ;
Le plus affreux combat s'engage avec furie ;
Notre armée est surprise : on n'a pu réunir
Que quelques régiments ; ils brûlent de bondir :
Leur faiblesse de nombre a fait leur énergie.
Ils volent aux dangers en fils de la patrie ;
La rage de la gloire aiguillonne leur cœur ;
Ils méprisent la mort : ils courent vers l'honneur.
La mitraille bondit ; de l'armée ennemie
La mort tombe sur eux comme une horrible pluie ;
Malgré ce grand torrent, nos valeureux soldats
Résistent à ce choc et bravent le trépas.
Forey, couvert de sang, écumant, plein de rage,
A la tête toujours ranime le courage ;
Nos lions sur ses pas courent ensanglantés :
Les Piémontais bientôt se trouvent dégagés.
Mais le brave Cambriels, homme plein d'énergie,
Entouré de partout avec sa compagnie,
Lutte de son côté, méprise le danger ;
Il avance toujours sans jamais reculer ;
Il fait mettre en carré ses soldats invincibles ;
Ces soldats, que la mort a rendu plus terribles,
Résistent au torrent : chaque rang, décimé,
Se resserre aussitôt, se trouve reformé.
Ces murailles de fer, de pointes hérissées,

Fondent comme un torrent ravageant les vallées ;
Le cœur de nos soldats ne lutte plus en vain :
Le carnage et le sang leur frayent un chemin.
Le général Sonnaz et sa cavalerie,
Se mêlant aux efforts de notre infanterie,
Chargent les ennemis ; notre sang coule à flots :
Le nombre nous écrase et nous fait de grands maux.
Mais la France était là ; notre brillant courage
Tente un dernier effort et bondit avec rage ;
Rien ne peut résister à nos braves soldats :
L'aiguillon de leur cœur, c'est le sang des combats.
Tout fuit devant les coups des fils de la patrie ;
Ce sont de nobles preux, des tigres en furie ;
Ils terrassent partout, et leurs fougueux sentiers
Se recouvrent de morts, se jonchent de lauriers ;
L'ennemi se débande, et nos aigles terribles
L'écrasent sous leur poids en leurs serres horribles.
Le terrain est à nous, et ce premier grand pas
Prélude l'avenir au cœur de nos soldats.
Mais Montebello tient ; là, l'armée ennemie
A concentré le tir de son artillerie ;
L'airain vomit la mort, le jour n'est qu'une nuit,
Nuit funèbre d'horreur dont la terre frémit ;
Partout le sang ruisselle, et nos aigles sanglantes
Bondissent dans le sang, de carnage écumantes.
Au combat, dit le cœur, et nos braves guerriers
Au milieu de la mort s'ouvrent mille sentiers ;
La baïonnette au poing, ils forcent chaque rue :
Chaque toit est un siége où la gloire se rue.
La mêlée est affreuse, et le sang et l'horreur,
S'acharnant au combat, luttent avec fureur ;
C'est la nuit du combat, nuit cruelle et obscure,
Où tout est inhumain au cri de la nature.
A la charge trois fois, nos illustres soldats
N'en sont que plus ardents aux horreurs des combats :
C'est la rage de gloire animant l'énergie ;
C'est la lutte du cœur, honneur de la patrie ;

C'est notre âme française, au courage infini,
Devant le brave front d'un illustre ennemi.
Tout cède à nos efforts, et nos aigles terribles
S'emparent de ces lieux qu'on croyait invincibles.
Hélas! dans ce combat où brille la valeur,
La mort a ses regrets et fait gémir le cœur ;
Hélas! Beuret n'est plus : cet enfant de la gloire
A payé de son sang notre illustre victoire!
Le brave Morelli, pas plus heureux de sort,
Dans les champs de l'honneur aussi trouve la mort;
Il s'écrie en mourant : « Adieu, brave Italie !
Adieu ; ne pleure pas : je te devais la vie ! »
Ce tendre cri du cœur, si digne du guerrier,
Sait arracher des pleurs et sait les faire aimer :
Tous jurent de venger les fils de la patrie,
Victimes de leur cœur et de leur énergie.
Mais la nuit est venue, et nos braves soldats
Renvoient au point du jour la lutte des combats.

FIN DU CHANT VINGT-DEUXIÈME.

CHANT VINGT-TROISIÈME.

Le jour arrive enfin, et déjà notre armée
Était prête au combat, par bataillons rangée ;
Mais Giulay, prudent, avait quitté ces lieux :
Il fuyait les regards de nos soldats fougueux,
Et, s'abritant toujours d'un lac, d'une rivière,
Il avait ralenti notre marche guerrière
Et gagné Palestro, petit bourg élevé,
De canons, de rochers, tout autour hérissé.
C'est là qu'il concentrait sa formidable armée ;
Ce point était propice au but de sa pensée :
Il voulait empêcher l'utile jonction
Du brave Canrobert et du roi du Piémont ;
Et sur la Sésia portant son énergie,
Il veut briser le pont qu'y fit notre génie.
Là, concentrant ses feux, il porte le trépas
Sur la rive opposée, au sein de nos soldats ;
La mitraille n'est rien à notre âme guerrière :
Nos soldats sur le pont franchissent la rivière.

C'est un torrent affreux, c'est la rage du cœur
S'acharnant à la gloire et volant à l'honneur.
Déjà sur Palestro nos aigles invincibles
Ont lancé le cachet de leurs serres terribles ;
Là, Giulay résiste entouré de canons,
Protégé de fossés à l'abri des maisons.
Français et Piémontais, à la charge sans cesse,
Rivalisent d'ardeur, rivalisent d'adresse ;
Giulay, comme un tigre, égaré, furieux,
Gourmande ses soldats, les précède en tous lieux ;
Repoussé mille fois, mille fois avec rage,
Haletant il revient et revole au carnage.
Tous ses efforts sont vains : ses soldats harassés
Quittent leurs murs puissants, vaincus et terrassés ;
Mais l'ardeur des combats, que la valeur excite,
Domine nos guerriers, les pousse à leur poursuite.
Au milieu de la mort, à travers les mourants,
La baïonnette au poing, les yeux étincelants,
Nos soldats en fureur, de muraille en muraille,
Se jouant de la vie à travers la mitraille,
Tombent comme la foudre, et leur terrible ardeur
Sème partout la mort, ainsi que la terreur.
La résistance outrée excite leur courage ;
A travers les canons ils se font un passage ;   [triers
La mort suit tous leurs pas : leurs bras sanglants, meur-
S'emparent des canons, hachent les canonniers.
La victoire est à nous ; mais ce brillant trophée
Laisse des pleurs au cœur, du deuil à la pensée.
La nuit enfin arrive ; elle dérobe aux yeux
Ce que c'est que la gloire et son aspect affreux :
Ces durs cris des adieux, ces cris de la souffrance,
Convulsion du cœur mourant loin de la France.
La nuit ainsi se passe ; elle voile les maux,
Elle voile la mort, ce grand jeu des héros.
Ces maux ne font pas tout : à peine la lumière
Lance-t-elle ses feux sur la nature entière,
Qu'on entend un bruit sourd semblable au bruit mourant

De la vague des flots au lointain s'élevant :
C'est le pied des soldats, animé par la rage,
Qui produit ce murmure et s'avance au carnage.
Giulay, furieux, bondissant de fureur,
Rallie ses bataillons, revole aux champs d'honneur ;
Abrité par un lac débordé par la pluie,
Protégé de rochers garnis d'artillerie,
Il fait un mal affreux : les braves Piémontais
Résistent au dur choc et bravent tous ses traits.
La mêlée est immense ; une épaisse fumée
Dérobe le combat et sa rage acharnée ;
Des deux côtés, partout, des prodiges du cœur
Étonnent le courage, épouvantent d'horreur ;
Le sang trempe la terre, et cette nuit cruelle
A sa gloire sanglante et sa gloire immortelle.
Nos braves alliés semblaient déjà vainqueurs,
Quand vient fondre sur eux, descendant des hauteurs,
De nombreux bataillons et de l'artillerie ;
Nos alliés pliaient, malgré leur énergie ;
Écrasés par le nombre, ils ne pouvaient lutter,
Et allaient tous mourir plutôt que de céder.
Mais un héros puissant, le sauveur de la France,
Avait vu le danger qu'encourait leur vaillance ;
Il porte ses regards sur nos vaillants zouaves,
Si prompts dans le besoin, dans le danger si braves !
Au bord d'une rivière ils prenaient leur café ;
Là, les bombes pleuvaient, excitaient leur gaîté :
« Au combat, leur dit-il ; vos frères d'Italie,
Par le nombre écrasés, là-bas perdent la vie !
Faites comme toujours, aimez à secourir :
A la gloire en péril sachez toujours bondir ! »
Le colonel Chabron, à cet ordre qui presse
Est heureux d'obéir, et vole à la détresse.
« Partez, braves, dit-il ; d'un bond et à l'instant,
Volez vers nos amis : le danger est pressant ! »
Comme un seul, aussitôt, ces fils de la victoire
Fondent sur leurs fusils et volent à la gloire ;

Ils poussent des hourras et ouragans affreux ;
Ils dévorent l'espace et volent en tous lieux ;
Rien n'arrête leurs pas, ni fossé, ni rivière :
Tout est franchi partout par leur marche guerrière.
A travers un grand lac ils se font un chemin,
La cartouchière aux dents, soulevant de la main,
Jusqu'au-dessus des flots et profonds et pénibles,
Leurs fusils flamboyants, à poignards si terribles ;
Plusieurs périssent là ; les autres, plus heureux,
Domptant tous les dangers, s'échappent de ces lieux,
Et, prompts comme le vent, cruels comme la rage,
Dans les rangs ennemis ils se font un passage.
Tantôt, comme des murs épais et menaçants,
Ils luttent en carré, font des feux incessants ;
Tantôt, se transformant en troupe plus petite,
Sur mille points divers l'ardeur les précipite,
Et, debouts ou couchés, mais toujours en avant,
Ils vont, comme le tigre, en toujours terrassant.
Malgré tant de valeur des fils de la patrie,
Giulay se défend et méprise la vie ;
Le fier roi du Piémont regarde nos guerriers,
Nos zouaves surtout, combattant les premiers ;
Il sent bondir son cœur : saisissant son épée,
Comme un simple soldat il vole à la mêlée.
Malgré ses généraux craintifs et tout tremblants,
Il se joue de la mort et suit nos combattants ;
Cet élan si sublime électrise la gloire
Et raffermit les pas qui mènent la victoire.
Tous, bersaglieri, ligne, chevau-légers,
Font à qui marcheront et vaincront les premiers ;
Tous volent au combat, la mêlée est terrible ;
La mort est sans effet : l'ardeur semble invincible.
Au triomphe tout sert ; les pieds, les dents, les bras,
Tout est destruction dans les rangs des soldats ;
La terre se rougit, partout bondit la rage :
C'est un tumulte affreux où lutte le carnage.
Les cieux deviennent noirs : c'est la nuit de l'horreur ;

C'est la nuit du combat, l'épouvante du cœur!
Ce n'est rien que la mort : elle est comme une orgie
Se vautrant dans le sang, mourant dans l'énergie.
Le roi, calme et serein au milieu de ces maux,
Dirige en capitaine et combat en héros;
Tout cède à tant de-cœur, tout cède à tant de gloire,
Et le cœur du grand roi décide la victoire.
Plus de cinq cents, pressés par nos braves soldats,
Se jettent dans un lac, y trouvent le trépas;
L'arme de nos guerriers, la baïonnette horrible,
Était une épouvante et semblait invincible.
Tout fuit devant le front de nos drapeaux altiers;
La victoire est à nous : onze cents prisonniers
Ainsi que vingt canons sont menés en trophée
Aux yeux de l'Empereur, au front de notre armée.
Là, nos zouaves fiers, et de leur gloire heureux,
Se souviennent du roi qui vainquit avec eux ;
Et, pour perpétuer leur amour et leur gloire,
Et cimenter des liens créés par la victoire,
Ils nomment caporal, dedans leur régiment,
Ce grand roi du Piémont avec eux triomphant.
Ce titre était illustre, il fut au grand génie;
Il fut un don d'amour des fils de la patrie.
Sut-il bien plaire aussi par son grand souvenir
A l'âme du héros selon leur grand désir?
Il accepta, content, cette marque touchante
Du cœur de nos guerriers à l'âme souvenante.
Pendant tout ce temps-là, Giulay, furieux,
Repasse le Tésin, triste et silencieux;
Son armée en désordre, en tous points désunie,
Évacue Robbio, gagne la Lombardie;
L'Empereur guette tout, sur un tertre placé;
Il a vu l'ennemi, son plan est arrêté :
« Mac-Mahon, s'écrie-t-il, allez, de l'énergie;
Au-delà du Tésin est l'armée ennemie;
Couvrez Robecchetto, c'est un village grand
Et facile à défendre, et qui semble important;

Il est pour nos desseins d'un immense avantage,
Et peut de Lurbigo nous gêner le passage. »
A ces mots, Mac-Mahon sent bouillonner son cœur;
Ses ordres sont donnés au gré de l'Empereur.
La Motte-Rouge part, ardent, plein de courage,
Il a bientôt gagné les abords du village;
Il a vu ses rochers hérissés de maisons,
Inondés de soldats et bordés de canons;
Son cœur semble frémir à ces murs si terribles;
Mais il a ses turcos, il les sait invincibles.
Le courage renaît; il sait que les dangers
Pour les cœurs valeureux sont autant de lauriers;
Sur eux la mort bondit; sur eux la mort moissonne:
La terre tremble au loin sous l'airain qui résonne;
Le clairon a sonné : nos superbes soldats
Poussent des cris affreux et volent au trépas;
Ou debouts ou couchés, ils avancent sans cesse
Où l'ardeur les dirige, où la gloire les presse :
C'est un spectacle affreux, sublime et effrayant
Que de voir ces lions bondissant en avant.
La mitraille n'est rien, elle excite leur rage,
Aiguillonne leur cœur à voler au carnage;
Giulay, furieux de voir que les combats
Ne sont que de la gloire aux bonds de nos soldats,
Cumule ses guerriers sur ce point invincible,
Y dirige Grivoux et sa troupe terrible.
Auger voit le danger; au galop élancé,
Il porte ses canons sur ce sanglant côté;
La fureur est au comble, et une batterie
Nous voyant avancer sous sa terrible pluie,
Lance ses derniers coups et s'évade et s'enfuit.
Les turcos, indignés à cette proie qui fuit,
Redoublent de courage, et, effleurant la terre,
Tombent sur ceux restant comme un coup de tonnerre.
Tout cède sous leurs fers terribles et meurtriers;
Ils enclouent les canons et tuent les canonniers;
Sept canons sont menés, et ce brillant trophée

Est la fin du combat, terme de la journée.
Bientôt le jour renaît, avec lui les combats,
Avec lui d'autre gloire avec d'autre trépas;
Notre illustre Empereur, en stratégiste habile,
Par la ruse aplanit son chemin difficile;
Il simule marcher dessus la Stradellat,
Et c'est sur Turbigo qu'il se porte au combat;
Il trompe Giulay par cette ruse hardie,
Et se fait un chemin dans l'armée ennemie;
Aussitôt nos soldats, sur des ponts élancés,
Traversent le Tésin sans être inquiétés.
L'illustre Mac-Mahon a levé son épée
Toujours fière, terrible, ardente, ensanglantée;
Il gagne Magenta par un profond détour,
Ne devant l'attaquer que vers la fin du jour;
Canrobert doit l'y joindre avec son corps d'armée
Et longer le Tésin jusqu'à l'heure fixée.
L'impatience attend : tout est bien calme au loin;
Ces moments sont des ans où l'on écoute en vain;
Le canon, enfin, gronde, on est prêt à la gloire:
Cet instinct parle haut aux fils de la victoire!
L'Empereur, aussitôt, ordonne de marcher:
Le brave Wimpffen part et s'élance au danger.
Leclerc suit son exemple, et, si prompt que la rage,
Il fait aux ennemis le plus affreux carnage;
Buffarola, bientôt, est pris par nos soldats,
Non sans acharnement et de nombreux trépas.
Hélas! la scène change; au loin, dans l'étendue,
De nombreux bataillons se montrent à la vue :
Notre garde est là, seule, et Canrobert est loin;
Mac-Mahon ne vient pas : il est dans le lointain.
Le moment est critique, il nous faut du courage;
Deux cent mille soldats nous barrent le passage;
Mais Regnault commandait; il avait des héros
Désireux de la gloire, accoutumés aux maux;
Le sang coule toujours; Leclerc, plein d'énergie,
En luttant comme un tigre abandonne la vie.

25

Déjà mille guerriers ont trouvé le trépas ;
Canrobert, Mac-Mahon, hélas ! n'arrivent pas !
Notre Empereur est là sous ce volcan terrible,
Où la lave voltige et le trouve impassible ;
Calme, fier et serein, il méprise les maux ;
Il se bat en soldat et commande en héros.
Il fait venir Vinoy, connu par son génie ;
C'est un de ces guerriers, gloire de la patrie :
« Brave, allez, lui dit-il, allez là-haut, partez ;
Là-haut est l'ennemi ; là, vous l'attaquerez ;
J'ose compter sur vous, et nos braves soldats
Ont prouvé leur valeur en marchant sur vos pas. »
Aussitôt Vinoy part, il combat, il s'avance ;
Son courage l'emporte, il brûle la distance ;
Ponté di Magenta paraît à ses regards ;
Il vole y dirigeant ses brillants étendards.
Là, ses braves soldats se sentent invincibles ;
Ils suivent son épée et ses traces terribles ;
Tout est bouleversé sous leurs valeureux pas :
Ils bondissent partout en dépit du trépas.
Mais, hélas ! que de sang ! que de morts dans la gloire !
Que de gloire à noter aux tables de l'histoire !
Console-toi, Delort ; oui, ton illustre cœur
Y grava ton beau nom, ta mort au champ d'honneur.
Mais ce n'est pas fini : la garde impériale
Soutient comme un lion cette lutte inégale ;
Sa bravoure est terrible ; enfin, ô grand bonheur !
Canrobert apparaît grondant sur la hauteur ;
Et puis Trochu, Regnault arrivent haut l'épée,
Et volent au combat au fort de la mêlée.
Enfin bientôt s'entend, résonnant au lointain,
Le canon qui s'avance et se fraie un chemin :
C'est Mac-Mahon qui lutte, et ses braves guerriers
Suivent de son ardeur les terribles sentiers.
En deux colonnes, là, ces tigres en furie
S'avancent par deux points sur l'armée ennemie ;
Malgré mille périls, tournant Buffarola,

Ils gagnent les hauteurs, marchent sur Magenta.
Mille fois Giulay essaie de désunir
Ces grands fronts menaçants si heureux de bondir;
Tous ses efforts sont vains : leur terrible courage
Chemine malgré lui, triomphe de sa rage.
Ils sont au rendez-vous : là, le canon mugit,
Le tumulte est affreux, le sol tremble et gémit;
Le brave Mac-Mahon, ce fils de la victoire,
Marche pour se couvrir d'une immortelle gloire;
Il attaque aussitôt Cascina-Nuova,
Ferme placée auprès du bourg de Magenta;
Deux régiments hongrois en défendaient l'entrée
Avec le désespoir d'une rage acharnée;
Tous leurs efforts sont vains, tout fuit dessous nos coups;
Mac-Mahon est ici : tout espoir semble à nous.
Plus de mille soldats de l'armée ennemie,
Là, restent au pouvoir des fils de la patrie;
L'Espinasse et Camon, tous deux pleins de valeur,
Luttent, luttent toujours avec rage et fureur;
Mais Auger a placé ses canons formidables :
Ils font aux ennemis des maux épouvantables.
La mitraille bondit, ravage chaque rang;
Ponté di Magenta semble rougir de sang;
Mais Canrobert est là, l'ennemi plein de rage
S'efforce à nous barrer le seul étroit passage
Où courent pleins d'ardeur nos illustres soldats,
Impatients de gloire et de ces beaux combats.
Le brave Canrobert a levé son épée;
C'est un soleil de gloire à sa petite armée;
Il sait électriser ses superbes guerriers;
Il bondit à l'honneur, leur montre ses sentiers.
Tous ses braves soldats, héros de l'énergie,
Imitent son courage et suivent son génie;
Et ces quelques héros, comme des murs vivants,
Se heurtent au village et y marchent sanglants.
Il est repris sept fois; les soldats de la France
Montrent, comme toujours, leur terrible vaillance :

Rien ne peut résister aux élans de leur cœur;
Le village enfin reste à leur brave valeur.
Déjà, sur Magenta, Mac-Mahon, en furie,
Avance son grand front, sa superbe énergie:
Tout cède sur ses pas : malgré les grands torrents
Des bombes, des boulets, de partout bondissants,
Malgré la mort certaine et son horrible pluie,
Nos soldats, de sang-froid, là, méprisent la vie.
Ce sont d'affreux lions de carnage affamés,
De maison en maison luttant ensanglantés;
C'est une boucherie, où notre brave armée
Fait peser de son poids sa formidable épée.
Là, le fier Mac-Mahon se couvre de lauriers;
Tout fuit devant le front de ses braves guerriers :
La victoire est à nous. Victoire! victoire!
Que de faits à noter à ta sublime histoire!
Héros de Malakoff, ce brillant souvenir
Grandira ton beau nom toujours grand pour grandir;
Ces canons, ces drapeaux, le prix de ton génie,
Lieront toujours ton cœur au cœur de la patrie;
Et vous, braves soldats, par la mort moissonnés,
Dont le cœur est au ciel de nos cœurs adorés,
Oui, vos faits resteront dans l'âme de la France,
Fière de ses enfants, fière de leur vaillance.
Froidefonts, L'Espinasse et Chabrière et Drouchot,
Vous, si vieux dans la gloire et dans les cieux trop tôt,
Consolez-vous, guerriers; vos tombeaux sur la terre
Vivront de votre gloire et la rendront vulgaire;
Cette si belle France où naquit votre cœur;
Pleure sur vos tombeaux, bénit votre valeur;
L'Empereur pleure aussi votre belle énergie :
Vous fûtes des héros dignes de son génie.
Triste et silencieux sur le champ des combats,
Un frisson le domine à tant d'affreux trépas;
Et tournant ses regards, ranimés par la gloire,
Vers ses braves soldats, héros de la victoire :
« Braves soldats, dit-il, merci de votre cœur,

Merci de votre gloire et de tant de valeur.
Dignes fils d'Austerlitz, la France, notre mère,
Oui, de vous sera grande; oui, de vous sera fière;
Honneur à vous, soldats! un ennemi puissant
A vu votre étendard quatre fois triomphant.
Marchez comme toujours; bientôt votre courage
Aura banni d'ici le joug et l'esclavage;
Bientôt vos nobles fronts, glorieux et altiers,
Vont se couvrir encor de gloire et de lauriers.
De Milan, vous voyez, la grande heure est sonnée;
Volons à son secours : vous suivrez cette épée.
Le monde nous regarde à cette œuvre du bien :
Soldats, Dieu bénira cet illustre chemin! »
Il dit; puis, s'adressant aux chefs de son armée,
Il prononce ces mots, son cœur et sa pensée :
« Mes lieutenants, dit-il, merci de votre ardeur;
J'ai suivi vos combats, j'ai suivi votre cœur;
J'ai pu juger par moi les héros et l'ouvrage :
Je veux récompenser votre illustre courage.
Brave et fier Mac-Mahon, brave et vaillant Regnault,
Je suis content de vous : je vous fais maréchaux!
Et vous, Mac-Mahon, dont la belle énergie
A su si bien guider nos fils de la patrie
Sur les champs de la gloire, en ce si beau combat,
Vous porterez le nom de duc de Magenta. »
Après mille autres prix accordés à la gloire,
Il reprend son chemin aimé de la victoire;
Il marche sur Milan, magnifique cité
Qui porte le beau nom de Milano-Grandé.
Sous un très beau ciel, belle et richement bâtie,
Des insubres Gaulois elle fut la patrie;
Elle eut ses beaux combats qui vivront à jamais;
Elle eut ses beaux héros, elle eut ses beaux succès;
Elle eut ses puissants jours de suprême puissance :
C'est elle qui dicta le traité de Constance.
Napoléon premier, un jour son Empereur,
Y fit des monuments et grandit sa splendeur;

Il en fit vice-roi le brave Beauharnais,
Cet ami si fidèle et si grand de hauts faits;
Mais son puissant pouvoir sur cette terre chère,
Hélas! fut bien trop court, il fut trop éphémère;
Le malheur de la France entraîna son malheur :
Milan rentra bientôt sous son joug oppresseur.
Plus tard, les souvenirs de sa grande puissance
Le poussèrent encore à son indépendance;
Ses efforts furent vains, et, malgré tout son cœur,
Son front se surchargea d'un joug plus oppresseur.
Notre belle victoire y rapporte la vie,
Et les élans du cœur et leur belle énergie;
Bénissant notre amour, bénissant nos combats,
Cette ville nous crie, elle nous tend les bras;
Les Autrichiens vaincus semblent fuir devant elle :
Ils ne font qu'y passer, y volant pêle-mêle.
Déjà dessus l'Ada leurs bataillons nombreux
Marchent se concentrer dans un désordre affreux;
Milan, cette cité si longtemps oppressée,
Revient à l'horizon de sa gloire passée;
Elle semble y compter, elle espère au bonheur,
Et se souvient toujours du drapeau bienfaiteur.
Elle est impatiente, elle est heureuse et fière
De se donner à nous, d'y voler tout entière;
Elle ne fait qu'un cœur accourant à nos vœux,
Riant à l'horizon de nos succès heureux;
C'est plus que du plaisir, c'est plus que du sourire :
C'est de la frénésie en un tendre délire!
Du bonheur qui commande elle a le sentiment :
C'est la joie en tumulte où tout est mouvement.
Les rues en un clin d'œil ont changé de parure :
Partout brillent des fleurs, des dômes de verdure
Où les nobles couleurs de nos drapeaux vaillants
Font résonner les airs, agités par les vents;
Sous leurs ondoyants plis a volé l'espérance,
Abritant son coup d'œil riant à leur puissance;
Leur sublime auréole, appendue en ces lieux,

Devient le ralliement soleil des malheureux.
Notre généreux sang, comme une douce pluie,
Ranime le terrain d'une belle patrie;
Milan est à son Dieu : cette forte cité
Dresse son noble front de bonheur enivré.
Au-devant des vainqueurs elle accourt tout entière;
Dessous l'arc de Simplon elle se presse fière :
Elle attend sous son dôme et le roi du Piémont
Et l'illustre Empereur Louis-Napoléon.
Le clairon retentit; des torrents de poussière
De ce superbe ciel pâlissent la lumière;
Nos bataillons poudreux, de gloire palpitants,
Couverts de sang, de sueur, s'avancent haletants;
Le canon retentit, et cette ville amie
Reçoit à bras ouverts les fils de la patrie :
Des fleurs de tous côtés, ainsi que des lauriers,
Tombent dessus les fronts de nos braves guerriers.
Bientôt paraît le roi, qui dessous l'arc avance,
Ainsi que l'Empereur, le sauveur de la France;
Alors tout semble cris de joie et de bonheur;
L'Empereur, rassuré, exprime ainsi son cœur :

« Braves Italiens, dit-il, la juste guerre
Qui me conduit vers vous, dans cette cité fière,
Demande que je parle, et, heureux, je vous dis
Les raisons qui le font, celles pourquoi j'y suis.
Lorsque l'Autriche injuste attaqua le Piémont,
J'aurais laissé pâlir et la France et mon nom
En ne secourant pas la Sardaigne attaquée;
Elle fut notre amie, aussi notre alliée;
L'intérêt, le devoir m'en faisaient un honneur :
Mon cœur devait parler, j'ai fait parler mon cœur.
Nos ennemis communs, dans leur rage inouïe,
Voulant diminuer la belle sympathie
Qu'a votre juste cause aux yeux du monde entier,
Devaient aussi sur moi lancer un trait meurtrier.
Non, non, l'ambition qu'on prête à ma pensée

Est bien loin de mon cœur; une autre plus sacrée
Domine ses élans : aider et secourir,
Voilà tout ce qu'il veut, et non pas agrandir.
La France est assez grande, et son beau territoire
Ne veut que le bonheur, le droit avec sa gloire;
Chaque chose a son temps, à nous de le saisir;
Je comprends mon époque : aimer, c'est s'agrandir.
Dans les temps où l'on est, c'est plus par l'influence
Que par plus de terrain qu'on a plus de puissance;
Il ne nous faut de sol que ce qu'on peut soigner;
L'influence fait tout, et je veux en user :
Par elle, je l'espère, une belle patrie
Aura de ces beaux jours la splendeur et la vie.
Vous m'avez bien compris : votre accueil bienveillant,
Accueil qui m'est bien cher, en est le sûr garant.
Je ne viens pas ici, m'appuyant sur l'épée,
Changer vos souverains, ni blesser la pensée;
Battre nos ennemis et l'ordre à maintenir
Est mon unique but et mon ferme désir;
Vous arracher au joug est ma seule pensée :
Soyez libres de cœur pour votre destinée.
Souvent la Providence accorde des faveurs
Aux peuples agissants pour vaince leurs malheurs;
Vous pouvez en jouir, peuples de l'Italie;
Le moment est venu, marchez à votre envie;
Soyez dignes de vous, de votre grand désir;
Montrez-vous clairvoyants au soleil d'avenir.
Oui, votre indépendance est au bout de vos armes!
Organisez vos rangs, combattez... plus de larmes!
N'ayez donc qu'un désir, ne formez qu'un faisceau;
Du grand roi du Piémont arborez le drapeau;
Le cœur du prince est grand et son glaive terrible :
Votre puissant concours peut le rendre invincible.
Braves Italiens, il vous faut de l'accord :
De votre discipline, oui, dépend votre sort!
Sans elle, pas d'armée, impuissance, anarchie;
Allez donc avec ordre au sort de la patrie.

Dés aujourd'hui, volez à ses brillants combats;
Volez-y de grand cœur, ne soyez que soldats;
Demain, contents de vous et fiers de votre épée,
Vous verrez le grand jour de votre destinée;
Et heureux de vos droits, vainqueurs des ennemis,
Vous serez citoyens libres d'un grand pays! »

Après ce beau discours où se dépeignait l'âme,
Où se montrait le cœur avec toute sa flamme,
On entend de partout, comme un tonnerre affreux,
Les doux cris du bonheur résonner jusqu'aux cieux :
Tout un peuple est content, il est à son sourire;
Il a repris son cœur, sa joie et leur empire.
Le grand roi du Piémont aussi de son côté,
Avec ce doux accent et cette dignité
Qui convient au héros, énonce sa pensée,
Son grand désir du bien, le but de son armée :

« Italiens, dit-il, volez donc au bonheur;
La liberté sourit, souriez à son cœur;
L'Empereur vous l'a dit; cette âme grande et fière,
Oui, fera ma pensée : elle sera sincère.
Votre cause est commune, et votre but le mien;
Aimez donc cette épée et suivez son chemin;
Gagnons la liberté longtemps notre espérance!
Bornons à tout jamais des siècles de souffrance!
A nos cœurs ce pouvoir! l'unanime désir
Couronnera nos vœux, fera notre avenir. »

Il dit; le peuple écoute, et, fier de sa pensée,
Il compte sur son cœur et sur sa brave épée;
Nos monarques contents, satisfaits et heureux,
Quittent ces nobles cœurs, quittent ces nobles lieux.
Déjà la nuit a fui cette terre de charmes,
Cette terre d'orgueil et d'exploits de nos armes,
Et nos deux souverains, épuisés de travaux,
Gagnent leurs doux villas pour prendre du repos.
Le roi gagne Basca, demeure magnifique

Étalant dans les airs son front haut et antique :
Quatre superbes tours, aux regards orgueilleux,
Suivent ses quatre coins, s'élevant jusqu'aux cieux ;
Un portique élégant, à forme simple, hardie,
Offre mille contours, chef-d'œuvre du génie.
Sa toiture d'ébène, à son point culminant,
Offre un jardin superbe et un gazon charmant,
Où le myrte et le lière, entrelaçant leurs têtes,
Forment des dômes verts, de secrets interprètes :
Là, l'amour, bien souvent possesseur de ces lieux,
Eut ses tendres loisirs et ses moments heureux.
De superbes peupliers, aux têtes séculaires,
Jusque vers ces bosquets lèvent leurs têtes fières ;
Leurs rameaux frémissants, ombrage d'alentour,
Y calment la chaleur et y voilent le jour.
Une source y jaillit, dont l'eau, limpide et pure,
Rafraîchit les gazons et plaît par son murmure ;
Leurs tendres tapis verts, tous émaillés de fleurs,
Dardent leurs doux parfums, balancent leurs couleurs.
Le chantre du printemps, ami de ces ombrages,
Fait résonner ses chants sous ces tendres feuillages ;
Le peuple ailé des bois y gazouille toujours
Le lever du soleil, ainsi que ses amours.
Le léger papillon, bijou de la nature,
Y voltige l'éclat de sa belle parure.
En ces superbes lieux, sous ce superbe ciel ;
Ses amours sont toujours, son vol est éternel ;
Il court de fleurs en fleurs, et sa bouche brûlante
Promène les baisers de sa flamme inconstante.
Tout sait aimer et plaire en cet heureux séjour ;
On y trouve partout des cœurs et de l'amour :
C'est là, dans ce palais, le prix de la victoire,
Que le roi du Piémont, satisfait de sa gloire,
Fatigué des combats, vient chercher le repos
Ainsi que les douceurs des ses tendres pavots.
La gloire a son tribut comme elle a son empire ;
Elle a ses maux cruels comme elle a son sourire :

Son prestige éclatant appelle dans ces lieux
Une beauté touchante aux traits ingénieux;
Son port est plein de grâce, et sa démarche svelte
A tout le grand du beau, l'attrayant du modeste;
Ses yeux, quoique perçants, respirent la candeur;
Ils attirent l'amour, font aimer la pudeur,
Et, sachant tout dompter, sa figure mignonne
Électrise le cœur, l'anime, le passionne.
Le héros est vaincu par ses charmes touchants,
Il a senti l'amour, aimé ses traits perçants;
Un tendre et doux regard est une arme terrible;
Elle l'avait lancé : sa flèche est invincible.
L'amour sourit de joie à ses traits si piquants,
A son air enfantin, à ses traits séduisants;
Tout semblait lui donner une grâce nouvelle :
Vénus sortant des flots était moins belle qu'elle.
Elle était à cet âge où l'ingénuité
Dore de tout son lustre une aimable beauté :
Rose toute des champs, rose toute nouvelle,
Son éclat était pur, sa beauté naturelle;
Jamais aucun amant n'approcha de son sein :
Elle était comme un jour calme, pur et serein.
Son nom était Armance; elle perdit son père
Dans les champs de l'honneur, sur cette même terre;
Elle habitait tout près un modeste séjour,
Connu d'un peu d'aisance, ignoré de l'amour.
Ce roi, si fier de cœur, nourri dans les alarmes,
Ce grand roi des combats aux si terribles armes,
Hélas! comme Henri se sent pressé d'aimer;
Il voit partout Armance et ne peut la quitter.
Il vole à son manoir; là, son âme fidèle
La retrouve, la voit plus touchante et plus belle;
Elle n'habite pas un palais somptueux,
Asile des grandeurs et fier et orgueilleux,
Où l'art a tout produit, oubliant la nature,
Oubliant ses douceurs et leur source si pure;
Non, non, elle n'est pas où vivent les plaisirs

Qui veulent les regards et donnent aux désirs,
Mais bien dessous ce toit où la douce tendresse
Sait donner au devoir sa plus belle richesse,
Où la rose et le myrte, en guirlandes toujours,
Dans la pure amitié font appel aux amours.
Armance, rose tendre et rose à sa rosée,
Des vapeurs de son sein encore parfumée,
Reposait sous l'ombrage où rêvait son bon cœur,
Novice de l'amour, attendant le bonheur.
Ce regard enfantin, ce charmé du jeune âge,
Cette rose entr'ouvrant son plus bel apanage,
Ce regard pétillant que la timidité
Voile, malgré le cœur, par l'amour agité;
Cette rougeur qui suit, cet incarnat sublime
Qu'a la rose au soleil, que le soleil anime;
Cette bouche vermeille et ses seins palpitants,
Ces cheveux d'un beau noir flottant au gré des vents,
Électrisent le cœur du fils de la victoire,
Et, héros de l'amour, il est tout à sa gloire.
Il salue son amante, il embrasse sa main.
Armance a soupiré : son soupir n'est pas vain.
Il semble triompher, son amour est extrême :
Tout son cœur a parlé, tout son amour l'enchaîne.
De biens doux entretiens animent le désir,
Mais devant la vertu le désir semble fuir;
Ces appas si puissants, ces invincibles charmes,
Ces regards de l'amour aux trop cruelles armes,
Et leur heureux délire électrisant le cœur,
Le cèdent au devoir, le seul et vrai bonheur :
Armance est vertueuse, et son tendre sourire,
Qui n'est que la vertu, triomphe du délire.
Le héros, plein de cœur comme il est plein d'amour,
Sait rentrer en lui-même : il triomphe à son tour;
Il sent dedans son âme un bien tendre murmure :
C'est la vertu domptant le désir, la nature;
La force du vainqueur a béni la beauté,
A béni sa sagesse avec sa fermeté.

Oh ! heureux le héros qui se dit à lui-même :
Oui, ma force sera dans le devoir que j'aime.
Le grand roi l'avait fait, et son cœur tout content
Quitte ce tendre lieu de bonheur palpitant ;
Il embrasse la main de cette belle Armance,
Bénissant sa vertu, bénissant sa puissance !
Il est à son armée ; il l'entend qui lui dit :
« Héros, réveille-toi ; le sang coule, le temps fuit !
L'avenir a besoin de ta belle énergie ;
Sors des bras de l'amour, sois tout à l'Italie ! »
Il court à ce doux cri de son cœur vénéré,
Et rentre en son palais et heureux et aimé.
Louis-Napoléon, entouré de la foule
Qui le presse sans cesse et lentement s'écoule,
Va fixer son séjour dans un lieu vénéré,
Si beau de souvenirs et si fier du passé,
Où le fidèle Eugène, ennuyé de la gloire,
Allait se reposer, courbé sous la victoire.
Napoléon aimait ses souvenirs du cœur :
Ils faisaient son penser, ils faisaient son bonheur ;
Bienheureux d'admirer une si belle vie,
Il était fier du nom et fier de sa patrie ;
Il était aussi fier et tenait à honneur
D'habiter un palais bâti par l'Empereur.
Son air est radieux, et là, la foule heureuse
Bénit son cœur aimant, son âme généreuse ;
La joie a tout son cours, l'âme tout son essor,
La gloire son tribut, l'amour son doux transport.
En ces lieux de bonheur, mille beautés touchantes,
Aux teints éblouissants, aux tailles élégantes,
Aux yeux bleus, grands et doux, aux regards gracieux,
Apportent leur tribut aux bonheur de ces lieux ;
Et leurs bien douces mains, comme des lis blanches,
De fleurs à nos soldats lancent des avalanches,
Et, leur cœur en délire, au comble du bonheur,
Elles vont saluer notre illustre Empereur.
L'une s'avance alors, et belle et gracieuse,

Elle ouvre ainsi son cœur et son âme joyeuse :
« Prince, soyez béni; des cœurs reconnaissants
Ont compris le grand but de vos pas triomphants;
Notre bouche sincère, oui, vous en remercie,
Ainsi que vos guerriers, gloire de leur patrie.
A nos pères aimants votre cœur a parlé;
Ils sont à vos désirs, soyez-en assuré;
Et nous, sachant aimer, nous aurons des prières;
Elles seront pour vous, elles seront sincères.
Oui, le Dieu tout-puissant, le soutien des combats,
Connaît votre grand cœur et bénira vos pas;
Daignez, Sire, accepter ces fleurs, cette couronne;
La jeunesse d'ici, par ma main, vous les donne. »
L'Empereur est ému; son tendre et heureux cœur
Laisse couler ces mots, véritable bonheur :
« J'accepte avec plaisir cette marque touchante,
Ce doux penser du cœur à l'âme souvenante;
Vos vœux, jeunes beautés, rassurent de grands vœux!
Mon cœur les apprécie, il sera digne d'eux.
Notre gloire vous touche encor plus que vos pères;
Votre vie est plus longue au doux fruit de ces guerres;
Merci de vos présents, merci d'un si bon cœur!
Oui, comptez sur le mien; il veut votre bonheur!
Oui, Dieu nous aimera! touché de vos hommages,
Il bénira vos vœux ainsi que nos courages. »
Il dit; et, satisfait, il parcourt tout Milan
Comme un soleil bon, doux, sous un ciel bienfaisant;
Heureux de cette foule, heureux de ses pensées,
Il court offrir son cœur au grand Dieu des armées,
A ce Dieu tout-puissant qui tient notre destin,
Les mondes, l'avenir, dans sa puissante main.
Il entre dans son temple, et nos légions, fières,
Y portent leurs doux vœux, leurs cœurs et leurs prières.
Pendant tout ce temps-là, Giulay, furieux,
Fuyant nos beaux combats, avait quitté ces lieux;
Déjà, sur Marignan, sa formidable armée
Avait porté ses pas, et s'y trouvait massée.

L'Empereur fait venir Baraguay-d'Hilliers :
« Assemblez, lui dit-il, vos illustres guerriers;
Marchez sur cette place, et illustre et terrible;
Autrefois elle fut regardée invincible. »
Ici, François premier éternisa son cœur
Par sa tactique hardie et sa belle valeur;
La Suisse fut vaincue, et notre belle France
Y montra son pouvoir ainsi que sa vaillance.
Ce combat formidable, appelé de géants,
Est encore un soleil en ces lieux palpitants;
Bayard, ce grand héros, ce héros de la gloire,
Inscrit là son grand nom au livre de l'histoire :
C'est là que son grand cœur arma François premier
Des insignes puissants de vaillant chevalier :
« Marchez donc, général, ces souvenirs brillants
Iront à l'avenir de nos beaux combattants;
Et comme nos aïeux, aussi fils de la gloire,
Ils graveront leurs noms; volez à la victoire. »
L'illustre héros part; il dit à Mac-Mahon :
« Portez dessus Lodi votre division;
Marchez sur Marignan, tournez-le par derrière;
J'y lancerai de front toute ma troupe entière. »
Mac-Mahon part, franchit San-Giuliano,
Et passe un petit fleuve appelé le Lombro.
Baraguay-d'Hilliers, avec sa troupe fière,
Bientôt touche les murs de cette ville altière;
Ses ordres sont donnés, le canon retentit :
Bientôt sur la cité tout le ciel s'obscurcit;
Le jour semble à la nuit; une épaisse fumée
Dérobe à tous les yeux la ville consternée :
Comme à Montebello, Palestro, Magenta,
C'est la nuit de l'horreur, c'est la nuit du combat.
Ici chaque maison, en un fort convertie,
Partout lance la mort et sa terrible pluie;
Mais Bazaine était là : son intrépide cœur
Marche, vole au combat dans le sang, dans l'horreur !
Il entre dans la ville, et, avec ses zouaves,

Il vole à tout dangers et périls et entraves.
Les aigles de la France ont bientôt tout franchi;
Ils brûlent le terrain, terrassent l'ennemi.
Charles Paulze-d'Ivoy, toujours à la mêlée,
Précède ses soldats l'épée ensanglantée;
Devant lui tout s'enfuit, et sa terrible main
Jette partout l'effroi sur son affreux chemin.
Ici, ce beau lion s'était couvert de gloire;
Mais il ne devait pas jouir de la victoire :
Hélas! son cheval tombe, et ce brave guerrier
Est lui-même frappé par un plomb meurtrier;
Il veut se relever, mais cette gloire fière
Se meurt en prononçant le doux nom de sa mère.
La mêlée est extrême; un vent impétueux
Se mêle aux cris bruyants de ce combat affreux;
Des torrents de poussière et des torrents de pluie
Viennent se joindre encor à cette boucherie;
Cimetière et église, et le pénitencier,
Redoublent dessus nous leur feu vif et meurtrier.
Mais Lamiraült est là : le courage et la rage
Ensanglantent partout son terrible passage.
Giulay, furieux, excite ses soldats;
Il combat avec eux, méprise le trépas;
Mais, hélas! tout est vain : la rage et l'énergie
Ne peuvent résister aux fils de la patrie.
La victoire est à nous; nos soldats valeureux
Restent maîtres encor de ces terribles lieux;
Mais Mac-Mahon arrive, et, posté sur leur route,
Il sabre les fuyards, les suit dans leur déroute.
Dans le plus grand désordre ils repassent l'Ada :
Bergame est évacuée ainsi que Brescia;
Déjà de tous côtés ils ont fui l'Italie,
Et semblent déserter aussi la Lombardie.

FIN DU CHANT VINGT-TROISIÈME.

CHANT VINGT-QUATRIÈME.

Nos succès de toujours, ceux de Garibaldi
Jettent le désespoir dans le camp ennemi :
Partout la liberté sourit à l'Italie;
Des lauriers de la gloire elle est partout grandie;
Le drapeau de la France et celui du Piémont
Ont juré son triomphe et y marchent de front.
Tout tremble et se soumet à nos aigles terribles,
A leurs désirs ardents, à leurs fronts invincibles.
Brescia fait de même, et là, nos beaux soldats
Touvent, comme à Milan, des fleurs dessous leurs pas.
A tant d'illustres cœurs, à tant de sympathie,
A tant d'acharnement, d'ensemble et d'énergie,
L'Autriche est dans la crainte, et son jeune empereur,
Dont le nom est si grand, si connu de l'honneur,
Se sent bondir de rage; il vole à son armée,
Comptant sur l'avenir et sa brillante épée;
Et, le cœur triste et gros de nos braves lauriers,
Il harangue en ces mots ses superbes guerriers :

« Soldats, je viens à vous, j'y viens plein d'énergie;
J'y viens pour soutenir l'honneur et la patrie;
Serions-nous vaincus? Non, non, suivez mon cœur;
Il aime votre gloire : imitez sa valeur.
Ralliez-vous sans cesse autour de cette épée;
Vous la verrez toujours à votre destinée;
Comptez sur votre cœur, songez à vos aïeux;
Dans les champs du devoir montrez-vous dignes d'eux!
Quelques jours de malheurs au parcours de la vie
Ne doivent pas bannir l'espoir et l'énergie;
Soyez dignes de vous; marchons à des lauriers!
Au combat, au combat, ni premiers, ni derniers. »

Ses bataillons sont prêts : des bords du Mincio
Ils marchent sur Médole et sur Solferino;
Grossis des garnisous de Plaisance, d'Ancône,
De Bologne, Ferrare et de Pizzighitone,
Ce grand manteau humain tout scintillant d'éclairs,
Au lointain s'épendant sur mille points divers,
Marchait sur Lonato; là, notre brave armée,
Sur des points différents était éparpillée;
Notre Empereur y court; il sent tout le danger
Qui gronde de partout, sur le point d'éclater;
Mais son plan est tout prêt; la trompette guerrière
Fait retentir les airs de sa voix forte et fière :
Cette voix les unis; c'est la voix des combats;
La gloire les attire et active leurs pas.
Ils sont prêts à bondir; on entend sur la ligne
Le bruit sourd et pressant du soldat qui trépigne;
Baraguay-d'Hilliers, général fier, altier,
A donné le signal et marche le premier;
Mac-Mahon l'accompagne, et ce lion terrible
Précède sa colonne et fière et invincible;
Nos beaux canons, sitôt, œuvres de l'Empereur,
Tonnent de toutes parts, sèment au loin la terreur.
Ces foudres du trépas, aux si longues haleines,
Volent de monts en monts, bondissent dans les plaines;

La mort s'étend au loin, son horizon grandit;
Elle surprend l'espace, elle vole et bondit;
Et ses pas destructeurs, chefs-d'œuvre du génie,
Ouvrent mille chemins aux fils de la patrie :
La poussière s'élève, elle voile leurs pas;
Tous les chefs sont en tête, et volent au trépas.
L'Empereur, qui commande en ce combat horrible,
Semble sourd au danger, à la mort impassible;
Il voit Solferino dont le front orgueilleux,
Couronnant des rochers, s'élève jusqu'aux cieux,
Et ce si fort castel dont la tour crénelée
A les regards partout et veille à la contrée.
Ce point est important aux yeux de l'Empereur;
Le canon y mugit sur nous avec vigueur.
Baraguay-d'Hilliers, aux pieds de ce village,
Accourt, vole, bondit et combat avec rage.
Sur San-Cassiano, Niel porte ses pas;
Canrobert l'y soutient en dépit du trépas;
Il résiste au danger, et sa brave énergie
Sait obéir à l'ordre, au besoin, au génie.
Baraguay-d'Hilliers arrive cependant
Jusqu'aux pieds du village, écumant, haletant.
La tour, comme un cratère, élance de sa cîme
La mort de toutes parts qui siffle et nous décime.
François-Joseph accourt; cette jeune valeur
Ranime le courage et dirige le cœur.
Tous ses beaux bataillons manœuvrant, si nombreux,
S'évertuent en efforts pour briller à ses yeux;
Mais l'Empereur est là; son œil perçant, terrible,
Électrise l'armée et la rend invincible;
Il commande lui-même, et ses brillants soldats
Imitent son courage et suivent tous ses pas.
La mêlée est extrême; une épaisse fumée
Voile de toutes parts la terre ensanglantée :
« Ferey, Ferey, dit-il, divisez vos soldats,
Les uns dedans la plaine et les autres là-bas.
Enlevez ça, Camon; toujours de l'énergie!

A la tour, voltigeurs, lions de la patrie! »
A la voix du héros, leur invincible cœur
Semble s'électriser aux sentiers de l'honneur;
Comme des ouragans, déchaînés des montagnes,
S'élancent frémissant, ravageant les campagnes;
De même nos guerriers, de partout élancés,
Entraînent avec eux leurs ennemis broyés;
Ils passent sur leurs corps, et leur fougueux courage
S'élance vers la tour et s'y fait un passage :
Voltigeurs et chasseurs, au combat haletants,
La baïonnette au poing et les bras tout sanglants,
Grimpent sur les créneaux de cette tour terrible
Dont le front tout d'airain était inaccessible;
Repoussés plusieurs fois, ils méprisent la mort;
Leur sang leur semble rien, ils y grimpent encor.
Les canonniers en vain redoublent d'énergie;
En vain opposent-ils leur rage et leur furie;
Cette tour est à nous : notre sang généreux
Triomphe du courage et triomphe des lieux.
Mais, pendant ce temps-là, nos aigles frémissantes
Portent en d'autres lieux leurs armes triomphantes;
Mac-Mahon vers Médole accourt, vole à grands pas;
Il allait y lancer ses terribles soldats,
Quand tout à coup paraît, sortant de la vallée
Et boisée et profonde, une nombreuse armée :
C'est Giulay honteux, qui, méprisant la mort,
Vole dans les combats et tente un nouveau sort.
La terre tremble au loin sous son artillerie
Qui vomit avec art et tonne avec furie;
Mais Partonnaud est là : ses terribles canons
Visent les ennemis et bondissent des monts.
La Motte-Rouge part; son terrible courage
S'élance dans le sang, s'y débat avec rage;
San-Cassiano tremble, et nos beaux tirailleurs
Arrivent vers son front, gravissant les hauteurs.
Là, nos braves turcos, tempête prompte, horrible,
Volent dedans ses murs avec un bruit terrible;

Ces panthères de sang, aux cœurs doublés d'airain,
Y luttent avec rage et y luttent en vain ;
Rien n'abat leur essor, tout leur corps s'ensanglante :
Là, leur affreuse gloire attriste et épouvante.
La Motte-Rouge, alors, lance d'autres soldats
Qui volent au carnage, affrontent le trépas ;
L'ennemi plie alors sous leurs terribles coups ;
Tout cède à nos efforts : le village est à nous.
L'Empereur fait marcher, dans ce moment suprême,
Manèque et Mellinet, et commande lui-même ;
Nos braves voltigeurs et nos beaux grenadiers
Heurtent Caviana : bientôt leurs fronts altiers
Y portent la terreur, et leur belle énergie
Gagne ces lieux de sang, malgré l'artillerie
Qui tonne, qui bondit et porte le trépas
Dans les rangs immortels de nos braves soldats.
Le ciel semble frémir à nos aigles terribles,
A leurs cœurs triomphants, à leurs cœurs invincibles ;
Il déchaîne les vents sur ces horribles lieux,
Ainsi que la tempête avec ses maux affreux :
Il veut montrer par là que tout pouvoir sur terre
N'est que fantôme vain, que gloire passagère ;
Et ce si beau ciel bleu, d'exploits étincelant,
Se voile tout à coup d'un nuage effrayant.
Ce nuage grandit; sa teinte triste, obscure
S'étend, se noircissant, sur toute la nature ;
Le vent gronde, mugit; les arbres sont tremblants ;
Ils courbent vers le sol leurs grands fronts menaçants ;
Ils se brisent bientôt, et leurs têtes pesantes
Roulent jusqu'au lointain leurs branches frémissantes.
Le jour cesse partout : c'est la nuit de l'horreur ;
Un roulement affreux épouvante le cœur ;
Tout semble mort sur terre, hors l'élément terrible
Qui domine tout bruit par son murmure horrible.
La nature frémit; dans un noir triste, affreux,
Des sillons de lumière illuminent les cieux ;
La foudre roule, éclate : une nuée affreuse

Ouvre ses larges flancs, sa scène malheureuse.
L'airain n'a plus de voix; tous les fracas humains
Sont dominés partout : tous leurs efforts sont vains.
La main de l'Éternel assemble sur nos têtes
Les vents, leurs tourbillons, leurs horribles tempêtes;
Tout le ciel est en feu : les plus affreux éclairs
Sillonnent en tous sens les campagnes des airs;
Il fait nuit, il fait jour ; une nuée horrible
Lance de ses flancs noirs une grêle terrible
Qu'un vent des plus affreux, dessus nos bataillons,
Pousse avec la poussière en de noirs tourbillons.
Ce nuage nouveau, d'avant-garde meurtrière,
Dérobe à nos soldats tout reste de lumière;
Les combattants muets, par les vents terrassés,
Errent de toutes parts, meurtris, épouvantés.
Enfin, l'orage cesse, et sitôt la lumière
Reprend tout son éclat sur la nature entière;
Le ciel avait fini; nos terribles soldats,
Revenus de la peur, revolent au trépas.
Les ennemis massés, pleins d'ardeur et de crainte,
Tentent mille côtés et usent de la feinte ;
Mais tout est inutile aux yeux de la valeur,
Au courage français, à son terrible cœur.
Niel, par un détour hardi, plein d'énergie,
Rencontre l'ennemi, le heurte avec furie.
Canrobert est mandé; l'ennemi, plus nombreux,
Était massé partout, inondait tous les lieux;
Aussitôt Canrobert, ce Nestor du courage,
Va secourir Niel, le soutient avec rage.
Dans ce combat affreux, notre illustre Empereur
Est toujours à la tête et paye de sa valeur;
François-Joseph aussi commande son armée :
Il veut tenter encor l'effort de son épée.
Cet océan de monde, océan de guerriers,
Se dispose à marcher contre nos fronts altiers;
Ce grand manteau humain, enveloppe meurtrière,
Tombe sur notre front, ensanglante la terre.

Lusy, Fally, Trochu, nos immortels lions,
Volent de tous côtés avec leurs bataillons.
Niel arrive enfin : son sublime courage
Triomphe dans le sang, triomphe dans la rage !
Auger, le brave Auger, compagnon de ses pas,
Tombe percé de coups et trouve le trépas.
Cette brillante mort attriste notre armée ;
Elle pleure un héros si beau de destinée ;
Ses soldats indignés ne sentent plus leur cœur :
Dans les rangs ennemis ils volent pleins d'ardeur.
Le sang coule à gros flots : ces fils de la patrie
Les hachent de partout avec rage et furie.
Les soldats du Piémont, tout comme les Français,
Au milieu des dangers volent avec succès ;
Ils ont suivi nos pas aux sentiers de la gloire :
Ils marchent avec nous au gain de la victoire.
La déroute est entière, et nos fiers ennemis
Vers leur quadrilatère accourent ébahis ;
François-Joseph en vain agite son épée
Et exhorte au combat sa formidable armée ;
Mais tout est inutile : hélas ! de tous côtés
Elle échappe à ses yeux mornes et consternés,
Et ce cœur grand et fier, cette belle énergie,
Fuit en pleurant le sort de sa belle patrie.
La victoire est à nous ; nos illustres soldats
Poursuivent l'ennemi, bondissent sur ses pas ;
Nos beaux canons rayés les snivent par derrière
Et leur font jusqu'au loin une guerre meurtrière.
L'Empereur, satisfait de ce succès heureux,
Sait bénir ses soldats en héros digne d'eux ;
Ce chef illustre, humain sent bondir cette flamme,
Cette flamme du cœur, cette flamme de l'âme
Qui veut la récompense au mérite du cœur :
Ce besoin le dirige et fait son grand bonheur.
Notre illustre Niel, dont la belle énergie
Avait si bien conduit les fils de la patrie,
Est créé maréchal, et, comme en d'autres temps,

Comme aujourd'hui d'exploits de même bienfaisants,
De sublimes drapeaux, pour prix de leur valeur,
Pour prix de leur bravoure, eurent la croix d'honneur.
Puis l'Empereur ému, tout rayonnant de gloire,
Heureux de ses soldats, heureux de la victoire,
Leur adresse ces mots : « Beaux fils de la patrie,
La France vous a vus : son cœur vous remercie !
Un ennemi nombreux croyait vous repousser,
Vous battre à la Chiése et sur vous triompher ;
Passant le Mincio, ses troupes invincibles
S'enfuient de toutes parts devant vos fronts terribles ;
Vous avez soutenu le grand nom du pays :
Honneur à vos fronts fiers, terreur des ennemis !
Cette belle bataille, au temple de l'histoire,
Sera comme un soleil étincelant de gloire ;
Solferino pourra, par son éclat brillant,
Pâlir de Lonato le souvenir brûlant.
Douze heures ont suffi, malgré le nombre immense,
Malgré ses grands efforts de rage et de puissance,
Pour battre l'ennemi : devant votre grand cœur,
Si fier dans le danger, si fier aux champs d'honneur,
Rage, chaleur brûlante et autres maux terribles,
Rien, rien n'a pu dompter vos efforts invincibles !
Oui, mes vaillants soldats, notre belle patrie
Sourit à vos exploits et vous en remercie !
Elle pleure ces morts si puissants par le cœur,
Si puissants au combat, si puissants à l'honneur ;
La gloire avait béni leur courage et leurs armes :
La gloire aura pour eux de bien sincères larmes.
Des drapeaux, des canons et six mille prisonniers
Sont en notre pouvoir, grossissent vos lauriers.
Nos braves alliés ont suivi notre gloire ;
Ils marchent avec nous au grand seuil de l'histoire ;
Ils ont suivi vos fronts au milieu des trépas :
Ils sont dignes de vous dans les plus beaux combats.
Soldats, le sang versé sur un sol si fertile
Aura son auréole à l'avenir utile :

Les peuples délivrés béniront votre cœur,
Et vous serez heureux d'avoir pu leur bonheur. »

Il dit; et aussitôt, passant le Mincio,
Il dirige ses pas dessus Valleggio;
C'est là son grand quartier, et notre troupe fière
Aborde le grand front du beau quadrilatère.
Ici Jérôme fils marchait de son côté;
Il était à son poste à l'endroit désigné;
Il voulait des périls, il voulait de la gloire :
Il voulait, aussi lui, sa part de la victoire !
Les braves Piémontais cernent Peschiera;
Bientôt notre Empereur est à Villafranca;
C'est là qu'il s'établit : déjà sa belle armée
S'éparpille au lointain, domine la contrée.
Notre flotte a marché; le général Wimpffen
Débarque ses soldats dans l'île de Lassin :
Par sa position, cette île était choisie
Pour pourvoir aux besoins de notre beau génie.
Toute l'escadre est prête; elle attend le moment
Fixé par l'Empereur pour voler en avant;
Ces immenses vaisseaux, cette ville flottante,
Éparpillant son front, apporte l'épouvante :
Vérone avec Mantoue, en proie à la terreur,
Sentent leur impuissance et font gémir leur cœur.
Le fier Garibaldi, dedans la Lombardie,
Gagne le lac de Garde, où sa manœuvre hardie
Sait isoler Vérone et barrer son chemin.
François–Joseph est là; furieux et chagrin,
Il ose encor compter sur sa vaillante épée;
Il a pu de nouveau réunir son armée;
C'en était fait, hélas! le démon des combats
Allait encor voler à de nouveaux trépas.
Notre illustre Empereur, pensif dessus ce drame,
Prévoyant de grands maux, sentait frémir son âme;
Son but était atteint; revoler à l'honneur,
C'était de l'imprudence et un affreux malheur :

L'anarchie était là, levant la tête altière,
Prête à se déchaîner dessus l'Europe entière.
Le héros se rabat devant l'envie du bien,
Et, vainqueur généreux, il est bon souverain;
Sa belle âme frémit, et la raison humaine
Sait enchaîner ses pas de sa plus belle chaîne.
Le cœur triste et pensif, il fait venir Fleury :
« Dépêchez, lui dit-il, volez à l'ennemi;
Portez à l'empereur cet écrit, ma pensée,
Et le désir ardent dont elle est animée. »
Il fait dire au vaincu : « Cessons, cessons ces maux;
Marcher plus en avant, c'est ternir le héros;
Regardez au lointain ces nuages terribles :
C'est la démagogie aux traits noirs et horribles.
Arrêtons, il est temps; je vous sais un grand cœur;
Le chemin des exploits est celui du bonheur;
Nous pouvons y marcher, c'est la plus belle gloire :
Ce sera pour nous deux une belle victoire ! »
Fleury part aussitôt, et son coursier fougueux
A dévoré l'espace et a quitté ces lieux;
Il arrive à Vérone, et déjà la nuit sombre
Sur le monde épandait la noirceur de son ombre;
L'empereur reposait, fatigué de ses maux,
Fatigué des exploits de nos braves héros;
Un de ses officiers, qui près de lui surveille,
Interrompt son repos, lui parle, le réveille;
Il lui donne la lettre, et l'illustre empereur
La lit et la relit : il sent battre son cœur !
« Mon ami, lui dit-il, dites à l'émissaire
Que demain j'écrirai ce que je pense faire. »
La nuit fuit lentement, elle est longue au malheur;
De cent mille desseins elle agite son cœur.
L'attente cesse enfin; à peine sur la terre
Phébus a-t-il lancé l'éclat de sa lumière,
Qu'on introduit Fleury; le prince généreux
S'avance, le reçoit d'un air affectueux :
L'héritier du grand nom a le cœur magnanime;

Le prince est convaincu.; le colloque est intime.
Après ce pourparler où respire le bien,
Où pense le héros, où voit le souverain,
Il entre dans sa chambre, et, d'une main heureuse,
Il transcrit sa réponse en âme généreuse;
Il prononce ces mots, la donnant à Fleury :
« Oui, je suis pour le bien, je fus toujours pour lui;
Il est tout mon désir; dites à l'Empereur
Que deux cœurs généreux s'estiment de bon cœur;
J'accepte l'armistice; oui, j'ai pitié des larmes
Dont se joue trop souvent le bel éclat des armes! »
Ces beaux mots prononcés, du héros malheureux,
Touchent le général, il part silencieux;
Il remet cette lettre à son chef magnanime :
C'était un pont lancé traversant un abîme.
L'armistice est réglé, et nos braves guerriers,
Impatients d'ardeur, reposent leurs lauriers.
Pendant ce doux repos, une force cachée
Semble porter au bien, dominer la pensée;
Le temps qui mène tout corrige le désir,
Éclaire le devoir et forme l'avenir.
Une estime des deux se change en courtoisie;
Elle lie les grands chefs, rapproche leur envie;
Un horizon heureux sourit pour le bonheur;
Un projet d'entrevue aiguillonne leur cœur;
C'est plus qu'un doux projet : c'est un besoin qu'on aime!
Les deux chefs ont fixé le lieu, le moment même.
Au moment convenu, notre Empereur, joyeux,
Part pour Villafranca, lieu désigné par eux;
Son coursier hennissant semble brûler la terre;
Il arrive bientôt dans cette ville fière;
Un cortége pompeux suit le grand souverain,
Comme lui souriant, heureux de son chemin.
François-Joseph, aussi, de son côté s'élance
Avec son beau cortége avançant à distance;
L'Empereur vole à lui, n'écoutant que son cœur,
Il veut être courtois; il l'est avec bonheur.

Il active le pas; il n'a qu'une pensée :
Elle est pour l'avenir et pour sa destinée.
Il salue le grand prince; il le prévient de loin;
Ils se saluent de près; ils se pressent la main;
Et quelques mots alors, tout pleins de courtoisie,
S'exhalent de leurs cœurs, témoignent leur envie.
L'un et l'autre pensifs, les yeux dans l'avenir,
Marchent vers la cité pour s'ouvrir leur désir;
Leurs cortéges brillants, pleins de magnificence,
Accompagnent leur pas rayonnant d'espérance;
Le canon retentit, et ses sons plus humains
Annoncent dans ces lieux l'abord des souverains :
Ils sont à la maison, demeure désignée,
Lieu de leur entrevue et par elle illustrée.   [grands,
Que se disent leurs cœurs? Leurs cœurs bons, penseurs
Sondent tout l'avenir par nos temps menaçants :
Ils voient le gouffre avide, entr'ouvert par l'envie,
Lançant de tous côtés son infernale pluie;
Ils voient tout par le cœur, ils voient tout par l'amour;
Leurs yeux sont éveillés par les rêves du jour;
Ils sacrifient tous deux, et le bonheur du monde
Sort des pas généreux de leur vertu profonde.
Ce colloque mûri, ce colloque fécond
Était triste à l'attente et lui paraissait long;
Un frisson circulait, une crainte terrible
Apportait sur les fronts son atteinte visible;
Bientôt la crainte fuit, et les deux souverains
Sortent de leur colloque et contents et sereins.
La paix a triomphé; chaque escorte, joyeuse
Comme les Empereurs, sait se montrer heureuse;
On se presse la main, le cœur répond au cœur,
La joie a tout son cours, le cœur tout son bonheur.
Après quelques instants d'aimable courtoisie
Et quelques compliments donnés à l'énergie,
Donnés à la valeur, nos héros glorieux,
Contents de leur agir, avaient quitté ces lieux.
La paix était conclue, et notre chef suprême

En écrit chaque base à l'épouse qu'il aime;
Puis le cœur satisfait, heureux de ses héros,
Heureux de son armée, il lui parle en ces mots :
« Soldats, la paix est faite, et par votre énergie,
Votre illustre valeur, enfin cette Italie
Est une nation ; son grand joug est brisé ;
Notre but est atteint : elle a la liberté.
Tous ces petits États feront une patrie,
Une famille unique, une famille unie;
Le Saint-Père haussera plus encore ce bonheur :
Il en sera nommé le président d'honneur.
L'Autriche, cependant, garde la Vénétie
Faisant corps fédéré du pacte d'Italie;
Et le Piémont grossi, par votre illustre cœur,
De ce peuple lombard aussi plein de valeur,
Sera pour notre sol une forte puissance,
Qui nous devra son sort et son indépendance;
Et les gouvernements, enfin, qui maintenant
Sont restés en dehors de ce grand mouvement,
Ou rendus à leurs droits, aussi pourront comprendre
Les réformes du jour que l'on a droit d'attendre.
Une amnistie entière avec des lois utiles
Étancheront le sang des discordes civiles,
Et l'Italie, alors, pouvant tout son destin,
N'aura plus à gémir : elle aura son chemin.
L'ordre et la liberté marchant à son sourire,
Elle pourra jouir des droits de leur empire.
De ce pouvoir dotée elle pourra grandir,
Ou bien blâmer son cœur du sort de l'avenir.
Vous allez retourner dans cette belle France
L'âme pleine d'orgueil, bonheur de la vaillance;
Notre patrie heureuse a béni vos combats :
Elle est fière de vous; elle vous tend les bras;
Son grand cœur palpitant ne croit plus aux alarmes;
Il a vu le pouvoir de vos illustres armes.
Après tant de combats, après tant de valeur,
Déployés sans relâche aux sentiers de l'honneur,

Tout semblerait possible à notre brave armée.
C'est assez pour la gloire; et plus encor poussée,
Son cercle grandirait trop en proportion
De l'intérêt qui touche à notre nation.
Soldats, soyez donc fiers! bien fiers de votre gloire!
La page en sera belle en notre grande histoire!
Oh! soyez fiers aussi d'être les fils aimés
De cette nation aux instincts élevés,
Au cœur droit, franc et juste, à l'amitié sincère,
Toujours bonne voisine et toujours bonne mère,
Qui sera toujours grande aux sentiers de l'honneur
Tant qu'elle aura du sang en son généreux cœur,
Pour comprendre les droits auxquels on doit prétendre,
Et des fils comme vous, heureux de les défendre! »
Après ces tendres mots que lui dictait l'honneur,
Il regarde la France et vole à son bonheur.
Il arrive à Saint-Cloud; là, sa famille heureuse
Accourt le recevoir, palpitante et joyeuse:
Une mère, un enfant, le présent, l'avenir,
Pressent son tendre cœur au comble du désir;
Des larmes de bonheur, tendres et douces larmes,
Baignent ce noble front en honneur de ses armes,
En honneur de son cœur si bien fait pour aimer,
Si bien fait pour la gloire ainsi que pour régner.
Quel spectacle émouvant! oh! qui pourrait décrire
Ces doux embrassements et leur si doux sourire!
Ce tendre et doux revoir, ce revoir si heureux,
Que les cieux bénissaient selon leurs tendres vœux!
Et cet enfant aimé souriant à sa mère,
Se suspendant au cou de son bienheureux père!
O bien aimante mère! oui, ton œil souriant
Ne pouvait assez voir et le père et l'enfant!
L'épouse avait parlé; la régente chérie
Devait avoir son tour : elle aimait sa patrie :
« Mon Empereur, dit-elle, un cœur, s'il est aimant,
Est heureux du pouvoir : il marche bienfaisant;
J'ai suivi votre exemple, et notre belle France

A compris tout mon cœur, béni votre vaillance.
Je vous rends ce pouvoir, bonheur des malheureux,
Sans trace d'injustice et au gré de vos vœux ;
Si j'ai pu quelque chose à votre route amie,
J'ai pu pour l'avenir de ma douce patrie. »
L'Empereur lui répond : « Oui, vous savez aimer !
Mon cœur était sans crainte et ne pouvait douter ;
Vous aimez votre fils, vous êtes bonne mère ;
Vous aimez votre époux : la France vous est chère.
Oh ! soyez-en heureuse ! » Après ce doux parler,
Après ce doux plaisir que l'amour sait donner,
Les soins de son armée occupent sa pensée ;
Il songe à son bonheur, il songe à sa rentrée ;
Il ne veut plus de guerre, il se sent assez grand ;
L'oppression n'est plus : le bien est triomphant.
Il met sur pied de paix ses bataillons terribles,
Ces bataillons vainqueurs de troupes invincibles ;
Il montre à l'univers, par cet agir frappant,
Qu'il est homme de paix si bien que conquérant ;
Qu'il sacrifie au bien l'attrayant de la gloire ;
Que la paix est pour lui la plus belle victoire.
Heureux de tout le bien que pouvait le héros
Aux sentiers du bonheur et au terme des maux,
Il veut que ses soldats, ces beaux fils de la gloire,
Marchent, comme autrefois, au doux seuil de l'histoire.
Leur triomphe était grand : il veut que les honneurs
Soient dignes des hauts faits de leurs illustres cœurs ;
Il veut pour ses soldats une sublime fête ;
Il veut être avec eux et marcher à leur tête.
Au désiré moment de leurs sublimes pas
Dans ce Paris si fier de ses heureux soldats,
C'était un doux bonheur pour cette belle armée
De répondre au désir de cette ville aimée ;
C'était pour l'Empereur un bienheureux moment :
Ce penser de bonheur le rendait palpitant.
Ce jour tant désiré commence sa carrière :
Le soleil épandait sa brillante lumière ;

Il semblait prendre part au bienheureux plaisir
Des héros de la France au comble du désir ;
Sa lumière était pure, elle disait au monde :
Voyez les beaux guerriers que la France féconde !
L'Empereur, plein d'orgueil, accourt au devant d'eux ;
Il salue ses héros de leur bonheur heureux.
Le transport est au comble ; oh ! qui pourrait décrire
Cet abord si touchant et son tendre sourire !
Nos héros frémissant, au comble du bonheur,
Ces doux cris répétés de vive l'Empereur !
Et ce Paris riant à cette brave armée
Arrivant triomphante, et aimante et aimée !
Tous couraient pour la voir, palpitant de plaisir,
Bien fiers de ses lauriers, heureux de les bénir.
A chaque monument, à chaque humble chaumière,
S'étalait un drapeau, brillait une bannière ;
Partout planait l'orgueil en voyant nos soldats ;
C'était comme un délire accourant sur leurs pas ;
Partout des souvenirs de notre belle histoire
S'inscrivaient devant eux pour se joindre à leur gloire.
Les mouchoirs s'agitaient en signe de bonheur ;
Tout semblait en délire et enivrer le cœur ;
Des couronnes de fleurs tombaient comme une pluie
Sur ces fils de l'honneur, gloire de la patrie.
Tout Paris était là, ne pouvant assez voir,
Saluer et bénir, comme un pieux devoir,
Nos drapeaux lacérés et nos aigles terribles,
Aux regards menaçants, aux serres invincibles.
L'Empereur est ému, regardant nos blessés ;
Il sent gémir son cœur à leurs corps mutilés ;
A cette vue touchante, il sent son âme amie
Frissonner sur le sort des fils de la patrie ;
Il aime à les bénir, et les larmes du cœur
Se mêlent aux saluts du généreux vainqueur.
Le défilé fini, le sauveur de la France
Rentre dans son palais aux cris d'un peuple immense,
Aux cris de ses soldats, aux cris d'un peuple heureux,

S'élevant de partout, remerciant les cieux.
Tant de gloire et d'amour avaient un doux sourire,
Ils rassuraient le cœur, consolidaient l'Empire;
L'Empereur était fort, l'Empereur était grand;
Il est tout à son cœur : il suit son doux penchant.
Une amnistie entière, enfin, est accordée;
Il n'est plus de proscrits; notre patrie aimée
Pardonne à ses enfants comme le grand héros,
Dont le bras fut de fer pour étancher les maux,
Pour étancher le sang et dompter l'anarchie.
L'Italie est sauvée; elle est à sa patrie;
Cet agir si puissant, ce si sublime agir,
Équilibre l'Europe et fixe l'avenir :
L'Europe, satisfaite, a béni cette épée
Dont les terribles coups ont pu sa destinée;
Les peuples de partout et la postérité
Ont porté son grand nom à l'immortalité.

FIN.

27

TABLE

DES MATIÈRES DE L'OUVRAGE.

CHANT SEPTIÈME.

CHANT HUITIÈME.

CHANT NEUVIÈME.

CHANT DIXIÈME.

CHANT ONZIÈME.

CHANT DOUZIÈME.

CHANT TREIZIÈME.

CHANT QUATORZIÈME.

CHANT QUINZIÈME.

CHANT SEIZIÈME.

CHANT DIX-SEPTIÈME.

CHANT DIX-HUITIÈME.

CHANT DIX-NEUVIÈME.

CHANT VINGTIÈME.

CHANT VINGT-UNIÈME.

CHANT VINGT-DEUXIÈME.

CHANT VINGT-TROISIÈME.

CHANT VINGT-QUATRIÈME.

FIN DE LA TABLE.

ERRATA.

CHANT PREMIER.

Page 14, vers 13e, lisez : Le soleil s'inclinait, etc.
Page 17, vers 10e, lisez : Oh! oui, tu le sais bien, etc.

CHANT DEUXIÈME.

Page 23, vers 2e, lisez : De ce Prince chéri, etc.
Page 24, vers 19e, lisez : Les partis sont luttant; Louis-Napoléon, etc.
Page 25, vers 9e, lisez : Tout un ciel de grandeur, etc.
Page 33, vers 35e, lisez : La tâche, je le sais, etc.

CHANT TROISIÈME.

Page 36, vers 6e, lisez : Saura bientôt surgir *tel*, *tel* qu'il est lui-même.
Page 45, vers dernier, lisez : La France t'a gardé dedans son âme aimante.
Page 46, vers 33e, lisez : Le silence et le deuil sculptés dessus le fer.

CHANT QUATRIÈME.

Page 53, vers 30e, lisez : Les éléments cruels, etc.

CHANT CINQUIÈME.

Page 67, vers 15e, lisez : Elle y court tout heureuse, etc.
Page 68, vers 12e, lisez : Où l'humble Christ disait, etc.
Page 72, vers 15e, lisez : Oudinot recommande, etc.

CHANT SIXIÈME.

Page 77, vers 1er, lisez : Un vil peuple oppresseur, un vil peuple opprimé.
Page 81, vers 5e, lisez : Esclaves de Français, bourreaux vils, éhontés.

CHANT SEPTIÈME.

Page 98, vers 1er, lisez : O général, dit-il, etc.
Page 99, vers 29e, lisez : Son visage est tout pâle, et sa langue glacée
                          Jette partout l'effroi dont elle est pénétrée.

CHANT HUITIÈME.

Page 110, vers 25e, lisez : Il est heureux de dire, etc.

CHANT NEUVIÈME.

Page 127 , vers 18e, lisez : Un bel arc-de-triomphe, etc.
Page 130, vers 16e, lisez : Oui, j'en suis l'adversaire, etc.
Page 133, vers 36e, lisez : Leurs liens étaient communs aussi bien que leurs maux.
Page 136, vers dernier, lisez : Un bel arc-de-triomphe , etc.
Page 138, vers 26e, lisez : Alors l'âme se dit, l'orgueil dedans le cœur, etc.

CHANT DIXIÈME.

Page 150, vers 5e, lisez : Français, de si grands maux, etc.
Page 151 , vers 13e, lisez : Et me laissant du mal l'unique responsable.

CHANT ONZIÈME.

Page 164, vers 21e, lisez : Et me laissant du mal l'unique responsable.
Page 167, vers 29e, lisez : Qu'avec le doux concours, etc.
Page 168, vers 23e, lisez : Après ce beau discours que l'on aime à comprendre.

CHANT TREIZIÈME.

Page 198, vers 8e, lisez : *Salue*, au lieu de salut, etc.
Page 208, vers 15e, lisez : Grand spectacle frappant, etc.
Page 209, vers 19e, lisez : Et nous nous sommes nui quand , etc.

CHANT QUINZIÈME.

Page 232 , vers 35e, et page 233 , vers 18e, lisez : Laboussinière.
Page 240 , vers 2e, lisez : Encor.

CHANT SEIZIÈME.

Page 260, vers 22e, lisez : D'Aurelle avec Forey.

CHANT DIX-SEPTIÈME.

Page 267, vers 14e, lisez : La souffrance humaine, etc.

CHANT VINGT-QUATRIÈME.

Page 408 , vers 34e : *Et* est de trop.

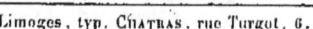

Limoges, typ. CHATRAS, rue Turgot. 6.

www.ingramcontent.com/pod-product-compliance
Lightning Source LLC
Chambersburg PA
CBHW050736030726
47505CB00002B/278